New York Titans

W0241672

Liebesroman

Verbotene Küsse in der Halbzeit

Poppy J. Anderson

1. Auflage September 2013

Copyright © 2013 by Poppy J. Anderson

www.poppyjanderson.de

poppyj.anderson@googlemail.com

Besuchen Sie mich auf Facebook:

www.facebook.com/pages/Poppy-J-Anderson

Alle Rechte vorbehalten. Nachdruck, auch auszugsweise, nur mit schriftlicher Genehmigung der Autorin. Personen und Handlung sind frei erfunden, etwaige Ähnlichkeiten mit real existierenden Menschen sind rein zufällig und nicht beabsichtigt. Markennamen sowie Warenzeichen, die in diesem Buch verwendet werden, sind Eigentum ihrer rechtmäßigen Eigentümer.

1. Kapitel

Tom Peacock überließ nur selten etwas dem Zufall. Er war nicht umsonst einer der gefürchtetsten Footballspieler der NFL. Man sagte ihm Kaltblütigkeit nach und hielt ihn für einen schonungslosen Gegner. Eigentlich gefielen Tom diese Meinungen nicht, aber wenn der Eindruck ihm dabei half, seine Gegner einzuschüchtern, wollte er ihn nicht korrigieren. Es war gut, wenn die gegnerischen Teams Respekt vor ihm hatten. Noch besser war es natürlich, wenn sie sich davor fürchteten, gegen ihn zu spielen. Er sah sich selbst eher als einen akribisch planenden Strategen an, der alle Spielzüge taktisch vorbereitete und auch sein Privatleben gerne unter Kontrolle hatte. Er war kein Organisationsfreak, der großartige Pläne machte und Listen anfertigte, aber er mochte es nicht, wenn er nicht frei über sein Leben bestimmen konnte. Deshalb behielt er lieber selbst die Kontrolle.

Manchmal spielte das Leben jedoch nicht mit. Dies traf auch auf den Donnerstagabend zu, an dem er seine Teamkollegen zu Besuch erwartete. Er räumte gerade sein Wohnzimmer auf, schaltete seinen riesigen Flachbildschirm ein und hörte Musik aus den überdimensionalen Boxen, die er für den Preis eines Mittelklasseautos gekauft hatte, während er Snacks auf dem Couchtisch verteilte, als es an der Wohnungstür klingelte.

Seine Freunde sollten erst in einer Stunde kommen. Er hoffte sehr, dass sie nicht früher antanzten, denn nach den anstrengenden Tagen, die hinter ihm lagen, hatte er eine lange, heiße Dusche nötig. Das Superbowlfinale, in dem sie gegen die *Chicago Bears* gewonnen hatten, war erst einige Wochen her. Seitdem war ein regelrechter Hype um die *New York Titans* ausgebrochen, der darin gipfelte, dass die meisten Spieler neue Werbepartner bekamen, ständig auf Veranstaltungen eingeladen waren und keine Ruhe fanden.

Tom selbst war in den letzten Tagen wegen seines Werbepartners in Südafrika gewesen, wo er einen Werbespot für eine neue Kollektion von Sportschuhen gedreht hatte. Am liebsten hätte er die kleine Party bei sich abgesagt, da er hundemüde war, doch er hatte seinen Teamkollegen versprochen, für den Tackle Dupree Williams eine Feier zu organisieren, da dessen Vertrag verlängert worden war. Vermutlich kamen sie bald nicht mehr aus dem Feiern heraus. Sein Kapitän und Quarterback Brian Palmer hatte vor zwei Wochen die gemeinsame Teamchefin geheiratet, was nicht nur im Verein, sondern in ganz New York für ein riesiges Spektakel gesorgt hatte. Die beiden hatten sich heimlich während ihres Mexikourlaubs das Ja-Wort gegeben und anschließend eine kurze Pressemitteilung veröffentlicht, die wie eine Bombe eingeschlagen hatte.

Das Team wartete auf eine gigantische Party. Es kam schließlich nicht alle Tage vor, dass ihr Quarterback, der in früheren Zeiten für seine Vorliebe für Models bekannt gewesen war, die leicht exzentrische Teamchefin heiratete. Da Teddy MacLachlan-Palmer ausgeflippt war und ein Faible für die Hippie-Lebensart hatte, war Tom sehr gespannt darauf, wie deren Hochzeitsparty aussehen würde.

Ihr heutiger Ehrengast Dupree wusste noch nichts von seinem Glück, da sie ihn mit der kleinen Party in Toms Wohnung überraschen wollten.

Tom schlurfte durch die Wohnung, um den ersten Gast reinzulassen, und kämpfte gegen seinen Jetlag und gegen die Enttäuschung an, keine heiße Dusche nehmen zu können. In Flugzeugen konnte er einfach nicht schlafen, nicht einmal in der Firstclass.

Als er die Eingangstür öffnete, stand er einer jungen Frau mit strenger Frisur, dunkler Hornbrille und einem marineblauen Regenmantel gegenüber. Seufzend schüttelte er den Kopf. Sein Teamkollege Blake O'Neill hatte scherzhaft angekündigt, dass er für Dupree eine Stripperin engagieren wolle, aber Tom hatte nicht damit gerechnet, dass der Runningback das ernst meinen könnte. Jetzt musste er erkennen, dass Blake nicht gespaßt hatte, sondern tatsächlich eine Stripperin bestellt hatte, die auch noch viel zu früh dran war. Blake hatte es sicherlich aus purem Egoismus getan, da Dupree mit einer Frau, die sich für Geld auszog, nichts würde anfangen können, während Blake die Show genießen könnte.

Dupree verhielt sich zwar wie ein knallharter Footballspieler, aber im Grunde war der massive Tackle mit dem schwarzen Irokesenschnitt und den Glitzersteinen an den Zähnen ein butterweicher Junge, der rot wurde, wenn ihn eine Frau ansah. Das Team hatte sich gegen Dupree verschworen und sich vorgenommen, ihm eine Frau zu besorgen, denn alle vermuteten, dass er noch Jungfrau war.

Als Tom der nüchtern wirkenden Frau vor seiner Tür einen Blick schenkte, zweifelte er ernsthaft an Blakes Urteilsvermögen. Die Kleine war sicher nicht Duprees Typ, obwohl Tom nicht einmal wusste, was Duprees Typ war.

„Mr. Peacock? Die Agentur schickt mich."

Er nickte und packte sie am Ärmel, um sie schnell in die Wohnung zu bugsieren. Ihr erschrockenes Keuchen ignorierte er und schloss eilig die Tür, bevor sich seine Kollegen dazu entschlossen, ebenfalls früher zu kommen, und sie womöglich entdeckten.

„Sie sind zu früh dran! Die Hauptperson ist nicht einmal da."

Verwirrt blinzelten hellgrüne Augen hinter dieser abscheulichen Brille, die den Modellen ähnelte, die die Streber und Freaks auf Toms Highschool getragen hatten: „Nun, das war doch Sinn und Zweck dieses Treffens. Schließlich müssen wir uns erst einmal kennenlernen und die Einzelheiten besprechen."

Tom runzelte die Stirn und sah auf das Persönchen hinab, dessen hellrote Haare zu einem straff gekämmten Dutt gebunden waren. Die Bibliothekarin-Masche kannte er selbst und hatte sie in diversen Stripclubs gesehen. Wenn die Kleine erst einmal die Brille weggeworfen hätte, das Haar aus dem Knoten befreit und ihren Mantel aufgerissen hätte, wäre sie sicher eine Granate, entschied er zufrieden. Hinter der grotesken Brille verbarg sich ein vielversprechendes Gesicht. Er hoffte, dass sich unter dem unscheinbaren Mantel ebenfalls etwas Vielversprechendes verbarg.

„Wir müssen nicht viel besprechen. Machen Sie einfach das, was Sie immer tun."

„Wie bitte?"

Ihr zweifelndes Gesicht ließ ihn eilig nachdenken. „Sind Sie auf etwas spezialisiert?"

„Wenn Sie medizinische Betreuung meinen ..."

„Nein", eilig schüttelte er den Kopf. „Das wäre doch zu viel für den Anfang! Wir sollten langsam beginnen."

„Eine gute Idee, schließlich kennen wir uns noch nicht. Anfangs sollte man erst einmal Vertrauen aufbauen, bevor man irgendwann auch diesen Bereich betreten kann.“

Hilfe! Dachte sie etwa, dass aus diesem Engagement eine Dauereinrichtung werden sollte? Was hatte Blake bloß mit ihr vereinbart?

„Äh, ja ... was gehört zu Ihrem Repertoire?“

„Zu meinem Repertoire?“ Sie sah ihn einigermaßen verwirrt an.

Tom runzelte die Stirn. „Sie wissen schon: Handschellen ...?“

Ihr Mund öffnete sich und sie entgegnete empört: „Mr. Peacock, ich weiß ja nicht, was Sie in der Agentur gehört haben wollen, aber *diese* Methode wende ich nicht an!“

„Schon gut, schon gut“, ungeduldig spähte er zu der Designer-Uhr, die an der Wand links von ihm hing. „Ich bin sicher, Sie wissen, was Sie tun.“

Sie nickte und hatte knallrote Wangen bekommen, die perfekt zu ihrem rötlichen Haar passten. „Ich arbeite nicht mit autoritärem Verhalten.“

Für eine Stripperin redete sie ziemlich geschwollen. Tom schnitt eine Grimasse: „Sie sollen auch nicht als Domina arbeiten.“

„Bitte?“

„Wir wollen Spaß haben“, erklärte er. „Sie müssen niemanden bestrafen.“

Zögernd hob sie eine Hand und legte den Kopf schief: „Darüber sollten wir ausführlicher sprechen. Vielleicht wird eine Strafe nötig sein. Was wäre Ihnen genehm?“

Er zuckte ratlos mit der Schulter. Sie sah nicht wie jemand aus, der gerne die Peitsche schwang. Blake fände das vielleicht lustig, aber ihm wurde mulmig zumute, wenn er an den unerfahrenen Dupree dachte, der mit einer strippenden Domina konfrontiert werden sollte, die ihn bestrafen würde: „Das mit der Strafe ist keine gute Idee."

„Ich verstehe Sie. Es soll natürlich keine körperliche Strafe sein."

„Sondern?" Interessiert verschränkte er die Arme vor der Brust.

Nachdenklich legte sie die Stirn in Falten und tippte sich mit einem Zeigefinger an die Unterlippe. Dabei fielen Tom die rosa lackierten Fingernägel auf. Normalerweise schminkten sich Frauen, die sich für Geld auszogen und an der Stange tanzten, deutlich auffälliger. Generell müsste sich die Kleine vor ihrem großen Auftritt noch zurechtmachen, denn sie hatte kaum Makeup aufgelegt und wirkte eher wie eine brave Studentin, die auf dem Weg zu ihrem Professor war.

„Ich denke an eine mentale Auseinandersetzung bei Fehlverhalten."

Himmel! Sollte Dupree wie ein Hund auf dem Boden herumkriechen und ihre Schuhe lecken, während sie ihn beschimpfte? Er wusste nicht aus eigener Erfahrung, was Dominas taten, denn es törnte ihn überhaupt nicht an, von seiner Bettpartnerin angebrüllt und beleidigt zu werden. Er mochte es lieber, wenn sie unter ihm stöhnten und *ihn* anbettelten, weil sie nicht genug kriegen konnten. Dennoch hörte er so einiges über Peitschen schwingende Herrinnen, schließlich trieben sich manche seiner Teamkollegen an den verrücktesten Plätzen herum.

„Wissen Sie was? Ich hielte es für besser, wenn wir uns einfach auf das Wesentliche konzentrieren.“

Sollte sich Blake doch damit rumschlagen, überlegte Tom wütend.

Sie nickte zustimmend. „Wann lerne ich sie denn kennen, wenn ich fragen darf?“

„Sie?“ Er sah sie erschrocken an. „Hier liegt ein Missverständnis vor. *Sie* ist ein er. Keine lesbischen Nummern – es sei denn, Sie tanzen mit einer Kollegin an.“

„Entschuldigen Sie!“

Als es wieder klingelte, ignorierte er ihren verwirrten Gesichtsausdruck und ihren empörten Ausruf, schob sie wenig rücksichtsvoll in den Flur und öffnete die Tür zu seinem Schlafzimmer. „Mist! Warten Sie hier!“

Sie protestierte und legte die rechte Hand auf seinen Arm, um ihn wegzudrücken. „Mr. Peacock!“

„Sag’ ruhig Tom“, er verdrehte die Augen. Schön und gut, sie spielte vielleicht eine Rolle, während sie strippte, aber das hieß doch nicht, dass sie sich die ganze Zeit wie eine Bibliothekarin benehmen musste. Die Show hatte nicht einmal angefangen!

„Das ist keine gute Idee“, widersprach sie erregt und sah ihn mit funkelnden Augen an, „unser Verhältnis sollte rein professioneller Natur sein.“

Tom machte Licht an und sah sie heftig erröten, als sie sein Bett – einen riesigen Futon mit unordentlicher Bettdecke – bemerkte. Bevor sie zu einem Protestgebrüll ansetzen konnte, stöhnte er ärgerlich auf: „Süße! Du wirst uns gleich deine nackten Titten zeigen. Jetzt stell dich nicht so an.“

Ehe er es sich versah, hatte sie ihm eine schallende Ohrfeige verpasst.

„Was soll das!“

Aufgebracht stemmte sie beide Hände in die Hüften und schenkte ihm einen mörderischen Blick, der ihn an seine alte Schuldirektorin erinnerte. „Halten Sie mich etwa für eine Stripperin?“

Langsam schlich sich die Erkenntnis in sein Gehirn, dass er etwas falsch gemacht hatte.

„Sagen Sie schon!“

„Scheiße ... sind Sie etwa nicht fürs Strippen da?“ Unsicher ließ er sie los und trat einen Schritt zurück.

Geradezu königlich hob sie das Kinn. „Nein, das bin ich nicht.“ Sie holte Luft und zischte: „Ich sollte das neue Kindermädchen Ihrer Tochter werden.“

Mit richtig schlechter Laune schloss Erin Hamilton die Tür ihrer Wohnung auf und fluchte laut, als sie zu allem Überfluss über die Tasche ihrer Mitbewohnerin stolperte und sich das Schienbein stieß.

„Verdammt, Jess!“ Wütend trat sie mit ihren Ballerinas nach der schweren Sporttasche, die nachlässig mitten im kleinen Flur ihrer Wohnung lag, und knallte die Wohnungstür hinter sich zu. Anscheinend schien der Krach, den sie dabei veranstaltete, ihrer Freundin nichts auszumachen, denn außer dem lauten Bass, der hinter der geschlossenen Zimmertür links von ihr dröhnte, konnte Erin nichts hören.

Frustriert ließ sie ihre Schlüssel auf die Kommode fallen, hängte ihre beigefarbene Lederhandtasche an die Garderobe und schälte sich aus ihrem Mantel. Der Tag war lang, anstrengend und zu allem Überfluss eine absolute Katastrophe gewesen. Für heute wollte es Erin gut sein lassen, etwas essen, ein heißes Bad nehmen und sich dann ins Bett legen. Außerdem konnte sie es nicht erwarten, in ihren bequemen Pyjama zu schlüpfen.

Zwischendurch erklang Gekicher aus Jess' Zimmer. Erin betete darum, dass nicht wieder irgendein fremder Mann nackt durch die Wohnung hüpfte, um sich eine Flasche Wasser zu holen oder auf der Suche nach etwas Essbarem war. Erst in der letzten Woche war Erin nachts ins Bad getaumelt und hatte angenommen, dass sie allein in der Wohnung war, um dann erschrocken festzustellen, dass irgendein Fremder über die Toilette gebeugt dastand und im Adamskostüm in aller Seelenruhe pinkelte. Noch im Halbschlaf hatte Erin beinahe einen Herzinfarkt bekommen und einen Schrei ausgestoßen. Der Typ hatte mit keiner Wimper gezuckt, sondern die Dreistigkeit besessen, sie zu fragen, ob sie nicht alle drei ein bisschen *Spaß haben* wollten. Wütend hatte sie ihn vor die Tür gesetzt und sich furchtbar mit Jess gezofft.

Heute konnte sie solch eine Auseinandersetzung nicht gebrauchen. Sie war fix und fertig und wollte sich am liebsten die Bettdecke über den Kopf ziehen. Erin stieß ein Stoßgebet aus und hoffte, dass Jess sie heute in Ruhe lassen würde. Da es ein Donnerstag war, hatte sie sicher ganz gute Karten, denn morgen hatte Jess gleich zwei Aufführungen und konnte es sich daher nicht leisten, heute auf den Putz zu hauen.

In den letzten zwei Jahren, in denen sie mit Jess zusammengelebt hatte, hätte sich Erin längst an deren Sexualleben gewöhnen müssen. Es fiel ihr jedoch schwer, einen kühlen Kopf zu bewahren, wenn sich Zusammenstöße mit nackten Männern häuften. Jess war Tänzerin und hatte ihrer Mitbewohnerin schon mehrmals erklärt, dass Broadway-Darsteller ihren Jobfrust mit Sex abreagierten. Wenn das stimmte, musste Jess sehr frustriert sein.

Erin schlüpfte aus ihren Schuhen und öffnete den strengen Knoten in ihrem Haar, als ihr Handy klingelte. Seufzend griff sie nach ihrer Tasche und fischte das Telefon heraus. Der Klingelton hatte ihr bereits verraten, dass es ihre Mom war. Einen Augenblick sah sie auf das Display und überlegte, ob sie den Anruf nicht einfach wegdrücken sollte, doch sie fügte sich dem Unvermeidbaren. Sie liebte ihre Mom, aber manchmal nahm deren Fürsorge Überhand.

„Hi, Mom."

„Hallo, mein Schatz", erklang die fröhliche Stimme ihrer Mutter. „Wie war es?"

„Mhh", Erin schluckte eine bissige Antwort hinunter und betrat die Küche, in der sie Licht machte und mit Wut sah, dass Jess nicht aufgeräumt hatte, obwohl sie dran gewesen wäre. In der Spüle stand die Auflaufform, in der die Lasagne des Vortages hoffnungsvoll vertrocknet war, und auch sonst herrschte Chaos. Tief durchatmend öffnete sie den Kühlschrank und nahm sich einen Joghurt raus.

„Also? Hattest du dein hübsches Blusenkleid mit dem Spitzenkragen an?"

„Ja, Mom." Erin strich sich über den zarten Baumwollstoff ihres taillierten Kleides in Melonengelb und hätte viel lieber bequeme Jogginghosen getragen. Zwar liebte sie adrette Kleider, aber der Aufwand, den eine anständige Garderobe erforderte, überstieg ihre Toleranzgrenze in puncto Geduld. Da sie jedoch die Tochter ihrer Mutter war, die nach dem Prinzip *Kleider machen Leute* lebte, kleidete sie sich sorgfältig, wenn sie zur Arbeit ging, und machte besonders bei Vorstellungsgesprächen ein großes Aufheben um ihr Äußeres. Leider hatte das heute nicht viel gebracht.

Aus der obersten Schublade fischte sie einen Löffel und setzte sich anschließend auf einen Stuhl. Ihre Füße taten schrecklich weh. Das kam davon, wenn man den langen Weg von Queens nach Manhattan und zurück auf Ballerinas machte, die kaum eine Sohle besaßen. Netterweise hatte sie die ganze Zeit in der U-Bahn stehen müssen.

„Muss ich dir jedes Wort aus der Nase ziehen, Erin?"

„Nein, Mom." Unter Schwierigkeiten hielt sie den Hörer zwischen Ohr und Schulter fest, während sie den Deckel abriss und den Löffel im Fruchtjoghurt versenkte. „Es war ein absoluter Flop."

„Flop?" Ihre Mutter klang ungläubig. „Warum das denn?"

Weil der Typ ein absolutes Arschloch ist. „Mhh", sie schluckte den ersten Löffel hinunter, „wir kamen nicht miteinander klar."

„*Du* kamst mit dem Kind nicht klar? Das kann ich mir nicht vorstellen. Kinder sind völlig verrückt nach dir!"

Erin leckte sich etwas Joghurt von der Unterlippe: „Das Kind habe ich gar nicht kennengelernt."

„Ach!"

Erin fühlte sich bemüßigt, zu erklären: „Es war eine chaotische Situation, Mom. Der Vater ist alleinerziehend und scheint nicht von der verantwortungsvollen Art zu sein ...“

„Das kannst du nicht nach einem einzigen Treffen sagen.“

„Doch das kann ich“, widersprach Erin. „Mittlerweile habe ich Erfahrung darin, die Eltern einzuschätzen.“

Leider war dies nur allzu wahr. Seit zwei Jahren verdiente sie ihre Brötchen als Kindermädchen und hatte meistens großen Spaß an diesem Job, da Kinder im Vorschulalter sehr süß sein konnten. Erst einmal war sie an einen regelrechten Satansbraten geraten, der sie zur Verzweiflung gebracht hatte. Glücklicherweise hatte sie nach drei Wochen zu einer anderen Stelle wechseln können, die sie beinahe ein ganzes Jahr behalten hatte. Anschließend war sie zu einem kleinen Jungen gekommen, dessen Eltern jedoch wenig Wert auf ihren Sohn und dafür umso mehr Wert auf ihr soziales Leben gelegt hatten. Die verantwortungslosen Eltern waren Erin ein Dorn im Auge gewesen. Plötzlich war Erin der Mutter ein Dorn im Auge gewesen, da sie ihr und dem Familienvater eine Affäre unterstellte. Seitdem befand sich Erin auf Jobsuche und musste mit gelegentlichen Nebenjobs ihre Miete bezahlen, was weder verlockend noch besonders profitabel war.

Ihre Mom seufzte in den Hörer und unterbrach ihre Gedankengänge. „Hast du mir nicht noch heute Morgen erzählt, dass das Gehalt sehr gut sei?“

„Ja“, knirschte sie mit den Zähnen.

„Also?“

Erin verdrehte die Augen und lehnte sich zurück. „Die Chemie passte einfach nicht."

„Und das bedeutet?"

„Es bedeutet, dass wir uns nicht sympathisch waren." Sie versenkte den Löffel im Becher und schob diesen von sich.

„Aber ... "

Ein wenig genervt verdrehte Erin die Augen und unterbrach rasch ihre Mutter. „Ich habe es einfach satt, Mom."

„Ich dachte, du machst den Job gerne!"

„Ja, die Arbeit mit den Kindern macht mir Spaß, aber ich habe einfach keine Lust mehr, mich mit den Eltern der Kinder rumzuschlagen."

„Erin", ihre Mom klang streng. „Was ist denn passiert?"

„Nichts ... es war ein unnützes Vorstellungsgespräch mit einem arroganten Vater. Nichts Besonderes. Jetzt muss ich morgen mit der Agentur reden und hoffen, dass ich bald ein neues Angebot bekomme. Ansonsten muss ich wieder kellnern."

„Mhh ... ich habe mit Dad geredet. Wegen deiner momentanen Jobflaute."

„Mom! Nein", Erin biss die Zähne zusammen.

„Hör erst einmal zu, Schatz. Deinen Vater und mich belasten deine Probleme, deshalb haben wir uns überlegt, ob du nicht wirklich darüber nachdenken solltest, dein Studium an einer staatlichen Uni zu beenden und wieder zu uns zu ziehen."

Erin schloss die Augen und legte den Kopf in den Nacken. In den vergangenen zwei Jahren hatten sie diese Diskussion bestimmt schon dutzendmal geführt.

Jedes Mal lief es darauf hinaus, dass ihre Eltern sie davon überzeugen wollten, an der hiesigen Uni zu studieren und in ihr altes Kinderzimmer zu ziehen. Erin war von der Vorstellung wenig begeistert, konnte dem aufgeregten Redefluss ihrer Mutter jedoch nichts entgegensetzen.

„Mom ..."

„Die Studiengebühren können wir auftreiben ..."

„Die Studiengebühren für eine staatliche Uni könnte ich selbst bezahlen, Mom. Darum geht es nicht."

„Aber ..."

„Mom", erwiderte Erin mit fester Stimme und versuchte verzweifelt, ihre aufkeimende Ungeduld zu zügeln: „Ich war in Harvard und dann in Stanford. Mir fehlt ein Jahr, um dort meinen Abschluss zu machen. Ich verschenke keinen Abschluss einer der besten Universitäten, um an einer mittelmäßigen Uni Geld zu sparen."

Da ihr der Appetit vergangen war, warf sie den Joghurt in den Abfall und verließ die Küche.

„Okay", ihre Mutter schwieg einen Augenblick und erklärte dann nachgebend: „Wenn die Hochzeit erst einmal vorbei ist, können Dad und ich dir etwas Geld dazugeben, damit du wenigstens nicht kellnern musst, um deine Miete zu bezahlen."

„Das müsst ihr nicht. Ich bekomme das allein hin." Sie machte in ihrem Zimmer das Licht an und lehnte sich erschöpft gegen den Türrahmen. Ihre Finanzen waren ihre Angelegenheit und sie wollte einfach nicht, dass sich eine andere Person – selbst ihre Eltern – darum kümmern musste. Sie war immerhin erwachsen und sollte in der Lage sein, sich selbst damit auseinanderzusetzen und Verantwortung zu zeigen.

„Erin, du hast zwei Jahre verschenkt. Außerdem hast du genug mitgemacht ...“

„Ja, ich weiß“, mit einer Hand knöpfte sie sich das Kleid auf und legte den Kopf schief, „trotzdem will ich nicht, dass Dad und du wegen mir Schulden macht.“

„Aber ...“

„Nein“, sie schluckte schwer und schlüpfte aus dem Kleid. „Ich regle das allein, Mom.“

Schlagartig fiel ihr auf, dass die Vorhänge nicht zugezogen waren, also sprang sie förmlich ans Fenster und ließ die Jalousien hinunter. Ihr Nachbar hatte zu viel Freizeit und spielte gerne den Spanner. Da er ein alter Mann war, ignorierten die meisten ihn, aber Erin hatte kein gutes Gefühl dabei, dass ein Rentner mit Halbglatze und fehlendem Gebiss von seinem Schaukelstuhl auf seiner Veranda aus mit einem Fernglas sie dabei beobachtete, wie sie ihre Unterwäsche wechselte. Anscheinend hatte er Jess sogar schon beim Sex beobachtet, da er einige Zeit sexuelle Anspielungen über den Hinterhof gebrüllt hatte. Die Details, die dabei ans Licht gekommen waren, hatten Erin erröten lassen, während Jess es nicht störend fand, dass nun die ganze Nachbarschaft wusste, dass sie auf Rollenspiele stand.

„Ihr habt eure eigenen Probleme ...“

„Die Firma läuft wieder ganz gut, Erin.“

Jedenfalls würde es ihren Eltern finanziell besser gehen, wenn sie nicht die teure Hochzeit ihrer jüngsten Tochter bezahlen müssten, schoss es Erin durch den Kopf. Sie konnte und wollte einfach nicht verstehen, weshalb sich ihre Schwester so egoistisch zeigte und nicht mit der Wimper zuckte, dass sich ihr Vater verschuldete, damit sie auf ihrer Hochzeit Rinderfilet anstatt Hühnchen servieren konnte. Ihr Dad besaß seit zwei Jahrzehnten einen Autohandel, der wegen der Wirtschaftskrise kurz vor dem Konkurs gestanden hatte. Nur mit Mühe und Not war ihm das erspart geblieben. Doch Holly nahm keine Rücksicht, sondern träumte von einer Märchenhochzeit, die natürlich ihre Eltern bezahlen sollten, schließlich verdiente sie als Verkäuferin in einer Modeboutique sehr wenig. Ihr Verlobter Corey war gerade erst aus der Army ausgeschieden und befand sich noch auf Jobsuche – Erin glaubte nicht, dass er besonders gute Chancen auf dem Arbeitsmarkt hatte, denn Corey war nicht die hellste Kerze am Baum, wie ihr Dad seufzend gestand.

„Hör zu, Mom“, Erin blickte zu Jess, die in ihrer Tür stand und sich dehnte. „Lass uns ein anderes Mal darüber reden. Ich bin müde und gehe jetzt zu Bett.“

„Aber wir müssen noch über die Hochzeit reden!“

„Hat das nicht bis morgen Zeit?“

„Von mir aus“, schmollte ihre Mom. „Dann musst du aber vorbeikommen, damit wir über die Blumenarrangements und die Sitzordnung sprechen können. Außerdem ...“

„Moment, Mom! Ist das nicht Hollys Aufgabe?“

„Du bist die erste Brautjungfer und ...“

„Ja, ja ... ich weiß.“ Resigniert seufzte sie und verabredete mit ihrer Mom, dass sie in den nächsten Tagen vorbeischauen wollte, um diese lebenswichtigen Dinge in aller Ruhe besprechen zu können. Als sie endlich aufgelegt hatte, schloss Erin für einige Sekunden die Augen, wurde jedoch von Jess wieder in die Wirklichkeit zurückgeholt.

„Schon wieder zurück?“ Jess gähnte ausgiebig und warf sich anschließend auf Erins Bett. „Ich dachte eigentlich, dass du länger unterwegs wärst.“

„Das hatte ich auch gedacht“, Erin lief zu ihrem Kleiderschrank und zog eine abgeschnittene Jogginghose heraus, in die sie schlüpfte.

„Also?“

Über der Schulter begegnete ihr der fragende Blick ihrer Freundin. Jess lehnte bequem gegen das Bettgestell und schlang sich ihr schwarzes Haar zu einem Knoten. Genauso wie Erin trug sie bequeme Jogginghosen, hatte dazu jedoch ein Sweatshirt gewählt, während Erin in ein T-Shirt schlüpfte.

„Hatten wir nicht vereinbart, dass du mit dem Küchendienst dran bist?“

Jess stöhnte genervt auf: „Du hörst dich wie meine Mutter an!“ Gekonnt rollte sie die Augen und fragte mitfühlend: „Hat es wieder nicht geklappt?“

„Woher weißt du das?“

„Süße, du hast eine ätzende Laune und benimmst dich wie ein Hausdrachen. Wenn du den Job bekommen hättest, wärst du ganz sicher besser drauf.“

Da Jess Recht hatte, sagte Erin nichts zu dem Vergleich mit einem Hausdrachen. „Ich bin frustriert.“ Seufzend setzte sie sich in ihren Sessel und zog die Beine an den Körper. „Bis vor drei Monaten hatte ich einen tollen Job und habe gute Arbeit geleistet. Warum will mich niemand mehr einstellen?“

„Weil du zu hübsch bist“, Jess verschränkte die Knöchel übereinander und zuckte gekonnt mit der Schulter: „Ein Jahr lang warst du bei einer alleinerziehenden Mutter eingestellt, aber Ehefrauen wollen dich nicht in der Nähe ihrer Männer sehen.“

„Ich bin Kindermädchen“, empörte sich Erin: „Ich verbringe die Zeit mit den Kindern, nicht mit den Ehemännern, Jess.“

„Jude Law, Ethan Hawke und Arnold Schwarzenegger.“

„Was soll mit denen sein?“, Erin stieß einen Seufzer aus, denn Jess besetzte ihr Bett und schien keine Anstalten zu machen, bald wieder abzuhauen.

„Sie alle haben ihre Ehefrauen mit den Kindermädchen betrogen – das heißt, bei Arnold war es die Haushälterin.“ Jess zog eine schwarze Augenbraue in die Höhe. „Was sagst du dazu?“

„Ich sage dazu, dass du zu viel Zeit mit Klatschblättern verbringst.“

„Keine Ehefrau will dich in der Nähe ihres Mannes haben, Baby, trotz deiner spießigen Klamotten ...“

„Du spinnst!“ Erin schnitt eine Grimasse: „Außerdem ist meine Kleidung nicht spießig, sondern konservativ.“

„Deine Mom trägt heißere Sachen als du.“

Mit einem angewiderten Ächzen lehnte Erin den Kopf zurück: „Meine Mom bildet sich ein, dass mein Dad andere Frauen attraktiv findet. Deshalb quetscht sie sich in unmögliche Kleider und kauft Schuhe mit Plateauabsätzen.“ Das Kichern ihrer Freundin erwiderte sie mit einem finsteren Blick: „Das ist nicht lustig! Letzte Woche hätte sie sich beinahe den Knöchel gebrochen, als sie stolperte. Eine Frau in den Fünfzigern und mit einer solchen Figur sollte die Finger von Stretch lassen.“

Jess grinste zufrieden. „Sie ist scharf ...“

„Sie ist zu mollig für Minikleider und hautenge Leggins.“

„Das kommt gut an. Lass sie doch zeigen, was sie hat."

Zwar sagte Erin nichts mehr, aber innerlich schüttelte sie den Kopf. Anscheinend neigten die Frauen in ihrer Familie zu Übergewicht, sobald sie die magische Marke von dreißig Jahren überschritten hatten. Mit ihren siebenundzwanzig war Erin nicht mehr weit entfernt davon, ebenfalls auseinander zu gehen, und achtete penibel darauf, was sie aß. Als Teenager war sie kurze Zeit ziemlich mollig gewesen und konnte sich allzu gut daran erinnern, wie sie ständig gehänselt worden war. Das hatte ihr damals zugesetzt und sie hatte sich geschworen, sich nie wieder unwohl in dem eigenen Körper fühlen zu wollen. Strenge Essregeln, viel Disziplin und ein Sportprogramm hatten sie schließlich abnehmen lassen.

Jess riss sie aus ihren Gedanken heraus, indem sie im ernsten Tonfall erklärte: „Du brauchst mal wieder Sex."

„Jess!"

„Jetzt sei nicht so schockiert. Deine Anspannung wäre im Nu weg, glaub mir."

„Ich brauche keinen Sex!"

„Sei nicht albern", Jess sah sie an, als wäre Erin übergeschnappt und gehöre in die Klapsmühle: „Soll ich Chase anrufen?"

„Chase?" Erin schüttelte verwirrt den Kopf.

„Ja, Chase", ungeduldig setzte sich Jess auf. „Der hat morgen frei."

„Wozu solltest du Chase anrufen?"

„Damit er herkommt und mit dir Sex hat", erwiderte Jess völlig unkompliziert.

„Hast du den Verstand verloren?!"

„Scheiße, bist du prüde, Erin. Chase ist Single, sieht nett aus und ist gut bestückt.“ Jess grinste breit: „Seine Ausdauer ist ebenfalls nicht von schlechten Eltern. Oral hat er zwar nicht viel drauf, aber ...“

„Jess“, stöhnte Erin laut auf und kniff die Augen zu: „Ich schwöre dir, wenn du ihn anrufst, bringe ich dich um!“

„Tja, dann musst du es wohl selbst in die Hand nehmen.“

„Jess!“ Sie ließ einen kleinen Schrei hören: „Ich brauche keinen Sex, ich brauche einen Job! Wenn es so weiter geht, bin ich total pleite und weiß nicht einmal, wie ich meine Miete bezahlen soll! Mein Studium werde ich dann endgültig abschreiben können!“

Bisher hatte sie es vermieden, sich die Konsequenzen vor Augen zu führen, aber der Gedanke an ihre unsichere Zukunft verursachte enorme Angstzustände.

„Okay“, Jess rückte Erins Kissen hinter ihrem Kopf zurecht. „Was war denn falsch an der heutigen Stelle? Eine eifersüchtige Ehefrau?“

„Nein“, unsicher fingerte sie am Ärmel ihres Shirts herum. Wenn sie Jess erzählte, dass ihr potentieller Arbeitgeber sie für eine Stripperin gehalten hatte, würde ihre Freundin nicht verstehen, warum sie dem Job eine Absage erteilt hatte. Für Jess schien eine solche Verwechslung ein Kompliment zu sein.

„Schieß los! Irgendetwas muss doch passiert sein.“

„Ich will nicht drüber reden ...“

„Aha!“

Erin runzelte finster die Stirn: „Du fängst wirklich an, mir tierisch auf die Nerven zu gehen, Jess.“

„Mein Training war beschissen, also brauche ich etwas Ablenkung“, keineswegs eingeschüchtert oder betrübt grinste Jess immer noch.

Weil Jess nicht eher Ruhe geben würde, bis Erin ihr jedes peinliche Detail ihres Vorstellungsgesprächs erzählt hätte, berichtete sie genervt von der Konfrontation mit dem aufdringlichen Vater. Anders als erwartet lachte Jess jedoch nicht, sondern fragte voller Ehrfurcht: „Tom Peacock? Der Footballspieler? Du warst in Tom Peacocks Wohnung?“

Da sich Erin nicht für Football interessierte, zuckte sie mit der Schulter: „Was ist so besonders an ihm? Im Dossier stand zwar, dass der Vater Sportler ist ...“

„Willst du mich verarschen?“ Sie seufzte entzückt auf. „Tom Peacock ist eine Legende! Ein großartiger Cornerback ...“

„Cornerback?“, unterbrach Erin sie ahnungslos.

„Ja“, nun war es an Jess, genervt aufzustöhnen: „Das sind Verteidiger beim Football, die gegnerische Wide Receiver decken. Tom Peacock ist vermutlich der beste Cornerback der letzten zwanzig Jahre, Erin! Der Mann ist phantastisch!“

Erin hielt ihn weder für großartig noch für phantastisch. Ihrer Meinung nach war er ein überheblicher Macho mit zu viel Selbstbewusstsein.

„Sieht er in natura genauso gut aus wie im Fernsehen?“, fragte Jess mit schwärmender Stimme. „Oh Mann, in seiner Gegenwart bekäme ich sicher ein feuchtes Höschen.“

„Sag mal, musst du so reden?“

„Na klar“, ohne Reue grinste Jess frech. „Wenn du wüsstest, wie scharf mich muskulöse Sportler machen, würdest du nicht fragen! Ich habe die Tänzer mit ihren drahtigen Körpern langsam satt und würde mich lieber an einen richtigen Mann schmiegen ...“

„Carlos war Bodybuilder“, spielte Erin auf einen Verflossenen ihrer Freundin an.

„Ja, außerdem schluckte er Anabolika und bekam davon einen winzigen Schwanz. Also zurück zu Tom Peacock ...“

„Ich will nicht mehr drüber reden.“

„Du verdirbst einem auch jeden Spaß! Findest du nicht auch, dass er wie eine Mischung aus Paul Walker und Matthew McConaughey aussieht? Natürlich deren jüngere Versionen.“

Erin bemerkte einen stechenden Schmerz hinter ihrer Stirn und rieb sich die Nasenwurzel. „Jess ... ich bin müde.“

„Schon gut“, die feixende Jess schwang sich aus dem Bett und marschierte belustigt aus dem Zimmer, um kurz im Türrahmen stehen zu bleiben und sich umzudrehen.

„Falls ich doch noch Chase anrufen soll ...?“

„Raus mit dir!“ Unbeherrscht warf Erin ein Kissen nach Jess und hörte deren wieherndes Lachen.

„Hör zu, Elaine. Das ist nicht meine Schuld!“

„Wie soll es nicht deine Schuld sein?! Weißt du eigentlich, wie schwer es war, eine vernünftige Betreuung auf die Schnelle zu finden? Tom, was ist bloß in dich gefahren?!“

Tom massierte sich seine schmerzende Stirn und warf einen Blick in sein Wohnzimmer, in dem einige seiner Teamkollegen grölten und Bierchen zischten. Anstatt sich ihnen anzuschließen, telefonierte er sich die Finger wund und ignorierte seine schmerzende Wange.

Elaine Gordon, seine knallharte Agentin, machte ihm seit geschlagenen fünf Minuten die Hölle heiß, weil er seine Mails nicht gelesen, wieder einmal seinen Terminplan nicht gecheckt und ein potentielles Kindermädchen vergrault hatte.

„Ich hatte keine Ahnung, dass Zoey zu mir kommt. Die Kleine hat mich noch nie besucht!"

„Natürlich hat sie dich noch nie besucht", schimpfte seine Agentin zurück, „deine Tochter ist erst vier Jahre alt und war bisher viel zu klein, um zu dir nach New York zu fliegen."

Stöhnend lehnte sich Tom gegen einen Küchenschrank: „Elaine, bei aller Liebe, aber ich habe momentan so viel zu tun. Können wir Zoeys Besuch nicht etwas verschieben? Damit ich mehr Zeit für sie habe."

Plötzlich klang seine Agentin genau wie seine Mutter. „Du sagst seit vier Jahren, dass du *momentan* so viel zu tun hast. Zoey ist deine Tochter, also übernimm endlich etwas Verantwortung für sie. Du hast bei ihrer Geburt eine Vereinbarung unterschrieben, die nicht nur Alimente betraf, sondern auch die Besuchszeiten regelte. Bisher haben sich deine Besuche auf ein Minimum beschränkt, Tom, doch du hast dich damals dazu bereit erklärt, sie ab ihrem vierten Lebensjahr für einige Wochen während des Sommers zu dir zu nehmen."

„Ja ... okay." Tom blickte auf den Küchenboden. „Aber ..."

„Kein *aber*!“

„Aber“, fügte er gereizt hinzu: „Ich habe keine Ahnung, was ich mit ihr anstellen soll, Elaine. Über vierjährige Mädchen weiß ich überhaupt nichts.“

„Deshalb hatte ich eine Agentur eingeschaltet, die auf die Schnelle ein großartiges Kindermädchen aufgetrieben hat, das du mit einer Prostituierten verwechseln musstest und ...“

„Mit einer Stripperin“, entgegnete Tom sofort.

„Darum geht es nicht! Nicht alles auf der Welt dreht sich um Tom Peacock, verstanden?“

„Mhh.“ Er rieb über seine Jeans und warf seinem Teamkollegen Blake O’Neill, der die Küche betrat und ihn fragend ansah, einen gequälten Blick zu.

„Alles klar, Tomcat?“

Er verdrehte die Augen. Blake zuckte mit der Schulter und schob sich an seinem Kumpel vorbei, um aus dem Kühlschrank ein neues Sixpack zu holen. Der Runningback war vor zwei Tagen selbst erst aus dem Urlaub zurückgekommen und wies im Nacken einen hübschen Sonnenbrand auf.

„Vielleicht rufe ich meine Mutter an und bitte sie, herzukommen, um auf Zoey aufzupassen.“

Elaine schnaubte in den Hörer hinein: „Träum weiter. Krieg’ endlich deinen Hintern hoch und setze dich mit der Agentur in Verbindung. Zoey wird am Montag ankommen. Bis dahin solltest du alles geregelt haben.“ Es klickte. Seine Agentin hatte einfach aufgelegt.

Dem neugierigen Blick seines Kumpels, der eine Flasche Corona geöffnet hatte und daran nuckelte, wich er aus und knallte den Hörer auf die Arbeitsfläche. „Verfluchte Scheiße!“

„Was ist denn los?“

Seufzend nahm ihm Tom eine Flasche ab, öffnete diese und trank einen großen Schluck. Er gab es nicht gerne zu, aber Elaine hatte Recht. In den letzten vier Jahren hatte er sich nicht wirklich mit Ruhm bekleckert, was seine Tochter betraf. Er sah sie kaum und beschränkte seine Besuche bei ihr in Kalifornien auf ein Minimum. Zoey war ein süßes Mädchen, das sich ihm gegenüber immer zurückhaltend benahm. Tom fand wirklich, dass sie absolut niedlich war, jedoch empfand er keinerlei Vatergefühle für sie. Sein älterer Bruder Trev hatte zwei Kinder und ging völlig in der Vaterrolle auf. Als die beiden noch Säuglinge gewesen waren, hatte er sie gebadet, ihnen die Windeln gewechselt und sie gefüttert. Mittlerweile band er ihnen die Schnürsenkel zu und brachte ihnen das Fahrradfahren bei. Tom dagegen überwies jeden Monat Alimente und schickte Zoey Geschenke. Wenn er sie sah, war er gehemmt und wusste nie, wie er sich ihr gegenüber verhalten sollte. Himmel, wie kam Zoeys Mutter überhaupt auf die Idee, *ihm* zehn Wochen lang ihre Tochter anzuvertrauen?

„Ich brauche ein Kindermädchen.“ Er lehnte die kalte Bierflasche an die Stirn. „Du kennst nicht zufällig eines?“

„Wozu brauchst du denn ein Kindermädchen?“ Julian Scott betrat ebenfalls die Küche und sah ihn fragend an.

Tom betrachtete den imposanten Wide Receiver nachdenklich. „Kennst du denn eins?“

Kopfschüttelnd nahm Julian einen Taco und biss genüsslich hinein. „Wenn Liv und ich ausgehen, haben wir einen Babysitter für Brianna. Sie ist die Tochter einer Nachbarin, die bald aufs College geht. Aber ein Kindermädchen? Keine Ahnung", bevor er ein weiteres Mal in seinen Taco beißen konnte, sah er ihn mit einem ironischen Blick an und grinste breit. „Was aber nicht meine Frage beantwortet."

Tom seufzte dumpf und spülte den bitteren Beigeschmack seiner aktuellen Situation mit einem Schluck Bier hinunter. „Ich habe eine Tochter, die mich besuchen kommt ..."

„Du hast eine Tochter?" Blake zwinkerte eulenartig.

„Mhh", Tom senkte den Kopf und griff sich zwischen die Augen.

„Echt jetzt?"

„Ja, verdammt", er sah seinen Teamkollegen böse an. „Was soll daran so besonders sein?"

„Nun ...", Blake wand sich verlegen: „Nichts für ungut, Tomcat, aber du hast nie etwas gesagt ..."

„Schon gut", Tom wusste selbst nicht, weshalb er bei diesem Thema dermaßen empfindlich war. Am liebsten hätte er jeden Gedanken an seine Vaterpflichten verdrängt, auch wenn das hart klang, aber er fühlte sich nicht wie ein Vater – oder wie sich ein Vater fühlen sollte. Ein kurzer Blick auf Julian, der noch immer seinen Taco mampfte und sich aus der Diskussion heraushielt, sprach für sich. Der ältere Wide Receiver war glücklich verheiratet, stolzer Vater eines kleinen Mädchens, das er vergötterte, und verkörperte all das, was Tom nicht war. Tom war nämlich sehr zufrieden mit seinem Leben und hatte auch nicht vor, es in nächster Zeit zu ändern. Er war nicht einmal dreißig, liebte seinen Job, auf den er sich voll und ganz konzentrierte, mochte es, ungebunden zu sein und entscheiden zu können, was er tat, wohin er ging und wofür er seine Freizeit opferte, und er mochte es außerordentlich, niemanden Rechenschaft über irgendetwas abliefern zu müssen. Zwar beschwerte sich sein Vater schon seit geraumer Zeit, dass er endlich erwachsen werden sollte, aber Tom hatte nicht das Gefühl, noch ein Teenager zu sein. Er war sehr wohl erwachsen, auch wenn sein alter Herr glaubte, dass man nur erwachsen war, wenn man einen Bürojob hatte.

„Wozu brauchst du überhaupt ein Kindermädchen?“ Blake rümpfte die Nase: „Die Saison geht schließlich noch nicht los und du hast frei ...“

Mit einem ungläubigen Blick fixierte Tom seinen Teamkollegen. „Sehe ich so aus, als wüsste ich, was ich mit einem vierjährigen Mädchen anfangen soll?“

„Aber sie ist deine Tochter ...“

Julian räusperte sich und klang dabei ziemlich amüsiert. „Wie heißt sie denn? “

Tom wandte seine Aufmerksamkeit seinem Freund zu und erwiderte knapp. „Zoey.“

„Ein hübscher Name. Hast du schon ein Kinderzimmer eingerichtet? Wie ich in letzter Zeit erfahren habe, stehen kleine Mädchen momentan auf *Hello Kitty* und *Hannah Montana*.“

„*Hannah Montana*?“ Blake schien sich beherrschen zu müssen, dass er das Bier nicht durch seine Nasenlöcher von sich gab. „Das klingt wie der Name einer Pornodarstellerin und was *Hello Kitty* betrifft ...“

„Shit.“ Tom fuhr sich durch sein dunkelblondes Haar. „An ein Kinderzimmer habe ich gar nicht gedacht.“

„Wie lange wird sie denn bleiben?“

Tom antwortete Julian nicht sofort, denn er war überzeugt, dass Zoey nach spätestens einer Woche von ihrer Mutter wieder abgeholt würde, die ihn als verantwortungslosen und egoistischen Mistkerl anbrüllen würde, bevor sie diesen Halsabschneider von Anwalt auf ihn hetzen könnte, um ihm noch mehr Geld abzuknöpfen. Ganz sicher hätte Zoey nach wenigen Tagen Heimweh und würde nicht länger bei ihrem Dad bleiben wollen, der nicht einmal wusste, ob seine Tochter diese *Hannah Arkansas* oder *Hello Polly* mochte. Hätte er einen Sohn anstatt einer Tochter, könnte er ihm wenigstens beibringen, wie man einen Football warf und fing. Aber ein kleines Mädchen? Das war nicht seine Welt.

„Hey!" Brian Palmer betrat ebenfalls die Küche, die beinahe aus allen Nähten zu platzen schien. „Wir verdursten bald, wenn ihr nicht langsam für Nachschub sorgt!"

„Klappe, Rabbit", Julian bedachte seinen besten Kumpel mit einem Grinsen. „Benimm dich, oder ich erzähle deiner Frau, dass du dich unmöglich benommen hast."

Der Quarterback verdrehte die Augen. „Teddy glaubt eher mir als dir. Außerdem werde ich ihr heute Nacht noch einmal die Gründe vorführen, weshalb sie mich geheiratet hat", Brian grinste vielsagend. „Deshalb denke ich nicht, dass sie sich bei mir über irgendetwas beschweren wird ..."

„Bitte! Keine Details", Julian schüttelte den Kopf und erklärte an die beiden Junggesellen gewandt: „Nach der ersten Nacht in Mexiko haben Liv und ich uns einen anderen Bungalow geben lassen. Das

Gestöhne aus dem Schlafzimmer der beiden war nicht auszuhalten!“

Brian grinste breit. „Nur kein Neid, mein Freund.“

„Wenn ihr erst einmal ein Kleinkind habt, Rabbit, können wir uns noch einmal unterhalten. Bis dahin leihe ich dir Brianna gerne an den Wochenenden aus, damit du siehst, wie dein Liebesleben dem Alltag weicht.“

„Gib meinem Patenkind nicht die Schuld daran, dass du altersbedingte Erektionsstörungen hast, Scott!“

„Erektionsstörungen?!“ Julian boxte Brian, der amüsiert zur Seite wich, was in der vollen Küche nur unter Schwierigkeiten gelang, und schnaubte wütend. „Ich habe meine Frau zum wiederholten Mal geschwängert, kaum dass wir nicht mehr verhütet haben. Bei dir ist dagegen noch nichts passiert!“

„Ich hätte nichts gegen ein Baby“, Brian seufzte niedergeschlagen. „Aber Teddy will noch warten.“

„Was ich ihr nicht verdenken kann, wenn ich bedenke, wie du dich bei Briannas Geburt angestellt hast.“

Die spielerische Streiterei ging noch ein wenig weiter, während Blake und Tom stumm daneben standen. Als Brian jedoch begann, mit Julian über dessen Tochter und sein Patenkind Brianna zu schwärmen, die gerade mit dem Laufen anfing und ihn bei seinem letzten Besuch mit einer vollen Windel beglückt hatte, hatte Tom das Gefühl, sich im falschen Film zu befinden.

„Liv hat noch zwei Tage lang behauptet, dass du ein richtiger Softie wärst, weil du Brianna ein Lied vorgesungen hast, als du ihr die Windeln gewechselt hast, Rabbit. Wir konnten es über das Babyphone hören. Teddy hat sich vor Lachen kaum eingekriegt."

Der Runningback Blake O'Neill schnaubte angewidert, was ihm Tom nicht verdenken konnte. Julian und Brian waren glücklich verheiratete Ehemänner, die einem mit ihren Liebesschwüren auf den Sack gehen konnten. Zwar mochte Tom sowohl Liv, Julians Frau, als auch Teddy, die nicht nur Brians kürzlich Angetraute, sondern auch seine Chefin und eine verdammt clevere Footballmanagerin war, aber es nervte ihn, wenn seine Teamkollegen ständig über ihre Frauen säuselten, anstatt sich über die heißen Cheerleader zu unterhalten oder mit ihnen in Stripclubs zu gehen.

Blake explodierte. „Sind wir hier bei Oprah? Ihr seid Männer und solltet nicht über volle Windeln reden ..."

Als Julian seinem Kumpel lachend auf den Rücken schlug, sich ein neues Sixpack schnappte und mit Brian die Küche verließ, beugte sich Blake zu Tom und erklärte halblaut: „Ich habe Stripperinnen bestellt, Tomcat. Die müssten bald eintrudeln. Hoffentlich ist dann Schluss mit dem Windelthema."

Tom stieß einen imaginären Seufzer aus und nahm noch einen Schluck Bier. Wenigstens konnte man sich auf Blake verlassen, der wusste, was unverheiratete Footballspieler brauchten – Alkohol und heiße Weiber, die sich zu *Pour sugar on me* auszogen. Ganz spontan entschied Tom, dass er sich heute Abend auf die Party in seiner Wohnung konzentrieren sollte. Außerdem machte es mehr Spaß, Tangas dabei zu beobachten, wie sie zu Boden segelten, anstatt sich über Kindermöbel und Kindermädchen Gedanken zu machen.

2. Kapitel

„Hi, Dad."

„Hallo, Pumpkin."

Erin drückte ihrem Dad, der in seinem Fernsehsessel saß und Jeopardy ansah, einen Kuss auf die beginnende Halbglatze und hielt ihm eine Schachtel seiner Lieblingsbäckerei vor die Nase.

Strahlend nahm er sie entgegen und lächelte seiner ältesten Tochter dankbar zu. „Woher wusstest du das?"

Seufzend zog Erin ihre Jacke aus und legte sie ordentlich über die Lehne der Couch. „Mom hat mich angerufen, damit ich heute noch vorbeikomme. Dabei erwähnte sie, dass sie für die Hochzeit abnehmen will und ab heute nur noch vegan kocht."

Ihr Dad schnaubte verächtlich. „Ich liebe deine Mutter, Pumpkin, aber sie sollte sich in Therapie begeben."

Erin lachte amüsiert auf. Ihre Mutter war eine fröhliche Frau, die jedoch ständig mit ihrem Gewicht haderte und mit neuen Diäten ankam, die sie alle ausprobieren musste, um dann nach spätestens vier Tagen zu kapitulieren. Die vegane Küche würde da sicher keine Ausnahme bilden.

Ihr Vater hatte die ständigen Diätversuche seiner Frau satt. Während sie kein Gramm abnahm und deswegen stets schlecht gelaunt war, war er gezwungen, mit ihr zu hungern, und verlor im Gegensatz zu ihr immer Gewicht, was sie ihm dann vorhielt. Da er jemand war, der seine Ruhe haben wollte, konnte Erin verstehen, dass er so ablehnend auf eine vegane Diät reagierte. Ihr Dad liebte es, in aller Ruhe Fernsehsendungen zu schauen oder allein in seiner Garage an einem *Buick Roadmaster* aus dem Jahr 1948 herumzuschrauben, wenn er nicht gerade den *Thunderbird* bewunderte, den er in jahrelanger Arbeit restauriert hatte.

Als Kind hatte Erin die meisten Sonntage mit ihrem Dad verbracht, um einen *Cadillac Fleetwood* wieder straßentauglich zu machen. Merkwürdigerweise hatte nicht einmal das Gezeter ihrer Mom den Spaß verdorben, den sie und ihr Dad an diesen Sonntagen erlebt hatten, wenn sie abends mit ölverschmierten Fingern am Esstisch saßen und Sandwiches verspeisten. Zur Erleichterung ihrer Mom war Erins Begeisterung für Autoreparaturen jedoch mit dem Aufkommen der Pubertät verschwunden. Erin hatte ihrem Dad nur noch dann Gesellschaft geleistet, wenn sie ihm eine Freude machen oder ihn fröhlich stimmen wollte, falls sie mehr Taschengeld oder die Erlaubnis für Makeup von ihm brauchte.

„Ich werde sehen, was ich machen kann, Dad."

„Vegan?!" Sein Blick hing weiterhin an der Mattscheibe, als ein Kandidat das Thema *Exotische Früchte* wählte. „Bin ich ein Kaninchen, das an Möhren nagt?"

Grinsend stellte Erin fest. „Ich schätze, dass ich jetzt *nein* sagen soll."

Plötzlich wechselte ihr Dad das Thema und fragte besorgt: „Brauchst du etwas Geld, Pumpkin?"

Errötend schüttelte Erin den Kopf. „Dad ..."

„Ich mache mir Sorgen, Pumpkin. Wieso ziehst du nicht wieder zu uns? Dann könntest du dir die Miete und die ganzen Nebenkosten sparen."

„Das hatten wir doch schon besprochen."

„Deine Mom kann anstrengend sein – ich weiß. Aber du solltest wirklich darüber nachdenken, ob du nicht wieder zu uns ziehst und hier das letzte Jahr deines Studiums absolvierst, Erin. Das wäre eine vernünftige Lösung."

Vielleicht war es tatsächlich vernünftig, aber Erin wusste, dass sie mit hundertprozentiger Sicherheit nach spätestens drei Monaten in eine Nervenheilanstalt eingeliefert werden müsste, wenn sie mit ihrer anstrengenden Mutter, ihrer genauso anstrengenden Schwester und deren ständig rülpsenden Verlobten Corey sowie ihrem Dad, den sie zwar heiß und innig liebte, der jedoch die nervtötende Angewohnheit hatte, sie mit seinem Werkstattleiter Simon verkuppeln zu wollen, unter einem Dach wohnen müsste. Abgesehen davon wollte sie nicht an eine staatliche Uni wechseln.

Bevor sie etwas entgegnen konnte, erklärte ihr Dad betont beiläufig. „Simon könnte dir beim Umzug helfen und ..."

„Dad!"

„Dave", kreischte ihre Mom durchdringend aus der Küche und kam keine Sekunde später wie eine Furie ins Wohnzimmer gepoltert, wobei ihre Gesichtsfarbe großartig mit dem immer noch feuerroten Haar korrespondierte. „Habe ich dir nicht tausendmal gesagt, dass du aufhören sollst, Erin mit Simon verkuppeln zu wollen?!"

Ihr Vater schnappte nach Luft und ähnelte damit einem Karpfen auf dem Trockenen. „Aber ..."

„Kein Aber", wütete ihre Mom: „Simon ist ein absoluter Hohlkopf! Er ist ein Trottel, der nicht gut genug für meine Tochter ist!"

„Simon ist ein hartarbeitender Automechaniker ..."

„Schluss damit!“ Beth Hamilton zog Erin mit sich und zischte ihrem Mann aufgebracht zu: „Kein Wort mehr über Simon, oder ich vergehe mich an deiner Schrottkarre!“

„Beth“, protestierte ihr Mann, während seine Frau mit Erin im Schlepptau das Wohnzimmer in Richtung Küche verließ.

„Er macht mich wahnsinnig“, Beth drückte Erin in ihrer Küche auf einen Stuhl und stellte sich gleich darauf wieder an den Herd. „Simon hier, Simon da. Wie kann er überhaupt daran denken, ihn mit dir verkuppeln zu wollen?“

Während ihre Mutter nun einen kleinen Monolog über die Dämlichkeit ihres Mannes, Simons angeblich nicht vorhandene Intelligenz und die absolute Ignoranz von Männern im Allgemeinen hielt, lehnte sich Erin seufzend zurück. Es war sehr lieb, dass ihre Mom sie aus den Fängen ihres Dads gerettet hatte, aber leider wusste Erin, dass ihre Mom sie nicht umsonst hergebeten hatte. Vermutlich ging es um das geplatzte Jobangebot, um Hollys Hochzeit oder um die Idee, Erin hier wohnen zu lassen. Wenn sie Pech hatte, ging es auch um alle drei Themen.

Bevor ihre Mom überhaupt geendet hatte, platzte Holly in die Küche hinein und stöhnte verdrießlich. Anscheinend kam sie gerade von ihrer Arbeit, da sie ihre Tasche achtlos auf den Tisch warf und sich aus ihrer karamellfarbenen Lederjacke schälte „Wenn das so weiter geht, werde ich kündigen! Mom, was gibt es zu essen? Corey kommt auch gleich nach Hause und hat Hunger.“

Erin schnitt eine Grimasse, als Holly zu Protestschreien ansetzte, weil ihre Mom nur *Grünzeug, das kein Schwein isst,* gekocht hatte. Während sich die beiden Frauen am Herd über das Essen stritten, überprüfte Erin ihre Mails und musste erkennen, dass sich ihre Agentur noch nicht bei ihr gemeldet hatte, was nichts anderes bedeutete, als dass kein neues Jobangebot zur Verfügung stand. Als würde ihre Mutter Gedanken lesen, schenkte sie ihr wieder ihre Aufmerksamkeit.

„Erin ... jetzt erzähl mir doch bitte noch einmal von deinem gestrigen Vorstellungsgespräch!"

„Oh nein!" Holly schnaubte wütend und ließ sich neben Erin auf einen Stuhl fallen. „Wenn Erin schon einmal da ist, werden wir über die Hochzeitsvorbereitungen sprechen, Mom! In weniger als 10 Wochen werden Corey und ich getraut, aber ich habe noch nicht einmal ein Kleid! Ganz abgesehen von den Kleidern der Brautjungfern oder den Blumen! Und was wird aus meinem Junggesellinnenabschied? Darum wird sich Erin kümmern müssen!"

„Was?!" Aus ihren eigenen Gedanken gerissen, starrte Erin ihre jüngere Schwester an, die nachdrücklich nickte. Bisher hatte sie sich aus den Vorbereitungen zu dieser Hochzeit heraushalten können, aber Hollys tyrannisches Gesicht versprach ihr, dass sich dies nun ändern würde.

„Du hast momentan eh nichts zu tun! Also kannst du dich auch darum kümmern!"

„Moment mal."

„Holly", zeterte ihre Mutter. „Ich will mich mit deiner Schwester über ihr Vorstellungsgespräch unterhalten. Da wird deine Hochzeit kurz warten können!"

„Ihr wisst alle nicht, welchem Stress ich ausgesetzt bin“, konterte Holly volltönend. „Eine Hochzeit zu organisieren, ist harte Arbeit!“

Nase an Nase standen sich ihre Mom und Holly gegenüber und redeten dabei wütend aufeinander ein.

Wie Erin hatte Holly das hellrote Haar ihrer Mom geerbt, das jedoch wie auch sonst zu einer spektakulären Löwenmähne frisiert war – im Gegensatz zu Erins Haar, das glatt und wie meistens zu einem strengen Pferdeschwanz gebunden war. Während Hollys hellgrüne Augen dick getuscht und geschminkt waren, versteckte Erin ihr eigenes Augenpaar hinter ihrer obligatorischen Hornbrille. Was ihrer Mutter sofort als Anlass diente, das Gespräch wieder in andere Bahnen zu lenken und Erin anzugiften. Anscheinend wirkte bereits der sechsstündige Verzicht auf Zucker und Kohlenhydrate, da Beth Hamilton vor Wut beinahe Schaum vor dem Mund hatte, wie Erin genervt bemerkte.

„Du weißt genau, dass ich es nicht ausstehen kann, wenn du diese Brille trägst! Vergiss nicht, dass ich mit bei Dr. Mitchell war, Erin! Du brauchst lediglich eine Lesebrille und ...“

„Du siehst aus wie Grandma Cooper“, Holly biss in eine Birne und mampfte erregt darauf herum, während sie ihrer Mutter Recht gab. „Ich schwöre dir, wenn du auf meiner Hochzeit dieses hässliche Gerät trägst, erschlage ich dich!“

„Ach herrje! Das hatte ich völlig vergessen.“ Beth Hamilton wedelte mit ihrem Kochlöffel herum und sauste zurück ins Wohnzimmer, aus dem man nur noch ihre durchdringende Stimme hören konnte: „Dave!“

„Schrei nicht so! Ich sehe gerade Jeopardy“, brüllte Erins Dad nicht minder leise zurück.

Die Stimme ihrer Mom überschlug sich beinahe. „Warst du gestern bei meiner Ma und hast dich um ihren kaputten Boiler gekümmert?“

Holly schloss schnell die Tür zur Küche und zischte ihrer Schwester im Flüsterton zu: „Ich will einen Stripper zum Junggesellinnenabschied!“

Das hatte Erin gerade noch gefehlt! „Was?“

„Du hast schon verstanden!“ Die Augen ihrer Schwester funkelten so vergnügt, als stünde der Stripper bereits vor ihr und ließe sich von ihr einölen.

„Aber warum flüsterst du?“

Holly verdrehte die Augen: „Weil Mom das nicht mitbekommen soll, sonst kommt sie noch auf die Idee mitkommen zu wollen ...“

„Warum ist die Tür zu?“ Ihre Mom schob ihr nicht unbeträchtliches Hinterteil, das in engen Leggings steckte, durch den Türrahmen. „Wehe, ihr sabotiert mein veganes Essen!“

Wieder ging das Gezicke um das heutige Abendessen zwischen Holly und ihrer Mom los, während Erin der Kopf dröhnte. Bis heute war es ihr unbegreiflich, wie sie es geschafft hatte, in diesem Haushalt bis zur Collegezeit zu überleben.

„Wenn du abnehmen willst, solltest du eine Saftkur machen. Oder du nimmst entschlackende Drinks zu dir“, riet Holly und warf den Rest ihrer Birne in den Müll. „Eine Freundin meiner Arbeitskollegin hat mit Eiweißshakes fünf Kilo in einer Woche verloren!“

„Wirklich?“

„Mom“, protestierte Erin aufgebracht: „Du solltest nicht einmal im Traum daran denken, diesen Mist zu dir zu nehmen! Du tust deinem Körper damit nichts Gutes ...“

„Ja ja, Miss Superklug“, spottete Holly. „Mom will für meine Hochzeit abnehmen! Als könnten ein paar Drinks ...“

„Beth!“ Ihr Dad unterbrach seine jüngste Tochter und stellte sich in den Türrahmen, um ein wenig unsicher die drei rothaarigen Frauen anzuschauen, die ihm entgegenblickten. „Ich fahre eben zu deiner Ma und schaue mir den Boiler an ...“

„Mach das!“

„Ich ... äh ... ich nehme Simon mit ... und dann könnten wir ja alle hier zu Abend essen und ...“ Sein Blick schweifte zu Erin, was bei ihrer Mutter zu einem regelrechten Wutgeschrei führte, bevor sich auch Holly einmischte.

„Aber Beth ...“

„Ich habe dich gewarnt, Dave!“

„Simon ist doch ganz nett, außerdem braucht Erin ein Date für meine Hochzeit!“ Hollys Stimme wurde immer lauter: „Sie ist meine erste Brautjungfer, also muss sie einen Mann mitbringen. Wie sieht das sonst aus?!“

„Simon ist ein netter ...“

Beth Hamilton schnaubte. „Wenn sie jemanden mitnimmt, sollte es schon der Neffe meiner Zumba-Partnerin sein. Der ist Arzt ...“

„Ein Arzt?! Das sind alle Snobs! Automechaniker verdienen ehrliches Geld“, warf ihr Dad ein, wurde jedoch sofort von seiner jüngsten Tochter unterbrochen.

„Hat Simon überhaupt einen Anzug? Er darf keinen blauen anziehen – alle Männer *müssen* schwarze

Anzüge tragen! Wie sieht das sonst auf den Fotos aus?!“

„Was meinst du mit *ehrlichem Geld*, Dave? Harriets Neffe ist Proktologe und muss für sein Geld auch hart arbeiten ...“

„Proktologe? Um Himmels willen, Beth! Meine Tochter wird mit keinem Mann ausgehen, der anderen Männern den Finger in den Arsch steckt!“

„Dave!“

„Oh Gott! Das tun Proktologen? Ich dachte, das wären Fußärzte“, warf Holly schockiert ein. „Ich will keine Proktologen auf meiner Hochzeit haben!“

„Podologen sind Fußärzte“, erklärte Erin, doch niemand schenkte ihr Beachtung.

Ihr Vater wütete nun gegen seine jüngste Tochter los. „Kannst du wenigstens ein einziges Mal aufhören, über deine Hochzeit zu reden?! Es geht hier um Erin und Simon ...“

„Nein, das tut es nicht, Dave!“

Da Erin daran gewöhnt war, solche Familienstreitigkeiten zu erleben, beging sie nicht den Fehler, sich einzumischen, sondern wartete einfach ab, dass sich ihre Eltern und Holly auf ein anderes Thema versteiften, was sicherlich ziemlich schnell der Fall sein würde. Also lauschte sie noch einige Minuten dem Streit über Simon, Proktologen, die Hochzeitsvorbereitungen und veganes Essen. Als jedoch ihre Schwester wiederholt darüber lamentierte, dass Erin unbedingt ein Date mit zu ihrer Traumhochzeit nehmen müsste, spürte sie, dass selbst ihre Geduld Grenzen hatte.

Mit einer Stimme, die keinen Einwand zuließ, fauchte sie ihre Schwester an. „Ob ich ein Date zu deiner Hochzeit mitbringe, geht dich nichts an!“

„Und ob! Ich will, dass meine Hochzeit perfekt ist und ...“

Zwar hatte Erin große Bedenken, dass Hollys Glück einzig daran hing, ob ihre Schwester ein Date zur Hochzeit mitbrachte, aber sie seufzte widerwillig auf. Früher oder später würde Holly mit Corey auf die Nase fallen, deshalb sollte sie wenigstens ihre Traumhochzeit bekommen. „Wenn es dir so wichtig ist, werde ich schon jemanden finden und mitbringen, aber ...“

Sofort begannen ihre Eltern die jeweiligen Vorzüge ihrer Kandidaten zu loben, doch Erin unterband die Ausführungen eilig. Sie war weder scharf darauf, Simon als Tischpartner zu haben, der die furchtbare Angewohnheit hatte, in seinen Ohren zu bohren, und der für jeden Gedankengang eine Ewigkeit zu brauchen schien, noch wollte sie den Neffen der Zumbapartnerin ihrer Mutter kennenlernen, auch wenn er der aufgehende Stern am Proktologenhimmel war, wie ihre Mutter mit schwärmerischer Stimme erklärte.

„Ich werde mich nicht mit Simon verabreden, Dad“, entgegnete sie fest und erklärte auch an ihre Mutter gewandt: „Den Proktologen werde ich ebenfalls nicht daten, Mom.“

„Aber warum denn nicht?“

„Weil ...“

Holly schnaubte angewidert auf. „Mom! Kannst du dir das nicht denken? Männer, die anderen Männern am Arsch rumfummeln, wollen bestimmt Analsex haben.“

„Holly!“

Das dringende Bedürfnis unterbrechend, mit dem Kopf gegen die Wand zu schlagen, erstickte Erin ihr erschrockenes Lachen, während ihr Dad in dröhnendes Gelächter ausbrach und ihre Mom einen ihrer Anfälle bekam.

Unter dem Gemecker zwischen Mutter und jüngster Tochter schnappte sich Erin ihre Tasche. Das entging natürlich nicht ihrem Vater, der fragend beide Augenbrauen hochzog.

„Willst du denn nicht zum Abendessen bleiben?“

„Die Gespräche über Proktologen haben mir den Appetit verdorben.“

Er nickte gequält. „Kann ich verstehen, Pumpkin. Danke noch einmal für die Muffins. Die retten mir den Abend.“

„Du bist so ein Arschloch, Tom.“

„Mrs. Landon, bitte unterlassen Sie solche Beleidigungen.“

Jennifer Landon, die Mutter seines Kindes, funkelte Tom über den glänzend polierten Konferenztisch seines Anwalts an, ignorierte diesen und empörte sich weiter: „Zoey hat darauf gewartet, dass du sie anrufst ...“

„Es war das Superbowlfinale“, erwiderte er gereizt.

„Es war der Geburtstag deiner Tochter!“

„Ja, aber ich hatte ihr ein bombastisches Geschenk geschickt und mich zwei Tage später gemeldet!“

Die wütenden grauen Augen der perfekt geschminkten Frau funkelten mit den hochkarätigen

Diamantohrringen um die Wette, als sie ihn anbrüllte. „Du bist einfach nur rücksichtslos und interessierst dich nicht für deine Tochter!“

„Wirklich? Warum überweise ich dir dann jeden Monat diese exorbitanten Alimente, von denen du gut leben kannst?“

Er konnte ihr ansehen, dass sie keine Ahnung hatte, was *exorbitant* bedeutete, und genoss zwei Sekunden lang ihr ratloses Gesicht, das sehr hübsch gewesen wäre, wenn sie nicht ständig diesen zickigen Gesichtsausdruck getragen hätte.

„Du bist ein Schwein.“

„Mrs. Landon“, ermahnte sein Anwalt sie ein weiteres Mal und schüttelte strafend den Kopf.

Tom knirschte mit den Zähnen und fuhr sich entnervt durch sein Haar. Selbst die Klimaanlage im gediegenen Konferenzraum der Kanzlei seines Anwalts konnte nichts gegen die wütende Hitze tun, die jedes Mal in Tom aufstieg, wenn er auf Jennifer traf. Glücklicherweise sah er Jennifer so gut wie nie, wenn er Zoey in Kalifornien besuchte, da sie beide es für besser hielten, sich nicht über den Weg zu laufen. Die Kommunikation zwischen ihnen lief eigentlich nur über die jeweiligen Anwälte ab und hatte stets etwas von Geschäftsvereinbarungen. Sie hatten überhaupt nichts gemeinsam, bis auf die gegenseitige Abneigung und das Interesse an seinem Geld.

Als Jennifer nun damit begann, seinen angeblich verdorbenen Charakter durch den Kakao zu ziehen, und ihm Vorhaltungen wegen seiner nicht vorhandenen Vaterqualitäten machte, war er kurz davor zu explodieren, doch sein Anwalt mischte sich ein: „Mr. Patterson, bitte halten Sie Ihre Mandantin in Zaun. Wir hatten vereinbart, dass sowohl Mr. Peacock als auch Mrs. Landon von gegenseitigen Beschuldigungen und Beleidigungen absehen."

„Sie können mir gar nichts verbieten! Er *ist* ein schlechter Vater – und ich habe das Recht, das auch laut zu sagen!"

„Nein, das Recht haben Sie nicht", widersprach sein Anwalt Gregory Hamish vehement und schob die Kopie eines Vertrags über den Tisch. „Sie haben eine Erklärung unterschrieben, Mrs. Landon, dass Sie kein Wort über Ihr Verhältnis zu Mr. Peacock, über Zoey oder über Mr. Peacocks Beziehung zu Zoey in der Öffentlichkeit von sich geben. Müssen wir das etwa schon wieder besprechen?"

Beinahe hätte Tom über den Ton seines Anwalts geschmunzelt, wenn Jennifer nicht angefangen hätte, ihm zu drohen: „Was würden deine Werbepartner wohl dazu sagen, dass du deine eigene Tochter vernachlässigst?"

Während ihr Anwalt auf sie einredete und zu beruhigen schien, beugte sich Tom nach vorne und erklärte im gefährlichen Ton: „Daran solltest du nicht einmal im Traum denken, Jennifer."

„Meine Mandantin hat ihre Worte nicht so gemeint", ruderte ihr bleichgesichtiger Anwalt zurück, der im Gegensatz zu Jennifer sehr wohl wusste, mit welchen Konsequenzen sie zu rechnen hätte, wenn sie gegen die Vereinbarungen verstoßen sollte. Ihr Luxusleben könnte sie sich abschminken und müsste sich mit sehr viel weniger begnügen als den Tausenden von Dollar, die er ihr jeden Monat überwies. Natürlich wollte Tom seiner Tochter ein schönes Leben ermöglichen und hatte bereits Vorkehrungen für Zoeys späteres Studium getroffen, aber es würde ihm keine schlaflosen Nächte bereiten, sollte Jennifer nicht mehr in der Lage sein, sich eine Pediküre oder Gurkenmaske bei der Kosmetikerin ihres Vertrauens leisten zu können.

„Vielleicht sollten wir uns einfach auf die wesentlichen Dinge konzentrieren“, schlug Gregory jovial vor und nickte Tom mit einer beruhigenden Geste zu, dem das ganze Treffen überhaupt nicht gefiel.

Er hatte das halbe Wochenende gebraucht, um seinen Kater auszukurieren und seine Wohnung halbwegs auf Vordermann zu bringen, anschließend hatte er seinen Innenarchitekten beauftragt, innerhalb von einem Tag sein Billardzimmer in ein Kinderzimmer umzugestalten, und hatte dann einen Anruf seines Anwalts bekommen, dass Jennifer darauf bestand, ihn bei Gregory zu treffen und ihm dort Zoey zu geben. Bisher hatte er die Kleine nur kurz durch eine Glastür gesehen, als sie mit Gregorys Sekretärin an einem Tisch gesessen und gemalt hatte. Beinahe hätte er sie kaum erkannt, weil sie seit dem letzten Treffen vor einigen Monaten unglaublich groß geworden war.

„Ich will aber über Toms Interesse an Zoey reden.“ Jennifer funkelte ihn wütend an und klang dabei wie ein nörgelndes Kind. „Woher soll ich wissen, dass du vernünftig mit ihr umgehst? Vielleicht vergisst du sie irgendwo? Oder du gibst ihr Alkohol zu trinken?“

„Wie kommst du auf die schwachsinnige Idee, dass ich ihr Alkohol geben könnte?“ Er merkte, dass sein Hals vor Wut anschwoll.

„Weil du verantwortungslos bist und ständig mit deinen Footballfreunden abhängst, die Drogen nehmen …“

„Jetzt reicht es, Jennifer!“ Tom runzelte finster die Augenbrauen. „Lass mein Team da raus und hör’ endlich auf, so einen Scheiß von dir zu geben!“

Sie kniff die Lippen zusammen und fauchte anschließend: „Wer weiß, in welcher Umgebung du lebst und mit welchen Leuten du die ganze Zeit zusammenbist? Das ist kein Umgang für ein vierjähriges Mädchen!“

Jemand, der einige Jahre in einem Trailerpark gelebt hatte, sollte sehr kleine Brötchen backen, überlegte Tom aufgebracht und wäre Jennifer am liebsten an die Kehle gegangen. „Viele meiner engsten Teamkollegen haben selbst kleine Kinder! Zoey wird immer einen Spielkameraden haben und ...“

„Es kommt gar nicht infrage, dass du Zoey während der nächsten Wochen einfach abschiebst“, unterbrach sie ihn und zickte gleich weiter: „Sie ist deine Tochter! Also kümmere dich allein um sie!“

Mittlerweile klang sie genau wie seine Agentin Elaine, überlegte er wütend und fragte voller Sarkasmus: „Wie die Dame wünscht! Hast du sonst noch irgendwelche Verhaltensregeln für mich? Darf ich wenigstens nackt duschen oder soll ich einen Tauchanzug anziehen?“

Ihr Anwalt räusperte sich: „Mr. Peacock, bitte unterlassen Sie diese Scherze.“

„Das war kein Scherz, sondern eine ernstzunehmende Frage“, wies er den erheblich kleineren Mann zurecht.

„Du sollst dich lediglich vernünftig um Zoey kümmern!“

„Das werde ich tun“, erwiderte er ebenfalls laut und ignorierte das beruhigende Schnalzen seines Anwalts.

Jennifer schnaubte auf: „Du weißt ja gar nicht, wie du dich angemessen um sie kümmern kannst! Zoey ist mittlerweile vier, falls du dich daran erinnerst, dass sie vor kurzem Geburtstag hatte, und sie geht schon seit drei Monaten in einen Ganztagskindergarten ...“

„Wieso weiß ich nichts davon?“

Sie spuckte beinahe Feuer. „Weil du nie fragst!“

„Ich frage dich aber jetzt!“

Gregory Hamish legte ihm eine Hand auf den Arm und erklärte besonnen: „Es bringt nichts, sich gegenseitig Vorwürfe zu machen. Ich würde es sehr begrüßen, wenn Sie, Mrs. Landon, uns deutlich machen, was Sie von Mr. Peacock bezüglich einer Betreuung erwarten.“

Tom schnaubte auf, wippte auf seinem Stuhl vor und zurück, während er schnarrte: „Sie erwartet, dass ich ihr noch mehr Geld in den Rachen werfe, das sie beim Shoppen ausgeben kann.“

„Wie kannst du es wagen!“ Jennifer richtete sich zu voller Größe auf und fauchte ihn abfällig an: „Ich will nicht, dass meine Tochter miterlebt, wie du dir Nutten in die Wohnung kommen lässt!“

Beide Anwälte begannen gleichzeitig zu reden, während sich Tom und Jennifer mit Blicken massakrierten, doch Tom fiel noch etwas anderes auf, also flippte er nicht völlig aus, sondern zuckte gespielt lässig mit der Schulter und lehnte sich zurück.

„Du weißt selbst, dass ich auf Zoey große Rücksicht nehmen werde, Jennifer, und nichts tun werde, das ihr schaden könnte.“

Sie lachte höhnisch: „Als ob dich Zoey überhaupt interessiert!"

Sehr ruhig nickte er und erklärte: „Wenn das so ist, solltest du Zoey wieder mitnehmen, Jennifer. Mir wäre nicht wohl bei dem Gedanken, dass du dir ständig Sorgen um sie machen musst. Also vergessen wir lieber, dass ich mich zehn Wochen lang um sie kümmern sollte."

Einen Moment lang war sie sprachlos und glotzte ihn wie ein Fisch im Aquarium an. Unter dem ganzen Rouge wurde sie sogar etwas bleich. Aufgebracht schüttelte sie den Kopf und brachte den dunkelbraunen Haarschopf völlig in Unordnung. „Aber ... aber ..."

„Nein, nein. Das wird wohl das Beste sein", betonte er freundlich und entschlossen.

„Mr. Peacock", mischte sich ihr Anwalt ein. „Es war ausgemacht, dass Sie Zoey zu sich nehmen."

Tom fixierte den ängstlichen Anwalt mit einem kalten Blick aus seinen blauen Augen und machte es sich in seinem ebenfalls blauen Poloshirt und den verschlissenen Jeans gemütlich. „Das ist die logische Konsequenz von Jennifers Angriffen. Sie zweifelt an meinem Anstand und meiner Fähigkeit, mich um ein vierjähriges Kind zu kümmern, also sollte sie nicht gezwungen werden, mir Zoey zu überlassen."

„Hör mal, Tom", Jennifer räusperte sich. „So war das nicht gemeint ..."

Während sie nervös auf ihrem Stuhl hin und her rutschte, die Hände miteinander rang und Blicke mit ihrem Anwalt austauschte, hatte Tom Gelegenheit, sie zu mustern. Für jemanden, der einen sechsstündigen Flug mit einem Kleinkind hinter sich hatte, sah sie erstaunlich aufgedonnert aus – gerade so als wollte sie auf jemanden Eindruck machen. Nicht nur der protzige Schmuck oder das vermutlich sauteure Seidenkleid verrieten Tom, dass noch etwas dahinterstecken musste, sondern auch ihr perfekt geschminktes Gesicht.

„Und wie war es gemeint, Jennifer?“

„Also ... ich ...“ Sie verstummte und errötete beschämt. „Natürlich wirst du dich gut um sie kümmern.“

„Woher der plötzliche Sinneswandel“, fragte er scharf.

Ungelenk hob sie die Hände, wobei ihm die geschmacklosen Klunker an ihren Händen auffielen. „Zoey freut sich schon auf dich.“

Da sie seinem Blick auswich, wusste er, dass sie log. Anderen Männern hätte es vermutlich etwas ausgemacht, dass deren Töchter nicht hellauf begeistert darüber waren, Zeit bei ihnen zu verbringen, aber Tom war Realist. Zoey war ein vierjähriges Mädchen, das seinen Vater so gut wie nie sah. Er machte sich keine Illusionen darüber, dass sie ihm tiefere Gefühle entgegenbrachte als er ihr.

„Sei wenigstens ehrlich, Jennifer. Zoey ist sicherlich nicht wild darauf, wochenlang bei mir zu bleiben ...“

„Willst du dich wieder davor drücken, endlich mal Verantwortung für sie zu übernehmen?“

Er schüttelte den Kopf und erklärte ehrlich: „Ob du es glaubst oder nicht, aber ich denke an Zoey. Sie kennt mich kaum und ist erst vier. Sie so lange bei mir zu lassen, ist keine gute Idee.“

„Papperlapapp.“ Mit einem überheblichen Schulterzucken warf Jennifer ihr Haar zurück. „Vier

Jahre habe ich mich allein um sie gekümmert, jetzt bist du dran. Ich brauche eine Pause, Tom."

„Eine Pause?"

„Genau!" Ihre Augen blitzten herausfordernd auf. „Nach vier Jahren, die ich mit vollen Windeln, schlaflosen Nächten, Fläschchen, Kinderkrankheiten und ständiger Pflege *deiner* Tochter verbracht habe, habe ich mir eine Pause verdient. Also wirst du dich zur Abwechslung mal um sie kümmern, während ich es mir gut gehen lasse."

Selbst in seinen Ohren klang das egoistisch, aber er sagte nichts, weil ihr Anwalt sich räusperte und ein Blatt Papier sowie eine Mappe über den Tisch schob.

„Wir haben alle relevanten Informationen wie Kontaktadressen und Lebensmittelallergien aufgelistet, Mr. Peacock. In der Mappe sind Zoeys Pass und ihre Versicherungsunterlagen."

Mit gerunzelter Stirn schaute er auf das Blatt und las die Adresse eines Hotels in Monte Carlo. „*Hôtel de Paris*? Du machst Urlaub?"

„Ja", blaffte sie zurück. „Ich darf mir auch mal was gönnen."

„Noble Adresse, meine Liebe."

Wütend bleckte sie die Lippen: „Keine Sorge! Den Urlaub bezahlt Henry, mein neuer Freund."

„Aha", er grinste zynisch. „Du hast schon etwas vor und kannst Zoey anscheinend nicht gebrauchen."

„Spiel nicht den Moralapostel", Jennifer rückte die Krokodilledertasche zurecht. „Wer sagt, dass ich nicht ohne Zoey in den Urlaub fahren darf? Henry und ich wollen ungestört sein. Apropos ... unser Flug geht bald."

Tom war ehrlich schockiert, obwohl ihn nichts so schnell aus den Schuhen haute. „Moment mal, Jennifer! Solltest du in den nächsten Tage nicht lieber in der Nähe sein, falls Zoey Heimweh kriegt oder so etwas?"

Ihr Gesicht wurde noch eine Spur finsterer. „Du bist jetzt für sie verantwortlich, Tom. Wenn du dich gut um sie kümmerst, bekommt sie kein Heimweh."

Erbost verschloss sich auch sein Gesicht. „Mein Gott! Die Kleine ist erst vier und sie kennt mich kaum ..."

„Wessen Schuld ist das, bitteschön?" Jennifer erhob sich gespielt würdevoll. „Wenn du mich jetzt entschuldigst – ich werde mich von meiner Tochter verabschieden."

Tom wusste nicht, wie er auf Jennifers Herzlosigkeit reagieren sollte, und folgte ihr nach einigen Momenten. Als er in den Raum trat, sah er mit an, wie sich Jennifer zu Zoey hinabbeugte und ihr einen Kuss auf die Wange drückte. Die Kleine wirkte gar nicht glücklich, sondern klammerte sich an ihr Schmusetier, einen abgegriffenen Affen.

„Du bleibst jetzt bei deinem Daddy, Zoey. Mama fährt in den Urlaub und wird dir ein schönes Kleid mitbringen. Sei ein artiges Mädchen." Abschließend tätschelte sie ihr die Wange und erhob sich wieder, um Tom einen finsteren Blick zu schenken, der sie ungläubig musterte. Sie war Zoeys Mutter, um Himmels willen! Wie konnte sie sich so einfach von ihr trennen, ohne wenigstens ein riesiges Theater zu veranstalten und sich richtig von ihr zu verabschieden?

Als sie an ihm vorbeiging, zischte sie ihm zu: „Ruf mich bloß nicht wegen jeder Kleinigkeit an, Tom. Henry und ich wollen unsere Ruhe haben."

Nur Zoeys Anwesenheit hielt ihn davon ab, Jennifer gehörig zu schütteln oder ihr wenigstens mal die Meinung zu geigen. Mit zusammengepressten Lippen sah er ihr nach und ließ den Blick mit einem unbehaglichen Gefühl zurück zu Zoey gleiten, die bewegungslos im Raum stand und ihn mit großen traurigen Augen ansah. Den Affen hielt sie immer noch fest umklammert. Zwei Koffer standen halb neben ihr.

Er schluckte. „Hallo, Zoey."

„Hallo", flüsterte sie zurück und senkte ein wenig den Kopf.

Tom zerbrach sich den Kopf, was er zu ihr sagen sollte. Bei jedem Treffen mit ihr wusste er nicht, was er sagen oder tun sollte. Sie war ein kleines Mädchen. Was wusste er schon von kleinen Mädchen?

„Wann kommt Mami denn wieder?"

Das klang verdächtig nach Tränen. Er zuckte zusammen und trat von einem Fuß auf den anderen. „Also ... du bleibst jetzt ein wenig bei mir ... wir werden viel Spaß haben. Okay?"

Ihr Kinn bebte, aber sie nickte tapfer. „Okay."

Tom schenkte Gregorys Sekretärin, die in respektvoller Entfernung stand und Papiere zusammenlegte, einen verzweifelten Blick. Die ältere Dame lächelte weich und ging zu Zoey, um ihr über den blonden Zopf zu streicheln.

„Willst du deinem Daddy nicht das schöne Bild zeigen, das du gerade gemalt hast, Schätzchen? Vielleicht hängt er es sogar an seinen Kühlschrank, mhh?"

Kurz darauf bewunderte Tom ein Bild, das ihm Zoey schüchtern zeigte und mit zurückhaltender Stimme erklärte, dass sie einen Affen, ein Pferd und einen Hund gemalt hatte. Für Tom wirkte das Bild eher wie eine Pollock-Kopie, aber er lobte die wilden Buntstiftkritzeleien und sagte sich, dass es gar nicht so schwer war, mit einem Kind auszukommen.

3. Kapitel

Erin verstaute die Einkäufe im leeren Kühlschrank und seufzte ärgerlich auf. An ihrem Ärger konnte sie niemandem die Schuld geben – niemandem außer sich selbst. Man konnte Jess einiges vorwerfen: ihre Schlampigkeit, ihren Männerverschleiß und ihre Vorliebe für Nudeln mit Mayonnaise, aber Geiz fiel nicht darunter. Obwohl Erin mit dem Einkauf dran gewesen wäre, hatte Jess morgens Geld auf dem Tisch liegen gelassen, damit Erin davon Lebensmittel kaufen konnte, da sie von ihrer akuten Geldknappheit wusste.

Erin ärgerte sich maßlos über ihre momentane Situation und in ganz seltenen Augenblicken erwischte sie sich selbst dabei, über das Angebot ihrer Eltern nachzudenken. Wenn sie wieder daheim einzog, könnte sie einige Ausgaben sparen. Andererseits befürchtete sie, dass sie dann auch ihr großes Ziel aus den Augen verlor.

Da sie keinen Hunger hatte, schließlich fiel ihr die Arbeitslosigkeit auf den Magen, goss sie sich eine Tasse Kaffee ein und setzte sich an den Küchentisch, um nach Stellenausschreibungen zu schauen. Jess' Kumpel Danny, ein herzensguter Travestiekünstler, hatte ihr am gestrigen Abend vorgeschlagen, bei seinem Chef ein gutes Wort für sie einzulegen. Anfangs war sie begeistert gewesen, denn in einem Schwulenclub für die Garderobe zuständig zu sein, klang nach harmloser Arbeit. Mit Schwulen kam sie wunderbar klar und hätte nichts dagegen, mit Danny im gleichen Club zu arbeiten. Jess hatte sie aufklären müssen, dass Danny nebenbei bei einer Erotik-Hotline arbeitete und als *Wonder-Wanda* gutes Geld verdiente. Er hatte keinen

Job im Club gemeint, sondern vorgeschlagen, dass Erin ebenfalls ihr Glück bei der Erotik-Hotline versuchen sollte. Danny war sogar ziemlich euphorisch gewesen, schließlich hielt er ihre Stimme für absolut erotisch.

Zwar war Erin nicht sehr wählerisch, aber das kam für sie nicht infrage. Allein der Gedanke daran, am Telefon zu sitzen und lasziv in den Hörer zu hauchen, während am anderen Ende der Leitung ein völlig Fremder saß und an sich herumspielte, ließ sie würgen. Dass Danny behauptete, er würde währenddessen sogar bügeln oder sich die Beine rasieren, hatte sie dennoch nicht davon überzeugen können, dass der Job etwas für sie war.

Es blieb ihr nichts anderes übrig, als die Stellenangebote in der Zeitung zu wälzen und zu hoffen, dass etwas für sie dabei war. Leider entdeckte sie außer dubiosen Inseraten für Vertreterjobs und Anzeigen, in denen LKW-Fahrer gesucht wurden, nichts Brauchbares. Sie würde ihre Mom, die viele Restaurantbetreiber oder Ladenbesitzer kannte, anrufen und bitten, sich dort umzuhören. Irgendwann musste doch auch sie einen Nebenjob finden!

Gerade als sie nach dem Telefonhörer greifen wollte, klingelte es. Hastig hob Erin ab und hoffte inständig, dass es die Agentur war, die ihr einen neuen Job anbieten konnte.

„Hallo?"

„Erin Hamilton?"

„Ja? Wer spricht denn da?"

Sie konnte einen Mann hören, der nervös in den Hörer atmete und sich räusperte. „Hier spricht Tom Peacock – bitte legen Sie nicht auf!"

Sie seufzte auf und kniff die Augen zusammen. „Hören Sie ..."

„Miss Hamilton", seine dunkle Stimme klang unsicher und ziemlich aufgebracht. „Ich weiß, Sie halten mich für einen kompletten Idioten und würden mir sicherlich gerne noch eine weitere Ohrfeige verpassen, aber bitte legen Sie nicht auf. Ich muss mich bei Ihnen entschuldigen ... als Sie zu mir kamen, war ich übermüdet und ..."

„Sie müssen nichts erklären, Mr. Peacock. Wenn Sie mich jetzt entschuldigen ..."

„Miss Hamilton, ich brauche Ihre Hilfe. Bitte." Er seufzte frustriert in den Hörer. „Ich habe gestern Abend Zoey zu mir geholt und weiß einfach nicht, was ich tun soll!"

Obwohl er sich ziemlich verzweifelt anhörte, stand ihr Entschluss fest, sich nicht auf sein Angebot einzulassen, egal wie es lauten würden.

„Mr. Peacock, ganz sicher gibt es viele kompetente Kindermädchen ..."

„Sie verstehen das nicht", er stieß einen tiefen Atemzug aus. „Die Agenturen haben Wartelisten und ..."

„Es wird sich schnell jemand finden. In einigen Tagen ..."

„Bis dahin kann ich nicht warten", er stockte kurz und erklärte resigniert. „Miss Hamilton, ich brauche Ihre Hilfe. Zoey ... sie hat heute Nacht geweint. Ich konnte es durch die Wand hören und ..."

Erin war empört und fragte ungläubig: „Jetzt sagen Sie mir bitte nicht, dass Sie ein vierjähriges Kind in der ersten Nacht allein haben schlafen lassen?!"

„Aber ..."

„Hatten Sie wenigstens ein Nachtlicht eingeschaltet?“

„Nachtlicht?“

Er klang dermaßen überfordert, dass sie wütend aufseufzte. „Kleine Kinder haben manchmal Angst im Dunkeln, deshalb gibt es Nachtlichter!“

„Oh ... wo kann man so etwas kaufen?“

„In jedem Spielzeugladen oder Kindergeschäft.“

„Oh Mann“, er stöhnte auf. „Dann werde ich ein Nachtlicht besorgen. Was noch?“

„Wie ... *was noch*?“ Verwirrt starrte sie auf den Hörer.

„Was brauche ich noch?“

„Mr. Peacock, Ihre Tochter ist seit gestern bei Ihnen“, fuhr sie ihn an. „Haben Sie sich etwa vorher nicht erkundigt, was Sie für ihren Aufenthalt brauchen?“

„Na ja, mein Teamkollege meinte, dass kleine Mädchen auf *Hello Polly* stehen.“

„*Hello Kitty*“, genervt verdrehte sie die Augen. „Haben Sie Kindersicherungen, einen Autositz ...?“

„Warten Sie – ich schreibe mir das schnell auf.“

„Mr. Peacock“, Erin strich sich eine widerspenstige Strähne beiseite. „Was macht Zoey gerade?“

„Ich ... ich weiß nicht“, gestand er mit kleinlauter Stimme. „Vor einer Stunde habe ich an ihre Tür geklopft und gesagt, dass das Frühstück fertig ist.“

„Und?“ Ungeduldig lehnte sie sich zurück und lauschte seinem nervösen Atem.

„Nun ... sie ist noch in ihrem Zimmer und spielt vermutlich.“

„Was?!“

Wieder klang er ziemlich verzweifelt. „Sehen Sie! Ich brauche Ihre Hilfe – ich habe keine Ahnung, was ich mit ihr machen soll!“

„Aber ...“

„Ich zahle Ihnen das doppelte Gehalt, das sie sonst bekommen ...“

„Ausgeschlossen ...“

„Das dreifache! Bitte, Miss Hamilton“, er schnaufte regelrecht. „Kommen Sie doch einfach her und lernen Zoey kennen. Ganz unverbindlich.“

Erin stöhnte auf.

Nach dem letzten und einzigen Treffen mit Tom Peacock hatte sie sich geschworen, diesen Job nicht anzunehmen, egal welches Gehalt sie auch erwarten würde. Sie hatte genug von verantwortungslosen Eltern, die ihre Kinder an Fremde abschoben und glaubten, dass sie sich um ihre Sprösslinge nicht kümmern mussten, weil sie schließlich jemanden dafür eingestellt hatten. Die Meinung über den Mann, der nun am Telefon auf sie einredete, hatte sie sich schnell bilden können: reich, jung, berühmt und nicht an der eigenen Tochter interessiert. Leider war er klug genug, ihre Schwachstelle herausgefunden zu haben und sie nun gegen sie zu verwenden. Der Gedanke an ein kleines, unglückliches Mädchen verursachte ihr ein wahnsinniges Schuldgefühl.

Sie schloss die Augen und zählte bis zehn, bis sie zähneknirschend erwiderte: „Von mir aus. Ich komme gleich vorbei ...“

Tom legte auf und spürte pure Erleichterung, nachdem die unzähligen Telefonate, die er zuvor geführt hatte, erfolglos gewesen waren. Er war der Meinung, dass sich sein ganzes Umfeld gegen ihn verschworen hatte. Erin Hamilton war seine letzte Hoffnung gewesen. Selbstverständlich war es ihm unangenehm, wenn nicht sogar peinlich gewesen, die Frau anzurufen, die wie ein Drachen über ihn hergefallen war, weil er sie mit einer Stripperin verwechselt hatte.

Ehrlicherweise war sie ihm nicht einmal besonders sympathisch gewesen, da sie absolut spröde und distanziert erschienen war. Auch jetzt am Telefon hatte sie ihn wie einen Untergebenen angeherrscht und sich nur widerwillig dazu bereit erklärt, Zoey kennenzulernen. Er wollte nicht, dass sich ein Drachen um sein Kind kümmerte, aber welche Alternative hatte er denn? Die guten Referenzen, die er überall über sie hatte einholen können, beruhigten seine Zweifel zwar ein wenig, aber er war sich nicht sicher, ob sie das richtige Kindermädchen für Zoey war.

Zoey war ein schüchternes, kleines Mädchen, das ihm aus dem Weg ging und kaum ein Wort sprach. Er könnte Jennifer erwürgen, dass sie ihm einfach das Kind dagelassen hatte, ohne dass er gewusst hatte, worauf er sich einließ.

Die guten Ratschläge seiner Mutter, die er heute aus dem Bett geklingelt hatte, weil es in Denver erst fünf Uhr morgens gewesen war, waren keine Hilfe gewesen. Sie war der Meinung, dass er sich bei Zoeys Betreuung auf seinen Instinkt verlassen sollte. Genauso unbefriedigend war ihre Weigerung gewesen, nach New York zu kommen und sich um Zoey zu kümmern.

Peinlich, aber wahr – Zoey hatte ein innigeres Verhältnis zu ihrer Großmutter als zu ihrem Dad, denn seine Mom besuchte Zoey häufig in Kalifornien und telefonierte mit ihrer Enkelin. Nach solchen Gelegenheiten rieb sie ihrem Sohn immer unter die Nase, dass seine Tochter ein entzückendes Mädchen sei und er ein egoistischer Mistkerl, der sich nicht um sie kümmerte.

Genau diese Vorwürfe hatte er sich heute Morgen anhören müssen, während er auf heißen Kohlen gesessen hatte, weil er hoffnungslos überfordert war.

Obwohl er intensiv auf sie eingeredet hatte, dass er Zoey vermutlich verkorksen würde, wenn sie für längere Zeit bei ihm bliebe, weil er gehofft hatte, seine Mom durch Schuldgefühle dazu zu bringen, ihre Meinung zu ändern, war sie stur geblieben.

Er musste demnach einen anderen Weg finden, denn es war ausgeschlossen, dass er sich alleine um sie kümmerte.

Kaum waren sie gestern in seiner Wohnung angekommen, hatte das ganze Theater angefangen. Er hatte kein Wort aus ihr herausbekommen und war sich wie ein Trottel vorgekommen, während Zoey mit ihrem Mäntelchen bekleidet in seinem Wohnzimmer stand und ihren Stoffaffen umklammert hielt. Um die ganze Situation etwas aufzulockern, hatte er ihr das Kinderzimmer gezeigt, das ein Team von Innenarchitekten und Handwerkern innerhalb kürzester Zeit in einen Prinzessinnentraum verwandelt hatte.

Sie hatte keinen Ton gesagt, sondern mit großen Augen die pinken Wände betrachtet, bevor sie ein leises *Danke* gehaucht und den Kopf gesenkt hatte. Er hatte sie allein gelassen und war nervös im Wohnzimmer auf und ab gegangen, weil er ihr etwas Zeit zum Eingewöhnen geben wollte.

Als er nach einer Stunde wieder nach ihr hatte schauen wollen, saß sie mit ihrem Stoffaffen auf dem Himmelbett und betrachtete unglücklich die beiden Koffer, die er neben das Bett gestellt hatte.

„Willst du die Koffer nicht auspacken?“

Der kleine Mund hatte plötzlich gezuckt, bevor sie mit zittriger Stimme gestanden hatte: *„Das kann ich nicht allein.“*

„Oh“, er war sich wieder wie ein Vollidiot vorgekommen und hatte beide Koffer auf den Boden gelegt. Schüchtern hatte Zoey ihm Anweisung gegeben, wie er ihre Kleider aufhängen musste, und anschließend nach seinem Badezimmer gefragt. Da seine Wohnung groß war und über zwei Badezimmer verfügte, hatte er ihr das kleinere gezeigt und sie wieder alleine gelassen. Im Wohnzimmer hatte Tom den Fernseher angeschaltet und ein Basketballspiel gewählt, bevor er Pizza bestellt hatte, da sein Kühlschrank nicht viel hergegeben hatte. Zu den Pizzen hatte er ein Sixpack Cola bestellt, weil er nur noch Bier im Haus hatte.

Kleinlaut war Zoey irgendwann ins Wohnzimmer geschlichen und hatte ihm gesagt, dass sie nicht ans Waschbecken kam, um sich die Hände zu waschen. Kurzerhand hatte Tom einen Stuhl ins Badezimmer gestellt, auf den sie klettern konnte. Als sie mit dem Händewaschen fertig gewesen war, hatte er sie vom Stuhl heruntergehoben.

In peinlichem Schweigen hatten sie auf den Lieferservice gewartet, während das Basketballspiel lief.

Tom hatte einen robusten Magen, der ihm noch niemals Probleme bereitet hatte, weshalb er trotz des Stress' herzhaft zugegriffen hatte, sobald das Essen gekommen war. Erst nach einigen Minuten war ihm aufgefallen, dass Zoey ihre Pizza überhaupt nicht aß, sondern schweigend davorgesessen hatte. Er hatte die Pizzakruste zurück in die Verpackung geworfen und sie irritiert gefragt: *„Magst du keine Pizza?"*

„Ich mag keine Pilze."

„Oh."

„Außerdem kann ich die Pizza nicht schneiden."

Unter ihren zaghaften Blicken hatte er die Pizza in kleine Stücke geschnitten und die Pilze weggepuhlt. Anschließend hatte Zoey zwei kleine Stückchen gegessen und das Glas, das er ihr eingeschenkt hatte, zur Hälfte geleert. Da er keine Ahnung hatte, was er nun mit ihr machen sollte, hatte er sich einfach das Spiel weiter angeschaut und aus den Augenwinkeln beobachtet, wie Zoey am anderen Ende seiner Couch saß und sich in seinem Wohnzimmer umsah.

Irgendwann war sie unruhig geworden und hatte ihn leise gefragt, ob sie ins Bett gehen dürfte. Er war sich nicht sicher gewesen, ob er sie begleiten sollte, und hatte in seinem Gedächtnis herumgekramt, wie er als kleiner Junge zu Bett gebracht worden war. Er hatte sich kaum noch erinnern können, war dann jedoch irgendwann aufgestanden, um nach Zoey zu sehen. Sie hatte wie ein Häufchen Elend im Bett gesessen und einen Pyjama fixiert, der vor ihr lag. Wie immer hatte ihr Stoffaffe nicht gefehlt.

„Ist alles okay?"

„Nein", ihre Stimme war belegt gewesen. Mit ihrer kleinen Hand hatte sie auf das Pyjama-Oberteil

gedeutet. *„Mami hilft mir immer dabei. Die Knöpfchen sind so klein.“*

„Ach so.“ Zögernd hatte er sich auf die Bettkante gesetzt und seine kleine Tochter gemustert. *„Soll ich dir dabei helfen?“*

Mit einem theatralischen Seufzer hatte sie genickt. Tom hatte den winzigen Pyjama mit dem Herzmotiv aufgeknöpft und Zoey geholfen, hineinzuschlüpfen, bevor er die kleinen Knöpfe wieder schloss.

„Kannst du mir einen Zopf flechten?“ Ihre babyblauen Augen hatten ihn hilflos angesehen. *„Sonst habe ich morgen Knoten.“*

Tom war sich nicht sicher gewesen, wie man so etwas machte, und hatte sich ziemlich dämlich angestellt. Als er fertig gewesen war, hatte sie ihn angesehen, als warte sie auf irgendetwas, aber er hatte beim besten Willen nicht gewusst, was sie von ihm wollte, also hatte er ungelenk ihr Knie unter der Bettdecke getätschelt und ihr eine gute Nacht gewünscht.

Zwei Stunden später war er durch seinen Flur gelaufen und hatte gehört, wie sie weinte. Unschlüssig hatte er vor der Tür gestanden und sich einen Feigling genannt, weil er zögerte, seine eigene Tochter zu trösten. Vorsichtig hatte er an die Tür geklopft und seinen Kopf in das stockfinstere Zimmer gesteckt.

„Zoey? Geht es dir nicht gut?“

Das Weinen war sofort versiegt. Unter der Decke war nur das Geräusch eines Schluckaufs zu hören gewesen.

„Hör zu, Knöpfchen“, er hatte selbst nicht gewusst, warum er sie so genannt hatte. Vielleicht war er einfach nur panisch gewesen, weil sie geweint hatte. *„Soll ich*

deine Mami anrufen? Möchtest du, dass dich deine Mami wieder abholt?"

„Nein", die Kleine hatte zitternd Luft geholt. *„Mami will mit Henry Urlaub machen. Sie hat gesagt, dass ... dass sie mit ihm allein sein will und ich nicht egoitilich sein darf."*

Wäre Tom in diesem Moment nicht dermaßen wütend auf Jennifer gewesen, hätte er wegen Zoeys Ausdruck des Wortes *egoistisch* vermutlich sogar geschmunzelt. Da er nicht noch mehr Salz in die Wunde streuen wollte, redete er belangloses Zeug über den Spaß, den sie zusammen haben würden, bevor er sie wieder allein ließ.

Himmel, eine solche Nacht wollte er nie wieder erleben!

Deshalb hatte er sich bereits die Finger wund telefoniert, um Hilfe bei Zoeys Betreuung zu bekommen, denn ganze zehn Wochen würde er nicht durchstehen. Er hatte nicht einmal genügend Gesprächsstoff für einen einzigen Abend gehabt!

Erin Hamilton war daher seine letzte Hoffnung. Wenn sie sich um Zoey kümmern würde, hätte Tom nicht dieses unsagbare Schuldgefühl, dass sich Zoey unwohl bei ihm fühlte. Das Kindermädchen würde schon wissen, was es mit Zoey unternehmen musste, um die Kleine abzulenken.

Da sich Tom von Miss Hamilton nicht sagen lassen wollte, dass er sich nicht gut genug um seine Tochter gekümmert hatte, ging er wieder zu ihrem Kinderzimmer, in dem es verdächtig ruhig war. Es war schon elf Uhr morgens – Zoey sollte langsam aus ihrem Zimmer kommen und etwas essen. Außerdem brauchte sie vielleicht Hilfe beim Anziehen.

Er klopfte an und öffnete anschließend die Tür. Zoey saß auf dem flauschigen Teppich vor dem Bett und hielt den Kopf gesenkt. Sie trug noch immer ihren Pyjama.

„Guten Morgen.“ Er trat einen kleinen Schritt ins Zimmer, an dessen Wänden eine Prinzessinnenburg, Einhörner und Feen gepinselt waren. Das weiße Himmelbett und die passenden Schränke sowie das ganze Spielzeug, das er hatte liefern lassen, hatten mehr als sein erstes Auto gekostet, doch Tom hielt es für eine gute Investition, wenn sich Zoey dadurch wohler bei ihm fühlte. Bisher hatte sie das Spielzeug nicht beachtet, sondern schleppte den alten Stoffaffen mit sich herum.

Da sie nicht antwortete und ihn auch nicht ansah, räusperte sich Tom und fragte zuvorkommend: „Möchtest du frühstücken? Wir bekommen gleich Besuch ... du wirst sie bestimmt mögen.“

Sie sagte immer noch kein Wort. Tom biss sich auf die Lippen und setzte sich anschließend zu ihr auf den Teppich.

„Hör zu, Zoey ... du musst nicht immer in deinem Zimmer bleiben. Du kannst auch im Wohnzimmer spielen.“ Er zerbrach sich den Kopf und stotterte wie ein Trottel: „Wenn dir etwas nicht passt, musst du es einfach nur sagen.“

„Mhh.“ Sie seufzte bedrückt auf und sah ihn schnell an, bevor sie wieder den Kopf senkte.

„Brauchst du Hilfe beim Anziehen?“

Plötzlich fing die Kleine zu weinen an und schmuste schluchzend mit ihrem Stoffaffen.

Tom war wie vor den Kopf gestoßen und suchte halb panisch nach Worten. „Was hast du? Zoey, stimmt etwas nicht?“

Ihr kleines Gesichtchen verzog sich traurig und mit einem bibbernden Kinn sah sie ihn an. „Du wirst böse sein.“

„Natürlich nicht“, widersprach er sofort und rang die Hände.

Sie wischte sich mit der Faust die Tränen beiseite und wisperte scheu: „Ich habe Pipi ins Bett gemacht.“

Erin konnte Tom Peacock ansehen, dass seine neuen Vaterpflichten ihn überforderten, als er die Tür öffnete und sie dankbar ansah. Sein dunkelblondes Haar stand in alle Himmelsrichtungen ab und unter der gebräunten Haut zeichneten sich Augenringe ab. Zudem waren seine verwaschenen Jeans klatschnass.

„Miss Hamilton“, erleichtert stieß er einen Seufzer aus und hielt ihr die Tür auf. „Kommen Sie bitte rein!“

Ganz anders als bei ihrer ersten Begegnung zog er sie nicht einfach am Arm hinein, sondern hielt einen höflichen Abstand zu ihr. Verlegen deutete er auf sein derangiertes Äußeres. „Wir hatten ein kleines ... Problem. Zoey badet gerade. Würden Sie mitkommen? Ich möchte sie nicht so lange allein lassen.“

Da er völlig vernünftig und beinahe geschäftsmäßig klang, zog Erin beide Augenbrauen in die Höhe und folgte ihm schweigend durch seine durchgestylte Wohnung, die vermutlich eine Horde von Innenarchitekten entworfen hatte. Die sterile

Atmosphäre wurde lediglich von einer Bettdecke aufgelockert, die über zwei Barhockern hing, und einer Matratze, die zwischen die Terrassentür geklemmt worden war. Verwirrt runzelte Erin die Stirn, bevor das Tapsen seiner nackten Füße sie wieder ablenkte. Zu gerne hätte sie gewusst, was hier los gewesen war, schwieg jedoch und folgte ihm den Flur hinunter, durch den sie beim letzten Mal gezerrt worden war, als er sie für eine Stripperin gehalten hatte. Bevor sie sein Schlafzimmer erreicht hatten, drehte er sich zögernd um und flüsterte: „Zoey hat ins Bett gemacht."

Erin bemühte sich, über seinen entsetzten Gesichtsausdruck nicht zu lachen, und erklärte mit gebotenem Ernst: „Das passiert bei Vierjährigen manchmal."

„Mhh", er stieß einen Seufzer aus. „Das hat meine Mutter auch gesagt, als ich sie deswegen angerufen habe."

Sie räusperte sich und fragte neugierig: „Wie oft haben Sie Ihre Mutter heute schon angerufen?"

Brennende Röte schoss ihm in die schmalen Wangen. „Dreimal." Als müsste er sich rechtfertigen, presste er seine Lippen aufeinander und brummte: „Ich will nichts falsch machen."

Erin hob beide Hände in die Höhe, als wolle sie ihn besänftigen.

Er drehte sich wieder um und betrat sein Schlafzimmer. Erin folgte ihm und verdrängte die Erinnerung an ihre Empörung, als sie beim letzten Mal in diesem Raum gewesen war und ihm eine Ohrfeige gegeben hatte.

Mit einem leicht mulmigen Gefühl betrat sie nach ihm das an das Schlafzimmer angeschlossene

Badezimmer, das eher einer Wellness-Oase ähnelte und die Ausmaße von Erins halber Wohnung hatte – inklusive Jess' Schlafzimmer. Ultramoderne schwarze Fliesen dominierten den großen Raum, in dessen Mitte ein Becken eingelassen war, in dem ein kleines Mädchen saß und mit Quietschentchen spielte. Erin schenkte ihrer Umgebung mit dem breiten Waschtisch aus schwarzem Mosaik, auf dem zwei asymmetrische Waschbecken aus weißem Stein standen, der integrierten Sauna oder dem im Boden eingelassenen Becken von der Größe eines Doppelbettes keine Beachtung mehr, weil sie das kleine Mädchen beobachtete, das sie entdeckt hatte und mit großen blauen Augen scheu betrachtete.

Tom Peacock kniete sich neben das Becken und sagte betont geduldig: „Komm, Knöpfchen. Wir müssen deine Haare waschen ..."

Sofort wich das Mädchen zurück und schüttelte den Kopf. Da das Becken ziemlich groß war, entkam die Kleine ihrem Vater und drückte sich an den gegenüberliegenden Rand.

„Zoey, fang nicht schon wieder so an." Er seufzte genervt auf.

Jetzt verstand Erin auch, weshalb seine Jeans völlig durchweicht waren. Es war ziemlich interessant, ihn dabei zu beobachten, wie er auf den nassen Fliesen herumrutschte und nach seiner Tochter zu greifen versuchte, die anscheinend nichts davon hielt, die Haare gewaschen zu bekommen. *Tja*, dachte sie amüsiert, *das Becken mag stylisch sein, aber praktisch ist es wirklich nicht, wenn man ein vierjähriges Kind baden muss.*

„Willst du Läuse kriegen? Willst du, dass wir dein Haar abschneiden müssen, weil es voller Läuse ist,

Zoey? Willst du, dass die anderen Kinder über dich lachen?"

Erin schnappte nach Luft, als das Mädchen mit schreckensgeweiteten Augen seinen Vater ansah und sich automatisch in das blonde Haar griff.

„Ich will keine Läuse", protestierte die Kleine mit piepsiger Stimme.

„Dann komm her, damit ich dir das Haar waschen kann."

Die Kleine schüttelte den Kopf und klagte mit bebender Stimme. „Das Wasser tut in meinen Augen weh."

„Unsinn", beschied dieser unsensible Vater mit einem Schnauben.

Erin stemmte beide Hände in die Hüften und erdolchte seinen Rücken mit Blicken, als er die Geduld verlor und auf einen Knopf drückte, der die Regendusche aktivierte. Aus dem Nichts fielen Wasserstrahlen aus der Decke auf das Mädchen im Becken, das sofort ängstlich aufkreischte.

„Mr. Peacock!" Wütend ließ sich Erin neben ihm nieder und achtete nicht auf ihren karierten Rock, der eine Handbreit hochrutschte. Sie wischte seine Hand beiseite und drückte auf den Knopf, um die Regendusche abzuschalten. Am liebsten hätte sie ihn in das Becken gestoßen.

„Was soll ich denn machen?", klagte er aufgebracht. „Seit einer halben Stunde versuche ich schon, ihr das Haar zu waschen!"

„Ich mag kein Wasser in den Augen haben", gab Zoey beinahe wimmernd von sich.

„Das musst du auch nicht, Schätzchen", beruhigte Erin sie und schenkte ihr ein aufmunterndes Lächeln, bevor sie den Vater des Kindes mit einem mörderischen Blick angiftete. „Holen Sie einen Becher!“

„Einen Becher?“

Erin verdrehte die Augen. „Ein Glas genügt auch.“

Sobald er den Raum verlassen hatte, kniete sich Erin ganz neben das Becken und sagte lächelnd: „Hallo, Zoey. Ich bin Erin. Magst du deinem Dad zeigen, wie brav du bist? Ich werde gut aufpassen, dass du kein Wasser in die Augen bekommst. Wäre das okay?“

Die Kleine war ein geborener Charmeur und kam zögernd näher, um Erin nachdenklich zu mustern. Beinahe theatralisch hob sie die schmalen Schultern an. „Wenn du aufpasst ...“

Schwörend hob Erin eine Hand und erklärte ernst: „Ich mag auch kein Wasser in den Augen haben, Schätzchen.“

„Oh.“ Die kleinen Lippen öffneten sich wie zarte Rosenknospen und ihre großen Augen schimmerten vor Überraschung. „Wirklich?“

Erin nickte ernst und deutete auf den unordentlichen Zopf der Kleinen. „Darf ich deinen Zopf aufmachen?“

Zoey nickte und wisperte. „Daddy hat ihn gestern gemacht ...“

Deshalb sah die Kleine wie ein zerrupftes Huhn aus, schoss es Erin amüsiert durch den Kopf, als der gestresste Vater mit einem Bierglas in der Hand wieder ins Zimmer trat.

Sie enthielt sich jeden Kommentar zu der Wahl des Glases und nahm es ihm ab.

„So, Schätzchen. Wir zeigen deinem Daddy mal, wie brav und tapfer du bist.“

Auf ihre Anweisung legte Zoey den Kopf zögerlich in den Nacken und kniff die Augen zu, als Erin das Glas mit etwas Badewasser füllte und vorsichtig über die babyweichen Haare goss. Mit der linken Hand über Zoeys Stirn passte Erin auf, dass das Mädchen kein Wasser in die Augen bekam, und gab etwas Shampoo in das Haar, das sie vorsichtig wusch. Sie ignorierte ihren potentiellen Arbeitgeber hinter sich und kniete neben dem Becken, während sie behutsam die letzten Shampooreste aus Zoeys Haar wusch. Das Mädchen hielt brav still und gab keinen Mucks von sich. Als Erin fertig war, kletterte die Kleine aus dem Becken und wurde von ihrem Vater in ein Handtuch gewickelt, bevor er sie wieder losließ.

Innerlich schüttelte Erin den Kopf über die Berührungsängste des Vaters, sagte jedoch nichts, sondern trocknete das Haar der Kleinen ab, die sich vertrauensvoll an Erin schmiegte, obwohl sie sich gerade erst kennengelernt hatten. Tom Peacock stand unsicher neben ihnen und machte Erin beinahe wahnsinnig, weil sie sich schrecklich beobachtet fühlte. Daher schlug sie energisch vor: „Warum gehen Sie nicht in die Küche, um Zoeys Frühstück zuzubereiten, Mr. Peacock? Sobald Zoey angezogen ist, kommen wir zu Ihnen.“

„Oh ... gut.“ Er klang erleichtert und machte sofort kehrt.

Erin atmete auf und konzentrierte sich auf das kleine Mädchen, das sie mit großen blauen Augen musterte. Zoey war ein unglaublich hübsches Mädchen mit einem Puppengesicht und einem zierlichen Körper. Die blonden Haare waren leicht gelockt und hatten die Farbe von reifem Weizen, während die sanft geschwungenen Augenbrauen einen Ton dunkler waren. In dem leicht rundlichen Puppengesicht dominierten die dicht bewimperten Augen und kindliche Grübchen, die dann sichtbar wurden, wenn das Mädchen lächelte, was sie gerade tat, als sie Erin mit ihrer piepsigen Stimme erklärte: „Dankeschön. Daddy wusste nicht, dass ich Angst habe, Wasser in die Augen zu bekommen."

Lächelnd erhob sich Erin aus ihrer unbequemen Haltung und legte das Handtuch beiseite, mit dem sie die Locken getrocknet hatte. „Gern geschehen. Daddys können nicht alles wissen, nicht wahr, Spätzchen?"

Zoey stieß einen leicht dramatischen Seufzer aus und führte mit kindlichem Ernst aus: „Mami sagt immer, dass Daddy noch nicht erwachsen ist und sich wie ein kleiner Junge benimmt."

„Ach!" Leicht erschrocken blickte Erin in das süße Gesicht hinab, in dem nachdenklich die Lippen geschürzt wurden.

Zoey nahm ein Quietschentchen in die Hand und begann damit zu spielen, während sie unbeteiligt plapperte: „Das verstehe ich aber nie, weil Daddy gar nicht wie ein kleiner Junge aussieht. Er ist viel zu groß für einen kleinen Jungen, aber Mami meint dann immer, dass Daddy wie ein Kind denkt und ein mieser Daddy ist und mich vernachlässigt."

Es war nicht das erste Mal, dass Erin erlebte, wie Kinder mit getrennt lebenden Eltern von den jeweiligen Müttern oder Vätern gegen den anderen Elternteil regelrecht aufgehetzt wurden. Da Zoey völlig unbeteiligt die Worte ihrer Mutter nachgeplappert hatte, konnte sie davon ausgehen, dass die Mutter der Kleinen nicht selten vor ihrer Tochter über ihren Exmann herzog.

„Mhh", um Zoey abzulenken, fragte sie enthusiastisch: „Soll ich dir eine schöne Frisur machen?"

Sofort hatte sie die Aufmerksamkeit der Kleinen, die sie begeistert ansah. „Kannst du Affenschaukeln machen?"

„Affenschaukeln sind meine Spezialität."

Glückselig strahlte die Kleine und widmete sich sofort wieder dem Quietschentchen, während sich Erin in dem überdimensionalen Badezimmer umsah und nach Zoeys Kosmetikartikeln suchte.

Sie konnte keinen Kosmetikbeutel entdecken und ging davon aus, dass der Vater den Inhalt bereits ausgepackt und zu seinen Produkten gestellt hatte. Daher öffnete sie den neben dem riesigen Spiegel angebrachten Schrank, um nach Zoeys Kämmen und Haargummis zu suchen. Die einzigen Gummis, die sie fand, gehörten jedoch Zoeys Vater und befanden sich in einer Großpackung, die mit der Aufschrift *gefühlsecht* und *King Size* versehen war.

Schnell schlug sie die Schranktür wieder zu und konnte im Spiegel sehen, wie peinliche Röte in ihre Wangen kroch. Um sich keine Gedanken über das Sexleben ihres potentiellen Arbeitgebers machen zu müssen, konzentrierte sie sich auf das fröhlich singende Mädchen, das glücklicherweise nicht gesehen hatte, was sein Vater in dessen Badezimmerschrank aufbewahrte.

Zoey klärte Erin schließlich auf, dass sich ihre Kosmetikartikel im anderen Badezimmer befanden, und zeigte mit wehendem Handtuch, wo ihr Kinderzimmer war. Erin folgte ihr und vermied einen Blick auf den riesigen Futon, als sie das maskulin gehaltene Schlafzimmer durchqueren mussten.

„Oh, du hast ja ein hübsches Zimmer."

Zoey senkte ein wenig den Kopf, als sie betreten neben Erin stehen blieb und murmelte: „Daddy hat es extra für mich machen lassen."

Begeistert klang die Kleine nicht. Erin musterte sie nachdenklich und fragte gespielt heiter: „Dann zeig mir doch, was du heute anziehen möchtest, und anschließend mache ich dir zwei Affenschaukeln."

Zoey zog daraufhin mit einem schüchternen Lächeln eine hellgrüne Latzhose und ein weißgelb gemustertes Hemd heraus. „Das trage ich am liebsten. Darf ich das anziehen?"

„Aber natürlich", Erin nahm beide Kleidungsstücke entgegen und nickte lächelnd. „Das ist wirklich hübsch. Bestimmt wird das deinem Daddy sehr gefallen."

„Wirklich?" Ein strahlendes Lächeln erhellte das Kindergesicht.

„Und wie", versicherte Erin ernst. „Warte erst einmal ab, wie toll er dann noch deine Affenschaukeln finden wird!"

Für ihr Alter war Zoey ziemlich eigenständig und brauchte lediglich bei den Knöpfen Hilfe, bevor sie sich brav auf einen Stuhl setzte und sich geduldig das Haar frisieren ließ. Dabei erzählte sie munter von ihren Freunden im Kindergarten, dem Hund einer Nachbarin und einem Film, den sie im Flugzeug gesehen hatte. Amüsiert von der etwas lispelnden Stimme der Kleinen gab sich Erin besonders viel Mühe mit der Frisur und merkte, wie leicht es war, sich mit Zoey anzufreunden. Erst als sie das Kinderzimmer wieder verließen und in

Richtung Küche gingen, wurde die Kleine etwas ruhiger.

„Da wären wir." Erin legte Zoey fürsorglich eine Hand auf den Rücken, als sie vor der offenen Küche stehen blieben, in der Tom Peacock am Herd stand und Eier brutzelte. Er warf seiner erwartungsvollen Tochter einen unschlüssigen Blick zu und schenkte ihr ein kleines Lächeln, bevor er sich wieder der Pfanne zuwendete. Erin hätte ihm am liebsten mit Anlauf in den Hintern getreten, als sie das enttäuschte Gesicht der Kleinen sah. Der Mann hatte Recht gehabt – vom Umgang mit Kindern hatte er keinen Schimmer.

Sie räusperte sich und sagte betont: „Wenn dein Dad erst einmal damit fertig ist, das Frühstück zu machen, wird er dich bestimmt noch einmal genau anschauen und sehen, wie hübsch du heute aussiehst."

Zoey schien die Schelte nicht zu verstehen, da sie lediglich nickte, doch ihr Vater hatte es genau verstanden, denn sein Kopf fuhr abrupt zu ihr herum. Während sie ihn mit einem tadelnden Blick bedachte, errötete er beschämt und zuckte entschuldigend mit der Schulter.

„Was machst du da, Daddy?"

„Oh", er warf seiner Tochter, die neben ihn an den Herd getreten war und ihm gerade bis zur Hüfte reichte, einen überraschten Blick zu. „Ich mache Spiegeleier."

Erin musste sich unwillkürlich fragen, ob er es überhaupt gewöhnt war, dass man ihn *Daddy* nannte.

„Spiegeleier?" Zoey stellte sich auf die Zehenspitzen und wollte einen Blick in die Pfanne werfen, wobei sie bedenklich nah an den Herd kam. Bevor Erin eingreifen konnte, hatte der geistesgegenwärtige Vater schon eine Hand nach seiner

Tochter ausgestreckt und hielt die Kleine zurück. Erleichtert, dass ihm wenigstens das aufgefallen war, lehnte sich Erin etwas zurück.

„Vorsicht, Zoey. Der Herd ist heiß. Hier“, er reichte ihr ein Stück gebratenen Speck, den Zoey annahm und genüsslich kaute.

Nachdem die Kleine ihren Speck verputzt hatte, stieß sie einen tiefen Seufzer aus und gestand zögernd: „Ich mag keine Eier, Daddy.“

„Was?“ Der Vater runzelte die Stirn und stellte den Herd aus, bevor er sie beinahe verzweifelt musterte. „Wieso magst du keine Eier?“

Bei dem ernsthaften Gesichtchen der Kleinen hätte Erin beinahe gelacht, verbiss es sich jedoch und verfolgte amüsiert die Szenerie, die sich ihr bot.

„Daaaaddy! Aus Eiern kommen kleine Küken! Ich will doch keine Küken essen.“

Der Logik seiner Tochter schien er nicht widersprechen zu können und warf Erin einen alarmierten Blick zu. Er räusperte sich kurz und sah anschließend wieder hinab, um geduldig zu sagen. „Keine Sorge. Ich habe im Supermarkt extra nachgefragt ... in diesen Eiern sind keine Küken drin.“

Zoey runzelte die Stirn und sah so beinahe wie eine Miniaturausgabe ihres Vaters aus, der ein wenig überfordert wirkte. „Ehrlich? Aber wie können sie durch die Eierschalen schauen?“

Wieder warf er Erin einen gehetzten Blick zu, die jedoch nur amüsiert mit der Schulter zuckte. Sollte er doch alleine eine Lösung finden.

„Die haben ein Gerät und können das Ei durchleuchten. Also ... deine Eier sind fertig. Wie viele möchtest du denn haben?“

Nachdenklich legte Zoey den Kopf schief. „Bist du dir wirklich sicher, dass da keine Küken drin sind?“

Wenn Erin den überforderten Vater beobachtete, der völlig ahnungslos war, wie er mit seiner Tochter umgehen sollte, und ihr immer wieder verunsicherte Blicke zuwarf, hätte sie beinahe vergessen können, dass er sich bei ihrer ersten Begegnung wie ein überhebliches Arschloch aufgeführt hatte. Beinahe.

Sein nächster Satz, der an Zoey gerichtet war und von leichter Ungeduld kündete, ließ Erin ihren letzten Gedanken wieder revidieren.

„Als du den Speck gegessen hast, hast du auch nicht an das Schwein gedacht, das dafür geschlachtet wurde, Knöpfchen.“

Entsetzt schnappte Erin nach Luft, während Zoey piepsig flüsterte: „Schweinchen? Ich habe ein Schweinchen gegessen?“

4. Kapitel

Tom fragte sich ganz ernsthaft, womit er *das* verdient hatte.

Seine Tochter hatte bestimmt eine halbe Stunde lang in ihren Stoffaffen geheult, weil er sie darüber aufgeklärt hatte, dass der Speck, den sie voller Begeisterung gegessen hatte, früher einmal ein Schwein gewesen war. Sie war kaum zu beruhigen gewesen und hatte sich rigoros geweigert, die Spiegeleier zu essen, die er für sie zubereitet hatte.

Okay ... er gab es ja zu! Vielleicht war es nicht besonders sensibel von ihm gewesen, ihr das einfach zu sagen, aber mit weiblichen Anwandlungen kannte er sich nicht besonders gut aus.

Apropos weibliche Anwandlungen – Erin Hamilton war ein absoluter Drache! Oder sollte er lieber Furie sagen? Diese Schreckschraube sah nicht nur aus wie Fräulein Rottenmeier, sondern benahm sich auch noch wie auf einem Kasernenhof, jedenfalls ihm gegenüber. Normalerweise würde er sich ihr arrogantes und zurechtweisendes Benehmen nicht gefallen lassen, aber er war darauf angewiesen, dass sie sich in den nächsten zehn Wochen um Zoey kümmerte. Daher biss er die Zähne zusammen und hoffte, dass sich Miss Hamilton irgendwann von einer weniger bärbeißigen Seite zeigen würde.

Zugegebenermaßen schien sie Zoey gegenüber äußerst nett zu sein und hatte sie getröstet und ihr gut zugeredet, als die Kleine über den Tod des armen Schweines geweint hatte. Während sie Zoey gestreichelt und ihr versichert hatte, dass das Schwein jetzt im Schweinehimmel sei, hatte sie ihn gleichzeitig mit Blicken erdolcht und strafend den Kopf geschüttelt.

Dieses strafende Kopfschütteln war den gesamten Vormittag weitergegangen. Einem Feldwebel gleich hatte sie seinen Kühlschrank inspiziert, beim Anblick des Bier-Sixpacks die Nase gerümpft und ihm beinahe den Kopf abgerissen, als sie erfahren hatte, dass Zoey am Abend zuvor ein halbes Glas Cola getrunken hatte. Natürlich hatte sie ihm die Schuld daran gegeben, dass Zoey ins Bett gemacht hatte, und darüber lamentiert, dass kleine Kinder keine koffeinhaltigen Getränke trinken sollten, weil es der kindlichen Entwicklung schaden könnte. Tom war sich wie der letzte Volltrottel vorgekommen und hatte wie ein gescholtener Grundschüler neben ihr gestanden, während sie eine Einkaufsliste anfertigte, die er beim nächsten Supermarktbesuch abarbeiten sollte.

Ihre Stimme war schneidend gewesen, wenn sie mit ihm gesprochen hatte, und hatte sich grundlegend verändert, sobald sie sich mit Zoey unterhielt. Da Tom niemals Probleme damit hatte, Frauen zu gefallen und sie für sich einzunehmen, war er ziemlich irritiert, dass sein Charme bei ihr verpuffte. Mittlerweile ging er davon aus, dass sie entweder eine Männerhasserin oder lesbisch war. Vielleicht auch beides. Allein ihr Kleidungsstil ließ darauf schließen, dass sie nicht wahrgenommen werden wollte. Zwar trug sie einen Rock, doch der unterschied sich sehr von den engen Röckchen, die er gerne an Frauen sah.

Tatsächlich erinnerte Erin Hamiltons Aufmachung ihn an seine Biologielehrerin von der Highschool, die ungefähr so sexy wie Barbara Bush gewesen war und ebenfalls solche dunkel karierten Röcke mit blickdichten Strumpfhosen darunter getragen hatte, in denen sich Erin Hamilton nun verbarg. Während Mrs. Marshall auch figurtechnisch an Barbara Bush herangereicht hatte, konnte Tom nicht verstehen, dass die Nanny seiner Tochter einen dermaßen unförmigen Rock gewählt hatte, der am Knie endete und ihre Figur kaschierte. Er konnte sich noch lebhaft daran erinnern, dass er sie mit einer Stripperin verwechselt hatte, gerade *weil* sie mit einer hammermäßigen Figur gesegnet war, die sie unter dem damaligen Kleid nicht hatte verbergen können.

Mit dem Großmutterrock und einer sittsamen Bluse sowie ihrer scheußlichen Lesebrille gelang es ihr heute ganz gut, das Bild einer spröden Zicke zu vervollständigen.

Während Zoey den Apfel aß, den Erin Hamilton kleingeschnitten hatte, überlegte sich Tom, wie er es am besten anstellen konnte, zu verschwinden und den Tag mit seinen Kumpels zu verbringen, schließlich wollten sie die Zeit nutzen, in der sie noch frei hatten. In wenigen Wochen sollte das leichte Training beginnen, außerdem standen in der nächsten Zeit einige Termine an, die er wahrnehmen musste. Tom hasste PR-Termine, weil er stundenlang Autogramme schreiben musste, unzählige Hände schütteln sollte und unentwegt in irgendwelche Kameras lächeln durfte. Er war Footballspieler geworden, weil er das Spiel liebte – den Zirkus drum herum liebte er nicht.

Er räusperte sich und zog so die Aufmerksamkeit der rothaarigen Frau auf sich, die gerade mit Zoey über irgendeine Geschichte plauderte, die in Kinderkreisen anscheinend berühmt war.

„Ja, Mr. Peacock?"

Unruhig wechselte er auf das andere Bein. Bevor er zu Blake losziehen konnte, musste er sich umziehen und frisch machen, schließlich waren seine Jeans noch klatschnass. Die Jungs wollten heute um die Häuser ziehen – Tom hatte sich schon vor Tagen vorgenommen, mit ihnen einen draufzumachen.

Das zickige Kindermädchen seiner Tochter fixierte ihn immer noch fragend, während auch Zoey sein Gesicht musterte und dabei an ihrem Apfel kaute. Er seufzte.

„Hören Sie, Miss. Hamilton. Mein Teamkollege erwartet mich, daher würde ich gleich gehen. Soll ich Ihnen Geld fürs Essen hier lassen?"

Sie blinzelte verwirrt, während sich Tom nervös durchs Haar fuhr. Als er sah, dass sich ihr Gesicht verfinsterte, hätte er am liebsten die Augen zugekniffen.

„Zoey? Magst du ein bisschen Fernsehen schauen, während sich dein Daddy und ich unterhalten?", fragte sie die Kleine mit weicher Stimme. Folgsam nickte Zoey und warf ihm dabei einen auffordernden Blick zu, den Tom erst nach ein paar Sekunden verstand. Er musste den Fernseher anschalten.

Also schaltete er seinen überdimensionalen Fernseher an und brauchte eine Weile, um einen Kanal zu finden, auf dem kein Sport lief.

„Das da, Daddy!" Zoey deutete beinahe aufgeregt auf den Fernseher.

Zweifelnd hielt Tom die Fernbedienung in der Hand und sah einem animierten Muffin dabei zu, wie er mit anderen Kuchenstücken einen Tanz aufführte und irgendein Lied sang. Zoey klatschte begeistert mit und sang mit ihrer piepsigen Stimme den Song nach.

Anscheinend kannte sie diese hirnverbrannte Sendung. Welcher Mensch kam auf die Idee, Muffins und Kuchenstücke singen und tanzen zu lassen? Die Macher der Show mussten vermutlich völlig high von Haschplätzchen gewesen sein, vermutete Tom und legte die Fernbedienung beiseite, um sich der nächsten Prüfung zu widmen.

Erin Hamilton saß bereits an der Küchentheke und sah ihm streng entgegen. Was hatte er jetzt schon wieder verbrochen?

„Mr. Peacock“, begann sie finster. „Wir müssen die Einzelheiten einer Anstellung besprechen.“

Ungeduldig blickte er auf seine Uhr. „Sie machen das schon. Zoey mag sie.“

„Zoey kennt mich seit einer Stunde“, wies sie ihn zurecht und schüttelte den Kopf. „Sie können nicht erwarten, dass Zoey mit mir alleine bleiben möchte, da wir uns gerade erst kennenlernen.“

„Hören Sie, Miss Hamilton“, er unterdrückte ein neuerliches Seufzen. „Ich bin ein vielbeschäftigter Mann und ...“

„Und Sie werden sich jetzt ein wenig gedulden müssen“, unterbrach sie ihn überraschend fest und deutete auf den anderen Barhocker, auf den er sich gezwungenermaßen setzte.

„Also“, fuhr sie fort und legte einen Schreibblock samt Kugelschreiber vor sich hin. „Wenn Sie wollen, dass ich für Sie arbeite, müssen wir einen Plan ausarbeiten, wann ich Zoey betreuen soll. Planen wir die kommenden fünf Tage. Für den Anfang müsste es reichen.“

Nun war es an Tom, verwirrt zu blinzeln. Er blickte auf den Block, auf dem sie die Wochentage eintrug, und dann in ihr entschlossenes Gesicht.

„Ähh ... wie meinen Sie das?"

„Was ich meine", erklärte sie in einem Ton, mit dem man normalerweise unterbelichtete Zeitgenossen ansprach, „ist, dass wir organisieren sollten, wann ich Ihnen bei Zoeys Betreuung helfen soll. Wenn Sie mich vormittags brauchen, werde ich morgens kommen und nachmittags wieder gehen ..."

„Hier liegt ein Missverständnis vor", leicht entsetzt schüttelte Tom den Kopf. „Sie sollen Zoey rund um die Uhr betreuen und hier schlafen."

„Hier schlafen?"

Tom merkte zwar, dass sie ihn ungläubig anstarrte, führte jedoch aus: „Neben Zoeys Zimmer gibt es einen Raum, aus dem ich ein Gästezimmer machen kann, Miss Hamilton ..."

„Mr. Peacock, das kommt gar nicht infrage. Ich werde sicherlich nicht hier einziehen, um Zoey zu betreuen."

Rasch erklärte er: „Sie müssen sich keine Sorgen darum machen, mit mir unter einem Dach zu schlafen. Sie sind nicht mein Typ ..." Er stockte und hätte sich am liebsten selbst in den Arsch getreten, als ihre hellgrünen Augen Feuer zu speien schienen.

Heute schien er einfach alles falsch zu machen.

„Es ist mir völlig egal, wer oder *was* Ihr Typ ist", fauchte sie und hatte rote Wangen bekommen. „Ich habe mich dazu bereiterklärt, Zoey zu betreuen, aber das wird kein 24-Stunden-Dienst werden, Mr. Peacock. Ich arbeite höchstens zehn Stunden am Tag und ..."

Tom hätte sich am liebsten die Haare gerauft. „Was soll ich in der restlichen Zeit mit ihr anfangen?! Sie haben doch gesehen, dass ich ihr nicht mal Frühstück machen kann!“

„Dann sollten Sie es besser lernen“, hochmütig lehnte sie sich zurück und senkte die Stimme. „Zoey ist ein kleines Mädchen und unglaublich süß. Es ist nicht schwer, seine Zeit mit ihr zu verbringen.“

Tom biss die Zähne zusammen und senkte ebenfalls seine Stimme. „Sie wissen auch, was Sie mit ihr anstellen können. Ich weiß das nicht.“

„Sie müssen ihr einfach etwas Aufmerksamkeit schenken“, wies sie ihn an.

Natürlich hörte er den versteckten Vorwurf, dass er ein schlechter Vater sei und sein eigenes Kind vernachlässigte. Mittlerweile war er für so etwas taub geworden. „Ich möchte, dass Sie mir die Arbeit mit Zoey abnehmen, Miss Hamilton. Dafür stelle ich Sie an und erwarte, dass Sie sich um sie kümmern.“

Er konnte sehen, wie sie sich steif aufrichtete. „Sie erwarten, dass ich Ihren Platz einnehme, aber so läuft das leider nicht. Haben Sie gedacht, dass ich Ihnen in den nächsten zehn Wochen Zoey abnehme, während Sie einfach verschwinden?“ Sie schüttelte den Kopf. „Entweder komme ich jeden Tag für ein paar Stunden her und gehe anschließend wieder, oder Sie können sich wieder auf die Suche nach einem anderen Kindermädchen machen, Mr. Peacock. Ihre Entscheidung.“

Tatsächlich hatte er in diese Richtung gedacht.

Er schielte zur Couch, auf der der kleine Blondschopf saß und fröhlich quietschte, als ein Kätzchen auf dem Bildschirm erschien. War er ein schlechter Mensch, weil er dem kleinen Mädchen keine väterliche Liebe entgegenbrachte?

Seufzend blickte er zurück zu Erin Hamilton, die ihn vorwurfsvoll musterte, als hätte sie seine Gedanken gelesen.

„Okay, aber ich werde an manchen Abenden einen Babysitter brauchen, wenn ich Termine habe.“

5. Kapitel

„Was hast du da überhaupt an?“ Blake betrachtete seinen Teamkollegen aus glasigen Augen und fixierte den schweigenden Dupree mit unsicheren Blicken. Als er seine Bierflasche auf den Stehtisch stellte, verlor er für einen Augenblick das Gleichgewicht und musste sich schwerfällig an der Tischkante festhalten. Der Runningback hatte bereits ordentlich getankt und wirkte mittlerweile total orientierungslos.

Die beiden waren die einzigen, die noch übrig waren, denn ihre anderen Teamkollegen waren bereits gegangen. Manche waren erst gar nicht aufgetaucht. Dass Julian und Brian nicht mit von der Partie waren, hatte niemanden überrascht, aber dass auch Tom kurzfristig abgesagt hatte, weil er auf seine Tochter aufpassen musste, wurmte Blake, wie Dupree wusste, schließlich hatte Blake den ganzen Abend davon gesprochen. Eddie, Dan und drei weitere Teamkollegen hatten sich bereits in der letzten Bar verabschiedet, so dass lediglich er und Blake übrig geblieben waren. Im Gegensatz zu Tom, der genauso wie Blake gerne einen draufmachte und nicht zu bremsen war, wenn er feiern ging, war Dupree von der eigenbrötlerischen Sorte.

Er zuckte mit der Schulter und sah sich wenig begeistert um. Während um ihn herum gefeiert und getrunken wurde, stand Dupree einsam in der Ecke des Nachtclubs und grübelte vor sich hin. Er bedachte seinen Freund Blake mit einem dunklen Blick, als der Runningback mit schwerer Zunge lallte. „Das ist ein schreckliches Outfit. Selbst für einen Footballspieler!“

Der bullige Tackle stieß einen undefinierbaren Laut aus, den Fremde vermutlich für eine Drohgebärde gehalten hätten, aber Blake kannte die Geräusche seines Freundes in und auswendig.

„Ich meine“, Blake legte den Kopf schief und deutete auf seinen Teamkollegen: „Alice Cooper und Steven Tyler können so etwas tragen, aber du?“

„Was meinst du?“ Dupree blickte fragend an sich hinab.

Blake deutete schwerfällig auf die schwarz glänzenden Lederhosen seines Gegenübers, die sich wie eine zweite Haut an die massigen Oberschenkelmuskeln des Footballspielers schmiegten. „Außer Rockstars und Mitgliedern von Motorradgangs tragen nur Schwule solche Lederhosen.“

Duprees Blick wurde noch finsterer und sein Mund nahm einen grimmigen Zug an. Sein Freund bemerkte das nicht und stichelte weiter. „Solche Lederhosen schreien förmlich: *Schwuchtel*!“

„Hey! Der Verkäufer sagte, die Hosen würden wie angegossen passen und mir sehr gut stehen“, verteidigte sich Dupree aufgebracht.

„Oh Mann“, Blake legte seinen Kopf lachend auf den Tisch, bevor er kopfschüttelnd aufsah. „Ein *Verkäufer*? Der war sicherlich schwul und wollte dir an die Wäsche!“

„Halt dein ...“ Dupree stockte plötzlich und glotzte sprachlos nach rechts.

„Was ist?“ Ruckartig hob Blake den Kopf und folgte der Blickrichtung seines Freundes. Leider schwankte er dabei und verlor immer wieder die Orientierung. Es dauerte eine Weile, bis sein alkoholvernebelter Verstand begriff, weshalb Dupree wie eine Tomate errötete, was bei seiner Hautfarbe fast unmöglich erschien.

„Ah ... süß die Kleine." Blake grinste breit. „Sieht aus, als hätte es dich erwischt."

„Schnauze!"

Der Runningback weidete sich eine Zeit lang an der Verlegenheit seines Freundes, bevor er seufzte und dabei einen Rülps unterdrückte. „Geh hin und rede mit ihr."

Dupree betrachtete aus sicherer Entfernung und mit wachsender Panik eine hübsche Blondine, die ebenfalls etwas verloren wirkte und an der Bar stand, um ein Getränk zu bestellen. Sie gefiel ihm sehr gut, weil sie kein offenherziges Kleid trug und nur wenig Makeup aufgelegt hatte. Man sah es Dupree nicht an, aber seine Mama hatte ihn jeden Sonntag erst in den Gottesdienst und anschließend in die Sonntagsschule geschickt. Daheim wurde gebetet, bevor man mit dem Essen anfing, und seine Mama schlug auch gerne mal mit dem Kochlöffel nach Fingern, falls jemand fluchte.

Vielleicht war der Grund, dass er sich in Stripclubs nicht wohl fühlte und nie wusste, wohin er schauen sollte, auch der, dass er an seine Mama dachte, die ihm und seinen Brüdern ständig gepredigt hatte, es sei eine Sünde, zu stehlen, zu lügen oder nackte Frauen anzuschauen. Ihr Nachbar, der alte Marcus, hatte Dupree als Kind Geld dafür bezahlt, dass er ihm ab und zu in seinem Sägewerk half. Noch heute konnte sich Dupree daran erinnern, wie seine Mama gezetert hatte, als in der Gemeinde bekannt wurde, dass sich der alte Marcus und die Witwe Murphy heimlich trafen.

Damals war Dupree vierzehn gewesen und hatte entdeckt, dass Mädchen gut rochen und bezaubernd lächeln konnten. Er wusste nicht mehr, was seine Mama alles gesagt hatte, als sie über Marcus und die Witwe

Murphy schimpfte, aber sie hatte dabei Kartoffelpüree gemacht und ihr enormes Doppelkinn hatte vor Wut gebebt. Dupree hatte ihr verschwiegen, dass er nachmittags zum alten Marcus ging, um ihm zur Hand zu gehen, denn in ihrem Zustand hätte sie es ihm nie erlaubt. Also schlich sich Dupree rüber und setzte sich zu dem knöcherigen Mann, der fröhlich an seinem Sägeblatt saß und Holz zerkleinerte. Als Dupree hinter den Schuppen ging, um neues Holz zu holen, schien Marcus ein Malheur passiert zu sein, denn als Dupree zurückkam, fehlte dem alten Mann ein Daumen. Duprees Mama hatte selbstgerecht davon gesprochen, dass Jesus den Daumen des alten Marcus eingefordert hatte - als Buße für dessen Sünden. Dass sie meinte, bei der nächsten Sünde würde Jesus einen anderen Körperteil von Marcus mit in den Himmel nehmen, während sie eine Geste zur Leistengegend machte, hatte Dupree so erschrocken, dass er es vermied, an nackte Frauen auch nur zu denken! Dabei wusste er nicht einmal, ob er mehr Angst vor seiner Mama oder vor Jesus hatte.

„Jetzt geh endlich hin“, lallte Blake unverständlich. „Sie ist niedlich und lässt dich vielleicht sogar ran.“

Dupree schüttelte entsetzt den Kopf und versuchte, seine Mama aus seinen Gedanken zu verscheuchen.

„Warum nicht?“

Ängstlich kratzte sich Dupree an seinem Irokesen. „Vielleicht ... vielleicht lacht sie über mich.“

„Unsinn“, schnaubte Blake wie ein Walross. „Du bist Dupree Williams! Du bist ein Star – ein Profifootballer mit viel Kohle auf dem Bankkonto!“

Nachdenklich nagte Dupree an seiner Unterlippe. Sie war wirklich niedlich und lächelte gerade zaghaft, als der Barkeeper ein Glas auf die Theke stellte und ihr das Geld aus der Hand nahm.

„Du musst ihr sofort zeigen, wer du bist und was du willst! Im Ernst, du musst sie mit deinem Selbstbewusstsein beeindrucken. Darauf fahren die Weiber ab!"

Dupree hatte Mühe, seinen Kumpel zu verstehen, da dieser höllisch lallte und wie ein junger Baum im Wind schwankte. „Und wie stelle ich das an?"

„Zeig ihr, dass sie ... dass sie Glück hat, dass du dich überhaupt mit ihr abgibst. Schließlich könntest du jede Tussi abschleppen, die du scharf findest, denn du bist begehrt."

Blakes Logik kam Dupree merkwürdig vor, aber sein Kumpel hatte ständig Erfolg bei den Frauen, weshalb er seine Ratschläge nicht anzweifeln wollte.

„Ich weiß nicht ..."

„Und zeig ihr bloß deinen Superbowlring!" Blake nahm einen Schluck Bier und erklärte grinsend. „Der Ring ist magisch! Der lässt die Höschen der Frauen wie von Zauberhand verschwinden."

Dupree runzelte die Stirn. Er konnte nicht an Frauenunterwäsche denken, ohne Marcus' Stummelhand vor sich zu sehen.

„Und rede von ihren Titten ..."

„Was?!"

Blake verzog ernsthaft den Mund. „Frauen mögen Komplimente über ihre Brüste. Vor allem Frauen mit kleinen Möpsen wie die Süße an der Bar."

„Ich denke nicht ...", zögerte Dupree ängstlich.

„Doch! Auf diese Weise schleppe ich ständig Bräute ab." Blake bewegte seinen Kopf unkontrolliert von rechts nach links und lallte zufrieden. „Geh hin, stell dich vor, zeig den Ring, mach ihr klar, dass es eine Ehre ist, dich kennenzulernen, bevor du über ihre Titten sprichst."

Dupree wollte nicht hingehen und mit ihr reden – das traute er sich nicht. Aber als die Kleine in seine Richtung sah und zurückhaltend lächelte, machte er schweren Herzens den ersten Schritt. Blakes Ratschläge hallten in seinem Kopf wieder, als er sich zu ihr stellte und in klare graue Augen blickte, die ihn schüchtern ansahen, während sie lächelte.

„Hallo, ich bin Sarah."

„Ich bin Dupree."

Sie reichte ihm die Hand, die er vorsichtig schüttelte.

Vorsichtig spähte er zurück zu Blake, der grinste und imaginäre Brüste andeutete.

„Tolle Frisur", Sarah warf einen Blick auf seinen Irokesen.

„Danke", ein weiterer nervöser Blick zu Blake folgte seinem Dank. „Äh ... deine Haare gefallen mir auch."

Sarah errötete und lächelte schüchtern. Dupree hätte sich vor lauter Unsicherheit am liebsten am Kopf gekratzt. Er hatte keine Ahnung, was er nun tun sollte.

„Mhh ... bist du oft hier?"

Sie schüttelte den Kopf. „Nein ... ich bin gerade erst nach New York gezogen."

„Oh ... woher kommst du denn?"

„Aus Pensacola."

Überrascht deutete er auf sich. „Ich bin in Mobile geboren."

Sarah lachte fröhlich. „Das ist ja fast um die Ecke."

Dupree nickte und fing Blakes ungeduldigen Blick ein. Bevor er etwas sagen konnte, fragte Sarah leicht amüsiert: „Trägst du eine Zahnspange?“

Automatisch fuhr er sich über die Brillanten, die er sich hatte einsetzen lassen. In Rapvideos hatte er ständig solche funkelnden Gebisse gesehen und sich geschworen, ebenfalls auffälligen Zahnschmuck zu tragen, wenn er Geld besaß. Glitzernde Steinchen an den Zähnen zeigten aller Welt, dass er es geschafft hatte. Vielleicht beeindruckten sie ja auch Sarah, überlegte er hoffnungsvoll. Blake hatte ja gesagt, dass Frauen von Ruhm und Reichtum beeindruckt waren.

„Sind das Kristalle?“

Dupree schüttelte den Kopf. „Diamanten.“

„Wow!“

Er fasste sich ein Herz. „Hör zu, Sarah. Ich habe den Superbowl gewonnen.“

Noch immer lächelte sie. „Herzlichen Glückwunsch.“

„Danke ... ich bin Footballspieler ...“

„Das habe ich mir fast gedacht“, neckte sie ihn amüsiert.

Unschlüssig krächzte Dupree und zeigte auf seinen Ring. „Das ist mein Ring.“

„Der ist aber schön.“

Nervös plapperte der Tackle weiter und bekam aus lauter Unsicherheit einen schroffen Ton. „Ja ... ja ... der Ring war richtig teuer und ... und er macht die Frauen ganz scharf. Wegen ihm tragen sie keine Höschen ...“

„Bitte?“ Sie sah ihn an, als hätte er den Verstand verloren, und rückte automatisch einen Schritt zurück.

Blakes Worte kamen ihm wieder in den Sinn. *Beeindrucke sie ... du bist begehrt ... mach ihr Komplimente zu ihren Brüsten.*

„Ich spiele für die *Titans* ... hier in New York ... und bin total berühmt. Ich mache Werbung für das *Power*-Duschgel ..."

„Hör zu, Dupree", sie biss sich unsicher auf die Unterlippe und griff nach ihrer Handtasche.

Hastig machte er einen Schritt auf sie zu. „Ich habe einen Haufen Geld und ... und die Frauen stehen voll auf mich. Du kannst mir glauben, sie fahren voll auf mich ab."

Als sie aufstand und ihn wütend anblickte, geriet er in Panik.

„Ich dachte, du wärst nett und zurückhaltend! Angeber kann ich nicht leiden."

Panisch dachte Dupree nach, was er bloß falsch gemacht hatte. Bis gerade hatte sie ihn angelächelt – jetzt wütete sie und beschimpfte ihn als arroganten Vollidioten. Ach! Er hatte völlig vergessen, ihr ein Kompliment zu ihren Brüsten zu machen. Vielleicht sah sie deshalb wütend aus, überlegte er geradezu hoffnungsvoll, als es aus ihm heraussprudelte: „Normalerweise stehe ich auf große Möpse, aber bei dir könnte ich eine Ausnahme machen, Sarah."

Als sie das Knie hob und ihm kraftvoll in die Weichteile stieß, wünschte er sich beinahe, dass ihn seine Mama mit dem Kochlöffel schlug.

Schwach hörte er Blake, der sich vor Lachen kaum mehr einkriegte.

Während sich Dupree an der Theke festhielt, eine Hand gegen seine schmerzenden Eier drückte und Sarah hinterher sah, die aufgebracht davon rauschte, schwor er sich, über Blakes Tipps noch einmal eingehend nachzudenken.

„Oh ... Holly, du siehst wunderschön aus!“

„Corey wird ausflippen, wenn er dich sieht!“

Auch die anderen Freundinnen von Holly brachen in Begeisterungsschreie aus, als sich Holly im nun achten Hochzeitskleid präsentierte und mit der Haltung einer mildtätigen Königin auf einem Hocker stand, während die Verkäuferin den riesigen Schleier richtete.

Erin bekämpfte einen Migräneanfall, der hinter ihrer Stirn aufzusteigen schien, und beobachtete die Freundinnen ihrer Schwester, die billigen Sekt tranken und es sich auf den Sofas gemütlich gemacht hatten, um ihrer Freundin dabei zuzusehen, wie diese das komplette Brautmodengeschäft auf Trab hielt. Die kleine Verkäuferin konnte Erin schon leid tun, weil sie ein Kleid nach dem anderen anschleppen und Holly in jedes Kleid hinein und wieder hinaus helfen musste.

Die ganze Prozedur, die nach Erins Geschmack viel zu lange dauerte, bereitete ihr beinahe körperliche Schmerzen.

„Mhhh ... ich finde, das Kleid macht mich fett“, beschwerte sich Holly und winkte entschlossen ab, um ein weiteres Kleid zu fordern.

Erin knirschte mit den Zähnen und reichte Zoey einen Keks. Im Gegensatz zu ihr machte es Zoey viel Spaß, Holly beim Anprobieren zuzuschauen, und sie machte der entzückten Braut in spe kindliche Komplimente.

Dass Zoey extrem unkompliziert war, zeigte sich heute einmal mehr. Seit genau vier Tagen betreute Erin nun die Kleine, mit der sie sich wunderbar verstand. Erst gestern hatten sie in einem Kaufhaus sehr lange in der Schlange an der Kasse warten müssen, doch Zoey hatte im Gegensatz zu dem Kind, das etwas weiter vorne gewartet hatte, weder geheult noch sich kreischend auf den Boden geworfen.

Die Kleine konnte einem zwar ein Ohr abkauen und war eine regelrechte Quasselstrippe, wenn sie erst einmal losgelegt hatte, aber das Mädchen war einfach nur liebenswert und süß. Glücklicherweise überwand sie ihre anfängliche Schüchternheit und blühte regelrecht auf, wenn man sich mit ihr beschäftigte. Gestern hatten sie zusammen Pizza gemacht und ein Puzzle beendet, am Tag davor hatten sie stundenlang mit Wasserfarben Bilder gemalt und einen Tag zuvor waren sie im Park gewesen und hatten Enten gefüttert.

Im Gegensatz zu Erin wusste Zoeys Vater immer noch nicht, was er mit seiner Tochter anfangen sollte. Erin hatte bereits spitz gekriegt, dass Tom Peacock seine Tochter gerne allein in ihrem Zimmer spielen ließ oder den Fernseher anstellte, damit Zoey Trickserien schauen konnte. Außerdem überließ er es gerne ihr, die Vierjährige zu baden, so dass Zoey morgens in die Wanne steigen musste, wenn Erin ihren Arbeitstag begann. Sein bescheuertes Becken, das eher wie ein kleiner Swimmingpool gebaut war, verbesserte ihre morgendliche Laune nicht unbedingt, wenn sie sah, dass er das Kind ungewaschen ins Bett geschickt und sich auch nicht um die Haare der Kleinen gekümmert hatte, die morgens immer völlig zerzaust waren. Nein, ihn interessierte es nicht die Bohne, so dass Erin morgens auf Knien neben seinem Badebecken herumrutschen musste, um Zoey beim Bad zu helfen.

Erst heute morgen war sie deswegen fast ausgeflippt, weil sie ihn bereits gestern darauf hingewiesen hatte, dass er das Kind abends baden sollte, aber er hatte einfach nur mit der Schulter gezuckt und lapidar geantwortet, dass Zoey zu müde gewesen war.

Sie hatte sich richtiggehend beherrschen müssen, den arroganten Idioten nicht einen Kopf kürzer zu machen. Erin verstand nicht, wie ein erwachsener Mann dermaßen desinteressiert an seiner eigenen Tochter sein und sich ständig so verantwortungslos verhalten konnte. Er hatte sie nicht einmal nach Referenzen gefragt, sondern hatte ihr ohne Federlesen seine Tochter anvertraut. Wenn sie ihm vor vier Tagen nicht alle Bescheinigungen samt einem amtlichen Führungszeugnis gezeigt hätte, wüsste er nicht einmal, wo sie wohnte.

Bei ihrer vorletzten Stelle hatte sich Erin geschworen, nie wieder mit rücksichtslosen Karriereeltern, denen nichts an ihren Kindern lag, zusammenzuarbeiten. Doch sie hatte ihr eigenes Prinzip über Bord geworfen und Tom Peacocks Angebot angenommen, weil das Gehalt, das er ihr bezahlte, gigantisch war. Nach zehn Wochen wäre sie in der Lage, nach Stanford zurückzukehren und ihr Studium abzuschließen. Sie müsste sich keine Gedanken mehr darum machen, wie sie über die Runden kam und wann sie endlich das Geld für die Studiengebühren zusammen hatte. Sein Angebot war so verlockend gewesen, nachdem sie in den letzten Monaten verzweifelt darüber gegrübelt hatte, wann sie endlich soweit wäre, die Nebenjobs sein lassen zu können und ihrer wahren Berufung nachzugehen. Daher hatte sie zähneknirschend angenommen, auch wenn Zoeys Vater mit seiner sorglosen Art ihr gegen den Strich ging.

Zoeys sonniges Wesen konnte das jedoch wieder aufwiegen.

Die Kleine schüttelte entschlossen den Kopf und wisperte Holly zu: „Du siehst nicht dick aus, Holly, du siehst wie eine Prinzessin aus."

Erins Schwester lachte amüsiert. „Du bist wirklich lieb, Zoey. Findest du nicht, dass ich wie ein Sahnebaiser aussehe?"

„Nein", fiepte Zoey und schaute vom Boden hoch, auf dem sie saß und mit Buntstiften in ein Malbuch kritzelte.

„Doch", erwiderte Erin genervt, woraufhin die anderen Frauen empört keuchten.

Holly verdrehte die Augen und lachte schnaubend. „Sie hat ja sogar Recht."

Mit einem Wink zur Verkäuferin verschwand Holly wieder in der Umkleide. Erin lehnte sich zurück und schaute auf den blonden Scheitel ihres Zöglings hinab, der vor sich hin summte und selig das Malbuch bearbeitete. Eigentlich hatte sie heute Mittag auf Zoey aufpassen sollen, weil der Termin der Brautkleidanprobe bereits vereinbart gewesen war, aber Zoeys Vater hatte heute Abend irgendeine Veranstaltung, so dass sie ausgemacht hatten, dass Erin morgens auf Zoey aufpasste und abends wiederkam, um bei ihr zu bleiben, bis er von seinem Footballtermin zurückkam. Also hatte sie Zoey einfach mitgenommen.

„Sag mal, Süße“, Hollys Freundin Nicole beugte sich zu Zoey hinab und lächelte zuckersüß. „Ist dein Daddy wirklich Tom Peacock?“

„Nicole“, warnte Erin die blondierte Frau ruhig.

Zoey blickte auf und sah ratlos zu Erin.

„Ja, sag schon, Erin“, Amber, Hollys beste Freundin von der Highschool, mischte sich nun auch ein. „Holly hat erzählt, dass du für Tom Peacock arbeitest. Ich finde das total aufregend!“

„Er ist ja soooo sexy“, schwärmte Nicole seufzend.

Auch Amber seufzte auf. „Ich finde ihn extrem heiß. Einmal wurde er oben ohne gezeigt und ...“

„Themenwechsel“, Erin ballte die Hände zu Fäusten und schüttelte den Kopf, da Zoey die Unterhaltung mit gespannter Miene verfolgt hatte.

„Jetzt hab’ dich doch nicht so“, beklagte sich Amber. „Seit damals bist du eine richtige Spaßbremse geworden.“

„Genau! Du ziehst schon den ganzen Tag ein miesepetriges Gesicht, während wir hier Spaß haben. Oder liegt es etwa daran, dass Holly heiratet?“

Erin holte innerlich Luft. Sie hatte die Freundinnen ihrer Schwester nie leiden können und hielt sie für falsche Schlangen – beispielsweise wusste sie, dass Amber mit Nicoles Exfreund geschlafen hatte, als Nicole dabei gewesen war, sich mit diesem zu versöhnen – aber solche Bemerkungen gingen unter die Gürtellinie.

Glücklicherweise hielt Hollys Auftauchen sie davon ab, etwas zu entgegnen.

„Ich glaube, es ist *dieses* Kleid“, mit vor Aufregung glühenden Wangen drehte sich Holly um die eigene Achse und kicherte ausgelassen. „Ich liebe es!“

Erin musste zugeben, dass ihre kleine Schwester wunderschön aussah, und kämpfte plötzlich mit ihrer Rührung. Das elfenbeinfarbene Kleid hatte einen klassischen Schnitt in A-Linie mit einer herzförmigen Korsage und betonte Hollys schmale Taille. Gerade weil es so schlicht wirkte, war es atemberaubend.

Vermutlich war es auch atemberaubend teuer, aber darum machte sich Holly keine Gedanken, schließlich musste ihr Vater alle Rechnungen bezahlen.

„Du musst es nehmen“, Amber jauchzte auf. Sie selbst hatte eine sehr kleine und überschaubare Hochzeit gefeiert, die im Haus ihrer Eltern stattgefunden hatte. Ein Hochzeitskleid hatte es gar nicht gegeben, weil sie kein Geld dafür gehabt hatte. An ihrem großen Tag hatte es ein Kleid von Macy's tun müssen, das laut Holly scheußlich gewesen war. Woher Erin das wusste? Holly hatte wochenlang über die Hochzeit ihrer Freundin gelästert und dabei geschworen, niemals so eine furchtbare Feier haben zu wollen.

Amber stand Holly jedoch in nichts nach, da Erin genau sehen konnte, wie sich das Gesicht der Dunkelhaarigen geradezu missgünstig und neidisch verzog, als Holly in dem eleganten Hochzeitskleid vor dem Spiegel stand und sich selbst bewunderte.

Innerlich schnitt Erin eine Grimasse. War es da ein Wunder, dass sie sich inmitten dieser angeblich besten Freundinnen nicht wohl fühlte und am liebsten flüchten würde?

Wie eine Horde Hühner scharrten sich Hollys Freundinnen um sie und versicherten begeistert, wie schön sie doch sei und dass sie dieses Kleid unbedingt nehmen sollte.

Erin war sich ziemlich sicher, dass dieses Kleid den Etat sprengen würde, den ihr Vater seiner jüngsten Tochter für das Brautkleid genannt hatte, aber sie hielt den Mund, da sie keine Lust auf eine erneute Konfrontation hatte. Einzig ihre Cousine Milly, die ebenfalls mitgekommen war, fragte schüchtern nach, was der ganze Spaß kosten sollte.

Die Verkäuferin nannte einen Preis, der um einiges über dem Betrag lag, den ihr Vater bereit war, für das Brautkleid seiner jüngsten Tochter auszugeben.

Wie erwartet fuhren mehrere Köpfe zu der unscheinbaren und etwas molligen Milly herum, die die meiste Zeit stumm geblieben war und sich ebenso unwohl wie Erin zu fühlen schien.

„Es ist mir egal, wie teuer es ist. Ich muss es einfach haben", wies Holly sie zurecht.

„Holly sieht traumhaft schön darin aus", Nicole warf Milly einen beinahe mörderischen Blick zu.

Die arme Milly stotterte mit roten Wangen: „Aber Onkel Dave hat gesagt ..."

Auch Amber zischte ihr nun zu. „Männer verstehen davon nichts! Du anscheinend auch nicht. Aber kein Wunder, du bist Single ..."

Nur Zoeys Anwesenheit hielt Erin davon ab, der arroganten Ziege ihre Meinung zu geigen, doch sie wollte auch nicht mitansehen, wie ihre liebe Cousine heruntergeputzt wurde, und mischte sich nun doch ein.

„Milly hat völlig Recht, Holly. Entweder musst du ein anderes nehmen oder dich mit Dad zusammensetzen."

Entschlossen reckte Holly ihr Kinn in die Höhe. „Dann werde ich mit Dad sprechen."

Und ganz sicher würde sie ihren Willen bekommen, schließlich konnte ihr gutmütiger Dad seiner jüngsten Tochter nichts abschlagen. Holly war eine Meisterin darin, ein paar Tränchen hervorzudrücken und mit mitleiderregendem Blick ihren Vater zu foltern. Sicherlich gäbe es daheim etwas Krach, aber im Endeffekt würde Holly in diesem Kleid vor den Traualtar treten.

Sowieso war Erin der Meinung, dass sich ihre Schwester ziemlich egoistisch aufführte, indem sie von ihren Eltern verlangte, die Hochzeit komplett zu bezahlen, und gleichzeitig keine Skrupel hatte, das Geld beinahe mit beiden Händen aus dem Fenster zu werfen. Erin wollte nicht pessimistisch sein, aber sie befürchtete zudem, dass die Ehe ihrer Schwester nicht lange halten würde. Holly kannte Corey seit anderthalb Jahren, jedoch war Corey während dieser Zeit für neun Monate im Ausland stationiert gewesen. Beim letzten Heimaturlaub hatten sie sich verlobt, schließlich war Holly ihm ständig in den Ohren gelegen, dass sie wie alle ihre Freundinnen endlich heiraten wollte. Erin liebte ihre kleine Schwester, aber sie war nicht blind gegenüber ihren Fehlern. Holly wollte einfach nur eine verheiratete Frau sein und schien bei der Wahl ihres Ehemannes nicht besonders wählerisch vorzugehen. Es wurmte sie, dass alle anderen in ihrem Freundeskreis bereits verheiratet waren, während sie noch keinen Ring am Finger trug.

„Sag mal, Erin, wen wirst du zur Hochzeit mitbringen?“

Innerlich knirschte Erin mit den Zähnen und stöhnte auf, als Alicia, Hollys Arbeitskollegin, sie fragend ansah.

„Keine Ahnung."

„Die Hochzeit findet schon so bald statt", Alicia schüttelte alarmiert den Kopf. „Du solltest dir langsam ein Date für den großen Tag deiner Schwester suchen."

Auch Nicole schnalzte nun alarmiert mit der Zunge. „Also wirklich, Erin, ich würde mich eher umbringen, als ohne ein Date auf einer Hochzeit aufzukreuzen."

Holly ließ die Schultern sinken und zischte nun: „Lasst Erin in Ruhe! Ihr wisst, was sie durchgemacht hat und ..."

„Schon gut, Holly." Erin verdrehte die Augen und ignorierte den Knoten in ihrem Magen. Ein Blick auf Zoey sagte ihr, dass die Kleine viel zu vertieft in ihr Malbuch war, um mitzubekommen, was um sie herum geschah.

Amber kicherte nervös, bevor sie mit einem boshaften Funkeln in den Augen zu Holly meinte: „Wir haben es nicht böse gemeint, Holly, sondern finden es bewundernswert, wie Erin mit der ganzen Situation umgeht. Wenn mir so etwas passiert wäre ..."

Erin stand abrupt auf und hielt demonstrativ ihre Armbanduhr in die Höhe, bevor sie Holly ansah, die niedergeschlagen die Augen senkte.

„Ich muss Zoey wieder nach Hause bringen, daher gehen wir jetzt wieder."

„Aber, Erin ..."

„Tut mir leid", gespielt bedauernd hielt sie den Kopf schräg. „Du verstehst sicher, dass ich Zoey nicht zu spät zu ihrem Vater bringen kann. Ruf mich doch später an und erzähl mir, was Dad zu deinem Kleid gesagt hat."

Sie glättete die Strickjacke, die sie über ihrer dunklen Leinenhose trug, und schenkte Zoey ein aufforderndes Lächeln. Das Mädchen verstand sofort und erhob sich, bevor sie Erin ihre Malsachen reichte, die diese in ihre Tasche steckte.

Als Erin Millys gequälten Blick einfing, sagte sie munter: „Ach, Milly. Am besten kommst du mit, schließlich hast du noch einen Termin."

„Du hast einen Termin?!" Holly seufzte enttäuscht auf. „Wo denn?"

„Äh", Milly blickte von Erin und Holly und erklärte trocken: „Bei einer Partnervermittlung. Wir sehen uns später."

So viel Ironie hätte Erin ihrer unscheinbaren Cousine gar nicht zugetraut. Kichernd schob sie Zoey vor sich her und war froh, endlich das Geschäft und diese furchtbaren Miststücke verlassen zu können.

6. Kapitel

„Wieso bist du mit der Kleinen nicht vorbeigekommen?“ Julian Scott lehnte sich zurück und nahm einen Schluck von seinem Bier. „Ich hätte mich gefreut, Zoey kennenzulernen, und sie hätte ein wenig mit Brianna spielen können. Außerdem haben wir einen Sandkasten und eine Schaukel im Garten. Bei dem schönen Wetter draußen hätten die Mädchen ihren Spaß gehabt.“

Tom zuckte mit der Schulter. Er konnte Julian schlecht sagen, dass er keine Lust hatte, über Kinder zu sprechen, wenn an der Bar eine Blondine stand und ihn mit Blicken auszog. Nach fünf Tagen, in denen er nun Vollzeitvater war, hatte er sich einen Abend verdient, an dem er sich nicht über Kinderfilme, Kinderessen oder Kinderschlafenszeiten unterhalten musste. Den kompletten Mittag hatte er mit Zoey zuhause verbracht, bevor ihm die Decke auf den Kopf gefallen war. Da er keine Ahnung hatte, was man mit einer Vierjährigen unternehmen konnte, war er mit ihr ins Kino gegangen und anschließend zum Essen. Gerade als er mit Zoey zurück in die Wohnung gekommen war, tauchte auch schon Erin Hamilton auf, deren griesgrämiges Gesicht ihm auf den Sack gefallen war. Also hatte er sich schnell umgezogen und war zur Eröffnung eines neuen Clubs gefahren, zu dem die *Titans* eingeladen waren, weil Julians Ehefrau zum Architektenteam gehört hatte.

Er wollte jetzt einfach nicht länger über seine neue Situation sprechen oder über sie nachdenken, sondern den Abend genießen. Der Blick der Blonden mit dem spektakulären Ausschnitt war schon einmal vielversprechend. Lächelnd prostete er ihr zu und wurde prompt in seinen Flirtversuchen unterbrochen, als sich sein Kapitän neben ihn auf das Lounge-Sofa schmiss und keuchte: „Ich hätte nicht gedacht, dass du heute hier auftauchst, Tom! Wer passt auf deine Kleine auf?“

Tom setzte bereits zu einer bissigen Antwort an, als sich seine Chefin auf den Schoß ihres Mannes setzte und ihn lachend ansah. Wie es schien, kamen die beiden von der Tanzfläche und mussten erst einmal zu Atem kommen.

„Du hast eine Tochter, Tom?“

Er nickte und erklärte knapp: „Zoey. Vier Jahre.“

Teddy hob amüsiert eine Augenbraue in die Höhe, sagte jedoch nichts zu seinem knappen Ton, sondern griff nach ihrem Sodawasser, während sie es sich weiterhin auf dem Schoß des Quarterbacks gemütlich machte, der ächzte: „Teddy, hast du zugenommen?“

Jede andere Frau wäre bei diesem Kommentar an die Decke gegangen, doch Teddy MacLachlan-Palmer war für ihr exzentrisches Wesen bekannt und küsste ihren Mann auf die Wange, bevor sie lachend erklärte: „Ich dachte, du stehst darauf, Brian.“

„Du machst mich zum Krüppel ...“

Sie lachte ein weiteres Mal, ließ sich davon jedoch nicht beeindrucken und fixierte wieder Tom, der keine Möglichkeit sah, sich zu verkrümeln. Teddy mochte zwar die bessere Hälfte seines Mitspielers sein, sie war jedoch auch seine Chefin, was ihn in die Bredouille brachte, sie nicht einfach ignorieren zu können, um sich zu der Blondine zu gesellen.

Da das frisch verheiratete Paar dafür bekannt war, aufeinander zu hocken und die Finger nicht voneinander lassen zu können, hoffte Tom, dass ihr

Interesse an seinen Familienverhältnissen bald versiegen würde, damit er sich der anscheinend willigen Frau an der Bar widmen konnte.

„Wieso kennen wir die Kleine noch nicht?“, wollte nun Teddy wissen und fuhr sich durch ihr kurz geschnittenes Haar, das ihr Göttergatte nach dem Superbowlsieg vor einigen Wochen eigenhändig abgeschnitten hatte, als sie eine Wette gegen ihn verloren hatte.

Er seufzte auf und sah sich gezwungen, ihr zu antworten, um nicht als unhöflicher Mistkerl dazustehen. „Sie wohnt eigentlich bei ihrer Mutter in Kalifornien.“

„Ach, und jetzt ist sie hier, um dich zu besuchen?“

Unwillig nickte er und warf einen kurzen Blick zur Bar, an der die Blonde an einem Drink nippte. „Sie bleibt für zehn Wochen bei mir“, erklärte er abwesend.

„Oh!“ Teddy blickte ihn nun fragend an, doch Tom hatte keine Ahnung, woran sie gerade dachte.

„Hast du denn mittlerweile ein Kindermädchen“, fragte Brian neugierig und griff um seine Frau herum nach seinem Glas.

Tom merkte, dass er ungeduldig wurde. Er war aus seiner Wohnung geflüchtet, um nicht ständig daran erinnert zu werden, dass er ein vierjähriges Kind daheim hatte, um das er sich kümmern musste, wenn nicht gerade das zickige Kindermädchen anwesend war. Zoeys Anwesenheit in seiner Wohnung machte ihm klar, dass er nicht einfach tun und lassen konnte, was er wollte, dabei liebte er seine Freiheit und Ungebundenheit. War es zu viel verlangt, wenn er an diesem freien Abend nicht über die frustrierende

Situation sprechen wollte, die ihn erwartete, sobald er seine Wohnungstür aufschloss?

„Sicherlich wirst du die Kleine mit nach Hawaii nehmen, oder? Brian, dann müssen wir die Reservierung ändern und einen weiteren Bungalow mieten."

Die Worte seiner Chefin drangen nur langsam in seinen Kopf. Fragend sah er sie an und ignorierte dabei ihre ungewöhnliche Aufmachung, die aus zerschlissenen Jeans und einem knappen Häkeltop bestand, das ziemlich viel nackte Haut zeigte.

„Hawaii?"

Julian mischte sich nun wieder ein und grinste schwach: „Hast du etwa die Einladung verschlammt?"

Es fiel ihm plötzlich wie Schuppen von den Augen. Teddy und Brian hatten das Team zur Feier des Superbowls und ihrer Hochzeit für ein paar Tage nach Hawaii eingeladen. Verdammter Mist! In dem ganzen Trubel um Zoeys plötzliche Ankunft hatte er vergessen, dass es bald nach Hawaii gehen sollte. Na, toll! Darum würde er sich auch noch kümmern müssen. Erin Hamilton wäre sicher nicht begeistert darüber, ein paar Tage ganz allein auf Zoey aufpassen zu müssen.

„Da Zoey vier Jahre alt ist, wird sie mit Jilian spielen können. Sie ist nur ein halbes Jahr jünger als deine Tochter", nachdenklich tippte sich Teddy an die Unterlippe und erinnerte Tom mit dieser Geste sofort an das rothaarige Kindermädchen, das vermutlich jetzt damit beschäftigt war, eine Liste mit seinen Verfehlungen zusammenzustellen.

„Moment", er schüttelte den Kopf. „Ich werde Zoey nicht mitnehmen ..."

„Aber warum das denn nicht?" Teddy war verwirrt.

Und auch Julian runzelte die Stirn. „Du wirst die Kleine doch nicht allein lassen ..."

„Sie hat ein Kindermädchen", beruhigte Tom die beiden, auch wenn er deren Aufregung nicht ganz verstand.

„Na und? Alle bringen ihre Familien mit. Liv und Brianna kommen natürlich auch mit – sowie alle anderen Ehefrauen und Kinder. Sogar Teddys Mom wird mit uns fliegen", entgegnete nun auch Brian.

„Die Hotelanlage ist sehr familiär und hat sogar einen Abenteuerspielplatz", Teddy blickte Julian nach Zustimmung heischend an. „Dir hatte ich die Prospekte gezeigt, nicht wahr?"

„Hast du, Teddy. Liv war total begeistert von den vielen Angeboten für Kinder."

Plötzlich kam sich Tom umzingelt vor, da ihn die drei stirnrunzelnd ansahen und nicht zu verstehen schienen, weshalb er nicht sofort daran gedacht hatte, seine Tochter mitzunehmen.

Seufzend hob er die Hände hoch. „Ich werde es mir überlegen."

„Ein Urlaub mit deiner Tochter wird euch gut tun", Julian sprach ruhig und verständnisvoll, als könnte er Toms Situation verstehen. Das bezweifelte Tom jedoch, da er den Wide Receiver als Vater erlebt hatte. Niemals würde Tom dermaßen ungezwungen mit Zoey umgehen, wie es Julian mit seiner Tochter gelang.

„Meinst du?", wollte er mit ironischem Unterton wissen, während er aus den Augenwinkeln sehen konnte, wie Blake mit einer Brünetten im Arm zu ihnen geschlendert kam.

„Sicher. Du wirst ohne Ablenkung ein paar Tage mit Zoey verbringen können und die ganze Zeit mit ihr zusammen sein. Auf diese Weise gewöhnt ihr euch sehr schnell aneinander“, riet Julian weise und verursachte in Tom damit den Wunsch nach einem starken Drink. Endlich hatte er ein Kindermädchen eingestellt, damit er nicht ständig mit Zoey allein war, und sollte nun auf Hawaii doch allein auf sie aufpassen. Das kam gar nicht infrage! Wohl oder übel müsste Erin Hamilton mitkommen.

„Haltet ihr einen Kaffeeklatsch ab?“ Lässig grinste Blake in die Runde und hielt seine Begleiterin nah an sich, ohne sie zu beachten. Tom war ihm außerordentlich dankbar, da nun hoffentlich das Thema gewechselt wurde.

„Teddy und ich mussten nur nach Luft schnappen.“

„Red’ du nur von dir selbst“, wies die kurzhaarige Teamchefin ihren Mann zurecht und wackelte auf dessen Schoß herum, woraufhin Brian aufstöhnte und sie hastig festhielt.

„Lass das! Himmel, du weißt doch, was beim letzten Mal passiert ist ...“

„Das ist mein Stichwort“, Julian erhob sich lachend und stellte sein halbvolles Glas beiseite.

„Hey! Du willst doch wohl nicht so früh abhauen?“, fragte Brian ungläubig.

„Doch“, Julian fuhr sich durch das blonde Haar und erklärte mit einem Schulterzucken. „Liv ist allein mit Brianna und fühlt sich heute nicht so wohl. Ich wollte mich nur kurz sehen lassen und dann wieder gehen.“

„Wünsch’ ihr gute Besserung“, Teddy stand auf und küsste ihn auf die Wange.

Tom hörte nur mit halbem Ohr zu, wie sie über Livs Schwangerschaft plauderten, da er die Blondine nicht aus den Augen ließ, die ihm einen feurigen Blick schenkte. Da es sowieso Zeit für einen Drink war, wollte er an die Bar gehen und mal schauen, was heute noch so gehen konnte.

Lässig vergrub er eine Hand in der Tasche seiner Jeans und schob sich durch die Menschenmasse, um zur Bar zu gelangen. Hin und wieder sprach ihn jemand an und gratulierte ihm zum Superbowlsieg, woraufhin er lächelte und sich bedankte. Jedoch ließ er sich nicht von seiner Mission abbringen.

Kurz bevor er die Blondine erreicht hatte, vibrierte es in seiner hellbraunen Lederjacke. Langsam wurde er ungehalten und zog sein Handy hervor, um einen Blick auf das Display zu werfen. Als der Name *Erin Hamilton* aufblinkte, presste er die Zähne aufeinander und drückte ihren Anruf weg, denn er war es leid, ständig an seinem freien Abend unterbrochen zu werden. Damit er sich endlich ungestört mit der Blondine befassen konnte, schaltete er das Handy einfach aus und schob es zurück in seine Lederjacke.

Neben der Blondine angekommen bestellte er für sie und sich Drinks, schenkte ihr sein breitestes Lächeln und fand sich schnell in einer Unterhaltung mit ihr wieder, die vielversprechend anfing.

Jade war ein hübsches Ding, das ihn unverhohlen taxierte und sich nicht daran störte, dass er sie ebenfalls mit Augen auszog. Er brauchte seiner Phantasie nicht einmal viel freien Lauf zu lassen, wie sie wohl nackt aussehen mochte, da sie hautenge Lederleggins und darüber ein hauchdünnes Top mit Fransen unter dem tiefen Ausschnitt trug. Schüchtern war sie auch nicht, da sie sehr bald nah an ihn heranrückte und eine Hand auf das schwarze Hemd legte, während sie sich auf

Zehenspitzen stellte und ihm schmutzige Dinge ins Ohr flüsterte.

Bevor Tom mit ihr abhauen konnte, wurde er wieder in seinen Plänen unterbrochen. Der Barkeeper hatte ihn anscheinend erkannt, da er eine Magnum-Wodka-Flasche vor ihm abstellte und erklärte, dass der Besitzer herzlich zum Superbowl gratulierte. Schneller als Tom gucken konnte, waren Blake, Dupree und Eddie ebenfalls da, um die Flasche zu leeren. Zumindest tranken Blake und Eddie mit, da Dupree außer Kaffeelikör auf Eisbechern keinen Alkohol trank.

Bald saßen sie alle zusammen im VIP-Bereich und tranken auf den Superbowl, während sich Jade auf seinem Schoß rekelte und eine Hand in sein Hemd schob, um über seine Bauchmuskeln zu streicheln. Da Tom seinerseits damit beschäftigt war, den Hintern der blonden Jade zu erkunden, machten ihm ihre Annäherungsversuche nicht viel aus. Beim letzten Glas Wodka merkte er, dass er genug hatte, und verlegte sich lieber auf Zungenküsse mit seiner Begleiterin, die diese enthusiastisch erwiderte.

Draußen wurde es schon wieder hell, als sie zu fünft aus dem Club torkelten und in Taxen stiegen, um zu Tom zu fahren und dort weiter zu feiern. Im Taxi machte er mit Jade rum und fragte sich in seinem vernebelten Zustand, ob ihre Brüste Ergebnis der Silikonindustrie waren. Tatsächlich merkte er am Rande, dass er ziemlich betrunken war, wurde jedoch schnell wieder abgelenkt, als Jades Hand zum Reißverschluss seiner Jeans fuhr. Bevor Jade die Funktionalität eines betrunkenen NFL-Spielers testen konnte, hielt das Taxi vor Toms Wohnung an. Gleich hinter ihrem Taxi stieg Blake mit seiner ständig kichernden Begleiterin und einem schweigsamen Dupree aus, da sich Eddie bereits verabschiedet hatte.

Dupree wollte ihm anscheinend irgendetwas sagen, aber Tom war von Jades Hand abgelenkt, die sich immer wieder zu seiner Leistengegend verirrte und dort auf Erkundungstour ging. Im Aufzug machten sie einen gehörigen Lärm, da die andere Tussi wie eine Sirene lachte und Blakes Stimme im Suff so laut wie die eines brunftigen Gorillas war.

Während Jade ihn befummelte, versuchte Tom, die Wohnungstür aufzuschließen und ließ die anderen nach gefühlten Minuten herein. Blake polterte sofort ins Wohnzimmer und schaltete die Musik ein, während seine Begleiterin diese nervigen Kicherlaute ausstieß. Tom schloss die Wohnungstür hinter sich und fühlte sich gleich darauf an die Wand gepresst, da Jade seinen Kopf zu sich hinunterzog und eilig küsste, als ginge es um ihr Leben. Seine Kumpels kannten sich in seiner Wohnung aus, also entschloss er sich, sie allein zu lassen und sich mit Jade zurückzuziehen. Bevor er jedoch den Flur erreicht hatte, stand ihm Medusa höchstpersönlich gegenüber.

„Es ist halb sechs!"

Verwirrt runzelte Tom die Stirn und brauchte einen Moment, um in dem hoffnungslos zerzausten Wesen mit nackten Beinen, das eines seiner Hemden trug, das Kindermädchen seiner Tochter zu erkennen. Fahrig rieb er sich über die Augen, doch die schreckensgleiche Erscheinung verschwand nicht, sondern blitzte ihn wütend an, bevor sie bedrohlich wissen wollte: „Rieche ich etwa Alkohol?"

Tom musste nicht einmal den Kopf drehen, um zu erkennen, dass seine Begleiter und Begleiterinnen mucksmäuschenstill geworden waren und sich nicht von der Stelle rührten. Allein die grauenhafte HipHop-Musik, auf die Blake stand, dröhnte aus den Boxen.

„Ich fasse es nicht", keifte Erin Hamilton los und ging einen Schritt auf ihn zu, woraufhin Jade hastig einen Abstand zwischen sich und ihm schaffte.

„Hier schläft ein kleines Kind! Es ist früh am Morgen und wer zum Teufel hat diese Musik so laut aufgedreht?!"

Tom räusperte sich und schimpfte sich einen Idioten, weil er völlig vergessen hatte, dass er momentan nicht allein wohnte.

Blake, dieser Spinner, lachte nervös auf und fragte amüsiert: „Hey, Schätzchen? Gegen PMS sollte langsam mal eine Pille erfunden werden, oder?"

Nach dieser Bemerkung war Tom der festen Überzeugung, dass Blake nicht mehr lange zu leben hatte, schließlich drehte Erin Hamilton ihren Kopf in die Richtung des Runningbacks und erinnerte ihn dabei an den Antichristen aus *Das Omen*, doch glücklicherweise wurde das amoklaufende Kindermädchen abgelenkt.

„Daddy?" Ein völlig verheultes und zerzaustes blondes Wesen blieb neben der aufgebrachten Frau stehen und lutschte am Daumen.

„Mäuschen, wieso schläfst du denn nicht?" Erin Hamilton beugte sich zu Zoey hinab und nahm sie auf den Arm. Automatisch blickte Tom auf die nackten Oberschenkel und das pinke Höschen des Kindermädchens, die bei dieser Bewegung entblößt wurden.

„*Daddy*?" Jade blickte ihn giftig an und fragte schrill: „Wieso bringst du mich in deine Wohnung, um

Sex zu haben, wenn deine Frau und Tochter hier sind? Du, blöder Wichser!“

Plötzlich überschlugen sich die Ereignisse. Jade gab ihm eine Ohrfeige, die glücklicherweise nicht an die von Erin Hamilton heranreichte, bevor sie aus der Wohnung stürmte und gleich die andere schrille Tussi mitnahm. Das Kindermädchen schnappte empört nach Luft und Blake brach in Gelächter aus, das jedoch sofort verstummte, als Zoey würgte und sich übergeben musste.

„Nicht schon wieder“, stöhnte Erin auf und verzog angesichts des Erbrochenen auf ihrer Kleidung eine Grimasse. Zoey begann zu weinen und zu jammern, während sie wild zappelte.

„Zoey, warte ...“

„Ich glaube, ich muss kotzen“, Blake würgte ebenfalls und stürmte an ihnen vorbei ins Gästebadezimmer, woraufhin Erin alarmiert rief: „Nicht dorthin! In das andere!“

„Warum soll er nicht ins Gästebadezimmer ...“, setzte Tom fragend an und wurde vom Ausruf seines Teamkollegen unterbrochen.

„Oh, mein Gott!“

Das heftige Würgen ließ darauf schließen, dass sich der bullige Footballspieler übergeben musste. Tom merkte, dass sein Magen ebenfalls zu rebellieren anfing.

„Wagen Sie es nicht“, zischte ihm Erin entgegen, die ein sich windendes Kind zu beruhigen versuchte, während sich das grauenhaft riechende Erbrochene mehr und mehr auf dem Hemd verteilte und zu Boden fiel. „Wehe, wenn Sie jetzt auch noch anfangen!“

Er befürchtete, dass er bald keine andere Wahl hatte, als sich seiner Tochter und Blake anzuschließen, vor allem da das Kindermädchen ihm nun die fast schon kreischende Zoey entgegenhielt, die mit ihrem Erbrochenen beschmiert war und stank.

Heftig schüttelte er den Kopf und trat einen Schritt zurück. „Nein, das kann ich nicht ..."

„Jetzt nehmen Sie sie schon! Ich muss das wegwischen!"

Er hätte Dupree küssen können, der herantrat und die rot angelaufene Zoey übernahm, um sie zu tätscheln und mit ihr zu schmusen. Überrascht sah er den gigantischen Tackle an, der Zoey in Null Komma Nix beruhigt hatte und sich nicht darum kümmerte, dass die Kleine unsäglich stank.

Wie betäubt stand er in seiner Wohnung und schaute Erin Hamilton zu, wie sie das Erbrochene wegwischte und ihm ab und zu vernichtende Blicke zuwarf. Währenddessen herzte Dupree eine völlig erschöpfte Zoey, die das Gesicht vertrauensvoll an den breiten Hals des jungen Footballspielers geschmiegt hatte. Blake war immer noch verschwunden.

„Könnten Sie wenigstens die Musik abstellen", fauchte sie ihn an, während sie auf dem Boden kniete und die Fliesen bearbeitete.

Da Tom immer noch nicht ganz nüchtern war, wäre er beinahe über seine eigenen Füße gestolpert, als er zur Musikanlage wankte. Er stellte die obszöne Musik aus und rümpfte die Nase über den Verlauf seines Abends.

Plötzlich stand das Kindermädchen neben ihm und funkelte ihn aufgebracht an, während sie ziemlich rabiat das Hemd bearbeitete, das sie trug und das ihn fast fünfhundert Dollar gekostet hatte. Wütend rieb sie mit einem nassen Lappen über den weißen Stoff, der in diesem Zustand fast durchsichtig war und sich wie eine zweite Haut an den Oberkörper der keifenden Frau schmiegte. Tom schluckte und versuchte verzweifelt, sich auf das zu konzentrieren, was sie ihm durch zusammengebissene Zähne entgegen zischte.

„Zwölf Uhr war abgemacht, Mr. Peacock! Zwölf Uhr, nicht halb sechs!“

„Ja“, brabbelte er und befahl seinen Augen, nicht tiefer zu blicken. Sie schien es nicht einmal zu merken, da sie weiter keifte.

„Sie ... ich ... wie ... verdammt nochmal! Wie konnten Sie mit Zoey in einen Weltuntergangsfilm gehen?!“

Er schnappte nach Luft. „Aber ... wir waren doch nur in *Superchargers*, da gehen alle Kids rein und ...“

„Der Film ist nicht umsonst ab zwölf Jahren freigegeben!“ Ihr Gesicht konkurrierte mittlerweile mit dem flammend roten Haar, das ihr vom Kopf abstand. „Der Film handelt von Alienrobotern, die die Welt angreifen und kleine Kinder entführen, um sie zu Sklaven zu machen! Zoey ist alle zehn Minuten schreiend wachgeworden, weil sie Alpträume hatte und sich eingebildet hat, dass ein Alien vor ihrem Fenster herumfliegt, um sie in das Weltall zu verschleppen!“

Tom schluckte und murmelte entschuldigend. „Aber das ist doch nur ein Film ...“

„Sagen Sie das mal einer Vierjährigen, die an den Osterhasen und den Weihnachtsmann glaubt!“

Verlegen zuckte er mit der Schulter. „Okay ...“

„Nichts ist okay!“ Sie stach ihm mit dem Zeigefinger in die Brust und schaute zornig zu ihm auf.

„Haben Sie den Verstand verloren, Mr. Peacock?! Sie waren mit der Kleinen nach dem Kino Austern essen?“

„Austern sind gesund“, wehrte er ab, wurde jedoch sofort von ihr unterbrochen, als sie schnaubte.

„Seien Sie bloß froh, dass Sie nicht vor fünf Stunden hier waren!“

Tom kniff die Augen zu und fragte ängstlich. „Warum?“

„Weil“, wütete sie los, „die so gesunden Austern dermaßen schnell aus Ihrer Tochter rausgeschossen sind, dass sie es nicht einmal ins Badezimmer geschafft hat!“

Er wurde bleich und fragte unbehaglich. „Oh ... wie oft musste sie denn kotzen?“

„Ich meinte damit nicht, dass die Austern *oben* aus ihr rausgeschossen sind“, erwiderte sie schnaubend.

Stöhnend fasste sich Tom ins Gesicht.

„Erst danach fing die Kotzerei an“, hielt sie ihm erbarmungslos vor und beschrieb in allen Einzelheiten, was für ein Alptraum die letzte Nacht gewesen sein musste. „Ich habe versucht, Sie anzurufen, aber ständig ging die Mailbox an. Was hätte ich tun sollen, wenn Zoey ins Krankenhaus gemusst hätte? Hören Sie mir überhaupt zu?“

„Ja.“ Er ächzte kurz. „Ich bin noch nicht ganz nüchtern.“

„Wunderbar“, erwiderte sie wütend. „Einfach wunderbar! Sobald Sie wieder nüchtern sind, können Sie sich um die Renovierung Ihres Gästebads kümmern. Leider hat die Wand etwas Erbrochenes abbekommen und die Toilette scheint verstopft zu sein.“

Sie drehte sich einfach um und marschierte zurück zu Dupree, der die schläfrige Zoey im Arm hielt. Tom folgte ihr widerstrebend und warf einen zögerlichen Blick in das bleiche Gesicht seiner Tochter. Mit einem Mal bekam er einen Kloß im Hals, als er sie so schlaff und kränklich im Arm seines Mitspielers hängen sah.

Wieder schien er nicht nachgedacht zu haben. Als er ins Kino gegangen war, hatte er keinen Gedanken an den Barbie-Film verschwendet, der gleichzeitig gelaufen war, sondern hatte zwei Karten für den Action-Film gekauft, weil er ihn hatte sehen wollen. Er hatte Zoey nicht einmal gefragt, welchen Film sie schauen wollte oder was sie gerne aß.

„Geben Sie sie mir ruhig ...“

Dupree schüttelte den Kopf und tätschelte den schlaffen Rücken der Kleinen vorsichtig. „Das geht schon in Ordnung, Ma’am. Ich habe fünf jüngere Geschwister.“

Erin Hamilton schenkte ihm ein schwaches Lächeln. „Danke. Ich muss sie baden.“

Dupree nickte und folgte ihr den Flur hinunter. Tom schluckte und begab sich ebenfalls in Richtung seines Schlafzimmers, während er ein schlechtes Gewissen bekam. Er war nicht ans Handy gegangen, als sie ihn angerufen hatte, weil es Zoey schlecht gegangen war. Nein, er hatte dem Ganzen noch die Krone aufgesetzt, indem er jeden Gedanken an seine Tochter verdrängt hatte, um eine Unbekannte abzuschleppen und in die gleiche Wohnung zu bringen, in der seine Tochter geschlafen hatte. Die Ohrfeige hatte er wirklich verdient.

Als er sein Schlafzimmer betrat, bemerkte er verwundert, dass sein Bett zerwühlt war, obwohl er es am Morgen gemacht hatte. Verwirrt schlich er in sein Badezimmer und sah mit an, wie Dupree Zoey im Arm hielt, während Erin Hamilton der Kleinen das dreckige Nachthemd auszog. Bisher hatte er nicht den Eindruck gehabt, dass Zoey der weinerliche Typ war, doch jetzt wurde sie wieder wach und vergoss einige Tränen, während sie jammerte.

„Oh, Spätzchen ... alles ist gut“, tröstete Erin die Kleine und ließ Wasser in das Becken ein. „Wir müssen dich nur kurz baden und dann kannst du wieder ins Bett gehen.“

Zoeys Kinn bibberte mitleiderregend und sie versteckte sich in den starken Armen des Tackles, während sie wisperte. „Die bösen Roboter ...“

Wieder bekam Tom ein mächtig schlechtes Gewissen und biss sich auf die Unterlippe.

„Aber, aber“, brummelte Dupree mit seiner tiefen Stimme und schmiegte Zoey an sich. „Du musst doch keine Angst haben, wenn Dupree bei dir ist.“

Obwohl Zoey den Tackle niemals zuvor gesehen hatte, zeigte sie keinerlei Scheu vor dem Riesen mit dem gefährlich wirkenden Gesicht und dem Irokesenhaarschnitt, sondern nickte zaghaft und ließ sich anschließend von ihrem Kindermädchen in das Becken packen.

Wieder zwang sich Tom, in eine andere Richtung zu schauen, als Erin Hamilton auf dem Boden kniete und Zoey badete, während das Hemd hochrutschte und den nur halb bedeckten Po entblößte, den sie unabsichtlich in die Luft reckte, als sie sich zu Zoey beugte.

Dupree musste der Anblick ebenfalls aufgefallen sein, da er unter seiner dunklen Haut errötete und hastig wegsah, um die Ornamente an der Zimmerdecke eingehend zu studieren. Tom schluckte und hoffte, dass

Erin Hamilton nicht mitbekam, wie die beiden ihren Hintern angestarrt hatten.

Als sich jemand hinter ihnen räusperte, ahnte er Schreckliches und fuhr sofort zu Blake herum, um ihn warnend gegen den Oberarm zu schlagen. Anscheinend hatte ihn Tom gerade noch rechtzeitig davon abgehalten, eine Bemerkung über den Aufzug des zeternden Kindermädchens zu machen, da Blake bereits eine eindeutige Geste angedeutet hatte.

„Halt die Schnauze“, raunte Tom dem bleich wirkenden Blake zu und zog ihn aus dem Badezimmer, damit der Runningback keinen weiteren Wutausbruch provozieren konnte.

„Scheiße, dein Kindermädchen hat einen geilen Arsch“, wisperte Blake und grinste breit.

„Hau ab!“

Schulterzuckend drehte sich Blake um und erklärte dumpf: „Wollte eh gehen. Mir geht’s beschissen.“

„Komm gut nach Hause.“

„Tolle Party“, brummte der Runningback sarkastisch und meinte dann: „Sorry, Tomcat, aber dein Bad ist im Arsch.“

„Ich weiß“, Tom verdrehte die Augen und ging zurück ins Badezimmer.

Zoey war mittlerweile in ein Handtuch gewickelt und wirkte so mitgenommen, wie sich Tom fühlte. Sie hob den Kopf und blickte ihn aus müden Augen an.

„Daddy ...“, murmelte sie erschöpft.

„Hallo, Knöpfchen“, er trat zögerlich näher und lächelte entschuldigend. „Wie geht es dir?“

„Nicht so gut“, sie gähnte und blinzelte ihn an. „Erin und ich haben in deinem Bett geschlafen, Daddy. Meins ist dreckig.“

„Oh ... das ist doch nicht schlimm." Er sah Erin Hamilton in die Augen, die ihn missbilligend beobachtete, und wusste nicht, was sie jetzt von ihm erwartete. Dupree wusste es anscheinend schon und schlug ihm aufmunternd auf die Schulter.

„Tom, ich mache mich auf die Socken."

Zoey schnappte nach Luft und blickte Dupree ängstlich an. „Aber die bösen Roboter ..."

Der sonst so verschlossene und grummelige Dupree überraschte Tom, indem er Zoey hochhob und ihr einen Schmatzer auf die Wange drückte. „Dein Dad wird alle bösen Roboter verscheuchen, Schätzchen."

Tapfer nickte die Kleine und verabschiedete sich brav, während sie vor Müdigkeit schwankte. Sobald Dupree verschwunden war, verschränkte Erin Hamilton die Arme vor der Brust und raunte ihm wütend zu: „Jetzt nehmen Sie die Kleine schon auf den Arm und bringen sie ins Bett!"

Tom errötete kurz und beugte sich zu Zoey hinab, um sie hochzuheben. Sofort schmiegte sie ihr Gesicht vertrauensvoll an seinen Hals und stieß einen zufriedenen Seufzer aus, bei dem seine Kehle enger wurde.

Er war sich bewusst, dass hinter ihm eine angefressene Frau stand, die jede seiner Bewegungen beobachtete, während er Zoey in sein Bett legte und zudeckte. Ihm fiel auf, dass Zoey nur in ein Handtuch gewickelt war, und drehte sich fragend um. „Ein Nachthemd?"

Ein Kopfschütteln war die Antwort. „Vielleicht muss sie sich noch einmal übergeben. Lassen Sie das Nachthemd erst einmal weg."

„Daddy?“ Zoey flüsterte ihm erschöpft zu. „Ich habe Angst vor den bösen Robotern. Was ist, wenn sie mich holen kommen?“

Unsicher biss er sich auf die Lippe und setzte sich vorsichtig auf die Bettkante. „Hör zu, Zoey. Das war nur ein Film. In Wirklichkeit gibt es keine bösen Roboter.“

Sie schwieg nur und wisperte dann aufgeregt: „Aber die kleinen Kinder sind wie ich in den Kindergarten gegangen und wurden dann von ihren Mamis und Daddys weggeholt. Sie haben ihre Mamis und Daddys nie wieder gesehen!“

Verdammte Scheiße, da hatte er ja was angerichtet!

„Knöpfchen ... das hat sich jemand ausgedacht, weil er einen aufregenden Film machen wollte, aber ich schwöre dir, es gibt keine bösen Roboter aus dem Weltall, vor denen du Angst haben musst.“

Da sie nicht antwortete, seufzte er leise und fragte: „Möchtest du, dass ich heute bei dir schlafe?“

Sie nickte hektisch.

„Also gut“, er gab ihr einen Kuss auf das nasse Haar und erhob sich.

Die Stimme von Erin Hamilton klang plötzlich viel ruhiger und ziemlich geschafft. „Wenn Sie mir eine Jogginghose und ein Sweatshirt leihen könnten, rufe ich mir ein Taxi, Mr. Peacock. Meine Kleidung musste ich nach der ersten Brechattacke wechseln.“

Er trat auf sie zu und seufzte. „Auch wenn Sie mir das nicht glauben, aber es tut mir wirklich leid, Miss Hamilton.“

Anstatt darauf zu antworten, erklärte sie: „Die Waschmaschine konnte ich nicht finden und habe alles in die Badewanne geworfen.“

Verlegen rieb er sich den Nacken. „So etwas wie heute wird nicht mehr vorkommen ...“

Autoritär packte sie seinen Arm und zerrte ihn aus dem Schlafzimmer, damit die bereits dösende Zoey nicht mitbekam, was sie ihm jetzt sagen wollte.

Erin holte tief Luft und musste sich einen Moment sammeln, um nicht die Beherrschung zu verlieren. Daher schloss sie für einen Augenblick die Augen. In den vergangenen Stunden, in denen sie abwechselnd ein sich übergebendes Kind gehalten, Erbrochenes weggewischt oder eine von Alpträumen geplagte Zoey getröstet hatte, waren viele Mordtechniken sehr verlockend erschienen, um Tom Peacock möglichst qualvoll umzubringen. Sie war dermaßen aufgebracht, dass ihr sogar egal war, dass sie eines seiner Hemden trug und mit nackten Beinen vor ihm stand. Ihrer Meinung nach war Tom Peacock ein hirnverbrannter Idiot, der einen absolut unnötigen Job hatte, mit dem er verboten viel Geld verdiente, und der überhaupt kein Verantwortungsbewusstsein besaß. Allein die Tatsache, dass er mit einem kleinen Kind einen brutalen Film ansah und ihr Austern zu essen gab, bevor er mitten in der Nacht halbbetrunken mit Kumpels und Footballgroupies in seiner Wohnung auftauchte, zeigte deutlich, dass dieser Mann einfach unmöglich war.

Als sie wieder die Augen öffnete und ihn betrachtete, ignorierte sie, dass er aussah, als sei er einem Männermagazin entsprungen, sondern fixierte seine blauen Augen. „So funktioniert das nicht, Mr. Peacock. Sie halten sich an keine Abmachungen und verhalten sich völlig verantwortungslos. Die ganze Nacht konnte ich Sie nicht erreichen ...“

„Ich weiß“, seufzte er, „es tut mir leid.“

Erin verengte die Augen. „Ich meine es ernst! Sie müssen sich mehr um Zoey kümmern, anstatt nur an sich zu denken ..."

„Jetzt hören Sie auf", erwiderte er erbost und runzelte finster die Stirn. „Ich habe heute etwas Mist gebaut, das heißt jedoch nicht, dass ich nicht an Zoey denke!"

Wütend verschränkte sie die Arme vor der Brust. „Ach?!"

„Was wollen Sie damit sagen?" Er schien selbst aufgebracht zu sein und verschränkte nun auch seine Arme vor der Brust. Erin ließ sich durch diese einschüchternde Pose jedoch nicht beeindrucken. Normalerweise verkniff sie sich Auseinandersetzungen mit ihren Arbeitgebern, aber dieser Mann trieb sie zur Weißglut. Zusätzlich fühlte sie sich völlig erschöpft und merkte kaum, was sie tat, da ihr Kopf wie in Watte gepackt war.

Also schnaubte sie wenig schmeichelhaft und warf ihr unfrisiertes Haar zurück, während sie mit ätzendem Tonfall wissen wollte: „Wenn Sie angeblich an Ihre Tochter denken, möchte ich gern wissen, weshalb Sie irgendeine Tussi für einen One-Night-Stand in diese Wohnung bringen, obwohl Zoey nebenan schläft?!"

Das schien ihn getroffen zu haben, da sich seine schmalen Wangen röteten und er seine Augen kurz senkte, bevor er beschämt murmelte: „Mhh ... das war ... nicht geplant."

„Sehen Sie!"

„Jetzt spielen Sie sich nicht so auf", schnaubte er und sah ihr wieder ins Gesicht. „Ich bin es nicht gewohnt, dass Zoey hier ist!"

„Sie ist Ihre Tochter“, hielt sie ihm vor. „Zoey sollte die höchste Priorität für Sie sein, Mr. Peacock. Sie ist ein kleines Mädchen, das nicht mitbekommen sollte, dass ihr Vater eine Barbekanntschaft aufreißt!“

Er knirschte sichtbar mit den Zähnen. „Mein Privatleben geht Sie nichts an! Also hören Sie auf, über mich zu richten, wenn Sie keine Ahnung von mir haben!“

„Ich kenne Ihre Sorte, Mr. Peacock“, völlig außer sich schüttelte Erin den Kopf. „Sie gehören zu den Vätern, die sich nicht für die eigenen Kinder interessieren und die Verantwortung gerne auf andere abwälzen. Sie wissen nicht, was Sie Ihrer Tochter damit antun!“

„Was soll das bitteschön heißen?“ Wütend raufte er sich sein Haar und starrte sie zornig ab. „Ich kümmere mich um Zoey! Sie bekommt alles, was sie braucht. Ich zahle Unsummen an Alimenten ...“

„Damit meine ich kein Geld“, unterbrach sie ihn rüde und deutete auf das Schlafzimmer hinter sich. „Zoey ist zwar erst vier, aber sie spürt sehr gut, dass sie hier nicht erwünscht ist und dass Sie nichts mit ihr anfangen können ...“

„Sie klingen wie eine Therapeutin“, warf er ihr geringschätzig vor.

„Vielleicht sollten Sie wirklich über eine Familientherapie nachdenken!“

Er schnappte nach Luft und erwiderte bissig. „Miss Hamilton, Sie überschreiten gerade Ihre Kompetenzen!“

„Sie haben mich angestellt, damit ich mich um Zoey kümmere und dafür sorge, dass es ihr gut geht. Es geht ihr jedoch *nicht* gut, wenn ihr Vater sie ignoriert!“

Sein Gesicht verzog sich zu einem müden Grinsen. „Jetzt klingen Sie wie meine Mutter."

„Wissen Sie was, Mr. Peacock?", fragte sie ruhiger. „Sie sollten langsam erwachsen werden."

„Das muss ich mir von Ihnen nicht gefallen lassen", erklärte er in einem bedrohlich milden Ton. „Sie arbeiten immerhin für mich."

„Vielleicht sind Sie es gewohnt, dass Ihnen die Menschen Honig ums Maul schmieren, weil Sie eine große Nummer im Football sind und besonders talentiert ein Schweinslederei über das Feld werfen können, aber mit Geld können Sie nicht alles kaufen, Mr. Peacock."

Er rückte sein Gesicht näher an ihres heran und beugte sich ein wenig hinab. Mit seiner Vermutung, dass Erin Hamilton eine biestige und vermutlich männerhassende Schreckschraube war, hatte er goldrichtig gelegen. Gerne hätte er seine Hände um ihren Hals gelegt, als sie ihn provozierend ansah und gleichzeitig beleidigte. Niemand sprang so mit ihm um. Nicht einmal Jennifer wagte es, dermaßen unverfroren mit ihm zu reden, wenn niemand dabei war.

„Ich kann jedenfalls ein Kindermädchen suchen, das weiß, wie es sich zu verhalten hat!"

„Dann tun Sie das!" Sie richtete sich steif auf und kehrte ihm den Rücken zu.

Verwirrt und sprachlos sah er zu, wie Erin Hamilton ihre Handtasche sowie ihren Mantel schnappte und nur mit seinem Hemd bekleidet zur Haustür marschierte.

Scheiße, was hatte er jetzt schon wieder angerichtet!

„Aber ... aber ... Miss Hamilton!"

An der Tür blieb sie stehen und sah ihn mit finsterem Blick an. „Ja?“

Wie ein Idiot brabbelte er hilflos: „Sie ... Sie tragen nur ein Hemd!“

„Tja“, mit einer erbosten Geste warf sie das Haar zurück und erklärte zuckersüß: „Ich bin mir sicher, dass Ihre Nachbarn solch einen Anblick gewöhnt sind. Auf Wiedersehen, Mr. Peacock!“

7. Kapitel

Zoey

Zoey war vielleicht erst vier, aber sie war ein großes Mädchen und wusste, dass etwas nicht stimmte. Erst vor einigen Tagen hatte ihre Mami behauptet, dass Zoey schon ein großes Mädchen sei und den Urlaub allein bei ihrem Daddy verbringen konnte. Weil Zoey ein großes Mädchen war, hatte sie ihrer Mami nicht sagen wollen, dass sie Angst davor hatte, allein bei ihrem Daddy zu bleiben. Ihre Mami hätte das nicht verstanden und vielleicht gesagt, dass Zoey egoitilich sei, weil Mami mit ihrem Freund Henry allein in den Urlaub fahren wollte.

Deshalb hatte Zoey nichts gesagt.

Mami und Daddy mochten sich nicht. Das wusste Zoey, aber sie wusste nicht, warum sie sich nicht mochten. Sie wusste nur, dass Mami ständig über Daddy schimpfte und dass Daddy nie bei ihnen zuhause war. Manchmal rief er an und manchmal bekam sie ein großes Geschenk per Post geschickt, aber zuhause bei ihnen war er niemals.

Vor ihrem letzten Geburtstag hatte er sie einmal besucht und war mit ihr in den Zoo gegangen, aber ihre Grandma war dabei gewesen und hatte sie zuhause abgeholt. Im Zoo hatten sie Daddy getroffen. Damals war sie sehr aufgeregt gewesen, weil bald Weihnachten angefangen hatte, und sie hatte sich vom Weihnachtsmann gewünscht, dass Daddy vielleicht auch kam, aber das war er nicht. Sie hatte geweint und Mami hatte geschimpft. Zwei Tage später hatte er ihr ein pinkes Fahrrad geschickt, das wunderschön war, das sie aber nicht fahren konnte, weil es keine Stützräder hatte. Mami hatte wieder geschimpft und als Daddy anrief, um zu fragen, wie ihr das Geschenk gefiel, hatte sie ihn angeschwindelt und gesagt, dass sie jeden Tag mit dem Fahrrad fuhr.

Manchmal musste sie eben schwindeln, auch wenn ihr das nicht gefiel. Sie hatte Daddy angeschwindelt und gesagt, dass sie ihr Zimmer toll fand, aber Zoey mochte keine Prinzessinnen. Um Daddy nicht traurig zu machen, hatte sie aber ihr Zimmer toll gefunden. Als Mami sie gefragt hatte, ob sie Henry mochte, hatte Zoey ja gesagt, weil sie Mami nicht traurig machen wollte. Mami mochte Henry sehr. Zoey mochte Henry gar nicht. Er roch wie eine stinkige Blume und wollte nicht mit ihr spielen, wenn er bei ihnen zuhause war. Einmal hatte sie sogar gehört, wie er zu Mami gesagt hatte: „Kannst du Zoey nicht endlich ins Bett bringen? Sie ist ja süß, nervt mich aber mit ihrer ständigen Fragerei und stört mich beim Lesen.“ Mami hatte gekichert und Zoey ins Bett gesteckt, obwohl sie ihr versprochen hatte, das Sandmännchen schauen zu dürfen. Das hatte Zoey traurig gemacht, weil Mami nicht mehr viel Zeit mit ihr verbrachte, sondern mit Henry ausging. Dann passte ein Babysitter auf Zoey auf.

Ihren Babysitter zuhause mochte sie gerne. Sie mochte auch Miss Tia, ihre Kindergärtnerin, und sie mochte Erin gerne. Erin war ein bisschen wie Miss Tia. Beide knuddelten gerne mit ihr, strichen ihr über das Haar und konnten tolle Frisuren machen. Und sie schimpften nie mit ihr. Auch gestern hatte Erin nicht mit ihr geschimpft, obwohl Zoey auf ihre Hose und ihren Pullover gebrochen hatte. Sie hatte auch nicht geschimpft, als Zoey immer wieder geweint hatte, wenn sie von den bösen Robotern geträumt hatte.

Später hatte Daddy bei ihr geschlafen. Er hatte auch nicht geschimpft, als sie vor lauter Angst Pipi in sein Bett gemacht hatte und deshalb weinen musste. Zuhause machte sie nie, niemals, Pipi ins Bett, schließlich war sie ein großes Mädchen, aber bei Daddy war ihr das schon zweimal passiert. Sie wollte nicht, dass Daddy mit ihr schimpfte. Sie wollte, dass Daddy sie immer Knöpfchen nannte und mit ihr schmuste, wie er es heute Morgen kurz getan hatte, als sie weinen musste.

Zum Glück ging es ihrem Bauch wieder besser. Sie hatte sogar eine Waffel mit Sirup gegessen, die Daddy gemacht hatte. Leider war Daddy etwas traurig. Zoey vermutete, dass Daddy traurig war, weil Erin nicht mehr da war. Sie hatte ihm beim Frühstück gesagt, dass Erin morgen wiederkommen würde, wenn sie sich neue Hosen angezogen hätte, aber Daddy hatte ihr nur den Kopf getätschelt und war mit ihr nach dem Frühstück zu einem Freund gefahren.

Sein Freund hieß Julian und war genauso groß wie Daddy. Er hatte ein schönes Haus mit einem Garten, eine sehr hübsche Frau und ein kleines Mädchen, das einen komischen Namen hatte. Zoey durfte sogar im Garten spielen und saß nun mit dem kleinen Mädchen im Sandkasten, um eine Burg zu bauen. Daddys Freund saß neben dem Sandkasten und half ihnen. Immer wieder lachte das kleine Mädchen und gab Daddys Freund einen Kuss auf die Wange.

Zoey wollte nicht hinsehen, aber sie beobachtete trotzdem, wie Daddys Freund und seine Tochter ab und zu kuschelten oder wie Daddys Freund das Mädchen auf seinen Schoß nahm und ihr die kleinen Söckchen auszog. Zoey fragte sich, warum sie und Daddy niemals kuschelten und warum Daddy sie niemals auf seinen Schoß nahm. Außerdem spielten sie nie etwas zusammen, obwohl Daddy ihr so viel Spielzeug gekauft hatte. Heimlich schaute sie immer wieder hin, wie Daddys Freund mit seiner kleinen Tochter sprach und ihr eine Mütze über die braunen Locken setzte, bevor er ihr einen Kuss auf den Kopf gab und dabei lächelte.

Zoey wünschte sich, dass ihr Daddy das auch einmal tat.

8. Kapitel

„Ich verstehe das nicht“, murmelte Tom und nahm dankend eine Tasse Kaffee entgegen, die Liv ihm hinhielt. Sie standen am Fenster des Esszimmers im Hause Scott und beobachteten die beiden Mädchen, die zusammen mit Julian im Sandkasten saßen und eine Sandburg bauten.

„Julian hat einfach etwas Übung“, erklärte Liv halb mitleidig, halb amüsiert.

„Schau nur“, er wies mit einem Kopfnicken nach draußen. „Er kann sich völlig ungezwungen mit ihr unterhalten. Worüber reden sie bloß?“

„Du solltest dich nicht verrückt machen, Tom. Wenn du erst einmal etwas mit ihr warm geworden bist, wirst du keine Mühe mehr haben, dich mit ihr zu unterhalten.“

Frustriert runzelte er die Stirn und beobachtete Zoey, die ein wenig schüchtern im Sandkasten seines Kumpels saß und sich mit Julian zu unterhalten schien. Er drehte sich zu Liv um, die ihm ein kleines Lächeln schenkte und an ihrer Teetasse nippte. Sie und Julian mussten sofort erraten haben, dass Tom kurz vor einem Nervenzusammenbruch gestanden hatte, als er sie heute Morgen angerufen hatte, da sie ihm sofort angeboten hatten, vorbeizukommen. Das hatten sie ihm nicht zweimal sagen müssen.

Halbwegs ausgenüchtert durch die *Kündigung* des Kindermädchens hatte sich Tom um sechs Uhr morgens dran gemacht, etwas Ordnung zu schaffen. Zoeys Weinen hatte ihn davon abgehalten, also war er in sein Bett geschlüpft und hatte versucht, seine Tochter zu trösten. Darüber war er eingeschlafen und zwei Stunden später aufgewacht, weil sie ins Bett gemacht und wieder geweint hatte. Tom hatte nicht gewusst, was er tun sollte, und hatte sie tröstend an sich gezogen. Dadurch hatte sie sich beruhigt und war für eine weitere halbe Stunde in seinem Arm eingenickt. Schweigend hatte er in seinem Bett gelegen, während sich Zoey an seine Seite gekuschelt und auf sein T-Shirt gesabbert hatte.

Sobald sie wieder wachgeworden war, hatte er sie gebadet, angezogen und ihr Waffeln gemacht. Im Gegensatz zu ihm war sie wieder bester Laune gewesen und hatte begeistert die Waffeln verspeist, während sie darüber geplappert hatte, was sie in den nächsten Tagen mit Erin Hamilton unternehmen wollte. Erst da war ihm bewusst geworden, was er angerichtet hatte.

„Du musst mich für den armseligsten Tropf der Welt halten“, murmelte er leicht bitter an Liv gewandt. „Ich bin nicht einmal in der Lage, mit meiner eigenen Tochter zu reden.“

Sie seufzte und setzte sich auf einen Stuhl. Seit er für die *Titans* spielte, kannte er auch Liv, mit der er sich in den vergangenen zwei Jahren angefreundet hatte, da sie für die meisten Kollegen ihres Mannes wie eine liebevolle Schwester war. Vor allem Eddie und Dupree beteten den Boden an, über den Liv ging, und rissen sich gerne ein Bein aus, um ihr behilflich zu sein. Tom dagegen schätzte ihre ruhige und sachliche Art, mit der sie die Dinge anpackte. Vor den Jungs hätte er niemals zugeben können, dass ihn die Situation mit Zoey überforderte, aber vor Liv musste er nicht den harten Footballspieler mimen, der vor nichts Schiss hatte.

„Wenn du dir so viel Druck machst, Tom, wird es nicht funktionieren. Zoey ist ein kleines Mädchen, das sich sicherlich nach seinem Dad sehnt. Du musst ihr nur etwas Aufmerksamkeit schenken und ihr zeigen, dass dir etwas an ihr liegt. Mehr gibt es nicht zu beachten."

„Das klingt in der Theorie so einfach", er ließ sich ihr gegenüber auf einen Stuhl fallen und fuhr sich durch sein Haar. „Aber sobald wir allein sind, habe ich keine Ahnung, wie ich mich verhalten soll."

„Eine tägliche Routine würde dir helfen", schlug sie pragmatisch vor und beugte sich zurück in ihrem Stuhl.

Er hatte ihr die ganze Geschichte erzählt und nicht verschwiegen, dass er sie in einen Action-Film mitgenommen hatte und mitten in der Nacht mit seinem *Gefolge* in der Wohnung aufgetaucht war. Im Gegensatz zu einem gewissen Kindermädchen mit zu großer Klappe und roten Haaren hatte sie ihn nicht verurteilt, sondern verhalten gegrinst. Jetzt unterhielten sie sich ruhig über sein Problem, was eine willkommene Abwechslung zu den Vorwürfen war, die er sich mittlerweile nicht nur von seinen Eltern, seiner Managerin oder von Jennifer, sondern auch von Zoeys Kindermädchen anhören musste. Er war doch kein Unmensch, nur weil er nicht wusste, wie er sich am besten um Zoey kümmern konnte!

„Wie sieht diese tägliche Routine aus?"

Liv zuckte gekonnt mit der Schulter und schloss ihre Hände um die Teetasse. „Zum Beispiel könntet ihr euch gemeinsam die Zähne putzen, wenn ihr morgens aufsteht, und ihr sucht zusammen Zoeys Kleidung aus. Beim Frühstück kann sie dir helfen, indem sie Bananen mit einem Kindermesser schneidet, dann esst ihr zusammen und besprecht, was ihr unternehmen wollt ..."

„Kann ich das aufschreiben?“, fragte er mit einem angespannten Lächeln.

„Du musst dir einfach immer vor Augen halten, dass Zoey erst vier ist, Tom. Sie braucht noch so viel Hilfe und Zuspruch. In dem Alter fangen sie vielleicht an, etwas selbständiger zu werden, aber es sind immer noch kleine Kinder. Die Eltern müssen sich darum kümmern, dass es ihnen gut geht.“

Tom schluckte die Bitterkeit hinunter und vergrub seine Hände in den Taschen seines roten Sweatshirts, während er seine Schultern anspannte. „Liv, du verstehst das nicht. Ich bin kein Vater. Ich weiß nicht, wie ich mich um sie kümmern soll oder was Zoey überhaupt braucht.“

„Tom ...“

Seine Mundwinkel fielen hinab. „Ihr werdet das nicht nachvollziehen, schließlich seid ihr freiwillig und gerne Eltern geworden, Liv, aber bei mir ist das anders. Das hört sich schlimm an, ich weiß, dennoch habe ich einfach keine Vatergefühle für Zoey.“

Liv sagte lange nichts und Tom befürchtete bereits, dass sie ihn hochkant rauswerfen würde, als sie einen tiefen Seufzer ausstieß: „Wie du Vater geworden bist, tut nichts mehr zur Sache, denn du *hast* jetzt eine Tochter. Daran ist nichts mehr zu ändern. Du musst selbst entscheiden, was du für ein Vater sein willst, Tom. Nur gebe ich vorsichtig zu bedenken, dass du in fünf, in zehn oder in zwanzig Jahren etwas bereuen könntest, wenn du dich jetzt falsch entscheidest. Und was diese Vatergefühle angeht“, sie schenkte ihm ein schwaches Lächeln, „das wird noch kommen.“

Trocken fragte er: „Glaubst du?“

„Ich bin mir sicher, schließlich gibt es keinen Schalter, den du einfach umlegen musst.“

Nun lehnte er sich ebenfalls zurück und starrte auf die glänzend polierte Mahagonitischplatte vor sich. Vielleicht war er sogar selbst verkorkst durch sein merkwürdiges Verhältnis zu seinem Vater, der ihm von klein auf immer vorgehalten hatte, dass Toms älterer Bruder Trev so viel klüger, begabter und vernünftiger sei als er. Tom hatte rebelliert, indem er nur Unsinn angestellt hatte, betrunken nach Hause gekommen war und Footballspieler wurde, während Trev der Vorzeigesohn war. Als Tom seine Eltern über Jennifers Schwangerschaft informiert hatte, war er über das pikierte Entsetzen seines Vaters regelrecht froh gewesen und hatte eine perverse Freude daran gefunden.

Obwohl seine Mom immer wieder versuchte, seinen Dad und ihn einander näherzubringen, blieb ihre Beziehung verkorkst. Das hieß jedoch nicht, dass Tom zu seiner eigenen Tochter ein derart verkorkstes Verhältnis führen wollte. Sicher würde er niemals ein Vorzeigevater wie Julian werden, aber Tom hatte es satt, sich von allen Seiten nur Vorwürfe über seine Vaterqualitäten anhören zu müssen.

„Liv?“

„Mhh?“

Er stieß nervös die Luft aus. „Erzähl doch bitte noch einmal was über diese tägliche Routine.“

Erin war so wütend, dass sie schon nicht mehr wütend sein konnte. Das hörte sich womöglich absurd an, aber in ihrem momentanen Zustand wusste sie selbst nicht mehr, was sie tat, dachte oder sagte.

Obwohl sie so müde wie niemals zuvor war, konnte sie einfach nicht schlafen. Zumal es helllichter Tag und sie in Gedanken immer noch bei ihrem Streit mit Tom Peacock beziehungsweise beim Aufeinandertreffen mit Jess' One-Night-Stand war. Das war auch der Grund, weshalb bei ihr zuhause gerade dicke Luft herrschte.

Schlaflos wälzte sie sich in ihrem Bett herum, bevor sie unbeherrscht auf das Kopfkissen schlug und wieder aufstand. Sie schlüpfte in einen grobgestrickten Pulli, der ihr bis zur Mitte der Oberschenkel reichte, und in flauschige Hausschuhe, bevor sie sich ihr zerzaustes Haar zu einem Pferdeschwanz band und in die Küche schlich. Unglücklicherweise traf sie dort auf Jess, die den Backofen putzte – ein untrügliches Zeichen dafür, dass diese vor Wut schäumte.

Kaum hatte Jess sie entdeckt, knallte sie ihre Putzutensilien in die Spüle und funkelte Erin an.

„Du bist nicht meine Mutter, Erin Hamilton!"

„Nein, ich bin deine Mitbewohnerin und habe es satt, dein Sexleben vorgeführt zu bekommen", giftete sie zurück, griff nach einem Apfel und biss hinein, obwohl sie keinen Hunger verspürte. Sie wollte lediglich, dass ihre Hände mit irgendetwas beschäftigt waren, damit sie nicht in Versuchung geführt wurde, Jess zu erwürgen.

Um kurz nach sieben morgens nach Hause zu kommen und Jess mit einer anderen Frau und irgendeinem Mann zu erwischen, die es hemmungslos auf dem Sofa trieben, das Erin von ihrem Gesparten gekauft hatte, hatte das Fass zum Überlaufen gebracht. Es war ein Wunder, dass keiner der Nachbarn die Polizei verständigt hatte, so laut hatten sie sich angeschrien.

„Wann, wie oft oder mit wem ich es treibe, geht dich nichts an! Wenn du nicht dermaßen prüde und frigide wärst, hätte Gabe nicht ..."

Jess stockte mit bleichem Gesicht, als ihr klar wurde, was sie gesagt hatte, während Erin entgegen ihrer Natur in Tränen ausbrach.

„Scheiße, Süße ... das wollte ich nicht sagen!"

Mit einem Schluchzen legte Erin eine Hand über ihre Augen und würgte hervor: „Schon gut ..."

„Nein", Jess kam zögerlich näher und flüsterte verzagt: „Ich bin ein Arsch. Entschuldige, Erin. Wirklich."

Sie nickte und ignorierte den Knoten in ihrem Magen, bevor sie kleinlaut erklärte: „Ich lege mich wieder hin."

Kaum lag Erin in ihrem Bett und hatte die Bettdecke über ihren Kopf gezogen, hörte sie, dass ihre Zimmertür geöffnet wurde und nackte Füße über den Fußboden näherkamen, bevor jemand die Decke anhob und zu ihr ins Bett schlüpfte.

Jess kuschelte sich zu ihr und legte einen Arm um sie. „Gabe ist ein Idiot."

Erins Kehle schmerzte furchtbar, da sie versuchte, das Schluchzen zu unterdrücken, das in ihr hochstieg. Nach zwei Jahren sollte es eigentlich nicht mehr so wehtun, redete sie sich selbst ein.

„Er hat dich nicht verdient, Erin. Entschuldige, dass mir so ein Unsinn rausgerutscht ist."

„Du hast ja Recht“, schluckte sie abgehackt.

„Unsinn!“

„Doch ... ständig sagen mir alle, dass ich eine Spaßbremse geworden bin ... dass ich langweilig wirke ... dass ich prüde bin ...“ Sie schmiegte sich in ihr Kissen und murmelte undeutlich: „Ich weiß, dass ich manchmal nicht zu ertragen bin.“

„Oh Mann“, Jess seufzte. „Dieser Scheißkerl hat es echt geschafft, dich zu verunsichern.“

„Das hat nichts mit Gabe zu tun ...“ Erin stockte. „Wie oft rede ich mir ein, dass ich mich einfach mal wieder gehen lassen sollte – früher war ich total unbeschwert, aber das ... das funktioniert nicht so einfach.“

„Ich weiß.“ Jess drückte sie an sich. „Erin, mach dir doch keinen Kopf um so etwas.“

Erin holte zitternd Luft und beschloss, das Thema zu wechseln. Sie wollte nicht ausgerechnet nach dieser schrecklichen Nacht auch noch über Gabe nachdenken müssen.

„Es tut mir leid, dass ich dich so angeschrien habe.“

„Schon vergessen“, erwiderte Jess amüsiert. „Ich verstehe, dass es ein Schock für dich war.“

Sie verdrehte die Augen und erklärte trocken. „So prüde bin ich auch wieder nicht, dass ich einen Dreier vorher nicht schon mal gesehen hätte, Jess. Gabe hatte eine riesige Pornosammlung.“

Das Bett erbebte unter Jess’ Gelächter. „Und warum bist du dann so ausgerastet?“

Seufzend gestand Erin ein: „Es hatte nichts mit dir zu tun. Ich war bereits wütend, als ich nach Hause kam.“

„Lass mich raten. Es hatte was mit deinem Arbeitgeber zu tun.“

Nun musste sie Jess mitteilen, dass sie gekündigt hatte, und tat dies widerstrebend, indem sie ihr die ganze Geschichte erzählte.

Anders als sonst machte sich Jess über Erins nächtliches Zusammentreffen mit Zoeys Vater nicht lustig, sondern erklärte mit professioneller Ruhe: „Ich kann dich gut verstehen. Es war mies von ihm, dich so lange allein mit ihr zu lassen und nicht an sein Handy zu gehen.“

„Aber?“

Jess seufzte auf. „Aber er ist ein unerfahrener Vater, Erin. Nicht jeder kommt mit dieser Situation auf Anhieb zurecht und weiß, was er tun soll.“

Nach einer Weile stieß Erin ihren Atem aus und klagte frustriert: „Er hatte irgendeine Blondine dabei, die er abschleppen wollte, und brachte seine Kumpels auch noch mit in die Wohnung.“

„Du hattest jedes Recht, ihn deshalb anzuschreien.“

„Vielleicht“, wägte Erin ab und murmelte hilflos: „In erster Linie geht es um Zoey. Die Kleine hat einen liebevollen Vater verdient, aber ...“ Sie schluckte. „Es ist auch so, dass ich ihn beneide.“

„Wie bitte? Bis jetzt hast du kein gutes Haar an ihm gelassen.“

„Weil ich zu einer Schreckschraube mutiere, sobald ich ihn sehe.“ Langsam drehte sie sich zu Jess um und schlug die Decke beiseite, um ihrer Freundin ins Gesicht sehen zu können. „So will ich gar nicht sein, Jess.“

„Was meinst du?“ Jess runzelte verwirrt die Stirn und legte ihren Kopf auf das Kissen, während sie Erin beobachtete, die mit sich rang und anscheinend nach den richtigen Worten suchte.

„Seit der Sache mit Gabe denke ich ständig über alles nach“, klagte sie. „Niemals tue ich einfach das, worauf ich Lust habe, sondern mache mir Gedanken um mögliche Konsequenzen, anstatt spontan zu sein und mich auf irgendwelche verrückten Sachen einzulassen so wie früher. Deshalb beneide ich Tom Peacock sogar um seine Gedankenlosigkeit. Er schert sich nicht um irgendwelche Folgen.“

„Zwischen Gedankenlosigkeit und sich um alles Gedanken machen liegen Welten.“

„Stimmt“, brummte Erin. „Ich benehme mich wie eine nörgelnde Besserwisserin.“

„Oh Süße“, lachte Jess leise. „Das sind zwei vollkommen verschiedene Paar Schuhe ...“

„Aber wegen meines ständigen Nachdenkens bin ich zu einer keifenden Spaßbremse geworden.“

„Du bist doch keine Spaßbremse geworden!“

Ironisch hob Erin eine Augenbraue hoch. „Ach nein? Jedenfalls benehme ich mich wie eine alte Frau, die an allem etwas auszusetzen hat und sich zur Richterin über alle anderen aufspielt. Und das Schlimmste ist, dass ich nicht einmal mitbekommen habe, wie sehr ich mich verändert habe.“

Jess seufzte und antwortete schleppend. „Ich mag dich, so wie du bist, aber du hast Recht, wenn du sagst, dass du ziemlich ...“

„Langweilig“, schlug Erin düster vor.

„Nein, nicht langweilig“, Jess verdrehte die Augen und sagte überzeugt: „Sondern, dass du ziemlich nüchtern geworden bist. Niemand sagt, dass du nicht auch mal wieder Spaß haben darfst, Erin.“

„Es ist so lange her, dass ich richtig Spaß hatte, Jess. Vermutlich weiß ich gar nicht mehr, wie man das macht“, erklärte Erin trocken und erntete ein verschlucktes Lachen ihrer Freundin.

„Und das sagt das Mädchen, das im Spring Break jeden *Wet-T-Shirt-Contest* gewonnen hat?“

Erin rückte ein wenig von Jess ab, um sich auf den Rücken zu legen und an die Zimmerdecke zu starren. „Das ist schon sechs Jahre her.“

Mit einem Seufzer legte sich Jess neben sie. „Erin, du hast einen verantwortungsvollen Job und musst dich um ein kleines Kind kümmern. Außerdem hast du dir ein hohes Ziel gesetzt und willst wieder an deine Elite-Uni gehen. Ich fände es eher befremdlich, wenn du an jedem Wochenende auf die Piste gehen würdest.“

„Und das sagt das Mädchen, das mich zu Sex mit wildfremden Männern überreden will?“

„Ich versuche dir nur etwas begreiflich zu machen“, Jess hob beide Hände in die Höhe und ließ sie wieder sinken. „Du stellst sehr hohe Anforderungen an dich selbst – vielleicht sogar zu hohe Anforderungen. Und manchmal tust du das auch bei anderen Menschen. Nimm beispielsweise deinen Arbeitgeber. Ich bin mir ziemlich sicher, dass er nicht nur ein Arsch ist, sondern auch seine guten Seiten hat. Du solltest ihm lieber eine Chance geben, sich beweisen zu können, anstatt ihn wie einen minderbemittelten Schüler zu behandeln ...“

„So etwas tue ich nicht“, empörte sich Erin aufgebracht, aber Jess schüttelte den Kopf.

„Erin, du bist eine Meisterin darin, anderen Menschen ihre Schwächen vorzuführen, wenn du es darauf anlegst.“

„Was?“ Erin schwankte zwischen Entsetzen und Entrüstung, während sie Jess beobachtete, deren Gesicht ernst wirkte.

Unsicher zuckte Jess mit der Schulter und murmelte verlegen: „Oft kommt man sich neben dir wie ein Idiot vor, während du alles richtig machst.“

„Oh.“

„Jedenfalls wollte ich damit sagen, dass du es lockerer angehen solltest und nicht alles todernst nehmen darfst. Jeder Mensch macht Fehler. Das solltest du anderen und auch dir erlauben.“

Lange dachte Erin darüber nach und seufzte leise auf. „Ich will alles perfekt machen, weil ich das Gefühl habe, mir keine Fehler mehr leisten zu dürfen.“

„Aber das darfst du, Süße. Du darfst mal ausrasten und dich daneben benehmen oder mit strubbeligen Haaren durch die Straßen rennen.“

Nachdenklich legte Erin den Kopf zurück und spürte nach einer Weile, dass Jess einen Arm tröstlich über ihre Brust gezogen hatte.

Amüsiert fragte Erin mit einem Murmeln: „Muss ich mir jetzt Sorgen machen, da du anscheinend auch auf Frauen stehst?“

„Keine Sorge – in deiner jetzigen Aufmachung hast du nichts von mir zu befürchten.“

Beide blieben in angenehmer Stille liegen und schwiegen. Erin wäre beinahe eingeschlafen, auch wenn sie sich einige Gedanken zu Jess’ Worten machte. Sie wusste selbst, wie sie auf Menschen wirkte, die ihr unsympathisch waren. Sie wollte nicht mehr die überhebliche Frau sein, die alles besser wusste und an allem etwas auszusetzen hatte. Komischerweise konnte sie perfekt mit Kindern umgehen und hatte noch nie

Probleme mit ihnen gehabt. Nur bei Erwachsenen hatte sie Schwierigkeiten, mit ihnen umzugehen.

„Ich sollte mich nach einer neuen Stelle erkundigen“, seufzte sie nach einer Weile.

„Willst du nicht lieber mit Tom Peacock reden?“

Erin dachte darüber einige Sekunden nach, bevor sie entschlossen den Kopf schüttelte. „Das wird sicher nichts bringen, Jess. Um ehrlich zu sein ... was ich ihm an den Kopf geknallt habe, war ganz schön harter Toback. Ich an seiner Stelle würde mir das nicht noch einmal bieten lassen.“

„Mhh“, Jess drückte ihr einen Kuss auf die Schläfe und erhob sich vom Bett. „Jetzt denk erst einmal nicht länger dran und ruh’ dich aus. Du siehst schrecklich aus.“

„Danke“, sie schnitt eine Grimasse und kuschelte sich in ihre Decke. „Mach die Tür hinter dir zu.“

„Gerne, Prinzessin“, schnaufte Jess und ließ die Tür absichtlich offen.

Erin ignorierte dies und schloss die Augen, um in einen kurzen Schlummer zu fallen.

Sie hatte das Gefühl, erst vor einer Minute eingeschlafen zu sein, als Jess’ Stimme sie wieder weckte. Orientierungslos zwinkerte Erin, um klarer sehen zu können, und hob schwerfällig den Kopf.

„Du hast Besuch.“ Jess stand im Türrahmen und grinste amüsiert, bevor sie wieder verschwand.

Erschöpft blickte Erin auf ihren Nachttisch und sah, dass sie ganze drei Stunden geschlafen hatte. Dennoch war sie absolut geschlaucht und konnte sich kaum rühren. Nur unter großer Mühe schaffte sie es, sich aufzusetzen, und gähnte ausgiebig, bevor sie sich über das Gesicht fuhr.

Erin hatte keine Ahnung, wer da bei ihr aufgetaucht sein könnte, und hoffte, dass weder ihre Mom noch Holly auf die Idee gekommen waren, sie wegen der Hochzeit zu belästigen. Holly war momentan damit beschäftigt, ihren Dad davon zu überzeugen, dass sie unbedingt ein dreitausend Dollar teures Brautkleid benötigte, während ihre Mom die vegane Diät bereits vergessen hatte und auf Trennkost setzte.

Momentan fühlte sich Erin einfach nicht in der Lage, sich mit ihrer streitlustigen Mutter oder ihrer verwöhnten Schwester auseinanderzusetzen, sondern sehnte sich nach der Fortführung ihres dringend benötigten Schlafes. Trotzdem stand sie auf, schlüpfte in Jogginghosen und schlurfte anschließend in den Flur, um abrupt stehen zu bleiben, als sie sah, mit wem sich Jess gerade unterhielt.

Tom Peacock stand in ihrem Flur, hielt eine Tüte in der Hand und blickte ihr unsicher entgegen.

Inmitten des Chaos, das momentan bei ihnen herrschte, der unzähligen Filmpostern, die Jess gehörten und den Flur schmückten, sowie des Korbs gewaschener Unterwäsche, die neben ihm auf dem Boden stand, wirkte er etwas deplatziert. Verlegen zog Erin den riesigen Strickpulli über ihre löchrige Jogginghose und hätte sich zu gern die Haare gekämmt, die zu allen Seiten abstehen mussten. Da sie normalerweise großen Wert auf ihre Erscheinung legte und ihr Haar stets zu einer ordentlichen Frisur kämmte, war es ihr extrem peinlich, dass er sie nun schon zum zweiten Mal in einer solchen Verfassung sehen musste. Er dagegen war wie immer perfekt gekleidet, trug gut sitzende Bluejeans, ein graues Sweatshirt mit einer hellbraunen Lederjacke darüber und hatte sich eine

Baseballkappe auf die dunkelblonden Haare gesetzt. Erin zuckte zusammen, als sie sah, wie Jess ihn ungeniert musterte und breit grinste, während sie mit nicht viel mehr als Hotpants und einem winzigen Top bekleidet war.

Wunderbar! Er musste Erin für völlig durchgeknallt halten, wenn man bedachte, wie er sie und ihre Mitbewohnerin antraf.

„Mr. Peacock“, da sie beinahe gekrächzt hatte, räusperte sie sich und kam langsam näher. „Das ... das ist ja eine Überraschung.“

Er setzte schon zu einer Antwort an, als Jess einen Schritt nach vorne machte und eifrig fragte: „Ich habe gehört, dass Dallas an Ihnen interessiert ist. Würden Sie wirklich wechseln?“

Erin konnte ihm ansehen, dass er nicht wusste, was er tun sollte. Er schaute von Jess zu ihr und wieder zurück. Anscheinend war ihm die Begegnung mit ihr unangenehm, da er ihr kaum in die Augen blicken konnte, doch gleichzeitig wollte er Jess gegenüber nicht unhöflich sein, die in Unterwäsche bekleidet vor ihm auf und ab hüpfte, um seine Aufmerksamkeit zu bekommen.

„Jess“, zischte Erin deshalb warnend.

„Pst“, maulte ihre Freundin in ihre Richtung. „Wir reden über Football. Davon hast du keine Ahnung. Also, Mr. Peacock ...“

„Nur Tom, bitte.“

„Gerne, Tom“, Jess fuhr sich grinsend durch ihr Haar. „Wir brauchen Sie hier in New York. Sie können ganz unmöglich mit dem Gedanken spielen, nach Texas zu gehen!“

„Jess!“ Kopfschüttelnd trat sie näher und hätte Jess am liebsten einen Tritt verpasst. „Du kannst doch nicht ...“

Jess beachtete sie gar nicht, sondern schwärmte. „New York ist doch sehr viel cooler als Texas!“

„Ähm“, er hob die Schulter ungelenk hoch. „New York ist genial.“

„Eben! Wir haben die Freiheitsstatue, den Broadway, Chinatown, die Fashion Week ...“

„Die Fashion Week?“ Erin sah Jess fassungslos an. „Wie kommst du auf die Fashion-Week? Er wird sich sicher nicht für die Fashion Week interessieren!“

Ihre Mitbewohnerin blickte sie an, als zweifle sie an ihrem Geisteszustand. „Fashion Week bedeutet heiße Models, Erin. Heiße Models bedeutet heißer Sex ...“

„Jess!“ Sie konnte nicht glauben, was ihre Freundin vor ihrem Arbeitgeber da von sich gab. Mit kugelrunden Augen und offenem Mund starrte sie zu Jess. „Bist du jetzt völlig durchgeknallt?“

Jess verdrehte die Augen und machte eine Handbewegung, um sie zu verscheuchen. „Hau ab, Erin. Ich will sichergehen, dass wir unseren besten Cornerback nicht verlieren. Sein letztes Spiel vor den Play-Offs war legendär.“

Tom Peacock begann zu lachen und sagte amüsiert: „Danke für das Lob. Dass ich in New York bleibe, liegt jedoch nicht an heißen Models.“

„Heißt das, dass Sie hier bleiben?“

Er nickte feixend. „Ich bin sehr zufrieden mit meinem Team und würde momentan nicht mal im Traum an einen Wechsel denken.“

„Darf ich Sie zitieren?“

Fragend blickte er zu Erin, die peinlich berührt mit der Schulter zuckte. Er sah wieder zu Jess und wollte neugierig wissen: „Für welche Zeitung schreiben Sie denn?“

„Für keine. Ich bin Tänzerin.“

„Tänzerin?“ Seine Augenbrauen schossen in die Höhe, als er sie von oben bis unten musterte.

Mit einem durchtriebenen Grinsen erwiderte Jess lässig: „Tänzerin bedeutet nicht sofort Stripperin, Tom. Ich arbeite am Broadway. Wie es scheint, möchten Sie vielen Frauen, die Sie gerade erst kennenlernen, Dollarscheine in den String stecken.“

Erin holte entsetzt Luft und stieß ihren Ellenbogen in Jess' Seite, um sie von weiteren peinlichen Aussagen abzuhalten. Glücklicherweise schien Tom Peacock Humor zu haben, da er ein tiefes Lachen ausstieß. Erin dagegen wäre am liebsten im Erdboden versunken und spürte, wie ihre Wangen zu brennen begannen.

Anscheinend entschied sich Jess zum Rückzug, da sie Tom freundschaftlich auf den Rücken schlug und gähnte. „Ich leg' mich wieder in die Falle. Treibt es nicht zu bunt, Kinder.“

„Jezabel!“

Jess ließ sich von Erins Schrei nicht beeindrucken, sondern schlenderte kommentarlos in ihr Schlafzimmer, dessen Tür sie netterweise schloss.

Leicht beschämt hob Erin nach einer Weile den Kopf und blickte in ein Paar amüsiert funkelnder blauer Augen. Sie schluckte und fragte gespielt gleichgültig: „Möchten Sie einen Kaffee?“

„Kaffee klingt toll.“

Erin ging voran in die Küche, in der sie gemächlich einen Kaffee aufsetzte, um einen Moment zu haben, in dem sie ihre Gedanken ordnen konnte. Dank Jess' durchgeknallter Art war sie selbst völlig von der Rolle. Dass Tom Peacock hinter ihr die Küche betreten hatte, ließ sie jedenfalls nicht zur Ruhe kommen.

„Sie haben eine ... interessante Mitbewohnerin."

Sie schnitt eine Grimasse und holte zwei Kaffeebecher aus dem Regal. „Jess ist vieles. Anstatt interessant würde ich sie eher einen Freak nennen."

Er gluckste auf. „Sie scheint Sie in den Wahnsinn zu treiben."

„Ab und zu", Erin räusperte sich kurz und drehte sich wieder um. „Ich kenne Jess seit dem Kindergarten, also hatte ich genügend Zeit, mich an ihre – sagen wir – *unorthodoxe* Art zu gewöhnen."

„Das haben Sie aber nett gesagt", er grinste breit. „Heißt sie wirklich Jezabel?"

„Ja, aber sie hasst diesen Namen." Mit einem schwachen Seufzen hob Erin eine Hand. „Jess stammt aus einer Rabbinerfamilie. Wie Sie sich denken können, ist sie das schwarze Schaf der Familie."

Er krächzte vor Lachen und schüttelte ungläubig den Kopf. „Was Sie nicht sagen!"

Der Kaffee brauchte noch einen kurzen Moment, weshalb sie sich gegen den Küchenschrank lehnte und vorsichtig fragte: „Wie geht es Zoey?"

„Sie ist das blühende Leben." Sein rechter Mundwinkel zog sich in die Höhe. „Nachdem sie mich geweckt hatte, indem sie in mein Bett pinkelte, verspeiste sie eine Waffel mit Sirup und hat mit der Tochter eines Teamkollegen gespielt. Jetzt ist sie mit ihnen in den Park gegangen. Ich wollte die Zeit nutzen und mit Ihnen sprechen. Hören Sie ..."

Erin unterbrach ihn schnell und stieß einen tiefen Seufzer auf. „Ich muss mich entschuldigen."

Da beide fast zeitgleich den gleichen Satz von sich gegeben hatten, lachten sie nervös auf.

Erin strich sich eine zerzauste Strähne beiseite und schlang einen Arm um ihren Bauch. „Ich hätte Ihnen niemals solche Beleidigungen an den Kopf werfen dürfen, Mr. Peacock. Sie hatten völlig Recht, dass ich meine Kompetenzen überschritten habe."

„Und Sie hatten völlig Recht, mich anzubrüllen." Er zog sich die Baseballkappe vom Kopf und fuhr sich nervös durch sein Haar. „Wie Sie sicher bemerkt haben, habe ich keine Erfahrung im Umgang mit Zoey. Das ist jedoch keine Entschuldigung für mein gestriges Benehmen." Er warf einen ironischen Blick auf die Uhr an seinem Handgelenk. „Na ja ... für mein heutiges Benehmen." Als fiele ihm erst jetzt wieder die Tüte in seiner Hand auf, reichte er sie ihr und lächelte schwach. „Ich hoffe, es ist okay, dass ich Ihre Sachen gewaschen habe."

„Danke", zögerlich nahm sie die Tüte entgegen und legte sie auf einen Stuhl.

„Hoffentlich mussten Sie nicht halbnackt mit der U-Bahn fahren", wollte er unsicher wissen und lächelte gequält.

Erin schüttelte den Kopf und lächelte selbst schwach. „Der Taxifahrer hat sich nichts anmerken lassen."

„Das Taxi werde ich natürlich bezahlen ..."

„Das müssen Sie nicht."

„Unbedingt", warf er ein.

Bevor er weitersprechen konnte, schenkte Erin Kaffee ein und gab ihm eine Tasse, die er mit einem kurzen Lächeln annahm. Schweigend tranken beide einen Schluck.

„Das ist heute das zweite Mal, dass mir eine Frau eine Tasse Kaffee gibt, bevor ich gestehen kann, dass ich mich wie ein Idiot benommen habe.“

Fragend sah Erin ihn über den Rand der Tasse an und schwieg, während er sich nervös mit der Zunge über die Unterlippe fuhr und anschließend tief seufzte.

„Die Frau eines Teamkollegen hat mir unmissverständlich klargemacht, dass ich mich besser um Zoey kümmern muss. Zwar hat sie nichts anderes gesagt als Sie, aber ...“ Er brach ab und vergrub die freie Hand in seiner Hosentasche.

„Aber?“, fragte Erin vorsichtig nach.

Sein Blick senkte sich, während er den Kopf leicht schief legte. „Aber ich habe erst verstanden, was sie mir sagen wollte, als ich beobachtet habe, wie unbeschwert sich Zoey mit meinem Teamkollegen verstanden hat, während ich als ihr Vater nicht weiß, was ich mit ihr anfangen soll.“

Erin beobachtete ihn einen kurzen Moment, bevor sie beschwichtigend erklärte: „Mr. Peacock, nur weil sie unerfahren im Umgang mit Zoey sind, bedeutet das nicht, dass sie Ihnen egal ist.“

Weil er sie ungläubig ansah, als könne er nicht glauben, was er da von ihr hörte, zuckte sie zusammen. Anscheinend hatte Jess Recht gehabt – Erin hatte ihrem Arbeitgeber das Gefühl gegeben, auf ganzer Linie zu versagen. Wenn sie sich daran erinnerte, wie sie ihn ständig runtergeputzt hatte, wenn er sich bei Zoey ungeschickt angestellt hatte, konnte sie sehr gut nachvollziehen, weshalb er nun dermaßen ungläubig wirkte. Wie es aussah, war Erin eine richtige Zicke gewesen und bekam deshalb nun ein schlechtes Gewissen.

„Wenn wir schon bei Geständnissen sind“, setzte sie an und schluckte kurz, „muss ich wohl oder übel zugeben, dass ich Ihnen gegenüber sehr unfair war.“

„Unfair?“

Unter seinem interessierten Blick errötete sie tief. „Unser ... *Start* verlief ziemlich spektakulär, Mr. Peacock, und ich habe mir eine Meinung über Sie gebildet, die nicht gerade nett war.“ Erin seufzte. „Leider kann ich manchmal sehr zickig sein und habe Sie das ständig spüren lassen. Es ist absolut unprofessionell, den eigenen Arbeitgeber wie einen Leibeigenen zu beschimpfen ...“

Er verschluckte ein Lachen. „Wollen Sie damit sagen, dass Sie mir nur so zugesetzt haben, weil ich Sie damals für eine Stripperin gehalten habe?“

Auf ihren Wangen hätte man Eier braten können. Trotz der Verlegenheit zwang sich Erin dazu, seinem Blick standzuhalten. „Verstehen Sie mich nicht falsch, mir ging es wirklich nur um Zoey. Ich mag sie unheimlich gerne – sie ist ein sehr süßes und liebes Mädchen – aber bei anderen Eltern habe ich mich nicht so angestellt, wenn ihnen mal ein Malheur passiert ist.“

Sein Lachen war geradezu ansteckend, aber Erin verkroch sich in ihrem Pulli und beobachtete unbehaglich, wie ihr Gast sich köstlich zu amüsieren schien. Eigentlich hätte sie damit gerechnet, dass er sich furchtbar aufregen würde, stattdessen belustigte ihn die Tatsache, dass sie ihn nicht wegen seiner Verfehlungen seiner Tochter gegenüber heruntergeputzt hatte, sondern weil er sie mit einer Stripperin verwechselt hatte.

„Also kann ich davon ausgehen, dass ihre Schimpftirade, als ich vor Zoey geflucht habe, nicht so heftig ausgefallen wäre, wenn ich bei unserer ersten Begegnung nicht erwartet hätte, dass Sie sich die Klamotten ausziehen?“

Erin biss sich auf die Unterlippe und gestand: „Vermutlich. Ich meine ... nun ja, Sie hätten wirklich nicht vor ihr fluchen sollen, aber ich hätte deshalb auch nicht wie ein Drachen auf Sie losgehen dürfen, Mr. Peacock.“

Er gluckste vor Lachen und überraschte sie, indem er sich auf einen Küchenstuhl setzte und die Beine von sich streckte, um es sich gemütlich zu machen. „Wir sollten vielleicht noch einmal von vorne anfangen. Zum zweiten Mal.“

Nachdenklich stellte sie ihre Tasse beiseite und fasste sich nervös mit einer Hand an den Hals, bevor sie unschlüssig in sein amüsiertes Gesicht blickte. „Ich habe mich heute Nacht unmöglich benommen. Mir steht es nicht zu, mit Ihnen so zu reden und Ihnen Vorhaltungen wegen Zoey zu machen, Mr. Peacock. Ich kann es verstehen, wenn Sie nicht wollen, dass ich mich länger um Zoey kümmere.“

„Zoey mag sie sehr“, erwiderte er nun ernst. „Sie gehen toll mit ihr um und hatten nur ihr Wohl im Sinn. Außerdem bin ich Schuld an unserem hitzigen Streit.“ Er schüttelte den Kopf und gestand beschämt ein. „Ich habe mich wirklich wie ein verantwortungsloser Idiot benommen, da ich den Gedanken, dass Sie und Zoey in der Wohnung waren, einfach verdrängt hatte und meinen Spaß haben wollte.“

Langsam setzte sich Erin ebenfalls an den Tisch. „Und nun?“

Seine Hand spielte mit der Baseballkappe, während er sich mit der anderen Hand über das Gesicht fuhr. „Bisher habe ich Zoey kaum Beachtung geschenkt und nicht daran gedacht, wie diese Situation für sie sein muss.“ Er schluckte und sah ihr unsicher in die Augen. „Leider weiß ich nicht, ob ich es besser machen kann, aber ich möchte es wenigstens versuchen. Dafür werde ich jedoch Ihre Hilfe brauchen.“

Langsam nickte sie. „Einverstanden, Mr. Peacock.“

„Noch etwas“, er setzte sich die Kappe wieder auf und schnitt eine leichte Grimasse. „Niemand nennt mich Mr. Peacock, es sei denn, derjenige will mir eine Versicherung verkaufen oder brummt mir beim Spiel eine Strafe auf. Können Sie nicht einfach Tom sagen?“

Zögernd blickte Erin in sein Gesicht und antwortete auf sein jungenhaftes Grinsen mit einem schwachen Lächeln. „Okay.“

9. Kapitel

„Das ist mein Lieblingspony. Sein Name ist Max. Und das hier ist Max' bester Freund Tony." Zoey hielt ein Plastikpony in die Höhe und deutete mit ernster Miene auf ein anderes Plastikpony, das in einer selbst errichteten Koppel, die aus den Sportschuhen ihres Vaters bestand, friedlich graste. Jedenfalls erzählte sie das Dupree, der ihr gegenüber im Schneidersitz saß und eifrig zuhörte, wie die Vierjährige ihm ihr erfundenes Spiel erklärte.

„Max ist ein Zauberpony und so schnell wie kein anderes Pony. Tony dagegen kann gaaaanz viele Kunststücke."

„Aha", brummte Dupree und fragte neugierig. „Was für Kunststücke denn?"

„Mhh", nachdenklich runzelte Zoey die Stirn, bevor sie leichthin meinte: „Er kann sich verbeugen, Männchen machen ..."

„Zoey?", rief Tom und bemühte sich, nicht zu lachen oder seine Belustigung angesichts des monströsen Tackles zu zeigen, der mit einem kleinen Mädchen auf dem Fußboden saß und sich mit seinem Spielzeug beschäftigte. Eigentlich war Dupree vorbeigekommen, um mit Tom ein Basketballspiel zu schauen, doch Zoey hatte ihr halbes Kinderzimmer ins Wohnzimmer geschleppt und Dupree zu sich auf den Fußboden eingeladen. Jetzt saß Dupree in Cargohosen mit Camouflagemuster und einem T-Shirt, auf dem ein Totenkopfmops abgedruckt war, auf Toms Teppich und spielte begeistert Ponyhof.

„Ja, Daddy?" Zoey hob kurz den Kopf und blickte ihn über die Sofalehne an.

„Was möchtest du essen? Ravioli oder Hähnchen?“

Sie zuckte mit der Schulter. „Mir egal ... Dupree, was möchtest du lieber essen?“ Ihre piepsige Stimme drang bis zu Tom, der in der Küche stand und beinahe aufgelacht hätte, als Dupree mit kindlicher Begeisterung brüllte: „Ravioli!“

„Dann also Ravioli.“ Tom schnitt eine Grimasse.

„Vergessen Sie den Salat nicht“, Erin öffnete den Kühlschrank und legte einen Salatkopf heraus. Auch sie unterdrückte ein Lachen und schielte ins Wohnzimmer, bevor sie flüsterte: „Die beiden werden bestimmt nicht freiwillig daran denken, Salat zu nehmen.“

„Wunderbar“, brummte er und schaltete den Herd an, um Nudelwasser zum Kochen zu bringen. „Jetzt muss ich einen zweihundertvierzig Pfund schweren Footballspieler dazu bringen, Salat zu essen.“

Gerade als sie ihm antworten wollte, klingelte ihr Handy. Mit einer entschuldigenden Geste nahm sie den Anruf an und entfernte sich ein Stück.

Neugierig hörte Tom, dass sie anscheinend mit ihrer Schwester telefonierte. In der vergangenen Woche hatte ihre Schwester bereits einige Male angerufen, um sie über die Hochzeitsvorbereitungen auf dem Laufenden zu halten, wie er mitbekommen hatte.

„Holly, ich kann mich nicht um deine Blumen kümmern“, flüsterte sie nun in den Hörer und seufzte. „Nein, darum geht es nicht. Ich habe einfach keine Zeit. Punkt.“

Er beobachtete ihre angespannte Miene, während er die Nudelsauce, die sie gestern in einem Bioladen gekauft hatten, aus dem Küchenschrank nahm. Auch wenn sie seit ihrer Aussprache vor einer Woche sehr viel entspannter geworden war und längst nicht mehr bei jeder Kleinigkeit ausflippte, merkte Tom, dass sie sich sofort verkrampfte, wenn ihre Schwester oder ihre Mutter anriefen, um sie in die Hochzeitsvorbereitungen zu integrieren. Er konnte sehr gut nachvollziehen, dass man auf die eigene Familie genervt reagierte, schließlich ging es ihm nicht anders. Vorgestern hatte er einen der seltenen Anrufe seines Bruders bekommen, der anstandshalber alle paar Monate anrief. Trev hatte nur von der Firma ihres Vaters gesprochen und war Tom damit entsetzlich auf die Nerven gegangen.

„Holly, ich arbeite gerade“, zischte Erin in diesem Moment und warf ihm einen entschuldigenden Blick zu. Dabei verdunkelten sich ihre hellgrünen Augen, während ihre Wangen vor lauter Ärger etwas gerötet waren. Aufgebracht zupfte sie an ihrem Langarmshirt herum und schüttelte heftig den Kopf, während sie etwas in ihr Handy murmelte.

Tom zuckte mit der Schulter und nahm einen kleineren Topf für die Sauce heraus. Es war ausnahmsweise sehr amüsant zu beobachten, dass sich der Ärger seiner Nanny nicht auf ihn richtete. Da sie ihm nun den Rücken zugekehrt hatte, konnte er sie einen Moment beobachteten, ohne sich dabei ertappen zu lassen.

Wie auch sonst war Erin Hamilton ziemlich zugeknöpft gekleidet, trug geschäftsmäßig wirkende dunkle Hosen, ein graues Langarmshirt und hatte die farblich passende Strickjacke über einen Stuhl gelegt. Dabei wusste er, dass sie sich nicht immer dermaßen bieder kleidete, schließlich hatte er sie in ihrer Wohnung erlebt und Fotos entdeckt, die am Kühlschrank gehangen hatten. Auf diesen Fotos hatte sie kurze Jeans, luftige Kleidchen und bunte Tops getragen. Sie war sogar geschminkt gewesen und hatte die Haare wild frisiert getragen. Doch zur Arbeit erschien sie stets vorbildlich und etwas altmodisch gekleidet, das rote Haar war immer zu einer akkuraten und etwas streng wirkenden Frisur frisiert und insgesamt sollte sie wohl nüchtern wirken.

Doch Tom ließ sich nicht an der Nase herumführen. Er hatte ihre nackten Beine, ihr pinkes Höschen und ihr zerzaustes Haar gesehen, als er sie nach seiner Partynacht aus den Federn geworfen hatte. Außerdem konnten weder das Langarmshirt noch sein weißes Hemd, das sie in jener Nacht getragen hatte, verbergen, wie gut sie diese Kleidungsstücke ausfüllte.

Er rührte die Sauce in den Topf und ließ seine Augen über ihren Rücken zu ihrem Hintern wandern, der durch die dunkle Hose kaschiert wurde. Sie konnte noch so unförmige Hosen anziehen, ganz sicher würde er den Anblick ihres halbnackten Hintern, der sich ihm entgegengereckt hatte, als sie Zoey badete, nicht vergessen.

„Okay, okay“, sie seufzte in den Hörer und riss Tom aus seinen Gedanken, die sich um nackte Hintern, zerzauste Haare und aufgeregt funkelnd hellgrüne Augen drehten. Schnell blickte er wieder auf den Herd und warf anschließend einen Blick ins Wohnzimmer, in dem Zoey und Dupree immer noch damit beschäftigt waren, Pony zu spielen.

„Entschuldigen Sie, aber meine Schwester dreht wegen ihrer Hochzeit noch durch.“ Sie nahm ein Brett und ein Messer, um den Salat in kleine Stücke zu schneiden.

Da es in den letzten Tagen nicht vorgekommen war, dass sie ihn wegen Zoey Vorhaltungen gemacht hatte, und sie sich langsam aneinander gewöhnten, fragte er interessiert: „Worum ging es dieses Mal?“

Sie schnaubte auf. „Ihr Florist hat sich angeblich mit ihr angelegt, weshalb sie nun einen neuen finden muss. Mir wurde diese Ehre zuteil.“

Tom lachte trocken auf und warf das leere Glas in den Abfall. „Das hört sich nicht sehr ehrenvoll an.“

„Ist es auch nicht“, stöhnend legte sie den geschnittenen Salat in ein Sieb. „Holly macht ein furchtbares Trara um ihre Hochzeit und geht davon aus, dass wirklich jeder ihr zur Verfügung stehen muss. Erst letztens habe ich erfahren, dass ich ihren Junggesellinnenabschied organisieren darf, obwohl ich ihre Freundinnen zum Kotz ... zum Abgewöhnen finde“, verbesserte sie sich rasch und ignorierte sein Glucksen. „Heute Morgen hat sie mich angerufen und für morgen zu einer Anprobe der Brautjungfernkleider bestellt, als hätte ich nichts anderes zu tun.“

„Mein herzliches Beileid.“

„Danke“, murmelte sie und verriet nur durch ein minimales Zucken ihrer Mundwinkel, dass sie am liebsten gelacht hätte. „Hoffentlich hat sie keine rosafarbenen Kleider ausgewählt.“

Mit einem Blick auf ihr Outfit fragte er lässig: „Nicht Ihre Farbe?“

Sie schenkte ihm ein diabolisches Lächeln und erklärte mit todernster Stimme: „Rosa trage ich nur beim Strippen.“

„Touché.“ Tom konnte nichts gegen das breite Grinsen tun, während er den Kopf senkte, um sich mit dem Essen zu beschäftigen.

„Daddy?“

Fragend drehte er sich zu Zoey um, die hinter ihnen stand und ein Pony im Arm hielt.

„Was gibt's denn? Das Essen ist noch nicht fertig."

Die Kleine schüttelte ihren Kopf und ließ dabei die beiden Zöpfe fliegen, die Erin ihr geflochten hatte. „Nein, Dupree und ich wollen Cowboy und Indianer spielen. Kannst du mir ein Lasso basteln?"

„Oh", er kratzte sich am Kinn. „Ein Lasso?"

Zoey nickte begeistert und strahlte ihn an.

Er hatte keine Ahnung, wie er ein Lasso basteln sollte. Wie kam sie bloß auf Cowboys? Kleine Mädchen mochten Kleider, Kätzchen und Prinzessinnen. „Wollt ihr nicht lieber Prinzessin spielen und ..."

„Daddy", ihr Gesichtchen verzog sich und wurde finster, bevor sie schwer seufzte: „Ich mag keine Prinzessinnen."

„Du magst keine Prinzessinnen?" Ungläubig sah er auf sie hinab.

Verlegen schüttelte sie wieder den Kopf und erklärte ganz ernst: „Prinzessinnen wollen sich den ganzen Tag nur die Haare kämmen und schöne Kleider tragen. Das ist total langweilig. Aber Cowboys reiten, sie fangen Kühe mit Lassos und ..."

„Schon gut", schnell hob er eine Hand und überlegte fieberhaft, wie er ihr ein Lasso basteln konnte.

„Die Schnürsenkel", flüsterte ihm Erin von links zu und rührte die Nudelsauce um.

„Ah ja."

Kurz darauf fand sich Tom auf seinem Sofa wieder, wie er daran arbeitete, aus den Schnürsenkeln seiner Sportschuhe ein Lasso zu basteln, das seine

Tochter gebrauchen konnte. Zoey und Dupree waren keine große Hilfe, da sie ständig an seiner Konstruktion herummeckerten und ihm irgendwelche abstrusen Vorschläge machten. Er war immer noch nicht darüber hinweg, dass Zoey Prinzessinnen nicht leiden konnte. Anscheinend hatte er wirklich keine Ahnung davon, was kleine Mädchen gut fanden und was nicht. Er war immer der Meinung gewesen, dass Jungs mit Autos spielten, während Mädchen sich Puppen wünschten. Wenn er genauer darüber nachdachte, fiel ihm ein, dass Zoey bislang mit keiner Puppe gespielt hatte, die er ihr gekauft hatte. Meistens schleppte sie ihren Stoffaffen mit sich herum, malte in ihre Malbücher oder dachte sich irgendwelche Spiele aus wie jetzt.

Endlich hatte er ein Lasso zu Zoeys und Duprees Zufriedenheit geknüpft. Sofort begannen beide ihre wilde Cowboy-Jagd zu inszenieren. Tom blieb einen Moment sitzen und musste unweigerlich lächeln, als Zoey wilde Schreie ausstieß und ihr Pony galoppieren ließ.

„Das Essen ist gleich fertig."

Er drehte den Kopf und sah Erin in der Küche herumhantieren.

Während Zoey und Dupree weiter spielten, erhob sich Tom und deckte den Tisch, um Erin zu helfen, die gerade Dressing über den Salat gab.

Bei ihrer Aussprache hatten sie einige Regeln festgesetzt, die unter anderem besagten, dass er Zoey abends badete, mit ihr Zähne putzte und sie allein ins Bett brachte. Außerdem wollten sie alle drei zusammen zu Abend essen, wenn Erin bis abends bei ihnen blieb und Tom daheim war. Bislang halfen die Regeln Tom und er merkte, dass Liv Recht gehabt hatte. Durch die

Routine hatte er einige Berührungsängste abgelegt. Zwar war er immer noch ziemlich oft ahnungslos, wie er mit Zoey umgehen sollte, aber dass er wusste, wann sie ins Bett musste und wie man ein Kind zu Bett brachte, machte die Sache leichter.

„Wäre es in Ordnung, wenn ich morgen wegen der Kleideranprobe etwas später komme?“, wollte Erin wissen, während sie Ravioli auf den Tellern portionierte.

„Natürlich“, erwiderte Tom und gab ordentlich Sauce auf die Teller. Zwar war es merkwürdig, dass er so früh zu Abend aß, aber da Zoey zeitig ins Bett musste, konnte er nicht einfach um neun Uhr den Kühlschrank öffnen oder sich etwas bestellen.

„Ich hoffe, dass die Anprobe nicht allzu lange dauern wird.“

„Kein Problem. Ich wollte mit Zoey vielleicht in den Park gehen.“

Sie legte den Kopf ein wenig schief. „Warum gehen Sie mit ihr nicht in den Baumarkt, Tom?“

„In den Baumarkt?“ Verwirrt runzelte er die Stirn und blieb mit jeweils einem Teller in der Hand stehen, um sie fragend anzuschauen.

Erin nahm die anderen beiden Teller hoch und raunte ihm zu: „Ihre Tochter hat Ihnen gerade verraten, dass sie keine Prinzessinnen mag.“

„Und?“

Ihre Augenbrauen fuhren in die Höhe. „Und was wurde an ihre Kinderzimmerwand gemalt?“

„Eine Prinzessinnenburg. Aber warum ...?“ Er unterbrach sich. „Oh.“

Kurz darauf saßen sie zu viert am Esszimmertisch, den Tom vor fünf Tagen gekauft hatte, weil es in seiner

Wohnung keine Möglichkeit gegeben hatte, zusammen an einem Tisch zu sitzen und gemeinsam zu essen. Zoey verschlang voller Begeisterung ihre Ravioli und plapperte unentwegt über ihren Aquariumsbesuch, den sie vorgestern mit Tom zusammen unternommen hatte.

Als sie endlich eine kurze Pause einlegte, um ihre Ravioli zu kauen, fragte Tom ganz ernst: „Knöpfchen, magst du überhaupt dein Zimmer? Es ist voller Prinzessinnenbilder und Prinzessinnenmöbel. Ich wusste nicht, dass du so etwas nicht magst."

Die Kleine zuckte mit der Schulter und zog mit der Gabel eine Ravioli durch die Sauce.

„Zoey, schau mich an", bat er ruhig und blickte in ein Paar blauer Augen, die seinen eigenen so ähnlich waren.

Sie schluckte kurz und murmelte. „Du hast dir so viel Mühe gegeben, Daddy."

Jetzt war es an ihm kurz zu schlucken, da er sich überhaupt keine Mühe mit dem Kinderzimmer seiner Tochter gemacht hatte. Er hatte einfach ein paar Handwerker bestellt. Genauso wenig Mühe hatte er sich bislang mit ihrer Betreuung gegeben, als er ein Kindermädchen engagiert und erwartet hatte, dass er damit aus dem Schneider war.

„Das ist völlig egal. Wenn du das Zimmer nicht magst, müssen wir uns etwas überlegen."

Er registrierte den zufriedenen Blick des Kindermädchens und fragte Zoey mit sanfter Stimme: „Was hältst du davon, wenn wir beide morgen losfahren und dir ein neues Zimmer aussuchen?"

„Ehrlich?" Ihre Augen wurden kugelrund und glänzten vor lauter Freude.

Tom nickte ernst. „Natürlich. Außerdem suchen wir eine schöne Farbe aus und streichen dein Zimmer. Wie findest du das?“

„Das wäre toll“, wisperte sie aufgeregt.

„Dann machen wir es so“, erwiderte er entschlossen. „Wenn Erin morgen früh die Anprobe für ihr Kleid hat, suchen wir dir ein neues Zimmer aus.“

Das kleine Gesicht schwenkte sofort zu Erin hinüber, die sich gerade eine Tomate in den Mund schob.

„Bekommst du ein neues Kleid?“

Erin lachte und meinte nach einigen Sekunden. „Ich brauche ein besonderes Kleid für Hollys Hochzeit, Schätzchen.“

Zoey schüttelte altklug den Kopf. „Aber du heiratest doch nicht.“

„Stimmt“, die Lippen des Kindermädchens kräuselten sich zu einem belustigten Lächeln. „Aber ich bin Hollys Brautjungfer und brauche dafür ein spezielles Kleid. Genau wie die anderen Brautjungfern, die du beim letzten Mal kennengelernt hast, als Holly ihr Brautkleid ausgesucht hat.“

„Ach so.“ Zoey schaute nun zwischen Dupree und ihrem Dad hin und her, bevor ihr lispelndes Stimmchen ein sehr peinliches Detail preisgab.

„Daddy, hast du Fieber?“

Irritiert sah Tom zu seiner Tochter und blickte das Kindermädchen fragend an, das jedoch ebenfalls irritiert wirkte. „Nein, Knöpfchen. Sehe ich denn krank aus?“

„Nein“, ahnungslos rümpfte sie die Nase. „Ich wusste, dass sie lügen.“

„Wer hat gelogen, Zoey?“

„Hollys Freundinnen. Sie haben gesagt, dass du heiß bist, aber du hast doch gar kein Fieber!“

Dupree verschluckte sich an seiner Ravioli und auch Erin hätte das Wasser, das sie gerade getrunken hatte, beinahe über den Tisch gespuckt.

Tom merkte, dass ihr das wohl peinlich war, da sie feuerrote Wangen bekam und ihm nicht in die Augen sehen konnte.

Neugierig sah er in Zoeys unschuldiges Gesicht, während er sich ein Lachen verbeißen musste.

„Ähh ... Zoey“, wagte sich Erin vor, doch die Kleine kam gerade erst richtig in Fahrt.

„Was bedeutet *sexy*, Daddy?“

Wieder stieß Dupree einen Würgelaut aus, da er sich ein weiteres Mal verschluckte.

Besorgt stand Zoey auf und stellte sich neben Duprees Stuhl, um dem riesigen Tackle auf den Rücken zu klopfen. „Hast du dich verschluckt, Dupree?“

Rasch schüttelte Dupree den Kopf und krächzte wie ein Reibeisen: „Ne ... mir geht’s gut.“

„Iss deinen Teller leer, Spätzchen“, wagte sich Erin vor und ignorierte seinen fragenden Blick. „Die Ravioli werden kalt.“

„Okay“, Zoey schob sich wieder auf ihren Stuhl und hatte anscheinend vergessen, dass sie ihrem Vater gerade eine Frage gestellt hatte. Genüsslich verputzte sie ihre Nudeln, doch Tom war nun richtig neugierig. Er lehnte sich auf seinem Stuhl zurück, ignorierte Duprees krächzende Versuche, wieder zu Atem zu kommen, und starrte Erin Hamilton an, die ihn wiederrum ignorierte und mit feuerroten Wangen an ihrem Wasserglas nippte. Zu gerne hätte er gewusst, ob sie ihn heiß und sexy fand. Ihr schien das Thema peinlich zu sein, also wollte er bei Zoey etwas sticheln, um herauszukriegen, was bei diesem ominösen Brautjungferntreffen über ihn geplaudert worden war.

Gerade als er zu einer Frage ansetzte, klingelte es an seiner Wohnungstür. Zoey sprang sofort auf und rannte in den Flur, während die drei Erwachsenen sich kurz ansahen.

Mit Vergnügen hörte er, wie sie ihm aufgebracht über den Tisch hinweg zu zischte: „Sie brauchen gar nicht feixen! *Ich* habe nichts dergleichen gesagt!“

„Ach?“ Provozierend hob er eine Augenbraue hoch.

„Ja“, schnappte sie und erhob sich vom Stuhl. „Die Freundinnen meiner Schwester stehen auf überentwickelte Muskelpakete – nicht ich!“

Tom lachte dröhnend, während sie sich umdrehte und Zoey zur Wohnungstür folgte.

„Tomcat, reize das Kindermädchen nicht“, hörte er Duprees brummige Stimme, sobald Erin außer Hörweite war. „Das kann sonst böse enden.“

„Du musst noch viel über den Umgang mit Frauen lernen“, Tom wies auf Duprees unberührten Salatteller. „Und du solltest deinen Salat essen, bevor das Kindermädchen dich ins Visier nimmt.“

Gleich darauf verschlang Dupree seinen Salat und hielt glücklicherweise den Mund.

„Wir haben Besuch, Daddy!“ Zoey stürmte zurück und hielt neben seinem Stuhl an, um ihm mit großen Augen ins Ohr zu flüstern. „Da ist eine Frau mit einem Mädchen. Dürfen wir mit meinen Ponys spielen?“

Verwundert blickte Tom in Richtung Flur, aus dem gerade Teddy trat und die Tochter des Coachs an der Hand hatte. Erin folgte ihnen und warf ihm einen kurzen Blick zu, aus dem er lesen konnte, dass sie nicht vergessen hatte, dass er sich über sie lustig gemacht hatte.

Damit konnte er leben.

„Hey! Was macht ihr denn hier?“ Lächelnd erhob er sich und begrüßte seine Chefin mit einem Kuss auf die Wange. Wenn ihr Mann dabei gewesen wäre, hätte er ihr gerne einen Schmatz auf den Mund gedrückt, um zu sehen, wie dieser reagierte.

„Jilian und ich waren in der Gegend und wollten kurz Hallo sagen.“ Teddy fuhr der Kleinen durch die hellbraunen Locken und hob anschließend die Hand, als sie Dupree bemerkte.

„Hi, Dupree.“

„Hi, Teddy“, erwiderte er mit vollem Mund und widmete sich wieder seinem Salat.

Teddy warf ihre Tasche, einen Lederrucksack mit bunten Fransen, auf den Boden und schälte sich aus ihrer wild bedruckten Jeansjacke, die sie über die Lehne der Couch legte. Während sie Jilian aus deren Jacke half, erklärte sie lässig: „John wollte Hanna mit einem romantischen Abendessen überraschen, deshalb schläft Jilian heute bei uns. Gerade habe ich sie abgeholt und mir gedacht, dass sich die Mädchen vor Hawaii kennenlernen sollten.“

„Hawaii ... ach ja.“

„Hast du das schon wieder vergessen?“, wollte Teddy seufzend wissen und verdrehte die Augen, bevor sie sich zu Erin umdrehte. „Hi, ich bin Teddy. Und Sie müssen Erin sein. Blake hat mir schon viel von Ihnen erzählt“, sie hielt der verwirrten Erin die Hand hin und grinste breit.

Tom hätte ihr am liebsten den Mund zugeklebt.

„Blake?“ Unsicher verengte Erin die Augen und gab Teddy die Hand.

„Ja“, vergnügt nickte Teddy. „Stiernacken, vorlautes Mundwerk, die Statur wie ein Gorilla und er hat, wie ich hörte, in Toms Gästetoilette kotzen müssen.“

Verstehen leuchtete in Erins Gesicht auf, als sie ein tiefes Lachen von sich gab. Tom sah erstaunt zu ihr hinüber und verengte seinerseits die Augen. Bisher hatte er sie niemals zuvor richtig lachen hören und war irritiert darüber, dass sie plötzlich sehr viel sympathischer wirkte.

„Ich kann mich schwach erinnern“, witzelte sie.

„Das glaube ich Ihnen aufs Wort.“ Teddy blickte wieder zu ihm und hob entschuldigend eine Hand in die Höhe. „Haben wir euch beim Essen gestört?“

„Ich bin schon fertig“, wisperte Zoey und sah Jilian, die sich ein wenig scheu an Teddy schmiegte, offen an. „Dupree und ich haben mit Ponys gespielt. Magst du Ponys? Willst du mitspielen?“

Jilian sah zu Teddy hoch, die aufmunternd nickte. „Das hört sich lustig an, Jili-Maus. Geh mit Zoey spielen.“

Tom bemerkte, wie Zoey völlig selbstverständlich Jilians Hand nahm und zum Teppich führte, auf dem ihr Spielzeug lagerte. Beide Mädchen setzten sich gemütlich hin und sofort erklang Zoeys lispelndes Stimmchen, mit dem sie Jilian ihr Spiel erklärte. Er hatte nicht gewusst, dass sie dermaßen kontaktfreudig war und so offen auf andere Kinder zuging. Irgendwie gefiel ihm das, weil es ihn an sich selbst erinnerte.

„Darf ich Ihnen etwas zu trinken bringen, Teddy?“

„Danke“, Teddy schüttelte den Kopf und lächelte Erin an. „Aber Jilian und ich haben gerade Kakao getrunken.“

„Setz’ dich doch zu uns“, schlug Tom vor und musterte seine Chefin mit einem schiefen Lächeln. „Oder wartet dein Göttergatte ungeduldig auf dich?“

„Der kann warten“, entschied sie trocken und verdrehte die Augen. „Er ist bei meiner Mom und schließt ihren neuen Fernseher an. Ich denke, es war nur eine Ausrede, weil ...“ Sie brach ab und schüttelte kurz den Kopf, bevor sie gespielt neugierig Erin fragte: „Bereuen Sie es schon, den Job angenommen zu haben?“

Verwirrt blinzelte Erin und fragte alarmiert: „Bitte?“

Teddy zuckte mit der Schulter und knöpfte sich den obersten Knopf ihres karierten Männerhemdes auf. „Wie ich die Jungs kenne, hängen sie hier ständig ab und treiben Sie in den Wahnsinn. Ich weiß, wovon ich spreche – ich arbeite mit ihnen und bin mit einem von ihnen verheiratet.“

Tom schnaubte und warf ihr einen finsteren Blick zu. „Vielen Dank, Teddy.“

„Gern geschehen.“

Einen kurzen Augenblick verglich Tom die beiden lachenden Frauen vor sich, die äußerlich absolut unterschiedlich waren. Teddy hatte eine burschikose Art an sich, trug ihr dunkelblondes Haar seit neustem kurz und wirkte auch dank ihres exzentrischen Kleidungsstils eher jungenhaft, wenn man von ihrem regelrechten Puppengesicht einmal absah. Die ganze Mannschaft war vor anderthalb Jahren völlig von den Socken gewesen, als ihr Kapitän und Quarterback bei einer Pressekonferenz verraten hatte, dass er und seine Chefin ein Paar waren. Niemand hätte gedacht, dass Brian Palmer in seine Chefin verliebt sein könnte, da er bis dahin immer mit Busenwundern und hohlen Tussis ausgegangen war. Teddy dagegen war intelligent, gebildet und legte keinen Wert auf ihre Aufmachung, was man auch heute sehen konnte. Unter dem karierten Männerhemd trug sie knappe Jeansshorts und blaue Leggins sowie gepunktete Ballerinas an den Füßen. Zusammen mit ihrer wildbedruckten Jeansjacke und dem abgegriffenen Lederrucksack wirkte sie wie jemand, der noch niemals eine Modezeitschrift aufgeschlagen hatte.

Die rothaarige Frau neben ihr kleidete sich wie eine Sekretärin in den Wechseljahren und konnte trotzdem nicht verbergen, dass sie mit einer atemberaubenden Figur gesegnet war. Auch wenn es für sie höchstwahrscheinlich beleidigend klingen würde, war er der festen Überzeugung, dass sie mit ihrem Aussehen als Stripperin einen Haufen Geld hätte machen können. Da er mittlerweile ihr Temperament kannte, behielt er diesen Vorschlag für sich. Glücklicherweise setzte sie ihre scheußliche Brille nur noch auf, wenn sie etwas las, blieb jedoch bei ihrer strengen Frisur und dachte anscheinend, dass sie damit alle weiblichen Anzeichen versteckte.

Tom wusste es besser. Er hatte sie nicht einmal nur mit seinem Hemd bekleidet und im zerzausten Zustand sehen müssen, um zu erkennen, dass ein Prachtweib hinter der Fassade eines gestrengen Kindermädchens steckte. Dafür hatten ihre feuerspuckenden hellgrünen Augen sowie das pinke Höschen schon gesorgt.

Trotzdem wollte er ihr die Illusion lassen, dass sie mit dieser Aufmachung unattraktiv wirkte.

Die Stimme des Kindermädchens unterbrach seine Gedankengänge, was ganz gut war, da er sich selbst dabei ertappte, wie er ihr auf den Busen schielte.

„Zoey ist ein absolutes Goldstück. Ich könnte mir kein lieberes Kind wünschen."

Teddy lachte und setzte sich auf Zoeys Stuhl. „Das wiegt die nervigen Footballspieler natürlich auf."

Dupree stieß einen brummigen Laut aus und runzelte finster die Stirn. Tom dagegen verdrehte lediglich die Augen und ließ sich auf seinem Stuhl nieder, während er beobachtete, dass Erin unschlüssig stehen geblieben war, als wüsste sie nicht, ob sie sich einfach setzen sollte. Also beugte er sich zu ihrem Stuhl und schob ihn ein Stück zurück, damit sie dies als Aufforderung verstehen konnte.

„Bisher kenne ich nicht so viele Footballspieler, um mir ein genaueres Bild von ihnen zu machen", gestand Erin lachend.

„Ach?" Teddy blickte sie überrascht an. „Hat sich der gute Tom bisher etwa von seiner besten Seite gezeigt?"

Der gute Tom warf Teddy einen mörderischen Blick zu, über den beide Frauen lachen mussten.

„Jedenfalls werden Sie bald viele Gelegenheiten haben, um mitzuerleben, wie nervig Footballspieler sind. Unter uns: sie benehmen sich manchmal wie kleine Kinder."

Fragend zog das Kindermädchen seine Augenbrauen in die Höhe. „Wie bitte?"

„Auf Hawaii", half ihr Teddy wie selbstverständlich aus. „Tom hat gesagt, dass Sie mitkommen, wenn wir nächste Woche alle dorthin fliegen."

Unbehaglich rutschte er auf seinem Stuhl umher, als die rothaarige Frau ihn kommentarlos ansah und beide Arme vor der Brust verschränkte. „Das hat er gesagt, ja?"

„Oho", witzelte Teddy und lehnte sich zurück. „Bin ich in irgendein Fettnäpfchen getreten?"

„Du warst wie immer sehr hilfreich", murmelte Tom verdrießlich, bevor er Erin seufzend erklärte: „Ich wollte es Ihnen noch sagen ..."

„Du meintest, du wolltest sie *fragen*, ob sie mit uns nach Hawaii kommen möchte", verbesserte Teddy ihn, die das alles sehr komisch fand.

„Genau."

Als Erin weiterhin schwieg und Teddy gluckste, stieß er den Atem aus. „Das ganze Team wurde eingeladen. Die Familien kommen ebenfalls mit, deshalb muss Zoey mitkommen ..."

„Mr. Peacock", unterbrach sie ihn kühl und erhob sich abrupt. „Kann ich kurz allein mit Ihnen sprechen?"

Scheiße – sie hatte ihn *Mr. Peacock* genannt, das konnte nichts Gutes bedeuten.

Ohne seine Antwort abzuwarten, stiefelte sie in den Flur. Tom ließ die Schultern fallen und sah zu Dupree, der im Gegensatz zu Teddy ein alarmiertes Gesicht machte.

Gezwungenermaßen stand er ebenfalls auf und trottete ihr hinterher, während Teddys amüsiertes Gekicher ihn verfolgte. Zu seinem Erstaunen bemerkte er, dass sie in seinem Schlafzimmer verschwunden war und dort schon auf ihn wartete. In der letzten Woche war es zu keiner Konfrontation zwischen ihnen gekommen, was sehr angenehm gewesen war. Angesichts ihrer wütenden Miene, den vor der Brust verschränkten Armen und dem dünnen Strich, zu dem sie ihre vollen Lippen gepresst hatte, ahnte Tom, dass er nicht so glimpflich davonkommen würde.

Seufzend schloss er die Tür hinter sich und stellte sich ihr gegenüber.

„Ich bin bereit."

Sie schnaubte auf und legte den Kopf ein wenig in den Nacken, um ihm ins Gesicht schauen zu können, als sie nähertrat.

„Mr. Peacock, wie können Sie bloß ...!"

Schnell unterbrach er sie und war überrascht über das intensive Grün in ihren Augen.

„Ich weiß. Es tut mir leid, dass ich vergessen habe, Ihnen zu sagen, dass das Team nach Hawaii eingeladen wurde. Es war nicht böse gemeint. Ehrlich! Nur in dem ganzen Durcheinander nach ... nach dieser Nacht, Sie wissen schon, habe ich nicht mehr dran gedacht. Mir würde ein Stein vom Herzen fallen, wenn Sie mitkommen könnten, und Zoey würde sich sicher total freuen, Erin."

Erstaunt stellte er fest, dass sie ihn nicht unterbrach und ausreden ließ. Beinahe hätte er Hoffnung geschöpft, doch dann trat sie noch einen Schritt näher und hätte ihn beinahe berührt. Tom konnte sehen, dass ihr Blick noch finsterer wurde, bevor sie mit ihrem Zeigefinger gegen seine Brustmuskeln stieß.

„Nie wieder ...", sie stieß ein weiteres Mal mit ihrem Finger gegen seine Brust, „dürfen Sie so etwas sagen."

Blinzelnd blickte er hinab, während sie ihn anfunkelte.

Ahnungslos fragte er: „Was darf ich nicht wieder sagen?“

Ihre Augen weiteten sich, bevor sie wieder mit ihrem Zeigefinger auf seine Brust einstach.

„Hey!“

Schnaubend rümpfte sie die Nase. „Sie haben immer noch nicht begriffen, dass es ein Privileg ist, ein so liebes Kind wie Zoey zu haben, Tom!“

„Ja, aber ...“, setzte er an, um sich zu verteidigen, aber sie ließ ihn überhaupt nicht zu Wort kommen.

„Wie können Sie bloß sagen, dass Sie Zoey mitnehmen *müssen*?! Sie sollten sich freuen, Ihre Tochter bei sich haben zu dürfen.“

„So war das gar nicht gemeint.“

„Nein?!“ Kurz senkte sie den Blick und schaute ihm anschließend wieder in die Augen, um betont ruhig mit ihm zu reden. „Versetzen Sie sich nur für einen Moment in Ihre Tochter, Tom. Ihre Mutter hat sie einfach bei Ihnen gelassen, weil sie mit ihrem neuen Freund in den Urlaub fahren wollte. Jetzt ist sie bei Ihnen und muss dann hören, dass Sie sie mitnehmen *müssen*. Was soll eine Vierjährige darüber denken? Sie wird denken, dass weder Mami noch Daddy sie wirklich lieb hat.“

Tom schluckte und starrte in das ernste Gesicht hinab. Langsam nickte er. „Ich habe verstanden.“

Sie stieß einen tiefen Seufzer aus. „Sie machen sich gut, Tom. Wirklich. Mittlerweile geben Sie sich Mühe und schenken Zoey Aufmerksamkeit, aber das kleine Mädchen muss sich auch geliebt fühlen.“

Da er nichts Brauchbares dazu sagen konnte, nickte er einfach und begegnete ihrem ernsten Blick.

Nach einer kleinen Weile wollte er ihren Zeigefinger beiseite schieben, der immer noch gegen seine Brustmuskeln drückte, und umfasste ihre Hand mit seiner. Plötzlich war die Atmosphäre um sie herum wie elektrisch aufgeladen, was beide gespürt haben mussten, da sie gleichzeitig einen Schritt zurückgingen und sich räusperten.

Schnell ließ er ihre Hand los und ballte seine zur Faust, um das Kribbeln darin zu verscheuchen.

Ihre Augen wichen einander aus, bevor Tom mit gespielt lässiger Stimme, die nur ein wenig wackelte, fragte: „Denken Sie über Hawaii nach?“

„Das werde ich“, antwortete sie zittrig und verließ eilig sein Schlafzimmer.

10. Kapitel

Das Wetter auf Hawaii war herrlich, die Hotelanlage war ein absoluter Traum, der Flug in der ersten Klasse war nicht zu überbieten gewesen und der luxuriöse Bungalow, in dem Tom, Zoey und Erin untergebracht waren, war mit einem direkten Zugang zum Strand ausgestattet. Trotzdem fragte sich Erin unentwegt, ob sie nicht einen kolossalen Fehler gemacht hatte, als sie widerstrebend zugesagt hatte, mit dem Team der *New York Titans* in den Urlaub zu fliegen. Erstens gehörte sie weder zum Team noch zu den Angehörigen und zweitens hielt sie es für keine gute Idee, mit ihrem Arbeitgeber eine Woche lang Urlaub zu machen und sich einen Bungalow zu teilen.

Anscheinend war ihr Arbeitgeber neben seinem angeblichen Talent im Football ebenfalls sehr talentiert, wenn es darum ging, kleine Kinder zu manipulieren, da Zoey Erin geradezu angebettelt hatte, sie in den Urlaub zu begleiten. Dazu kamen Jess' Begeisterungsschreie, als sie erfuhr, dass Erin mit einer Horde Footballspieler und ihrem – wie es Jess ausgedrückt hatte – *rattenscharfen* Boss nach Hawaii fliegen sollte. Selbst ihre Schwester, die einmal in ihrem Leben völlig uneigennützig dafür plädiert hatte, dass Erin das Angebot annehmen sollte, hatte sie für verrückt gehalten, weil sie mit einer Zusage zögerte.

Erin war nichts anderes übriggeblieben, als ihre Koffer zu packen, schließlich hatte sie keine vernünftigen Argumente gegen eine Reise vorbringen können. Sie hätte schlecht sagen können, dass sie anfing, ihren Boss sympathisch zu finden und manchmal nicht anders konnte, als über seine stahlharten Brustmuskeln nachzudenken.

„Erin, schau mal!“ Zoey ließ ihren kleinen Rucksack mitten im Wohnbereich des Bungalows fallen und stürmte so schnell zu der offenen Terrasse, dass die traditionelle Blumenkette, die ihr bei der Ankunft im Hotel um den Hals gelegt worden war, in der Luft flatterte.

„Das Meer, Erin, das Meer!“

Lächelnd folgte sie dem Mädchen nach draußen, während Tom hinter ihr einem Pagen Trinkgeld gab. Sie stellte sich hinter Zoey, die sich auf die Zehenspitzen stellte, um über das Geländer zum Strand zu schauen.

„Können wir Muscheln sammeln? Können wir eine Sandburg bauen?“

„Natürlich, Spätzchen.“ Erin beugte sich hinunter und drückte Zoey einen Kuss auf den Scheitel. Trotz des anstrengenden Flugs hatte sich Zoey beispielhaft benommen und weder genörgelt noch ständig gefragt, wann sie endlich ankämen. Ganz im Gegenteil! Sie war begeistert über die ganze Aufmerksamkeit, die sie von allen Seiten bekommen hatte. An Board der Maschine waren die Familien der anderen Spieler gewesen, so dass Zoey zwischenzeitlich mit Jilian gespielt hatte oder zu Dupree gegangen war, der einige Reihen hinter ihnen gesessen hatte. Auch wenn sich Zoey vorbildlich benommen hatte, war Erin doch froh, dass sie endlich angekommen waren. Sie selbst hatte kaum im Flugzeug geschlafen und fühlte sich ein wenig geschlaucht.

Zoey kreischte auf, als sie plötzlich hochgehoben wurde. Auch Erin erschrak, da sie in Gedanken versunken gewesen war und nicht bemerkt hatte, wie sich Tom zu ihnen gesellt hatte. Er hatte sich Zoey geschnappt und auf das Geländer gesetzt, während er sie weiterhin festhielt, damit das Mädchen besser auf den Strand sehen konnte.

Vorsichtig spähte Erin nach rechts, um ihren Boss kurz zu mustern, der mit starken Armen seine Tochter umarmt hielt und den Kopf zu ihr hinunter beugte. Die beiden Blondschöpfe steckten die Köpfe zusammen und sahen sich gemeinsam den verlassenen Strand an, während Erin plötzlich auffiel, wie sehr sich Vater und Tochter ähnelten. Auch wenn die Haare von Tom etwas dunkler waren, konnte man dennoch erkennen, von wem Zoey die Haarfarbe geerbt hatte. Selbst die Augenform der beiden war identisch – von der Augenfarbe abgesehen, da sowohl Vater als auch Tochter den gleichen Blauton besaßen. Doch erst jetzt, da Erin beide im Profil betrachten konnte, fiel ihr die frappierende Ähnlichkeit zwischen beiden auf.

Ungewollt glitt ihr Blick weg von Zoey und blieb auf dem Profil des Mannes hängen, der gerade murmelte: „Wir können auch mit einem Boot fahren, wenn du willst, Knöpfchen."

Erins Augen blieben an seinem lächelnden Mund haften und sie schluckte. *Verdammt!* Sie wollte weder die Lachfältchen an seinen Augen noch das breite Lächeln bemerken, das seine weißen Zähne aufblitzen ließ. Genauso wenig wollte sie sich Gedanken um seinen kräftigen Hals oder die gebräunten Arme machen, die sich um seine Tochter geschlungen hatten. Aber wie sollte sie sich auf etwas anderes konzentrieren, wenn sein verlockender Geruch nach sauberer Haut und Testosteron von ihr bemerkt wurde, sobald er eine klitzekleine Bewegung zu ihr hinüber machte.

Glücklicherweise lenkte Zoeys Kichern sie ab. Hastig sah sie ebenfalls geradeaus und versuchte angesichts des idyllischen Ausblicks ihre Nerven zu beruhigen. Ihre plötzliche Schwärmerei für ihren Boss, wenn man es überhaupt eine Schwärmerei nennen konnte, war nur irgendeine Laune, weil er sich in den letzten Tagen rührend um seine Tochter gekümmert hatte. Erin hatte nun einmal eine Schwäche für kinderliebe Menschen. Sie musste sich einfach in Erinnerung rufen, dass Tom Peacock ein egoistischer, verantwortungsloser und vergnügungssüchtiger Mann war, der wegen seines Jobs und seines heißen Aussehens abgehoben war.

Das klappte den restlichen Tag wunderbar, bekam beim Abendessen jedoch Risse, als er zurück zum Bungalow eilte, um Zoeys Stoffaffen zu holen, den sie dort vergessen hatte und ohne den sie nicht sein wollte.

Bisher kam Erin die Reise wie eine Klassenfahrt für Erwachsene vor, auch wenn diese Klassenfahrt vermutlich teurer als eine Fahrt nach Washington war, die Erin in der neunten Klasse einmal unternommen hatte.

Sie wollte gar nicht wissen, was diese einwöchige Reise in das Luxusresort nach Hawaii für die ganze Mannschaft samt Anhang kosten sollte, und verbot sich ein schlechtes Gewissen zu haben, dass sie der Nutznießer dieser Ausgaben war, als sie sich in ihrem privaten Badezimmer mit Whirlpool für den Abend zurechtmachte. Jedes der drei Schlafzimmer hatte ein eigenes Badezimmer, Erin hatte sogar einen begehbaren Kleiderschrank, den sie jedoch nicht einmal ansatzweise füllen konnte. Auch ihr Schlafzimmer war ein absoluter Traum mit Panoramafenstern, durch die man auf den Strand sehen konnte.

Seit sie vor einigen Stunden angekommen waren, hatten sie den Bungalow inspiziert, waren kurz an den Strand gegangen und hatten sich ein Stündchen ausgeruht, bevor sie nun zum Abendessen aufbrechen wollten, das in einem separaten Saal des Hotels stattfinden sollte. Wie Erin erfahren hatte, war geplant worden, dass alle am heutigen Abend zusammen essen würden, damit das ganze Team wenigstens einen Abend miteinander verbrachte. Ansonsten schienen keine gemeinsamen Aktivitäten geplant zu sein, weil alle Spieler samt deren Familien jeden Rahmen für einen gemeinsamen Ausflug sprengen würden.

Erin war sehr gespannt, was da auf sie zukommen würde. Sie kannte Footballspieler nur aus dem Fernsehen bzw. hatte einschlägige Erfahrungen mit betrunkenen Spielern gemacht, die sich daneben benahmen. Als Ausnahme wertete sie Dupree, der ein richtiges Herzchen war, wenn man sich traute, ihm zu nahe zu kommen. Zoey hatte ihn jedenfalls ins Herz geschlossen und war ganz wild darauf, mit ihm auf einem Bananenboot zu fahren.

Sobald Erin ihr Haar geflochten und aufgesteckt hatte, schlüpfte sie in ein luftiges Sommerkleid mit Schmetterlingsärmeln und zog sich Sandalen an, die beinahe den gleichen Grünton wie ihr Kleid hatten. Auf Make-Up verzichtete sie größtenteils und tuschte sich lediglich ihre Wimpern. Erin hatte keinen Schimmer, wie sie sich kleiden sollte, und hoffte, dass sie mit diesem Outfit nicht auffallen würde. Jess hatte sie überredet, ihre normale Arbeitskleidung daheim zu lassen, wogegen Erin nicht widersprochen hatte. Es sähe allzu dämlich aus, wenn sie auf Hawaii in schwarzen Hosen und weißen Blusen herumlaufen würde, also hatte sie ihre Sommerbekleidung eingepackt, hatte aber auf ihren Badeanzug bestanden und einen Bikini abgelehnt, schließlich war das hier kein normaler Urlaub, sondern gehörte immer noch zu ihrem Job.

Rasch verließ sie ihr Zimmer und betrat Zoeys Zimmer, in dem Tom mit Boxershorts und T-Shirt bekleidet Zoey von einem Kleidchen überzeugen wollte. Die Vierjährige saß aufsässig auf ihrem Bett und schüttelte den Kopf.

„Das nicht, Daddy."

Verzweifelt wühlte der Vater im Kleiderschrank des Mädchens herum und hatte nicht bemerkt, dass sie Gesellschaft bekommen hatten. Gedämpft erklang seine Stimme: „Was willst du denn anziehen?"

„Kein Kleid."

„Kann deine Mutter dir nicht irgendetwas kaufen, das du auch gut findest?!"

„Mama mag Kleider und sie mag Pink", erklärte Zoey seufzend und strahlte Erin an, als sie diese bemerkt hatte.

„Wir sollten deiner Mutter vielleicht sagen, dass du den Mini-S-C-H-L-A-M-P-E-N-Look nicht magst", schnaufte er und vergrub den Kopf noch tiefer im Schrank.

Da er das Wort *Schlampen* buchstabiert hatte, konnte Erin ihm nicht einmal böse sein. Leise betrat sie das Zimmer und hielt einen Finger an ihren Mund, als sie sich vorsichtig zu Zoey aufs Bett setzte. Die Kleine grinste breit und kuschelte sich sofort an sie, während sie beide Zoeys Dad beobachteten, der vor dem Kleiderschrank kniete und von Sekunde zu Sekunde frustrierter klang. Er hielt ein weiteres Kleid in die Höhe und fragte hoffnungsvoll: „Was ist mit dem?"

„Nein. Das hat Rüschen, Daddy. Ich mag keine Rüschen. Außerdem hat es rosafarbene Punkte."

„Zoey?" Stöhnend ließ er den Kopf nach vorne fallen. „Bist du sicher, dass du ein Mädchen bist?"

Mit ernster Stimme verkündete die Kleine. „Natürlich, Daddy. Ich habe keinen Pipimann."

Dermaßen erschrocken fuhr sein Kopf in die Höhe und knallte gegen die Schranktür, während Erin loslachte und somit seine Aufmerksamkeit auf sich zog.

„Autsch!" Er schüttelte sich und schaute sie peinlich berührt an, während er seinen Kopf befühlte.

„Hast du dir wehgetan, Daddy?"

„Nein ..." Er stockte und wechselte auf den anderen Fuß. „Also, Zoey. Wir müssen uns beeilen."

„Ich dachte, Sie wollten so gehen", Erin deutete auf seine grauen Boxershorts und das weiße T-Shirt, darum bemüht, die kräftigen Waden nicht zu bemerken.

Er schnitt eine Grimasse und fuhr sich über die unrasierten Wangen. „Wenn das so weitergeht, schaffen wir es nicht einmal pünktlich zum Rückflug."

Mit einer Kopfbewegung zur Tür schlug sie vor: „Ich helfe Zoey. Dann können Sie sich um Ihr Outfit kümmern."

Das jungenhafte Grinsen auf seinem Gesicht irritierte sie einen Moment lang. „Vielleicht brauche auch ich Hilfe bei meiner Garderobe."

„Pech", antwortete sie prompt. „Dafür werde ich nicht bezahlt."

Sein Lachen erklang noch, als er bereits Zoeys Zimmer verlassen hatte.

Eine Viertelstunde später konnten sie endlich aufbrechen und machten sich auf den Weg über das gepflegte Gelände des Hotels. Zoey hatte sich doch noch für ein Kleid entschieden, das blau-weiße Streifen und kurze Ärmel hatte. Da es abends etwas frischer werden konnte, wie Erin im Internet recherchiert hatte, hatte sie Zoey ein Strickjäckchen übergezogen und beobachtete die Kleine, die fröhlich hin und her sprang und vor sich her summte. Erin ging neben Tom her, der einen dunklen Anzug mit einem weißen Hemd darunter trug, dessen erste beide Knöpfe offen waren. Er hatte sich rasiert und hätte so gekleidet auch zur Oscar-Verleihung oder zu einer Adelshochzeit gehen können, die Erins Grandma so gerne im Fernsehen sah.

Genau, sagte sie sich selbst, *denk an Grandma und ihr Hüftleiden. Denk nicht daran, wie gut der Mann neben dir riecht. Denk lieber an die widerliche Kampfersalbe, die Grandma immer auf ihre Hände schmiert und ...*

„Sie sehen heute Abend ganz anders aus, Erin."

Zu spät.

„Mhh", murmelte sie und schlang beide Arme um ihren Bauch.

Er lachte und stieß sie im Gehen leicht an. „Es ist mir unverständlich, wie Frauen immer wieder auf Komplimente reagieren."

„Komplimente?“ Erin konnte nicht anders und verdrehte kurz die Augen, bevor sie ihn anschielte. „*Anders* ist kein Kompliment, Tom. Wenn das Ihre Art von Kompliment ist, sollten Sie daran vielleicht arbeiten.“

„Okay, Sie haben Recht. Wie wäre es mit: Sie sehen heute Abend sehr gut aus, Erin.“

„Schon besser“, urteilte sie. „Danke.“

„Bitte.“

Glücklicherweise kamen sie in diesem Moment im Hotel an und fanden sehr schnell den Saal, in dem sich unzählige stiernackige Muskelberge verteilt hatten und mit teilweise sehr aufgedonnerten Frauen an Tischen saßen.

„Setzen wir uns dort vorne an den Tisch“, Tom deutete auf einen freien Tisch und nahm Zoeys Hand in seine, als er sich einen Weg durch seine Teamkollegen bahnte. Erin folgte ihnen und nickte ab und zu einem der monströsen Spieler zu, die sie von oben bis unten abcheckten.

Kaum hatten sie sich an den festlich gedeckten Tisch gesetzt, wurden die restlichen Stühle von vier Footballspielern okkupiert.

„Da bist du ja, Tomcat“, schnaufte ein Riese mit ebenholzfarbenen Teint und einer leicht zerquetscht wirkenden Nase. „Wir haben schon auf dich gewartet.“

„Ja, Tomcat! Danke, dass du endlich aufgetaucht bist. Ich hatte schon Angst, ich müsste mich neben Rabbits Schwiegermutter setzen.“

Erin sah, wie Tom die Augen verdrehte, bevor sie sich wieder auf die gewaltigen Männer an ihrem Tisch konzentrierte. Dupree, der sich ihr gegenüber an den runden Tisch gesetzt hatte, kannte sie schon – genauso wie den bulligen schwarzhaarigen Blake, der schräg neben ihr saß und mit einer großen Geste die Stoffserviette aufschlug und auf seinem Schoß drapierte. Der Riese mit der zerquetschten Nase war ihr fremd und auch den anderen Muskelprotz mit den überraschend zarten Gesichtszügen hatte sie noch nie gesehen.

„Leute, ihr habt echt kein Benehmen", wies Tom sie zurecht und erklärte an Erin gewandt. „Dupree und Blake kennen Sie ja schon, Erin. Das hier sind Eddie und Al. Eddie ist Strong Safety und Al ist Center."

„Aha", antwortete sie unsicher, weil sie nicht wusste, was von ihr erwartet wurde, schließlich hatte sie keine Ahnung, was ein Strong Safety oder ein Center war. „Angenehm."

„Sind Sie die Frau, die nur im Hemd bekleidet Toms Tour vermasselt hat?"

Erin schnappte nach Luft, während Blake in Lachen ausbrach.

„Eddie!" Tom sah seinen Kumpel mit brennenden Augen an. „Halt die Klappe!"

„Hey! Das ganze Team kennt die Geschichte", verteidigte sich Eddie ahnungslos.

„Schon gut", zischte Tom ihm zu. „Das heißt nicht, dass wir das jetzt wiederholen müssen!"

„Warum nicht?" Blakes Stimme zitterte vor unterdrücktem Lachen.

„Weil ich dir sonst in den Ar ...", schnell unterbrach sich Tom mit einem Blick auf seine Tochter, die sich in die Menükarte vertieft hatte und nun wieder den Kopf hob.

„Dupree, weißt du was?" Zoey rutschte auf ihrem Stuhl herum und himmelte Dupree an, der ein strahlendes Lächeln folgen ließ, was vermutlich von den Glitzersteinen auf seinen Zähnen kam. „Daddy und ich wollen morgen Muscheln sammeln und eine Sandburg bauen. Willst du uns nicht helfen? Wir könnten dich auch im Sand verbuddeln oder schwimmen! Oder wir fahren mit einem Boot.“

„Langsam, Knöpfchen. Wir haben eine Woche Zeit und können alles machen, was du willst.“

„Muscheln.“ Dupree nickte. „Muscheln mag ich. Ich bin dabei.“

Erin lächelte in sich hinein. Dupree war vielleicht nicht der kommunikativste Zeitgenosse, aber bestimmt einer der liebsten Menschen hier im Saal.

„Hehe“, Blake grinste verdorben. „Mit deinem Akzent klingt das beinahe pervers, Dupree. Nicht Muscheln, sondern Musch ...“

„Blake“, zischte Tom und versetzte ihm einen Stoß gegen den Oberarm.

„Aua!“

„Jungs, benehmt euch“, zischte eine braunhaarige Frau ihnen zu und gab Blake eine Kopfnuss, während sie am Tisch vorbeiging und sich in der Nähe an einen anderen Tisch setzte.

„Mensch, Liv!“ Blake blickte ihr kopfschüttelnd hinterher. „Das hat wehgetan!“

Ein wenig unbehaglich sah sich Erin um, weil sie niemanden kannte und nicht wusste, wer zu wem gehörte. An einem Tisch mit sich gegenseitig foppenden Footballspielern zu sitzen, von denen sie nicht wusste, was sie ernstnahmen und von was sie eigentlich sprachen, machte Erin nicht unbedingt gelassener.

Als es plötzlich ruhiger wurde, sah sie zu dem Tisch, an dem die braunhaarige Frau verschwunden war und von dem sich nun jemand erhoben hatte. Ein schwarzhaariger Mann in grauem Anzug hielt ein Mikrofon in der Hand und klopfte einmal darauf, um zu testen, ob es eingeschaltet war.

„Hallo, Leute. Schön, dass ihr alle gekommen seid." Er schaute neben sich und grinste. „Teddy und ich haben gelost, deshalb werde ich ein paar Worte sagen, bevor das Essen kommt."

„Beeil dich, Rabbit! Das Essen im Flieger war grottig!"

„Danke, Rodriguez", der Mann schnitt eine Grimasse. „Ich werde es der Airline ausrichten. Na ja, Teddy und ich freuen uns sehr, dass ihr alle hier seid und mit uns feiern wollt. Vermutlich haben wir die meisten von euch damit überrascht, als wir in Mexiko geheiratet haben ..."

„Nicht wirklich! Du hättest uns den Ring nicht vorher zeigen sollen", brüllte irgendjemand wieder in den Raum und erntete ein paar Lacher.

Der Mann ließ sich davon nicht beeindrucken und redete einfach weiter. „Deshalb hielten wir es für eine gute Idee, den Superbowlsieg zusammen mit unserer Hochzeit zu feiern. Ich will nicht allzu sehr rührselig werden, aber die *Titans* sind eine große Familie, daher bedeutet es uns sehr viel, dass wir alle hier zusammen sind. Was wir in der letzten Saison zusammen erreicht haben, war einfach großartig. Ich bin über alle Maßen stolz, euer Kapitän sein zu dürfen." Er räusperte sich kurz und blickte wieder auf jemanden neben sich. „Du hast mir zwar gesagt, dass ich so etwas lassen soll,

Teddy, aber du weißt, dass ich auf große Gesten stehe …"

Erin zuckte zusammen, als Blake plötzlich in den Raum dröhnte: „Striptease!"

„Klappe, O'Neill", brüllte eine Frauenstimme, bevor der kurzhaarige Kopf von Teddy auftauchte und Blake finster anfunkelte.

Ihr Mann schien das sogar komisch zu finden, weil er breit grinste, ihre Hand an seinen Mund zog und mit gerührter Stimme weitersprach: „Du bist meine süße Hippiebraut und ich liebe dich. Für dich lasse ich gerne in aller Öffentlichkeit die Hosen runter, Baby."

Anscheinend war das ein Insider, weil alle Footballspieler begeistert jubelten und auf die Tische schlugen. Erin musste mit den Tränen kämpfen, als sich das Paar einen Kuss gab und sich zufrieden wieder setzte.

„Das schadet Ihrem Image als knallhartes Kindermädchen", flüsterte ihr plötzlich jemand ins Ohr.

Erschrocken blickte sie in Toms blaue Augen und stotterte nervös: „Was?"

Er grinste wissend und deutete eine imaginäre Träne an, bevor er sich wieder zurück lehnte und Zoey etwas Wasser einschenkte. Peinlich berührt versuchte Erin, die Tränen zu unterdrücken und sich so zu benehmen, als wüsste sie nicht, wovon er gesprochen hatte. Als gleich darauf eine Kellnerin ihre Getränkewünsche entgegennahm, hoffte sie, dass ihr Ausrutscher in Vergessenheit geriet, denn sie wollte vor Tom nicht wie eine Heulsuse dastehen.

„Ich hätte nie gedacht, dass Rabbit sich Fesseln anlegen lässt." Blake schüttelte den Kopf, als könne er es immer noch nicht glauben. „Wisst ihr noch, wie wir zusammen in Vegas in diesem Stripclub waren und Rabbit die Stripperin abgeschleppt hat, die als Nonne verkleidet war?“

Dupree brummte etwas Undefinierbares.

„Oh Mann“, Blake seufzte traurig. „Die Alte hatte einen Prachthintern und enorme Möpse!“

Tom stieß ein drohendes Stöhnen aus, während der Footballspieler namens Al ein verlegenes Kichern hören ließ.

„Möpse?“ Zoey schaute begeistert auf. „Möpse sind so süß.“

Blake schüttelte den Kopf. „Schätzchen, Onkel Blake meint keine Hunde, sondern ...“

„Blake, ich lass beim nächsten Spiel alle Tackles durchbrechen, wenn du nicht endlich den Rand hältst“, warnte ihn Tom genervt.

„Hier sitzen Ladies am Tisch, O’Neill“, erklärte auch Dupree zustimmend.

Blake zwinkerte, als hätte er erst jetzt bemerkt, dass er nicht nur männliche Tischnachbarn hatte. Sein Blick ruhte auf Zoey, die schon wieder die Menükarte fixierte, bevor er die Schulter zuckte.

„Kommt vor.“

Eddie schnaubte. „Warum hast du diese Donna nicht mitgenommen, die du in letzter Zeit getroffen hast, Blake? Dann würdest du uns nicht so entsetzlich auf den Sack fallen.“

Blake grinste Erin an und zwinkerte eindeutig. „Ich will mir alle Möglichkeiten offen halten.“

Sie konnte das gar nicht ernstnehmen und setzte zu einer Antwort an, als Tom seinem Mitspieler drohte: „Wir gehen gleich vor die Tür, O’Neill.“

„Das wird nicht nötig sein“, warf Erin trocken ein. „Zwei Bierchen mehr und er wird sich wieder über einer Kloschüssel gebeugt vorfinden.“

„Hey“, beschwerte sich Blake nun und stotterte. „Das war nur ... nur, weil ... weil die Kleine kotzen musste!“

„Na, wenigstens hat sie weniger gejammert als ein erwachsener Mann, der anscheinend keinen Alkohol verträgt.“

Aus den Augenwinkeln sah sie, wie Tom feixte und eine Hand über seinen Mund legte, um sein Lachen zu unterdrücken.

„Oho“, grölte Eddie nun. „Eins zu Null für das Kindermädchen.“

Als alle am Tisch lachen mussten, stimmte selbst Zoey mit ein, obwohl Erin davon ausging, dass das Mädchen gar nicht wusste, was die Erwachsenen so lustig fanden. Blake zog ein beleidigtes Gesicht und schwieg fürs erste.

„Daddy, wann gibt es endlich das Essen?“

„Das kommt gleich“, Tom beugte sich zu seiner Tochter und deutete auf die Menükarte, um ihr vorzulesen, was es heute geben würde. Zoey hörte aufmerksam zu und sah ihrem Vater dabei verliebt ins Gesicht.

Das weitere Essen gestaltete sich glücklicherweise einigermaßen reibungslos, auch wenn die Footballspieler an ihrem Tisch die eine und andere politisch inkorrekte Bemerkung machten, auf die das Mädchen am Tisch jedoch nicht achtete, weil sie sich staunend umsah und alles in sich aufsog. Kurz nach dem Hauptgericht wurde Zoey ein wenig quengelig, weil sie vermutlich müde war. Erin war selbst etwas geschafft und wollte vorschlagen, mit Zoey zurück zum Bungalow zu gehen, als das Mädchen seinen Vater mit bibbernden Kinn ansah.

„Tutu ist nicht da."

„Wer ist Tutu?" Eddie sah alarmiert auf das traurige Kind.

„Tutu ist ihr Kuscheltier", Tom erhob sich prompt und streichelte Zoey übers Haar. „Ich hole Tutu und bin gleich wieder da, Knöpfchen."

Erin sah ihm mit einem Kloß im Hals hinterher und schimpfte sich selbst eine Idiotin, weil sie von seinem Verhalten gerührt war.

„Wo geht Tom denn hin?" Der schwarzhaarige Mann im grauen Anzug, der die süße Rede gehalten hatte, blieb bei ihrem Tisch stehen und schaute Tom kurz hinterher, bevor er mit der Schulter zuckte und sich auf den gerade freigewordenen Stuhl setzte. Er reichte Erin die Hand und lächelte sie charmant an. Erin erinnerte sich an Blakes Kommentare und konnte sich ausgesprochen gut vorstellen, dass er früher Stripperinnen mühelos hatte abschleppen können. Trotz seiner leicht schiefen Nase war er extrem gutaussehend und wirkte dank seines Lächelns sogar etwas harmlos, was vermutlich ein großer Trugschluss war.

„Hi, Sie müssen Erin sein. Ich bin Brian." Er hielt ihre Hand einen kurzen Augenblick fest und grinste breit. „Wir freuen uns, dass Sie mitgekommen sind. Teddy hat mir erzählt, dass Tom in Ihnen seinen Meister gefunden hat."

Heiße Röte stieg ihr in die Wangen. „Was?!"

Lachend ließ er ihre Hand los. „Erst konnte ich nicht glauben, dass Teddy mir erzählte, Tom wäre an einem Samstagabend zuhause gewesen. Normalerweise zieht er an Wochenenden immer um die Häuser. Aber dann hörte ich die Geschichte von Ihrem Zusammenstoß mit diesen Rowdys“, er deutete auf Blake, der gedankenverloren mit seinem Handy spielte, „und konnte mir sicher sein, dass Sie hinter seinem *Meinungsumschwung* stecken. Gut gemacht!“

„Äh“, verlegen biss sie sich auf die Unterlippe. „Da müssen Sie sich bestimmt irren.“

Wissend zog er die schwarzen Augenbrauen in die Höhe, und wollte sie anscheinend nicht länger quälen, da er zu Zoey sah, die kurz davor war, bald einzuschlafen. „Hi, Süße. Bist du müde?“

Zoey rieb sich über die Augen und gähnte. Tapfer blinzelte sie und schüttelte den Kopf, bevor sie den Daumen in den Mund steckte. Sie sah so herzzerreißend müde aus, dass Erin sie wegen des Daumenlutschens nicht schelten wollte, sondern sie zu sich auf den Schoß zog und die Arme um sie schlang. Das Kind war innerhalb einer Minute eingeschlafen und kuschelte sich selig an sie, während um sie herum Smalltalk betrieben wurde.

Nachdem Brian das Thema *Tom* ausgeklammert hatte, erwies er sich als netter Gesprächspartner und plauderte überraschend offen über seinen Wunsch, Vater zu werden, was Erin in Erstaunen versetzte, weil sie den Mann überhaupt nicht kannte. Etwas verlegen antwortete sie auf seine Kommentare und war entsetzlich froh, als ihm ein blondhaariger Riese mit Grübchen in den Wangen auf die Schulter schlug.

„Rabbit, Hanna und ich bringen Jilian ins Bett.“ Er nickte Erin zu.

„John, das ist Erin.“ Brian deutete Erin, die langsam merkte, dass ein vierjähriges Mädchen im Tiefschlaf ganz schön schwer werden konnte.

Sie nickte zurück und lächelte. „Ich bin Zoeys Kindermädchen.“

„Aha“, John schenkte dem schlafenden Kind einen zärtlichen Blick. „Sie scheint das Problem mit der Müdigkeit bereits gelöst zu haben.“

Erin verdrehte die Augen und schnaufte amüsiert.

„Wir sehen uns dann morgen.“

„Klar, Coach.“ Brian blickte besorgt auf. „Wie geht es Hanna?“

Der etwas ältere Mann konnte sich ein fröhliches Lachen nicht verkneifen. „So gut, wie es jemandem gehen kann, der gerade festgestellt hat, dass die Reiseübelkeit wohl eher eine Morgenübelkeit war.“

„Was?! Hanna ist schwanger? Das ist ja großartig.“ Er schüttelte ihm die Hand. „Bald haben wir mehr Babys als Spieler!“

Der Coach schlug seinem Spieler ein weiteres Mal freundschaftlich auf die Schulter und blökte: „Dann halt dich mal ran.“

„Würd’ ich ja gerne!“

Lachend spazierte der Coach von dannen und ließ einen etwas grummelig wirkenden Footballspieler zurück, der sich seufzend zu Erin drehte, die Zoey in eine bequemere Position brachte.

„Rabbit“, Blake schob sein Handy zurück in seine Anzugstasche und fragte beiläufig. „Wieso bist du so versessen darauf, einem kleinen Hosenscheißer die Windeln zu wechseln?“

„Das verstehst du nicht.“

Blake verdrehte die Augen. „Da hast du Recht.“

Bevor jemand etwas entgegnen konnte, stand Tom mit dem Stoffaffen in der Hand neben dem Tisch und sah auf seine schlafende Tochter hinab. „Sie schläft ja schon.“

Entschuldigend verzog Erin den Mund und legte Zoey eine Hand auf den Rücken. „Ganz plötzlich ist sie eingenickt. Ich werde sie ins Bett bringen.“

Tom schüttelte den Kopf und legte Tutu auf den Tisch, bevor er sich zu ihr beugte und Zoey hochhob. Erin versuchte zu ignorieren, dass er dabei ihre Arme mit seinen Händen gestreift hatte, und erhob sich von ihrem Stuhl, sobald er seine Tochter im Arm hielt, die schnaufend ihren Kopf auf seine Schulter legte und mit einem zufriedenen Grunzen weiterschlief. Sie nahm ihre Tasche und Tutu in die Hand und verabschiedete sich von den restlichen Footballspielern, die damit begonnen hatten, über irgendein legendäres Spiel zu debattieren.

Auf dem Weg durch den Saal fragte Tom sie amüsiert: „Hatte Teddy Recht?“

Fragend blickte sie in seine blauen Augen und wich einem Stuhl aus.

„Treiben wir Footballspieler Sie schon in den Wahnsinn?“

Erin unterdrückte ein trockenes Lachen. „Noch nicht.“

11. Kapitel

„Tom, kommt zu uns!“

Erin drehte sich zu der Stimme um, die über den Strand zu ihnen wehte, und entdeckte eine kleine Gruppe von Menschen, die es sich unter Sonnenschirmen auf gepolsterten Liegen gemütlich gemacht hatte.

Tom hob eine Hand und lief barfuß über den Sand, während er unter den Armen Zoeys Strandspielzeug und ihre Wassertiere trug, auf die die Kleine bestanden hatte. Zoey stiefelte ihm hinterher und hatte Mühe, in dem feinen Sand Halt zu finden, obwohl Erin ihr Strandschuhe angezogen hatte. Daher folgte Erin ihr langsam und schulterte die große Strandtasche, in der sie Sonnenmilch, Handtücher, Zoeys Sonnenhut sowie Vollkornkekse und ein Buch verstaut hatte. Als sie näherkamen, entdeckte sie Teddy und eine weitere Frau, die auf einer Liege saß und ihr Kind gerade strandtauglich anzog, während Brian hinter ihnen stand und das Meer in Augenschein nahm.

„Wir haben euch drei Liegen reserviert.“ Die braunhaarige Frau mit einem kleinen Babybauch setzte ihrer braungelockten Tochter ein hellblaues Kopftuch auf und verknotete es. „Oder wollt ihr euch zu den Jungs gesellen?“ Lächelnd deutete sie nach rechts, wo in einigen Metern Entfernung halbnackte Muskelberge laute Musik hörten und mit Bikinischönheiten flirteten.

Erin erkannte unter anderem Blake, der einem halbnackten Mädchen eine Bierdose in die Hand drückte. Bei dem Gedanken, dass es gerade zehn Uhr morgens war, erschauerte sie und hätte am liebsten gewürgt.

„Wir bleiben bei euch“, Tom legte Zoeys Sachen ab, bevor er beiden Frauen ein Küsschen zur Begrüßung gab. „Außerdem wollte Zoey mit Jilian spielen.“

Brian machte sich an den Sonnenschirmen zu schaffen und erklärte: „John kommt gleich mit Jilian vorbei. Hanna wollte sich noch ein Stündchen ausruhen.“

„Blake sollte sich lieber ihren Ausweis zeigen lassen, bevor er ihr ein Bier gibt“, rätselte ein blonder Mann, der zu der Gruppe trat und sich zur Frau mit dem Babybauch auf die Liege setzte, während er zu Blake hinübersah.

„Wenn das deine einzige Sorge ist“, schnaufte die Frau und küsste ihre Tochter aufs Ohr. „Wer weiß, was Blake sonst noch mit ihr anstellt!“

„Blake ist harmlos.“

„Außerdem teilt er sich mit Dupree ein Zimmer“, Teddy stand auf und reckte sich grinsend. Sie trug ebenfalls einen Bikini, um den Erin sie beneidete. Dank ihrer eigenen Oberweite hätte sie niemals ein Bandeau-Oberteil ohne Träger anziehen können, ohne plötzlich oben ohne dazustehen. Zwar hatte sie keine Brüste wie Pamela Anderson, dennoch waren sie groß und schwer genug, um einen trägerlosen Bikini zum Untergang zu zwingen. Teddy hatte glücklicherweise nicht dieses Problem, sondern trug diese halterlose Winzigkeit mit einem passenden Höschen, das ebenso winzig war und an beiden Seiten mit einer Schleife zusammengehalten wurde. Als sie sich kurz umdrehte, sprang Erin ein weißes Peace-Zeichen entgegen, das auf der Rückseite des roten Bikinihöschens abgedruckt war. Noch spektakulärer war allerdings das schmale Rückentattoo, das vom Nacken hinab bis zum unteren Rücken reichte.

„Wieso teilen die beiden sich denn ein Zimmer?"

„Weil ich Blake ärgern wollte", antwortete Teddy auf Toms erstaunte Frage und grinste Erin an, die ein wenig unschlüssig hinter Tom stand. Sie war immerhin das Kindermädchen, eine Angestellte, und hatte bisher niemals mit der Situation umgehen müssen, an einem exklusiven Strandurlaub mit reichen und berühmten Sportlern teilzunehmen.

„Erin, kommen Sie zu mir", Teddy klopfte auf die Liege neben sich. „Die Männer sollen sich heute um die Kinder kümmern. Wir dagegen arbeiten an unserer Bräune und lästern über sie."

„Ähm ... danke, aber ich werde mit Zoey Muscheln sammeln und ..."

„Unsinn", widersprach nun die Braunhaarige und zwinkerte ihr zu. „Das wird Tom übernehmen. Nicht wahr, Tom?"

Artig versicherte er ihr mit einem neckenden Unterton, dass er mit Zoey Muscheln sammeln würde, woraufhin die Kleine ihn anstrahlte. „Und schwimmen, Daddy?"

„Ja, schwimmen auch, Knöpfchen."

„Kommen Sie, Erin", die fremde Frau deutete ebenfalls auf die Liege. „Teddy und ich würden uns sehr freuen, wenn Sie sich zu uns gesellen. Mein Name ist Liv und das hier", sie zeigte auf den blonden Mann neben sich, „ist Julian."

„*Das* hier", er schnaubte abfällig. „Nett, dass ich ein *das hier* für dich geworden bin, Liv."

Liv kicherte und beugte sich zu ihrem Mann, um ihm einen Kuss auf den Oberarm unterhalb seines T-Shirts zu geben.

„Nicht vor den Kindern“, warnte er anzüglich und erntete ein glucksendes Geräusch.

„Also, Erin?“

„Okay“, erwiderte sie zögerlich. „Aber ich muss Zoey noch einmal eincremen.“

Während die Gruppe ein Gespräch begann, ging Erin mit Zoey an der Hand zu der ihr zugewiesenen Liege und packte die Sonnenmilch aus, bevor sie sich hinsetzte und Zoey zwischen ihre Füße stellte, um sie aus ihrem T-Shirt zu schälen. Zoey plapperte fröhlich mit dem kleinen Mädchen, das sich auf dem Schoß seiner Mutter in Zoeys Richtung gedreht hatte und begeistert lachte. „Bee auch! Bee auch!“

„Du bist schon eingecremt, Liebling.“ Seufzend hielt die schwangere Liv ein zappelndes Kind auf ihrem Schoß. „Vorsichtig, Brianna. Nicht so wild.“

„Daddy, können wir zuerst ins Wasser?“

„Klar, Knöpfchen.“

Brian trat zu Liv und nahm ihr sein Patenkind ab, das immer vergnügter auf dem Schoß seiner Mutter hin und her hüpfte. „Ich nehme Brianna.“

Das Mädchen jauchzte vor Vergnügen, als Brian sie auf seine Schultern setzte und in Richtung Meer trabte. Erin setzte Zoey gerade ihr Sonnenhütchen auf, als ihr auffiel, wie Liv sich verkrampfte und rief: „Sei vorsichtig, Brian! Pass bitte gut auf!“

„Alles okay, Liebling“, ihr Mann zog sie an seine Brust und schlang beide Arme um sie. Erin hörte ein undeutliches Murmeln, als er seinen Mund zu ihrem Ohr senkte und ihr etwas zuflüsterte, das sie nicht verstand. Verlegen, weil sie keine Privatunterhaltung belauschen wollte, konzentrierte sie sich wieder auf Zoey, die ungeduldig herum zappelte und endlich zum Strand wollte.

Sie war von dem Paar, das auf der Liege saß und sich leise unterhielt, dermaßen abgelenkt, dass sie gar nicht bemerkte, wie Tom und Zoey endlich zum Strand liefen, sobald die Kleine fertig eingecremt war.

„Brian passt gut auf, Liv“, meinte nun auch Teddy mit sanfter Stimme und legte sich auf ihre Liege.

„Ich weiß.“

Ihr Mann gab ihr einen Kuss auf die Wange und streichelte kurz den kleinen Babybauch, bevor er sich erhob und zum Strand schlenderte.

„Julian, sie soll nicht so lange in der Sonne bleiben“, rief sie ihm hinterher und erntete einen lässigen Wink seiner Hand.

Erin packte die Sonnenmilch wieder ein und setzte sich auf ihre Liege, um einen Blick zum Strand zu riskieren. Die drei Männer standen mit beiden Mädchen im nassen Sand, wo das Wasser auf Land traf. Zoey hielt Toms Hand und streckte vorsichtig einen Zeh ins Wasser, während Brian die kleine Brianna an beiden Händen hielt und mit ihr Gehversuche am Wasser machte.

„Bist du dir sicher, dass Brian ...?“

Teddy nickte und legte der anderen Frau eine Hand auf den Unterarm. „Brian und Julian passen auf, Liv. Es passiert nichts.“

Liv nickte und starrte trotzdem intensiv zum Strand.

„Hey, Erin“, Teddy blickte sie kryptisch an und deutete mit einer fast unmerkbaren Geste zu Liv. „Raus

aus den Klamotten! Sonst bekommen Sie keine Bräune ab, wenn Sie sich darin verstecken."

Erin verkrampfte sich kurz. Sie hatte heute Morgen entdeckt, dass Jess – diese Verräterin – ihren Badeanzug aus dem Koffer gezogen und dafür den schwarzen Bikini hineingeschmuggelt hatte, den Erin in ihrer untersten Schublade versteckt hatte. Zwar konnte Jess nicht wissen, dass Erin sich geschworen hatte, den Bikini niemals wieder anzuziehen, aber sie war dennoch wütend, dass sie jetzt dazu gezwungen wurde, den schwarzen Zweiteiler am Strand zu tragen. Jess hatte nicht verstanden, dass Erin in einer Position war, in der sie nicht unbedingt durch sexy Strandmode auffallen wollte.

„Nicht so schüchtern", Teddy zeigte nach rechts, wo einige Spieler mit deutlich erkennbaren Wampen über den Strand flanierten. „Ich sage immer: der liebe Gott hat nicht umsonst Kleidung erfunden. Leider stehen manche Männer auf einem anderen Standpunkt."

Erin folgte ihrem Blick und sah einen Footballspieler in der Nähe stehen, der einen ziemlich haarigen Rücken in die Sonne streckte. Beim genaueren Hinsehen erkannte sie Blake, der sich verführerisch an einen Sonnenschirm lehnte.

„Entschuldigt mich", Liv erhob sich von ihrer Liege und verschränkte die Arme unter der Brust. „Ich muss kurz zum Strand und schauen, ob alles okay ist."

„Mach das."

Sobald Liv außer Hörweite war, seufzte Teddy und schaute mit einem rätselhaften Blick zu Erin. „Bitte, halten Sie uns für keine Spinner."

Kopfschüttelnd beugte sie sich vor. „Natürlich nicht."

„Es ist nur so“, sie räusperte sich. „Liv ist anfangs immer etwas panisch, wenn wir am Strand sind. Das legt sich nach zwei Tagen, aber an den ersten beiden Tagen hat sie keine ruhige Minute, wenn Brianna dabei ist.“

„Okay.“

Teddy lächelte schwach. „Sie sind die erste Person, die nicht sofort nach den Gründen fragt. Erstaunlich.“

„Anscheinend ist es ein ernstes Thema. Warum sollte ich es schlimmer machen, indem ich Fragen stelle?“, wies Erin sie mit einem Schulterzucken auf das Offensichtliche hin.

„Gut gekontert.“ Etwas ernster erwiderte sie nun. „Ich wäre Ihnen sehr verbunden, wenn Sie mit Zoey nicht zum Pool gingen, während wir hier sind. Es ist im Team ungeschriebenes Gesetz, dass niemand den Pool benutzt, wenn Liv dabei ist. Ich weiß nicht, ob Tom etwas erwähnt hat?“

Erin schüttelte den Kopf. „Hat er nicht.“

„Der Trottel“, erwiderte Teddy gutmütig. „Wie macht er sich denn mittlerweile als Vater?“

„Ganz gut.“ Erin wollte nicht aus dem Nähkästchen plaudern und beließ es daher bei dieser nichtssagenden Antwort.

Lachend drehte sich Teddy auf die Seite. „Kommen Sie, Erin! Brian hat das gestern Abend schon sehr richtig ausgedrückt. Wir sind eine Familie. Alle wissen, dass er nicht begeistert war, als er Zoey für zehn Wochen zu sich nehmen sollte. Die meisten von uns wussten nicht einmal, dass er eine Tochter hat, weil er nie von ihr gesprochen hat. Außerdem hat mir Dupree erzählt, wie er mitten in der Nacht eine Party bei sich veranstalten wollte, obwohl Sie und die Kleine schliefen.“

„Oh Gott“, murmelte Erin beschämt, wenn sie daran dachte, wie sie ausgeflippt war.

„Ich finde es genial, wie Sie ihm Paroli geboten haben. Apropos, Liv hat ihm am nächsten Tag den Kopf gewaschen, damit er seine Rolle als Vater endlich ernster nimmt. Wie es scheint, hat das auch geholfen.“ Sie deutete auf den Mann, der zu ihnen gejoggt kam.

„Ahoi, Matrose.“

„Ahoi“, lachend blieb Tom vor ihnen stehen und stemmte beide Hände in die Hüften. „Wir wollen ins Wasser und brauchen die Schwimmhilfen der Mädchen.“

„Wie bitte?“ Teddy setzte sich auf und starrte zum Strand. „Liv auch?“

„Zögernd, aber ja.“

Erin erhob sich von ihrer Liege und griff nach Zoeys Schwimmflügen, die er bereits im Bungalow aufgepumpt hatte. „Zoey soll die anziehen, aber passen Sie bitte trotzdem gut auf.“

„Natürlich.“ Er nickte ausnahmsweise ernst und schockierte Erin, indem er einfach sein T-Shirt über den Kopf zog und es auf eine Liege warf. Ihre Augen wurden angesichts der gut ausgebildeten Muskeln, des sichtbaren Sixpacks und des feinen Streifens dunkelblonder Haare, die sich zum Bund seiner Schwimmshorts verjüngten, kugelrund. Hastig sah sie beiseite und vergrub die Hände in den Taschen ihrer Jeansshorts.

„Brian meinte, du sollst die Kamera mitbringen und Fotos machen, Teddy.“ Tom nahm die

Schwimmflügel und griff nach dem kleinen Schwimmreifen für Brianna.

„Wunderbar. Kaum verheiratet und schon denkt er, er kann mir Befehle erteilen."

Tom lief wieder zum Strand, nachdem er Erins Outfit einem skeptischen Blick unterzogen und den Kopf geschüttelt hatte. Sie sah an sich herab und verstand überhaupt nicht, was alle hatten. Die Jeansshorts waren relativ kurz und sogar kürzer als die luftige Bluse, die sie über ihr Bikinioberteil gezogen hatte ...

Verdammt nochmal! Wann war sie eigentlich zu einer spießigen Bibliothekarin mutiert? Sie war auf Hawaii, befand sich an einem der schönsten Strände der Welt und verschanzte sich hinter weiten Blusen und Shorts, weil sie darüber nachdachte, welchen Eindruck sie in einem Bikini machen würde. Während der Collegezeit hatte sie den halben Spring-Break nur in einem Bikiniunterteil verbracht und die Oberteile gleich gar nicht angezogen.

„Warten Sie, Teddy. Ich komme mit." Rasch schlüpfte sie aus ihren Flipflops und den Shorts, zog sich die Bluse über den Kopf und band im Gehen ihr Haar zu einem Pferdeschwanz zusammen.

„Ich habe es mir anders überlegt", meinte Teddy trocken mit einem Blick auf Erins Brüste, die durch den schwarzen Triangle-Bikini, der im Nacken zusammengebunden war, nach oben gedrückt wurden. „Ziehen Sie Ihre Bluse wieder an, bevor mein Mann Sie sieht."

Erin lachte auf und verdrehte die Augen, als sie nebeneinander zum Strand hinunter liefen. „Ich möchte

Ihnen die Illusionen nicht nehmen, aber Ihr Mann hat nur Augen für Sie."

„Er ist ein Mann." Teddy musste ebenfalls lachen. „Sich Brüste anzusehen, liegt in seiner DNS."

„Erin, Erin!" Zoey stürmte mit Schwimmflügeln an den Armen auf sie zu. „Daddy und ich gehen ins Meer! Kommst du mit?"

„Klar." Lächelnd ließ sie sich von Zoey zum Wasser ziehen und genoss das Gefühl des warmen Sandes unter ihren nackten Füßen sowie den leicht salzigen Geruch des Meeres in ihrer Nase. Sie war seit Ewigkeiten nicht mehr am Meer gewesen und konnte es kaum erwarten, ins Wasser zu hüpfen.

„Wo bleibst du denn, Zoey, wir ..." Tom hatte sich umgedreht und war bei ihrem Anblick erstarrt. Sein Blick blieb an ihren Brüsten hängen.

„Ich habe es Ihnen doch gesagt", raunte Teddy ihr amüsiert zu, als sie an ihnen vorbeiging und sich zu ihrem Mann gesellte, der zusammen mit Julian versuchte, eine strampelnde Brianna in den Schwimmreifen zu packen.

Erin konnte nicht anders und hob provokant eine Augenbraue hoch, um sich für sein vorheriges Kopfschütteln zu revanchieren.

Langsam ließ er den Blick wieder nach oben wandern und erklärte lausbubenhaft: „Ich bin nicht nur Footballspieler, sondern habe eine Ausbildung zum Rettungsschwimmer gemacht. Mit Mund-zu-Mund-Beatmung und dergleichen kenne ich mich sehr gut aus. Falls Ihnen die Puste ausgeht, müssen Sie nur Bescheid geben."

„Keine Sorge", gluckste Erin. „Ich schwimme wie ein Fisch und kenne alle Staffeln von Baywatch."

„So ein Mist!“

„Komm, Zoey“, Erin nahm Zoeys Hand und zog sie zum Wasser. „Dein Dad hat einen Clown gefrühstückt.“

„Einen Clown?“ Zoey lief neben ihr her und blickte skeptisch zurück zu ihrem Vater, der in dröhnendes Lachen ausbrach.

Das Wasser des Pazifiks war angenehm warm und unglaublich klar, als Erin mit Zoey an der Hand langsam hineinging, damit sich die Kleine daran gewöhnen konnte. Vor lauter Freude kreischte Zoey auf und hüpfte wild auf und ab. Hinter sich konnte Erin Tom hören, der ihnen ins Meer folgte. Als das Wasser an Erins Oberschenkel schwappte, blieb sie stehen und nahm Zoey auf die Hüften, bevor sie ein paar weitere Schritte ins Wasser machte und schließlich stehen blieb, als das Wasser an ihren Nabel reichte.

Zoey klammerte sich an sie und blickte beinahe ängstlich nach unten.

„Alles gut, Schatz“, Erin vergrub für einen kurzen Moment den Mund in Zoeys Nacken. „Dir kann nichts passieren.“

„Sind da Fische im Wasser?“

„Nicht hier“, erwiderte Tom und stellte sich zu ihnen. Ihm reichte das Wasser nicht einmal an die Hüfte. „Soll Erin dich mal runterlassen?“

Sofort schüttelte Zoey den Kopf und steckte versuchsweise einen Fuß in das Wasser, das in seichten Wellen gegen sie schwappte.

„Ich dachte, du möchtest schwimmen lernen, Knöpfchen?“

„Mhh ... vielleicht später.“

Lachend sahen sich Tom und Erin an, bevor sie sich räusperte: „Weißt du was, Zoey? Dein Dad ist viel größer als ich. Er nimmt dich Huckepack und wir gehen etwas tiefer ins Wasser. Was hältst du davon?“

„Mhh ... okay.“

Sobald Zoey sich an den Rücken ihres Vaters klammerte und die Beine um ihn schlang, fühlte sie sich sicher und krähte vor Vergnügen, als sie immer tiefer gingen. Mittlerweile waren sie so weit ins Meer gegangen, dass Erin um ihn herumschwamm, während Tom weiterhin stehen konnte, auch wenn das Wasser bis an seine Brust reichte.

Erin warf einen kurzen Blick zurück und konnte sehen, dass Brian und Julian im seichten Wasser knieten und Brianna planschen ließen, während beide Frauen im Wasser standen und zusahen.

„Komm, wir versuchen das mal“, Tom zog Zoey von seinem Rücken und hielt sie vor der Brust fest. Erin schwamm näher und streckte die Hände nach Zoey aus.

„Plansch’ rüber zu mir.“

Zoey sah unbehaglich zu Erin, die sich schwimmend an der Oberfläche hielt.

„Das ist gar nicht weit, Knöpfchen.“ Tom streckte seine Arme nach vorne und ließ langsam los, so dass Zoey gezwungen war, mit Armen und Beinen zu rudern, um die wenigen Zentimeter zu Erin zu überwinden.

„Ich bin geschwommen“, jubelte sie, als sie bei Erin ankam und sich an deren Schulter festklammerte.

„Super“, lobten Tom und Erin gleichzeitig.

„Noch einmal!“

„Okay, aufgepasst!“ Erin schob sie sanft in Richtung Tom. Zoey plantschte wie wild und spritzte Unmengen von Wasser um sich herum.

Die Prozedur mussten sie sooft wiederholen, bis Erins Beine taub wurden und sie wieder zurück zum Strand schwammen. Im seichten Wasser begann Tom eine Wasserschlacht mit seiner Tochter, die Hilfe von Erin und Teddy bekam. Doch als sich Brian einmischte, artete das Ganze in ein großes Durcheinander aus.

In dem Tohuwabohu, in dem Teddy auf den Rücken ihres Mannes sprang und ihn zu Fall brachte, stürmte Zoey an Erin vorbei, um sich vor ihrem Vater in Sicherheit zu bringen, und stieß diese dabei versehentlich an. Erin, die das jung verheiratete Paar beobachtet hatte, machte einen Schritt zur Seite, um festen Stand unter ihren Füßen zu bekommen, und stellte Tom damit unabsichtlich ein Beinchen. Der Länge nach fiel er ins Wasser und revanchierte sich, indem er sie ebenfalls ins Wasser zog, als sie ihm hilfsbereit eine Hand gereicht hatte. Glücklicherweise merkte er nicht, dass ihr Bikini für eine Millisekunde verrutsche, als sie seinen Kopf unter Wasser drückte und Zoeys begeistertes Lachen hörte.

„Sie kommen sich wirklich unwiderstehlich vor.“

„Blake auf jeden Fall“, schnaubte Teddy und lehnte sich entspannt zurück.

Nach einem anstrengenden Vormittag fläzten sich die Frauen auf ihren Liegen und beobachteten die Männer beim Volleyballspiel, das diese nur wenige

Meter entfernt austrugen. Mittlerweile hatte sich eine weitere Frau eingefunden und sich zu ihnen gesellt. Hanna war die sympathische Frau des Trainers, die in einem bunten Strandkleid aufgetaucht war und es ihrem Mann überlassen hatte, sich um die kleine Tochter zu kümmern, da sie selbst etwas blass um die Nase war und unter akuter Morgenübelkeit zu leiden schien. Jetzt ging es ihr wieder besser und sie beobachtete ebenso wie Teddy, Liv und Erin das Spiel der acht halbnackten Männer.

Mittags waren Tom und Brian zur Strandbar gelaufen und hatten für alle Burger und Fritten besorgt. Überraschend bodenständig hatten sie das Essen am Strand verspeist und sich anschließend etwas ausgeruht, bevor die Männer die Idee eines Volleyballmatches hatten. Das weibliche Geschlecht hatte dankend abgelehnt und sah nun schon seit einer geraumen Weile zu, wie die Männer einen Schmetterball nach dem anderen über das Netz beförderten.

Der Anblick von so vielen gut gebauten, nackten Oberkörpern hatte etwas für sich, entschied Erin, die durch die Gläser ihrer Sonnenbrille sah und sich bemühte, nicht allzu offensichtlich zu grinsen, als Tom in die Luft sprang, um den Ball zu erwischen.

Mit einem Blick auf Zoey, die zusammen mit Jilian im Sand saß und eine Burg baute, versicherte sich Erin, dass mit ihrem Schützling alles okay war, bevor sie sich wieder dem Spiel widmen konnte.

„Blake sollte sich den Rücken rasieren“, Liv zog die Nase kraus und verrückte das Handtuch ein wenig, mit dem sie sich zugedeckt hatte, weil Brianna auf ihrer Brust lag und ihr Mittagsschläfchen abhielt.

„Wie soll er das bewerkstelligen?“, fragte Hanna pragmatisch. „Als ich hochschwanger war, konnte ich mir nicht einmal die Beine rasieren! Wie soll er dann an seinen Rücken kommen?“

„Er sieht aus wie das Biest aus *Die Schöne und das Biest*.“

„Jilian liebt diesen Film“, stöhnte Hanna. „Jetzt kann ich ihn nie wieder sehen, ohne an Blakes haarigen Rücken zu denken!“

„Ständig schleppt er irgendwelche Dummchen ab“, schnaubte Liv. „Wenn die Sex mit ihm haben, können sie auch seinen Rücken rasieren.“

„Oh Gott“, Teddy schüttelte sich. „Kopfkinoalarm! Könnt ihr euch Blake beim Sex vorstellen?“

„Das will ich gar nicht“, empörte sich Hanna und zog eine Grimasse.

Erin lachte und zog die Beine an. „Als ich ihn kennenlernte, habe ich ihn kotzen sehen.“

„Heißt das, du würdest ihm freiwillig den Rücken rasieren?“

„Großer Gott, nein!“

Die vier Frauen lachten hysterisch auf, als Blake genau diesen Moment wählte, um sich umzudrehen und ihnen einen Kuss zuzuwerfen.

„Teddy, führt ihr nicht irgendwelche Medikamententests durch? Nehmt mal seinen Testosteronwert unter die Lupe.“

Teddy wieherte vor Lachen. „Das tun wir jedes Mal. Er ist sauber.“

„Kaum zu glauben!“

Liv schüttelte den Kopf. „Blake ist ein Schatz, auch wenn man das angesichts seiner frauenfeindlichen Sprüche nicht glauben kann.“

„Das kann ich wirklich nicht glauben“, erwiderte Erin trocken. „Mir hat er bei unserem ersten Zusammentreffen unterstellt, dass ich an PMS leide.“

„Der gute, alte Blake.“ Teddy deutete auf Dupree. „Mein Liebling ist jedoch Dupree. Wenn ich könnte, würde ich ihn adoptieren.“

„Brian hätte vermutlich etwas dagegen.“

„Unsinn“, Teddy grinste in die Runde. „Dupree hat mich einmal in Brians Wohnung erwischt, als wir uns noch heimlich trafen. Ich war splitterfasernackt, aber Dupree hat es niemandem verraten und konnte mir anschließend vor lauter Peinlichkeit nicht ins Gesicht sehen. Seitdem bin ich heimlich in ihn verliebt.“

„Aber klar“, widersprach Liv sarkastisch. „Anstatt über eine Adoption von Dupree nachzudenken, solltest du an Babys denken. Brian liegt mir ständig in den Ohren, dass er dich dazu kriegen will.“

Die kurzhaarige Teamchefin stöhnte frustriert auf und schnitt eine gequälte Grimasse. Erin sah interessiert zu, wie sie sich durch das Haar fuhr und ihren Mann über eine Entfernung von einigen Metern anfunkelte. Er schien dies nicht zu bemerken, weil er gerade den Aufschlag hatte und sich auf den Ball konzentrierte.

„Irgendwann bringe ich ihn deswegen um. Nicht genug, dass er mit meiner Mutter gegen mich konspiriert, weil sie Enkelkinder haben will, jetzt läuft er auch noch durch die Gegend und erzählt euch, dass er ein Baby haben will.“

„Wie?“ Hanna zog fragend die Augenbrauen hoch. „Inwiefern konspiriert er mit deiner Mom?“

Teddy wedelte mit einer Hand vor ihrem Gesicht hin und her. „Ständig holt sie Babyalben hervor, damit wir sie zusammen anschauen können. Bei solchen

Gelegenheit sitze ich zwischen beiden, während sie über Babynamen sprechen, mich auf Babyfotos von mir aufmerksam machen und darüber rätseln, ob unser erstes Kind ein Junge oder ein Mädchen wird. Beim letzten Brunch schleppten sie mich ganz zufällig in ein Babyausstattungsgeschäft und überschlugen sich in ihren Bemühen, mir die süßen Strampler zu zeigen."

„Du, Arme."

„Danke", nickte Teddy. „Mittlerweile werde ich von allen möglichen Menschen angesprochen, denen Brian schon sein Leid geklagt hat."

Mit einem Glucksen hob Erin die Hand. „Mir hat er es auch schon erzählt."

„Was?" Ungläubig setzte sich Teddy auf. „Wirklich?"

„Ja, gestern Abend. Er stellte sich vor, setzte sich an unseren Tisch und begann nach gefühlten zehn Minuten zu erzählen, wie gerne er Vater werden würde. Ich wusste überhaupt nicht, was ich antworten sollte ..."

„Er macht mich wahnsinnig!", knurrte Teddy nun.

„Das ist total süß", widersprach Hanna amüsiert. „Wer hätte gedacht, dass ausgerechnet Brian einmal so auf die Idee abfahren würde, Vater zu werden."

„Darum geht es überhaupt nicht, Hanna", seufzte Teddy fast schon verzweifelt. „Ich habe im Job momentan so viel um die Ohren. Die neue Saison fängt bald an ..."

„Das wird in zwei, drei, vier oder fünf Jahren nicht anders sein."

„Danke, dass du mir auch noch in den Rücken fällst", maulte Teddy an Liv gewandt. „Ihr habt keine Ahnung, wie anstrengend es manchmal mit ihm ist", plauderte sie weiter und verriet einige pikante Details, bei denen Erin genauso wie die anderen Frauen lauthals lachen musste. „Oft denke ich mir, dass wir nur ständig Sex haben, weil er es darauf anlegt, mich zu schwängern. Wisst ihr, was er mir vor ein paar Tagen ins Ohr geflüstert hat?“

„Ich bin sicher, dass du es uns sofort sagen wirst“, lachte Hanna.

Teddy rümpfte die Nase. „Ich war noch nicht einmal richtig wach, als er mir aufgeregt ins Ohr wisperte: *Soll ich dir ein Baby machen? Lass uns ein Baby machen, Teddy. Ich mach dir jetzt ein Baby.*“

Erin konnte nicht anders und fiel in das Lachen der anderen beiden Frauen ein.

„Ihr müsst nicht lachen“, beschwerte sich Teddy. „Ich war furchtbar erschrocken und sofort hellwach.“

„Stell dich nicht so an“, wies Liv sie zurecht und sah Erin fragend an. „Und, Erin? Wie sieht’s bei dir aus?“

Die Wahrheit war so verdammt peinlich, dass Erin leichthin den Kopf schüttelte und lapidar erzählte: „Ich bin seit einiger Zeit getrennt. Es war einfach der falsche Mann zum falschen Zeitpunkt.“

„Falsche Männer gibt es wie Sand am Meer“, Liv lächelte ihr zu. „Du solltest dich unter Footballspielern mal umsehen. Wir sind ganz zufrieden mit unseren.“

„Das klingt verlockend, aber ich muss mich momentan auf andere Dinge konzentrieren.“

Normalerweise zogen diese Ausreden, um die Menschen von weiteren neugierigen Fragen abzuhalten, aber Teddy fragte sofort nach: „Worauf?“

„Teddy!“ Hanna schüttelte den Kopf. „Anscheinend will sie nicht ...“

„Schon gut“, Erin zuckte mit der Schulter. „Meine Schwester heiratet bald und treibt mich mit ihren Hochzeitsvorbereitungen in den Wahnsinn. Anscheinend hat sie mich nicht nur zu ihrer ersten Brautjungfer ernannt, sondern erwartet auch, dass ich als Hochzeitsplanerin fungiere.“

„Deshalb haben Brian und ich heimlich geheiratet.“

„Gute Entscheidung“, Erin nickte inbrünstig. „Ich mache drei Kreuze, wenn dieser Tag hinter mir liegt. Außerdem“, sie zögerte kurz und erklärte mit einem knappen Lächeln, „will ich zurück an die Uni.“

„Oh“, alle drei sahen sie erstaunt an.

Erin lächelte schwach und setzte sich auf, um ihre Beine mit beiden Armen zu umschlingen. Inmitten der drei Frauen, die so herrlich unkompliziert und offen waren, hatte sie wenig Scheu von ihrer desaströsen Studienzeit beziehungsweise vom desaströsen Abbruch ihres Studiums zu berichten.

„Ein Jahr vor meinem Abschluss musste ich das Studium abbrechen. Das ist zwei Jahre her, aber ich hoffe, dass ich mich zum nächsten Semester wieder einschreiben kann.“

„Erin?“ Zoeys piepsige Stimme unterbrach sie. „Ich muss Pipi.“

Erleichtert über diese Unterbrechung erhob sich Erin entschuldigend, nahm Zoey bei der Hand und ging mit ihr in Richtung Toiletten.

12. Kapitel

Zoey

Zoey schielte zu ihrem Daddy, der neben ihr im Sand kniete und die schönsten Muscheln, die sie heute gesammelt hatten, in ihr kleines Eimerchen legte. Daddy hatte ihr versprochen, die Muscheln im Waschbecken ihres Badezimmers zu waschen, damit sie wieder schön sauber wurden.

Außerdem hatte Daddy ihr versprochen, aus den Muscheln einen Bilderrahmen zu basteln, sobald sie zurück zuhause wären, den sie dann in ihrem neuen Zimmer aufhängen konnte. Erst vor ein paar Tagen war Daddy mit ihr in einen Laden gefahren, in dem sie sich ein neues Zimmer hatte aussuchen dürfen. Das hatte ihr gefallen, weil sie die Prinzessinnen in ihrem Zimmer nicht gemocht hatte. Dafür hatte sie neue Möbel bekommen, auf denen lauter Tiere zu sehen waren. Die Tiere waren total lustig.

Als Daddy mit ihr in dem Laden gewesen war, hatte er die Geräusche der Tiere toll nachmachen können und sich manchmal wie ein Esel, wie ein Schwein oder sogar wie ein Affe angehört. Zu dem neuen Zimmer hatte sie sich auch eine neue Farbe für die Wand wünschen dürfen. Zoey hatte sich gewünscht, dass ihre Wände wie ein Wald aussehen sollten, weshalb Daddy und sie Bäume an die Wand gemalt hatten. Erin hatte ihnen geholfen und gelacht und gesagt, dass Daddy niemals ein berühmter Maler geworden wäre. Sie hatten alle gelacht und Daddy hatte mit dem Pinsel Erin einen grünen Punkt auf die Nase gemalt.

Erins Augen waren auch grün und sie hatte rote Haare. Zoey fand, dass Erin sehr hübsch war. Sie war so hübsch, dass Zoey ein Bild von ihr gemalt hatte. Daddy hatte es toll gefunden und an den Kühlschrank geklebt. Als Erin das Bild am Kühlschrank entdeckt hatte, hatte sie Zoey umarmt und sie geküsst und Liebling zu ihr gesagt. Das hatte ihr gefallen. Liebling klang genauso toll wie Knöpfchen, was Daddy immer zu ihr sagte. In letzter Zeit sagte er oft Knöpfchen zu ihr und er drückte sie oft an sich. Jetzt machte er ihr morgens immer Waffeln und nannte sie Spezialwaffeln. Sie liebte seine Waffeln. Abends brachte er sie auch immer ins Bett, setzte sich zu ihr, erzählte lustige Geschichten und küsste sie auf die Wange, was kitzelte, weil Daddy ganz kratzig im Gesicht war.

Nun musste Zoey keine Angst mehr haben, bei Daddy zu bleiben. Bei Daddy war es schön, weil sie Daddy hatte. Und sie hatte Erin. Manchmal fragte sich Zoey, wo Mami war und was sie machte. Manchmal vermisste sie Mami und hoffte, dass sie anrief, aber Mami rief nie an. Dann fragte sich Zoey, ob sie böse gewesen war, weil Mami sich nie meldete. Sie wollte Daddy danach fragen, aber dann vergaß sie es immer und dachte lange nicht mehr dran. Wenn sie abends allein im Bett lag und nicht sofort einschlafen konnte, dann fragte sie sich, wo Mami war und wann sie zurückkommen würde. Aber insgeheim wollte Zoey bei Daddy bleiben. Und bei Erin.

13. Kapitel

Tom warf einen Blick in den Rückspiegel und musste über Zoey lachen. Die Kleine saß in ihrem Kindersitz, trug eine Sonnenbrille in Herzform auf der Stupsnase und leckte an einem Eis, das sich in weiten Teilen bereits verflüssigt hatte und ihr *Aloha*-Shirt verzierte, das er ihr gestern bei einem Ausflug gekauft hatte.

„Können wir das morgen wieder machen, Daddy?“

„Morgen fahren wir mit einem Unterwasserboot und schauen uns ganz viele Fische an, Knöpfchen. Weißt du nicht mehr?“

Zoey jauchzte vor Vergnügen und begann ein fröhliches Lied zu singen, das von kleinen Fischen handelte und die beiden Erwachsenen zum Lachen brachte, die nebeneinander im gemieteten Jeep saßen.

„Gleich wird sie todmüde sein und einschlafen“, prophezeite Erin neben ihm und warf einen Blick nach hinten. „Ich fürchte, dass sie dann hoffnungslos verschmiert sein wird.“

„Vielleicht hätten wir eine Plastikfolie über ihren Kindersitz legen sollen“, seufzte Tom und lenkte den Jeep über eine kleine Straße, die mitten in einem wild wuchernden Urwald lag und von der Küste ins Innere der Insel führen sollte. Jedenfalls hatte das der Hotelportier ihm erzählt, als er nach dem Weg zu einer etwas abgelegenen Bucht gefragt hatte, in der man mit Kajaks fahren konnte.

„Den Flecken auf dem Kindersitz nach zu urteilen, wäre Zoey nicht das erste Kind, das Eis in diesem Auto gegessen hat.“

„Ich hoffe, dass der Autovermieter das genauso sieht“, scherzte Tom trocken und ging ein wenig vom

Gas, da er vor ihnen einen kleinen Hügel in der Fahrbahn entdeckt hatte.

„Der Autovermieter hat Sie sofort erkannt", seufzte Erin, „und bettelte regelrecht nach einem Foto mit Ihnen. Ich kann mir nicht vorstellen, dass er wegen ein paar Eisflecken auf dem Kindersitz Schadensersatz verlangen wird."

„Da sehen Sie mal, wozu es gut ist, Footballspieler zu sein."

Tom schielte nach rechts, als er sie lachen hörte, und konzentrierte sich schnell wieder auf die unebene Straße vor sich.

Ihr Lachen machte ihn extrem an, was ihn schockierte, schließlich war Erin Hamilton eine nervige Besserwisserin und absolute Spießerin. Jedenfalls hatte er das in den vergangenen Wochen gedacht, als sie sich wie die Leiterin eines Mädcheninternats gekleidet und so viel Humor wie sein Steuerberater besessen hatte – nämlich gar keinen. Manchmal war sie ihm sogar wie eine frigide Frostbeule vorgekommen, die keinen Spaß haben wollte und nur Vergnügen daran fand, anderen Leuten etwas vorschreiben zu können.

Doch in den letzten fünf Tagen hatte sie sich von einer völlig anderen Seite gezeigt und ihn damit immer wieder aus dem Konzept gebracht. Sie konnte witzig sein und hatte einen trockenen Humor, der ihn ständig laut auflachen ließ. Natürlich zeigte sie manchmal, dass sie Haare auf den Zähnen hatte, wenn einer der Jungs einen dummen Spruch abließ, aber sie schlug dermaßen gekonnt zurück, dass ihr Gegenüber immer den Kürzeren zog. Blake traute sich deshalb schon gar nicht mehr in ihre Nähe, was ausgesprochen witzig war.

Am erstaunlichsten war jedoch, dass er seinen Blick nie abwenden konnte, wenn Erin Zoey im Arm hielt, sie küsste oder ihr kleine Liebkosungen ins Ohr flüsterte. Verdammt nochmal, er war kein Softie oder Warmduscher, trotzdem war ihm ganz schwindelig geworden, als das Kindermädchen, das er eigentlich gar nicht leiden konnte, seine Tochter auf der Hüfte getragen und ihr besänftigend einen Kuss aufgedrückt hatte, weil sich Zoey vor dem Meer gefürchtet hatte. Vermutlich hatte es etwas damit zu tun gehabt, dass Erin ihn kurz zuvor mit einem bombastischen Ausschnitt überrascht hatte.

Daran musste es liegen, überlegte Tom erleichtert. Normalerweise hatte er ein aktives Sexleben, das seit einigen Wochen jedoch eingefroren war, da Zoey bei ihm war. Es hatte sich einfach keine Gelegenheit ergeben, eine Frau abzuschleppen. Kein Wunder, dass er so intensiv über Erin nachdachte, schließlich war sie momentan die einzige Frau in seiner Umgebung. Er brauchte mal wieder Sex! Dann wären die ständigen Gedanken um ein rothaariges Kindermädchen und ihren hammermäßigen Körper Geschichte, entschied er zufrieden. Wie sollte er auch nicht ständig an sie denken, wenn sie im knappen Bikini oder in kurzen Shorts und winzigen Tops vor ihm auf und ab lief? Er war auch nur ein Mann.

„Hoppla!“

Aufgeschreckt durch ihren Ausruf sah er zurück und konnte sehen, wie sie aus Zoeys Hand das Eis fischte, das die Kleine beinahe auf den Boden des Autos fallen gelassen hätte, da sie eingenickt war.

Tom sah wieder durch die Frontscheibe des Jeeps und korrigierte die Richtung ein wenig nach links, als er eine Kurve nahm. Er wollte sich von der Frau neben sich ablenken und dachte über seine Umgebung nach. Wer hätte gedacht, dass es auf einer Touristeninsel wie Hawaii solch naturbelassene Gebiete gab? Erst gestern hatte das halbe Team an einem nördlichen Strand einen Surfkurs gebucht und war dafür über die halbe Insel gefahren, die traumhaft schön war. Eddie und Al hatten sogar eine Helikoptertour über die Insel gemacht und ihnen spektakuläre Fotos von subtropischen Gegenden sowie Vulkankratern gezeigt. Brian und Teddy hatten dagegen von ihrer Wanderung erzählt, die sie zu versteckten Flüssen und gigantischen Wasserfällen geführt hatte.

Da Zoey eine regelrechte Wasserratte war, waren sie drei in den letzten Tagen zu verschiedenen Stränden gefahren, hatten eine Bootstour unternommen, bei der sie Delfine beobachtet hatten, sie waren auf Surfbrettern durch Buchten gepaddelt und hatten heute eine Kajaktour gemacht. Vorgestern hatte sich Zoey sogar getraut, ein wenig zu schnorcheln, auch wenn Tom sie dabei gehalten und nicht zu tief ins Wasser gegangen war. Anschließend war Zoey bei Julian geblieben, damit Tom und Erin das tiefe Wasser erkunden konnten. Morgen war ihr letzter Tag, für den Tom Plätze bei einer Unterwassertour besorgt hatte, bei der man in einem verglasten U-Boot saß und alle möglichen Meeresbewohner sehen konnte. Zoey und Jilian waren schon total aufgeregt, weil sie gerne Schildkröten und Kraken sehen wollten, von denen Dupree ihnen erzählt hatte.

„Gott, schmeckt dieses Eis gut“, stöhnte seine Beifahrerin ekstatisch und riss ihn aus seinen

Gedanken. Ihr Stöhnen verursachte ihm ein flaues Magengefühl.

Plötzlich hielt sie ihm das Eis vor sein Gesicht und forderte ihn genießerisch auf: „Probieren Sie, Tom. Es ist eine Offenbarung!“

Um sich nichts anmerken zu lassen, probierte er das Eis, das den himmlischen Geschmack von Vanille und Mango auf seiner Zunge hinterließ, und ignorierte das Geräusch, das Erin machte, als sie sich die klebrigen Fingern ableckte. Als sie ihn kichernd darauf aufmerksam machte, dass an seinem rechten Mundwinkel Spuren von Eis zu sehen waren, und sie sich gleich darauf zu ihm beugte, um sie wegzuwischen, kam er sich wie in einem schlechten Porno vor und verengte stur die Augen, um sich auf den Jeep zu konzentrieren.

„Es war sehr nett von Ihnen, dass Zoey heute aussuchen durfte, was wir machen“, murmelte sie in der Nähe seines Ohres und verursachte wieder dieses flaue Gefühl in seiner Magengegend. „Ich bin mir sicher, dass Sie ganz heiß darauf waren, mit den Jungs diese Quad-Tour zu machen.“

„Schon okay“, murmelte er und rutschte auf seinem Sitz unmerklich hin und her.

„Das Kajakfahren hat ihr großen Spaß gemacht“, erwiderte sie mit weicher Stimme und rückte endlich von ihm ab, was ein Glück war, da sie einen dezenten Duft nach Honig und Frau verströmte, der ihm ununterbrochen in die Nase gestiegen war.

Tom zog den Schirm seiner Baseballkappe tiefer in sein Gesicht. „Mhh ... es war toll.“

„Das Kind liebt das Wasser“, lachte sie und bemerkte sein Schweigen anscheinend nicht.

„Vielleicht sollten Sie Zoey in einem Schwimmverein anmelden, Tom. Wer weiß, vielleicht schlägt sie nach Ihnen und wird einmal Sportlerin."

„Meinen Sie?"

„Unbedingt." Sie legte den Kopf zurück und zog die nackten Beine zu sich, um diese zu umschlingen. „Ihre Tochter ist Ihnen sehr ähnlich. Vermutlich hat sie den gleichen sportlichen Ehrgeiz wie Sie."

Glücklicherweise lenkte das Thema ihres Gesprächs ihn von ihren nackten Beinen ab und er fragte amüsiert: „Woher wissen Sie etwas von meinem sportlichen Ehrgeiz?"

„Ich bitte Sie", rief sie spöttisch aus. „Seit ich für Sie arbeite, liegt mir Jess mit Ihrer sportlichen Karriere in den Ohren und lobt Sie in den höchsten Tönen. Zwar habe ich keine Ahnung, was ein Cornersack ist, aber ..."

Glucksend korrigierte er: „Cornerback."

„Von mir aus auch Cornerback", gestikulierte sie wild mit den Händen und ignorierte sein prustendes Lachen, „aber ich denke, dass Sie nicht umsonst ständig von Fans angesprochen werden, Tom. Anscheinend sind Sie eine große Nummer im Football. Daraus schließe ich, dass eine Menge sportlicher Ehrgeiz dahinter steckt."

„Und Sie denken, dass dieser sportliche Ehrgeiz in unseren Genen steckt", scherzte er und warf einen kurzen Blick zurück zu Zoey, die mit dem Kopf gegen ihren Kindersitz gelehnt friedlich schlief.

„Warum sollte sie das nicht von Ihnen haben, wenn sie Ihnen sowieso aufs Haar gleicht", erwiderte sie mit einem beinahe pragmatischen Ton.

Tom sah sie irritiert an und war für einen Moment aus dem Konzept gebracht. „Was?"

Erin schüttelte den Kopf und schien sich über ihn lustig zu machen. „Kommen Sie, Tom! Wollen Sie mir wirklich weismachen, dass Sie nicht wissen, wie sehr Ihre Tochter Ihnen ähnlich ist?“

Unbehaglich krampfte er die Hände um das Lenkrad und schluckte unbeholfen. „Sie sieht mir nicht ähnlich. Ich bin ein Mann und sie ist ein kleines Mädchen.“

Ihr Giggeln klang wirklich so, als amüsiere sie sich köstlich über ihn, also entgegnete er verteidigend: „Ihr Haar ist viel heller als meins.“

„Oh ja“, lachte sie. „Außerdem tragen Sie beide nicht die gleiche Frisur.“

„Hey!“ Er biss sich auf die Lippe, um nicht ebenfalls aufzulachen. „Sie nehmen mich ja auf den Arm!“

„Würde mir nie passieren“, schwor sie gespielt feierlich. „Wenn Sie das nächste Mal neben Zoey sitzen, werde ich ein Foto machen. Sie beide haben sogar die gleiche Kopfhaltung und rümpfen die Nase auf die gleiche Weise, wenn man sich über Sie lustig macht.“

„Was?!“

„Genau so“, wieherte sie vor Lachen und deutete auf seine Nase.

Tom konnte es nicht glauben! Das Kindermädchen nahm ihn auf die Schippe und wurde übermütig. Um sich zu rächen, griff er mit seiner rechten Hand nach ihrer Taille, da Zoey ihm verraten hatte, dass sie extrem kitzelig war.

„Nein, Tom“, kreischte sie los und wand sich, bevor er sie überhaupt angefasst hatte.

Ein lauter Knall und eine weiße Rauchfahne, die unter der Motorhaube nach oben drängte, vereitelten seine Attacke. Fluchend lenkte er den Jeep rechts auf den Standstreifen und merkte, dass der Motor absoff, als das Auto stehen blieb.

„Mist.“ Er drehte den Kopf zu Zoey und sah, dass sie selig weiterschlief.

Erin schnallte sich ab und öffnete die Beifahrertür. „Der Autovermieter scheint doch keine großen Stücke auf Sie zu halten“, scherzte sie trocken und stieg aus.

Tom schnitt eine Grimasse und öffnete ebenfalls den Sicherheitsgurt, bevor er in seinen Hosentaschen nach seinem Handy kramte.

„Können Sie bitte die Motorhaube öffnen?“

Fragend blickte er zu seiner Begleiterin, die vor dem qualmenden Motor stand und beide Hände in die Hüften stemmte, während sie ihn auffordernd anschaute.

„Erin, ich bin kein Automechaniker“, rief er ihr in Erinnerung.

„Öffnen Sie einfach die Motorhaube und ziehen Ihr T-Shirt aus“, bat sie ihn zuckersüß.

„Was?!“

Sie seufzte genervt und kam zu seiner Tür, über die sie sich beugte und zwischen seine Beine griff.

„Aber ...!“

Sie griff mit einem Augenverdrehen unter seinen Sitz und zog die Hand wieder hervor, als ein knarzendes Geräusch zu hören war. Tom blieb verwirrt sitzen und begegnete ihrem Blick aus amüsierten hellgrünen Augen.

Abwartend stand sie neben dem Jeep und streckte eine Hand aus. „Ihr T-Shirt, bitte!“

Lässig verzog er den Mund. „Das ist wohl nicht der richtige Zeitpunkt, wenn Sie mich nackt sehen wollen ... Autsch!“

Empört rieb er sich den Oberarm, der einen kleinen Schlag abbekommen hatte, und feixte sie an.

„Von mir haben Sie nichts zu befürchten“, ächzte sie. „Sie sind nicht mein Typ, Tom.“

„Ach?“

„Könnte ich jetzt bitte Ihr T-Shirt haben?“ Ungeduldig deutete sie auf sein weißes Baumwollshirt.

„Rothaarigen Ladies konnte ich noch nie etwas abschlagen“, erwiderte er und zog das T-Shirt über den Kopf.

Als sie mit seinem Shirt in der Hand zum Motor lief, runzelte er die Stirn und stieg ebenfalls aus, nachdem er sich versichert hatte, dass Zoey weiterhin schlief.

Er stellte sich neben sie und beobachtete, wie sie sein Shirt wie einen Ofenhandschuh benutzte und die Motorhaube öffnete, aus der weißer Qualm nach oben stieg, den sie beiseite wedelte, nachdem sie die Motorhaube fixiert hatte.

„Und jetzt?“ Spöttisch verschränkte er die Arme und sah auf sie hinab, wie sie sich über den Motor beugte.

„Ein bisschen mehr Vertrauen wäre nicht schlecht.“

„Gibt es ein spezielles Autorreparaturseminar für Kindermädchen, von dem ich wissen sollte?“

Als Antwort schnaubte sie und hantierte am Motor herum.

„Soll ich den Autovermieter anrufen, damit uns jemand abholt?“

„Halten Sie das mal“, wies sie ihn an und drückte ihm einen Stöpsel in die Hand, der mit einer schlammigen Substanz bedeckt war, bevor sie sich wieder über den Motor beugte und den Ölmessstab herauszog.

„Wollen Sie den Ölstand messen?“

„Nein“, erklärte sie ungeduldig. „Ich will mich nur vergewissern, ob Wasser im Öl ist.“

„Warum?“

„Weil es meinen Verdacht bestätigt, dass die Zylinderkopfdichtung im Eimer ist.“

Sie versenkte den Messstab wieder im Öltank, bevor sie Tom den Stöpsel abnahm und mit ihm irgendetwas zudrehte.

„Muss das Auto repariert werden?“

Sie drehte sich zu ihm und nickte. „Das wäre besser.“

Tom seufzte. „Also soll ich bei der Autovermietung anrufen?“

„Geben Sie mir bitte das Wasser aus meiner Tasche“, verlangte sie einfach nur und ließ seine Frage unbeantwortet

Tom lief um sie herum und griff nach der großen Wasserflasche, die noch fast voll war, um sie ihr zu reichen. Eher unabsichtlich streifte er dabei ihren Hintern, den sie nach hinten gestreckt hatte, während sie über dem Motor hing. Er befahl seinem Körper, nicht auszuflippen, weil er versehentlich einen appetitlichen Frauenhintern berührt hatte, und betete, dass Erin seine Gedanken nicht lesen konnte. Der Anblick eines in knappen Shorts steckenden Hintern, der sich ihm entgegenreckte, brachte ihn beinahe um, also stellte er sich schnell neben sie und fragte, um sich abzulenken: „Was wird das?“

„Der Motor verliert Wasser, weil die Zylinderkopfdichtung defekt ist. Deshalb ist der Motor überhitzt und braucht Wasser. Mich wundert, dass die das bei der Autovermietung noch nicht repariert haben.“ Routiniert goss sie Wasser in eine Öffnung und schloss diese anschließend wieder, bevor sie die Fixierung der Motorhaube löste und diese einrasten ließ.

„Woher wissen Sie über Automotoren so gut Bescheid?“

Feixend wischte sie sich die Hände an ihren nackten Oberschenkeln ab und reichte ihm sein leicht verschmiertes T-Shirt. „Bis zur Pubertät habe ich jedes Wochenende mit meinem Dad an Oldtimern herumgeschraubt. Ich schätze, dass einiges hängengeblieben ist.“

Tom warf einen Blick auf das T-Shirt und runzelte die Stirn. „Wozu brauchten Sie mein Shirt?“

An der Beifahrertür blieb sie stehen und grinste frech. „Eigentlich brauchte ich es nicht. Ich wollte nur wissen, wie schnell Sie sich ausziehen, wenn eine Frau Sie darum bittet.“ Sie schnalzte mit der Zunge und schüttelte traurig den Kopf. „Ich hätte nicht gedacht, dass Sie sich so lange zieren, Tom.“

„Sie schläft wieder“, Erin lächelte in die Runde, als sie auf die Terrasse trat.

„Alles okay?“ Tom warf einen Blick zurück in den Bungalow, aus dem vor fünf Minuten Zoeys aufgelöste Stimme gekommen war.

„Sie hatte nur Durst und konnte Tutu nicht finden.“ Erin setzte sich zurück auf ihren Stuhl und griff nach ihrem Weinglas. „Irgendwie war der Affe vom Bett gefallen.“

„Brianna hat einen Clown, den sie immer dabei haben muss“, lachte Julian auf. „Sie macht ein Riesentheater, wenn sie ihn nicht finden kann. Einmal waren wir mit ihr im Park und wollten ein Picknick machen. Sie schrie wie am Spieß, weil wir den verdammten Clown nicht finden konnten.“

Liv verdrehte die Augen. „Das Ende vom Lied war, dass wir zusammenpackten und schnell das Weite suchten.“

Ihr Mann rieb ihr zärtlich über die Hand und grinste breit. „Mit der Ruhe im Park war es vorbei. Die anderen Eltern schauten uns an, als hätten wir ein Kapitalverbrechen begangen, weil unser Kind schrie.“

„Dabei ist Brianna so ein Sonnenschein“, widersprach Erin und meinte es völlig ernst. Das Kind war ein unverwüstlicher Wonneproppen, der den ganzen Tag fröhlich war und bisher nicht ein einziges Mal gebrüllt hatte.

Liv schnaubte ungläubig auf. „Du musst ihr nur den Clown oder das Essen wegnehmen und schon hast einen wahren Stinkstiefel vor dir.“

„So schlimm ist sie gar nicht“, widersprach der stolze Vater.

Mit einem Kichern widersprach Liv ihrem Mann. „Wenn sie nicht schnell genug gestillt wurde, hat sie das halbe Krankenhaus zusammengebrüllt, Julian!“

„Ganz der Vater“, Tom lehnte sich entspannt zurück.

„Was soll das denn heißen? Ich bin die Geduld in Person!“

Erin fing Livs Grimasse auf und versteckte ihr Lachen hinter dem Weinglas, an dem sie nippte. Der Wein war dafür verantwortlich, dass sie total entspannt und glücklich mit der Welt und sich zusammen mit Tom, Liv und Julian auf der Terrasse ihres Bungalows saß. Die beiden waren vor zwei Stunden vorbeigekommen und hatten Pizza mitgebracht. Mittlerweile war die Sonne untergangen und Zoey ins Bett gebracht worden, die nach dem anstrengenden Tag sofort eingeschlafen war.

„Ich hoffe nur, dass sich Brianna benimmt“, Liv legte den Kopf schief. „Majory wird sich bedanken, wenn sie den ganzen Abend einen kleinen Schreihals hüten muss.“

„Teddys Mom passt auf Brianna auf?“

„Sie hat sich freiwillig angeboten“, unbehaglich zuckte Liv mit der Schulter.

„Majory freut sich, auf ein Baby aufzupassen, solange sie kein eigenes Enkelkind hüten kann, mein Schatz“, beruhigte ihr Mann sie. „Ich denke nicht, dass sie das Handtuch wirft, falls Brianna mal schreien sollte.“

„Du hast vermutlich Recht.“

„Ihr hättet auch Brian bitten können, auf sein Patenkind aufzupassen, wenn ihr euch um Majorys Kondition beim Babysitten Sorgen macht“, Tom streckte seine Beine von sich und wäre dabei beinahe gegen Erins Füße gestoßen.

„Brian und Teddy haben heute ein romantisches Dinner am Strand beim Kerzenschein“, Julian schnaubte und verdrehte die Augen.

„Was soll dieses abwertende Schnauben“, Liv stieß ihn in die Seite. „Brian gibt sich viel Mühe ...“

„Brian gibt sich viel Mühe, Teddy für die Idee von einem Baby zu begeistern“, wies er sie auf das Komplott seines besten Freundes hin.

„Nett, dass du deinem Freund so etwas unterstellst.“

„Liebling“, lachend tätschelte er ihr Knie. „Brian ist eine Quatschtante und sein Plan ist ziemlich offensichtlich.“

„Wenigstens bemüht er sich um romantische Gesten“, giftete sie ihn an, auch wenn Erin sehen konnte, dass sie es nicht ernst meinte.

Julian schien sie ebenfalls durchschaut zu haben und bemerkte ein wenig selbstherrlich: „Und obwohl ich dermaßen unromantisch bin, hast du mir heute Morgen einen ...“

„Julian!“ Feuerrot schlug sie nach seiner Hand und senkte peinlich berührt den Blick, als Tom und Erin ihr Gelächter nicht unterdrücken konnten.

„Baby, was hast du denn?“, fragte er unschuldig, obwohl das Grinsen diesen Eindruck minderte. „Ich wollte doch nur sagen, dass du mir heute Morgen einen Kaffee ans Bett gebracht hast.“

„An deiner Stelle würde ich aufpassen, dass sie den heißen Kaffee beim nächsten Mal nicht über gewisse Körperstellen gießt, mein Freund.“ Tom prostete ihm zu.

„Ach, da habe ich keine Sorgen“, Julian legte seiner Frau einen Arm um die Schulter und drückte ihr einen Kuss hinters Ohr.

Erin beobachtete das Schauspiel entzückt, wie sich das Paar Liebesschwüre ins Ohr säuselte, und hörte irgendwann das genervte Stöhnen des Mannes neben sich.

„Hallo, ihr beiden. Wir sind auch noch da.“

„Lass uns“, widersprach Julian. „Mit einem Kleinkind muss man alle Möglichkeiten nutzen, die sich einem bieten.“

„Aber bitte nicht auf unserer Terrasse“, ächzte Tom und stellte sein Bierglas auf den Tisch. „Ich will nicht, dass Erin traumatisiert wird.“

Beinahe hätte sie sich an dem kräftigen Wein verschluckt. „Wie bitte?“

„Traumatisieren wir dich gerade, Erin?“

Sie schüttelte den Kopf und erwiderte ernst: „Mein Nachbar ist ein neunzigjähriger Spanner, meine Mitbewohnerin hat eine Drehtür in ihrem Schlafzimmer und ihr bester Freund arbeitet als Travestiekünstler und bei einer Erotik-Hotline. Nichts, was ihr tut, könnte mich traumatisieren.“

„Deine Mitbewohnerin hat eine *was*?“ Julian drückte sich eine Hand gegen den Magen, während er dröhnend lachte.

„Eine Drehtür“, Erin fuhr sich durch ihre Haare.

„Schnell rein und raus, oder was?“

„Tom“, kreischte Liv empört und hielt sich vor lauter Lachen eine Hand an die Seite.

„So ungefähr“, Erin drehte sich zu Tom und sah in seine belustigten blauen Augen, während sie ihm erzählte: „Bei der Fleet-Week ist es besonders schlimm.

Sie reißt so viele Matrosen auf, dass ich manchmal denke, ich befände mich auf der Titanic."

„Eisberg direkt voraus?" Tom sah ihr unverwandt in die Augen.

„Ha!" Erin verschränkte die Arme vor der Brust und fuhr mit ernster Miene fort. „Der Anblick eines Seemannes im letzten Jahr war besonders schlimm. Der Typ sah aus wie eine Bulldogge – eine *hässliche* Bulldogge mit massiver Akne – und trotzdem ist er bei ihr gelandet. Jess hielt es wohl für ihre patriotische Pflicht. Ich konnte nicht glauben, dass sie mit diesem Typen Sex hatte, aber sie zuckte nur mit der Schulter und meinte: *Frag' nicht, was dein Land für dich tun kann, sondern was du für dein Land tun kannst.*"

„Hör auf, Erin", japste Liv. „Ich mache mir gleich in die Hosen!"

„Du denkst, du machst dir deshalb in die Hosen?", fragte sie ironisch. „Dann wohne nur mal eine Woche mit meiner Mitbewohnerin zusammen, Liv! Regelmäßig begegnen mir nachts irgendwelche Männer, die mir sowohl fremd als auch nackt sind. Das nenne ich ein Trauma!"

„Oh Gott", stöhnte Julian auf. „Gerade läuft ein Kino in meinem Kopf ab."

„Bei mir auch", Tom schüttelte glucksend den Kopf. „Scheiße, ich kenne Erins Mitbewohnerin sogar."

Erin fiel in das Lachen ein und starrte immer wieder zu Tom, der sie ebenfalls verdächtig oft ansah. Vermutlich lag es an der Wirkung des Weins, aber ihr wurde plötzlich ganz anders zumute. Vielleicht hätte sie nicht so viel trinken sollen, schoss es ihr durch den Kopf, als sie versuchte, sich wieder zu beruhigen und den Augenkontakt zu ihrem Arbeitgeber abzubrechen.

Sie durfte nicht vergessen, dass sie wegen Zoey hier war, dass sie von Tom angestellt wurde, um auf seine Tochter aufzupassen. Sie war das Kindermädchen und würde niemals das Tabu brechen, etwas mit dem Vater anzufangen. Eine Affäre zwischen dem Kindermädchen und dem Vater war das reine Klischee.

„Erin?“, fragte Liv und schien sich wieder beruhigt zu haben. „Wir sind vor ein paar Tagen unterbrochen worden, als du uns von deinen Studienplänen erzählt hast.“

Auch das noch! Unbehaglich spürte sie Toms neugierigen Blick auf sich, als sie sich zu Liv drehte und seufzend das Weinglas beiseite stellte. „Was möchtest du denn wissen?“

„Du hast gesagt, dass du dein Studium abgebrochen hast, aber mit keinem Wort erwähnt, was du studiert hast.“

„Psychologie.“

„Großartig“, Liv lächelte ihr zu. „Da hast du einiges vor dir. Wo hast du denn studiert?“

Erin schluckte und lehnte sich zurück. „Harvard und Stanford.“

Julian hob überrascht den Kopf. „Wow!“

Mit einem schwachen Lächeln fragte Erin: „*Wow*? Anscheinend habe ich keinen großen Eindruck auf dich gemacht, wenn du dermaßen überrascht bist.“

„Unsinn“, wischte er mit einer Handbewegung beiseite. „Harvard und Stanford sind einfach so beeindruckend, dass ich automatisch überrascht bin.“

„Da hast du dich aber gut aus der Affäre gezogen, Julian“, murmelte Tom.

„Und warum hast du dein Studium abgebrochen?“

Erin zuckte mit der Schulter und überspielte ihr Unbehagen. „Ein finanzieller Engpass.“

„So ein Mist“, meinte Julian ernst und stieß ein Seufzen aus.

Kopfschüttelnd erklärte Erin: „Ich arbeite gerne mit Kindern zusammen, deshalb ist die Unterbrechung meines Studiums auch nicht schlimm für mich. Im kommenden Jahr werde ich mich wieder einschreiben und brauche nur noch ein Jahr, bis ich meinen Abschluss habe.“

„Das klingt, als hättest du alles genau geplant“, Liv schenkte ihr ein aufmunterndes Lächeln.

Erin atmete tief aus und erwiderte das Lächeln mit einem heiteren Gesicht, auch wenn ihr nicht danach war.

Kurz darauf verabschiedeten sich Julian und Liv und ließen Erin mit Tom allein auf der Terrasse zurück. Sie nippte an ihrem Wein und sah dem Paar hinterher, das händchenhaltend über den Strand zu seinem Bungalow ging. Erin legte für einen kurzen Moment den Kopf in den Nacken und starrte in die finstere Nacht. Langsam fröstelte ihr und sie überlegte, wie sie sich am höflichsten in ihr Bett verabschieden konnte, als Tom ihr plötzlich die Decke reichte, die auf einem der Stühle gelegen hatte.

„Ihnen scheint kalt zu sein.“

„Danke“, leicht verlegen breitete sie die weiche Decke aus und schlang sie sich um die Schultern.

„Harvard also?“

„Ja.“

„Sie haben unerkannte Talente, Miss Hamilton“, scherzte er ruhig. „Autoreparaturen, Psychologiestudium ...“

Erin schwieg und weigerte sich, in seine Richtung zu schauen. Sie war froh, dass morgen ihr letzter Tag auf Hawaii war, weil die Spannung zwischen ihnen Überhand nahm. Das Merkwürdige war nur, dass sie Tom Peacock eigentlich gar nicht leiden konnte.

„Sie wollen also wieder mit der Uni anfangen?"

Erin verschränkte die Arme unter der Decke und zog die Beine an. „Eigentlich würde ich nicht so gerne darüber reden."

„Unangenehmes Thema?"

„So ungefähr." Sie räusperte sich und deutete in die Richtung, in der das Ehepaar verschwunden war. „Darf ich Ihnen eine Frage zu den beiden stellen."

„Klar."

Sie drehte sich ein wenig in seine Richtung und musterte ihn einen kurzen Moment, wie er auf den hinteren Stuhlbeinen kippelte und sein Bier in der Hand hielt. Ein Paar blauer Augen bohrte sich in ihre. Mit einem Schlag war ihr furchtbar heiß, obwohl sie gerade noch gefroren hatte. Er dagegen strahlte die absolute Lässigkeit aus, wie er in einem grauen Sweatshirt und dunklen Schwimmshorts barfuß auf seinem Stuhl saß.

Mit einem Räuspern fragte sie vorsichtig: „Ich will nicht neugierig erscheinen, aber ... ach, vergessen Sie es." Hastig schüttelte sie den Kopf. „Nicht so wichtig."

„Es geht um das Poolverbot, richtig?" Er kratzte sich an den dunkelblonden Bartstoppeln und ließ die Hand wieder sinken. Seit sie auf Hawaii waren, hatte er sich nicht mehr rasiert und trug nun einen sehr attraktiven Drei-Tage-Bart – sehr zu Erins Leidwesen.

„Ja, aber ... hören Sie. Das ist vermutlich nicht für fremde Ohren bestimmt."

Seufzend stellte er sein Glas beiseite und vergrub seine Hände in den Taschen seines Sweatshirts. „Ich kenne die ganze Geschichte nicht, aber es gab wohl vor einigen Jahren einen Unfall mit ihrem Sohn. Niemand spricht wirklich darüber, deshalb frage ich auch nicht nach."

Erin schwieg und wollte es dabei belassen. Schlimme Geschichten gab es genug auf der Welt.

„Darf ich Sie auch etwas fragen?"

Sie nickte mit einem unangenehmen Gefühl im Bauch und blickte in sein Gesicht, auf dem Schatten tanzten, die von der dämmrigen Beleuchtung auf der Terrasse stammten. Sie rechnete mit allen möglichen peinlichen Fragen und überlegte bereits, was sie ihm antworten sollte, als er wissen wollte: „Wieso lassen Sie sich von Ihrer Schwester tyrannisieren?"

„Was?"

Schulterzuckend merkte er an: „Sie ruft Sie ständig an, um Ihnen irgendwelche Dinge für ihre Hochzeit aufzutragen, und Sie scheinen extrem genervt von ihr zu sein. Reicht Ihnen das nicht langsam?"

Erin überlegte kurz und seufzte dann frustriert auf. „Sie ist meine kleine Schwester, ich habe sie lieb ..."

„Das hört sich nach einem Freifahrtschein an."

„Vermutlich. Holly ist ...", entschlossen unterbrach sie sich und beugte sich vor. „Holly ist eine verwöhnte Prinzessin, die furchtbar egozentrisch sein kann. Sie nimmt momentan auf nichts Rücksicht und glaubt, die Erde drehe sich allein für ihre Hochzeit weiter. Manchmal könnte ich ihr den Hals umdrehen, aber ..."

„Aber?", fragte er amüsiert.

„Aber sie ist meine kleine Schwester und sie wird sich bald in der Realität wiederfinden. Daher soll sie wenigstens eine schöne Hochzeit haben.“

„Himmel, klingt das hart“, lachte er. „Wie kommen Sie darauf?“

Kurz fuhr sich Erin mit einer Hand über das Gesicht. „Sie wird auf die Nase fallen, was diese Ehe betrifft.“

„Sagen Sie bloß, Sie sind eine von diesen Ehegegnern?“

Nun lachte sie trocken auf und sah ihn mit einem ironischen Augenaufschlag an. „Und jetzt sagen Sie bloß, dass Sie darüber schockiert wären?!“

„Männer haben generell etwas gegen die Ehe ...“

„Sagt wer?“, fragte sie feixend.

„Der gesunde, *männliche* Menschenverstand.“

„Aha“, sie schüttelte den Kopf und knüpfte an ihr Argument an. „Was die Ehe betrifft, bin ich einfach etwas skeptisch und habe bei Holly sehr berechtigte Zweifel. Sie kennt ihren Bräutigam nicht gut genug, sie leben bei meinen Eltern, er hat keinen Job und pausenlos drohen sie sich gegenseitig mit einer Trennung.“

„Klingt doch sehr harmonisch.“

„Unheimlich“, schnaubte sie sarkastisch.

„Wenn Sie so denken, warum reden Sie mit Ihrer Schwester nicht vernünftig darüber?“

„Sie kennen meine Schwester nicht, Tom.“

„Mag sein“, er fixierte sie und fragte mit überraschender Beobachtungsgabe: „Was hat er gemacht?“

„Wie bitte?“ Ahnungslos begegnete sie seinem Blick.

„So wie Sie von der Ehe sprechen, muss es jemanden gegeben haben, der Sie enttäuscht hat. Also, was hat er angestellt?“

Erin schluckte hart und umarmte sich unweigerlich fester, während ihr Herz schmerzhaft pochte. „Nichts Besonderes“, erwiderte sie heiser.

„Kommen Sie schon.“

Mit einem widerlichen Gefühl im Magen senkte sie den Blick und atmete tief durch, während sie sich über die plötzlich trockenen Lippen fuhr. Sie hasste es, jemanden von Gabe zu erzählen, weil dann diese Blicke kamen, mit denen sie wie eine bemitleidenswerte, traurige, naive und dumme Frau bedacht wurde, die auf einen Mann hereingefallen war und es erst in letzter Sekunde gemerkt hatte.

Sie holte tief Luft. „Wie gesagt. Er hat nichts Besonderes angestellt. Er hat mich lediglich gebeten, ihn zu heiraten, hat das Geld meines Collegefonds und meines Stipendiums in die schwachsinnige Geschäftsidee seines Cousins investiert und mich bei seinem Junggesellenabschied mit einer Kellnerin betrogen.“

In seinem Gesicht konnte sie weder Schock noch Ärger sehen. Ganz im Gegenteil, er blieb erstaunlich ruhig und ließ sich keine Gefühlsregung anmerken. Daher fuhr Erin mit lahmer Zunge fort: „Ich habe die beiden in unserem Bett erwischt und musste mir von ihm anhören, dass ich selbst Schuld sei, da ich wegen des Hochzeitsstresses so wenig Zeit für ihn gehabt hätte. Die Hochzeit wurde abgeblasen, ich saß auf einem Haufen Schulden und musste mein Studium abbrechen, während Gabe einfach in eine neue Stadt zog.“

Natürlich erzählte sie nicht, dass Gabe sie eine frigide Eisprinzessin genannt hatte, die es nicht schaffte, ihn zu befriedigen, während sie in ihrem neuen Bikini vor ihm gestanden hatte. Sie hatte ihn mit dem sexy Zweiteiler überraschen wollen, den sie für die Flitterwochen gekauft hatte. Stattdessen hatte er sie überrascht, weil er mit einer nackten Frau in ihrem gemeinsamen Bett gelegen hatte. Nicht einmal Jess wusste die Einzelheiten und dabei sollte es bleiben.

„Das klingt nach einem liebenswerten Zeitgenossen."

„Ja", antwortete sie dumpf und stieß den Atem heftig aus. „Sehr liebenswert."

Glücklicherweise verzichtete er auf Beileidsbekundungen oder mitleidige Blicke, sondern schlug mit geschäftsmäßiger Stimme vor: „Ich kenne ein paar Footballspieler, die anderen gerne den Arsch aufreißen. Wenn Sie wollen, können sie diesem Charmebolzen einen Besuch abstatten."

Merkwürdigerweise stieß sie einen amüsierten Laut aus. „Danke, aber ich verzichte."

„Das Angebot steht", er nahm einen Schluck von seinem Bier.

Er sagte kein weiteres Wort, was Erin eigentlich hätte freuen sollen, weil sie wirklich keine Lust hatte, über ihre verkorkste Erfahrung mit Gabe zu sprechen, aber plötzlich war sie in Rage und zischte wütend: „Im Nachhinein bin ich nicht einmal wütend, dass er diese Schlampe gevögelt hat! Aber ich könnte ihn umbringen, weil er einfach mein Geld genommen hat!"

Aus den Augenwinkeln sah sie, wie er sich vor lauter Überraschung an seinem Bier verschluckte und heftig hustete.

„Was haben Sie gesagt?“, krächzte er fassungslos

„Sie haben schon verstanden! Oh Mann, wie konnte ich nur so blöd sein, mit ihm ein gemeinsames Konto zu eröffnen? Ich muss total bescheuert gewesen sein!“

Er hustete immer noch und beruhigte sich langsam, auch wenn sein Gesicht eine unnatürlich rote Farbe angenommen hatte. „Seien Sie nicht so hart zu sich selbst, Erin.“

Angriffslustig schnaubte sie. „Ich bin ihm voll auf den Leim gegangen.“

„So etwas kommt vor.“ Er schüttelte sich kurz. „Das kann jedem passieren.“

„Ach bitte!“ Spöttisch runzelte sie die Stirn. „Sie können das leicht sagen! Ich kam mir wie der letzte Vollidiot vor. Außerdem wusste jeder, wie blöd ich mich angestellt hatte.“

„Glauben Sie mir“, ächzte er. „Ich kann das gut nachvollziehen.“

„Bei aller Liebe, Tom. Sie sehen nicht so aus, als hätte jemand Sie um Ihr Geld gebracht.“

„Das vielleicht nicht“, er seufzte und rückte den Stuhl näher an ihren, bevor er sich ganz zu ihr drehte. „Aber ich weiß, wie man sich fühlt, wenn man mit heruntergelassenen Hosen vor der Öffentlichkeit steht.“

„Finden Sie nicht, dass ein betrügerischer Verlobter etwas schlimmer ist als ein verlorenes Spiel?“, fragte sie mit lahmer Stimme.

Plötzlich funkelten seine Augen erbost. „Ich rede von keinem verlorenen Spiel!“

„Aber ...“

Mit einem Kopfschütteln unterbrach er sie und erklärte mit grollender Stimme. „Mit vierundzwanzig bin ich auf eine berechnende Goldgräberin hereingefallen. Zoey ist das Ergebnis."

„Ich dachte ..."

„Was dachten Sie?"

„Nun ja."

„Lassen Sie mich raten", schnarrte er leicht entnervt. „Sie dachten, meine Frau hätte sich von mir scheiden lassen, weil ich ständig irgendwelche Affären gehabt hätte, und sie hätte Zoey nach der Scheidung mitgenommen, richtig?"

Erin schwieg und blinzelte, denn genau das hatte sie gedacht.

„Nein, ich war ein naiver Idiot, der sich auf eine hübsche Frau einließ, als er nach einem Auswärtssieg auf den Putz haute, und dachte, er würde sie nach einer Nacht nie wiedersehen. Neun Monate später präsentierte sie meinem Anwalt einen Säugling, forderte einen Vaterschaftstest und wollte mich auf eine millionenschwere Abfindung verklagen, weil ich mich weigerte, sie wegen Zoey zu heiraten."

Schockiert starrte Erin ihn an. „Oh."

Sein Gesicht verfinsterte sich, während er den Kopf etwas senkte. „Zoeys Mutter hat mir das Leben für einige Zeit zur Hölle gemacht. Sie drohte damit, wilde Geschichten über mich zu erfinden, wenn ich sie nicht heiratete, die mir in der Öffentlichkeit sicherlich geschadet hätten." Er seufzte schwer. „Wir einigten uns auf Unterhaltszahlungen. Als Gegenleistung musste sie eine Erklärung unterschreiben, dass sie den Mund hält."

In Erins Kopf ratterte es, weil er bislang lediglich von Zoeys Mutter und sich gesprochen hatte. An das Kind hatte anscheinend niemand gedacht. Dennoch konnte sie einem damals vierundzwanzigjährigen Mann nicht vorwerfen, dass er sich in erster Linie Sorgen um seine Karriere gemacht hatte.

„Trotzdem droht sie meinem Anwalt ständig, ihre Geschichte öffentlich zu machen und mich als Mistkerl darzustellen, der sie als Hochschwangere verlassen hätte."

„Ich schätze mal, dass sich Ihr Verhältnis zu Zoeys Mom nicht gebessert hat."

Er schnaubte und warf ihr einen finsteren Blick zu. „Wir halten es in keinem Raum zusammen aus und reden nur über unsere Anwälte miteinander."

„Reden Sie denn nicht miteinander, wenn Sie Zoey besuchen?"

Er kniff die Lippen zusammen und erklärte widerstrebend: „Wenn ich in Kalifornien bin, holt jemand Zoey ab und bringt sie zu mir, damit ich Jennifer nicht über den Weg laufen muss."

„Tom, ich kann verstehen, dass Sie ihr keine angenehmen Gefühle entgegenbringen ..."

„Aber?"

„Aber Sie haben eine gemeinsame Tochter." Ruhig legte sie den Kopf schief. „Vielleicht sollten Sie sich lieber auf Zoeys Wohl konzentrieren und die Antipathie gegen ihre Mutter ausblenden."

Er antwortete nicht, sondern starrte sie wütend an.

Erin hob beide Hände hoch. „Früher oder später wird Zoey darunter leiden, wenn sie begreift ..."

Abwertend höhnte er: „Therapieren Sie sich selbst! Anstatt mir Ratschläge zu erteilen, sollten Sie sich lieber um Ihre eigenen Probleme kümmern!"

Abrupt stand Erin auf und knallte ihr Glas so fest auf den Tisch, das etwas Wein überschwappte. Einen kurzen Augenblick hatte sie tatsächlich vergessen, mit wem sie an einem Tisch saß und redete. Tom Peacock war und blieb ein egomanischer Mistkerl! Wütend wollte sie in den Bungalow stolzieren und überlegte es sich plötzlich anders, um ihm ihre Meinung zu geigen. Sie hasste es, wenn er das letzte Wort hatte, und wollte es sich nicht nehmen lassen, ihm einmal genau zu sagen, was sie von ihm hielt.

Als sie sich umdrehte, prallte sie jedoch gegen seine Brust und wäre vermutlich auf ihrem Hintern gelandet, wenn er sie nicht an beiden Armen festgehalten hätte.

Sich auf einmal an ihn gepresst wiederzufinden und von ihm gehalten zu werden, war wie eine Schockwirkung. Alle zornigen Worte blieben in ihrem Hals stecken. Anstatt diese unglaubliche Wut wegen seines Kommentars in ihrem Bauch zu spüren, überkam sie eine Hitze, die sie erzittern ließ. Alle Härchen stellten sich auf ihren Armen auf, als er sie fester umklammerte und noch enger an sich zog. Atemlos starrte sie auf das Emblem, das sein graues Sweatshirt verzierte, und musste gegen den Drang ankämpfen, sich an ihn zu schmiegen. Mit trockener Kehle wollte sie etwas sagen und hob langsam den Kopf nach oben, bis ihr Blick auf seinen Mund fiel. Sie leckte sich kurz über die trockenen Lippen und sah ihm zögerlich in die blauen Augen, die sich verschleiert und sich nun auf ihren Mund geheftet hatten.

Sein Griff wurde noch eine Spur stärker.

Erin keuchte erschrocken auf, als er den Kopf senkte und sie leidenschaftlich auf den Mund küsste. Der Protest auf ihren Lippen trat in den Hintergrund und sie bog sich ihm entgegen. Heiß fiel sein Mund über ihren her, hungrig leckte er über ihre Lippen und hemmungslos verschlang er ihr Stöhnen mit seinem Mund, bevor er es zurückgab. Ihre Zehen krampften sich zusammen und sie fürchtete, jeden Moment zu Boden zu sinken und die Kontrolle zu verlieren.

Sie erwiderte seine gierigen Küsse und krallte sich in sein Sweatshirt, nicht länger fähig, der Stimme in ihrem Kopf, die ihr sagte, dass sie das nicht tun durfte, zu gehorchen. Sie fühlte sich völlig willenlos angesichts seines männlichen Geruchs, der sie einnebelte und um den Verstand brachte. Der Geschmack nach heißem Verlangen auf seiner Zunge tat sein Übriges, um Erin erregt und gleichzeitig frustriert zittern zu lassen.

Seine großen Hände ließen ihre Arme los und packten ihren Rücken sowie ihre Hüften, um von dort tiefer zu wandern. Völlig entfesselt presste sie sich an ihn und küsste ihn dermaßen gierig zurück, dass sich ihr Atem mit seinem vermischte. Sie schien in Flammen zu stehen, als ihre Brüste schwer wurden und sich gegen seine harte Brust pressten, während ein nicht enden wollender Schauer über ihren Körper fuhr.

Sie spürte, wie ein Keuchen in seiner Kehle vibrierte und sich auf sie übertrug, während seine Hände ihren Hintern umfassten und sie fest an sich zogen. Ihre Lippen brannten ein wenig von den rauen Bartstoppeln, aber sie konnte nicht aufhören, ihn zu küssen und zu schmecken, und genoss sogar den leichten Schmerz auf ihrer weichen Haut. Stöhnend fuhr sie mit ihren zitternden Händen zu seinen Schultern und schmiegte sich so eng an ihn, dass sie den harten Beweis seines Verlangens durch ihre Leinenhose spüren konnte. Qualvolles Feuer schoss durch ihre Adern und ein dumpfes Pochen machte sich zwischen ihren Schenkeln breit. Ihr Herz klopfte wie wild. Sie musste ihn einfach berühren, wollte seine heiße Haut anfassen und ihn verschlingen.

Keuchend entwand sie sich seinem Mund und presste ihre Lippen auf seine Kehle. Sie sog an der warmen Haut und fuhr mit ihrer rechten Hand über seinen Rücken, um unter das Sweatshirt zu greifen und die harten Muskeln zu berühren, die sie während der letzten Tage bewundert hatte, wenn er mit nacktem Oberkörper am Strand hergelaufen war. Als er seine Lippen in ihren Nacken presste, war es völlig um ihre Beherrschung geschehen. Ihr war so heiß, dass sie sich am liebsten alle Klamotten vom Leib gerissen und sich auf ihn gestürzt hätte. Alle Vorsicht war wie weggeblasen.

Sie stöhnte und wusste nicht, worauf sie sich zuerst konzentrieren sollte. Auf den warmen Mund an ihrem Nacken oder die federleichten Berührungen seiner Hand an der Unterseite ihrer Brüste. Erin wusste nur, dass sie ihm das Sweatshirt ausziehen wollte, um sich an seinem nackten Oberkörper reiben zu können.

„Bist du das?"

„Was?" Verwirrt reagierte sie kaum auf sein fragendes Keuchen und löste sich nur widerstrebend von seiner Kehle, um in seine lustverschleierten Augen zu sehen.

Erst jetzt bemerkte sie das stete Vibrieren in ihrer Hose und hörte den Klingelton ihres Handys. Zitternd trat sie einen Schritt zurück und griff mit unsicheren Fingern nach dem Unruhestifter. Der brennende Blick ihres Gegenübers folgte jeder ihrer fahrigen Bewegungen, als sie atemlos den Anruf annahm.

Erin war noch nicht wieder ganz bei sich, als die aufgeregte Stimme ihrer Schwester in ihr Ohr drang.

„Oh mein Gott, Erin! Du wirst nicht glauben, was passiert ist!“

„Holly“, sie warf Tom einen kurzen Blick zu und drehte sich halb von ihm weg. „Es ist grad schlecht ...“

„Egal!“ Holly lachte triumphierend. „Am Samstag ist mein Junggesellinnenabschied – *diesen* Samstag!“

Mit Mühe beruhigte sich Erin langsam und spürte, wie sie sich innerlich vor Verlegenheit wand. Endlich hatte Holly einmal den richtigen Zeitpunkt erwischt, um sie zu stören. Himmel, sie hatte mit ihrem Arbeitgeber herumgemacht! Mit Zoeys Dad! Auf der Terrasse ihres Bungalows! Damit hatte sie gegen jede nur mögliche Regel verstoßen, die sie sich als Kindermädchen selbst auferlegt hatte. Kurz dachte sie daran, was passiert wäre, wenn Zoey wach geworden und auf die Terrasse gekommen wäre, während Tom und Erin wild knutschend dort gestanden hätten.

„Erin, du hörst nicht einmal zu“, beklagte sich Holly nun unwirsch.

„Entschuldige, Holly“, murmelte sie und ging einen weiteren Schritt beiseite, um einen möglichst großen Abstand zu Tom zu schaffen, der noch immer dort stand, wo sie sich gerade geküsst hatten, und sie anstarrte.

„Ähm ... also ... diesen Samstag?“

„Ja“, seufzte Holly genervt. „Wir verlegen den Termin vor, weil Nicoles Dad einen alten Schulfreund hat, der einen Cousin hat, der Techniker ist ...“

„Holly“, Erin fasste sich an den Kopf und spürte, wie sie kurz vor einem Nervenzusammenbruch stand. „Was willst du mir sagen?“

„Ich will dir sagen, dass wir auf der Gästeliste des *New Age* für den kommenden Samstag stehen! Ist das nicht großartig?“, kreischte sie in den Hörer.

„Toll“, erwiderte Erin abwesend und beobachtete aus den Augenwinkeln, wie Tom sie unverwandt anstarrte, während Holly die weiteren Pläne für ihren Junggesellinnenabschied herausposaunte, auch wenn Erin kein einziges Wort mehr mitbekam. Alles, was sie wahrnahm, war ein Rauschen in den Ohren, als sie daran dachte, was beinahe passiert wäre und was bereits passiert war. Sie konnte nicht glauben, dass sie dermaßen die Kontrolle verloren hatte, immerhin war Tom so etwas wie ihr Boss ... Mist, er *war* ihr Boss!

Bisher hatte sie sich immer mit ihrer Professionalität gerühmt. Jetzt war es soweit, dass sie dem Vater ihres Schützlings beinahe die Klamotten vom Leib riss und nur durch einen Anruf ihrer Schwester davon abgehalten wurde, Sex mit ihm auf einer Terrasse zu haben, während das Kind nebenan schlief.

„Okay. Bitte ruf mich an, sobald du wieder da bist, damit wir den Samstag planen können“, seufzte Holly.

„Mach ich.“ Erin drückte ihre Schwester weg und ließ das Handy wieder in ihre Hosentasche gleiten, bevor sie sich um Ruhe bemüht zu Tom umdrehte und die Arme unsicher vor der Brust verschränkte. Sie konnte ihn immer noch auf ihrem Mund schmecken und musste sich beherrschen, sich nicht mit der Zunge über die Lippen zu fahren.

Als er einen Schritt auf sie zumachte, streckte sie alarmiert eine Hand nach ihm aus und schüttelte den Kopf. „Nicht ...“

Fragend blieb er stehen. „Was?“

„Das ... das war ein Fehler“, sie schluckte und verkrampfte sich innerlich. „Wir hätten das nicht tun dürfen.“

„Ach?“ Nun verschränkte auch er die Arme vor der Brust und sah sie interessiert an.

„Ja“, stotterte sie. „So etwas darf nicht passieren.“

„Weil?“

„Muss ich dir das etwa erklären?“ Aufgebracht trat sie auf das andere Bein und hob beide Hände. „Ich arbeite für dich! Du bist der Vater des Kindes, das ich betreue!“

„Erin ...“

Sie unterbrach ihn hektisch. „Es tut mir leid. Ich ... ich hätte dich niemals küssen dürfen.“

„So weit ich mich erinnern kann, hattest du anfangs gar keine andere Wahl“, scherzte er und erntete einen fassungslosen Blick von ihr, weil sie nicht verstehen konnte, dass er darüber Witze reißen konnte.

„Wie auch immer“, fuhr sie hastig fort. „Das war ein einmaliger Ausrutscher und hat nichts zu bedeuten. Am besten vergessen wir es schnell ...“

Er besaß die Frechheit zu lachen und ihr einen amüsierten Blick zu schenken.

„Was?“, fauchte sie regelrecht.

„Nichts“, beschwichtigend hob er beide Hände und grinste ihr ins Gesicht. Erin hatte keine Ahnung, was das zu bedeuten hatte, aber sie hielt es für besser, Abstand zwischen sie beide zu bringen, und nickte schroff.

„Also dann ... gute Nacht.“

„Nacht“, rief er ihr vergnügt nach, als Erin wie von der Tarantel gebissen ihre Sachen packte und eilig im Bungalow verschwand.

14. Kapitel

Er machte sie nervös. Das merkte Tom nun seit Tagen und kämpfte seit dieser Zeit gegen ein ständiges Grinsen an, weil er es ziemlich amüsant fand, dass Erin immer wieder rot anlief, wenn sie ihm einen Blick zuwarf. Das merkte er auch jetzt, als er die Wohnungstür öffnete und ihrem Blick begegnete, als sie etwas aus der Küche zum Wohnzimmer trug. Lächelnd nickte er ihr zu und bekam einen knappen Willkommensgruß, bevor sie ihm den Rücken zukehrte und zu Zoey trat, die am Esstisch saß.

Auf Hawaii war es am letzten Tag besonders schlimm gewesen. Am Morgen nach ihrer nächtlichen Knutscherei hatte sie ihm nicht in die Augen schauen können und war ihm immer ausgewichen. Ihre Augenringe hatten darauf schließen lassen, dass sie nicht besonders gut geschlafen hatte. Ihm war es nicht anders ergangen, aber im Gegensatz zu ihr, die sich vermutlich übermäßig Gedanken gemacht hatte, hatte Tom nicht schlafen können, weil er nicht glauben konnte, dass ausgerechnet das zickige und unnahbare Kindermädchen, das er kennengelernt hatte, so leidenschaftlich über ihn hergefallen war. Er konnte sich nicht erinnern, wann er zum letzten Mal so scharf gewesen war.

„Mach meinen Namen, Daddy!“ Zoey winkte ihm von ihrem Platz am Esstisch zu und deutete auf den Teller vor sich.

„Was isst du denn da, Knöpfchen?“ Er legte den Wohnungsschlüssel beiseite und ging zum Tisch, um sich über Zoey zu beugen, die gerade ihr Mittagessen verspeiste, während Erin am anderen Ende des Tisches saß und ihn ignorierte.

„Suppe", sie schmiegte ihren Kopf gegen seinen Arm und sah glücklich zu ihm auf. Tom erwiderte ihr Lächeln automatisch und fuhr ihr zärtlich über die Wange.

„Mhh, lecker."

„Willst du auch?"

„Gerne", er beugte sich zum Löffel, den sie etwas schräg hielt, und öffnete brav den Mund, damit sie ihn füttern konnte. Natürlich ging die Hälfte der Suppe und Buchstabennudeln daneben und plumpste zurück auf ihren Teller, aber das störte ihn nicht.

„Daddy, an deinem Mund hängt eine Nudel", kicherte Zoey begeistert.

„Echt?"

„Ja, hier", ihre pummelige Hand schoss vor und wischte die Nudel weg.

Er rümpfte die Nase und senkte das Gesicht zu ihr. „Du hast hier auch eine Nudel", übermütig drückte er ihr einen lauten Schmatz auf die Wange. „Und hier." Ein Kuss folgte auf ihre Nase, bevor er unzählige Schmatzer auf ihr ganzes Gesicht drückte.

Zoey wand sich gurgelnd vor Lachen unter seiner Kussattacke. „Das kitzelt, Daddy!"

„Echt?" Er täuschte einen Biss an und küsste sie abschließend auf die Schläfe, bevor er sich etwas erhob und ihr über den Rücken strich.

„Hier, Daddy", Zoey deutete auf ihren Teller. „Kannst du aus den Nudeln meinen Namen machen?"

„Sicher", er nahm ihren Löffel und isolierte ein Z, ein O, ein E und ein Y, um sie auf den Rand des Tellers zu schieben.

„Und jetzt das Wort *Daddy*!“

Er tat ihr den Gefallen und war sich die ganze Zeit über der hellgrünen Augen bewusst, die ihn über den Tisch hinweg beobachteten.

„Jetzt Erins Namen!“

Grinsend gehorchte er und sah kurz auf. Erin starrte mit einem spröden Blick zu ihnen hinüber und senkte abrupt den Kopf, um sich mit ihrer Suppe zu beschäftigen.

Tom stieß einen amüsierten Laut aus.

„Und Hund!“

„Mäuschen, du sollst die Nudeln essen“, schalt Erin sanft. „Gleich sind keine mehr übrig.“

„Okay“, antwortete Zoey fröhlich und schob sich einen Löffel Suppe mit einem seligen Gesichtsausdruck in den Mund.

Tom zog sich einen Stuhl heran und setzte sich zu seiner Tochter.

„Wo warst du, Daddy?“

„Ich war bei der Arbeit.“

„Hast du keine Ferien?“

„Nein, Knöpfchen“, er lachte und schob ihren Teller ein wenig näher an sie heran. „Wir müssen fleißig trainieren und ganz viele Bälle werfen.“

Begeistert riss sie ihre Augen auf. „Darf ich mal zusehen? Im Kindergarten spielen wir auch mit Bällen. Das mag ich am liebsten.“

Er wusste nicht, warum ihr letzter Satz ein Flattern in seiner Herzgegend verursachte, und lächelte daher einfach, bevor er ihr eine blonde Locke hinter das Ohr schob. „Natürlich darfst du zusehen. Das fände ich toll.“

„Morgen?“ Hoffnungsvoll streckte sie ihre Unterlippe vor.

„Morgen nicht“, er tätschelte ihr rundes Knie und schüttelte den Kopf. „Morgen ist kein Training, da haben wir alle frei.“

„Ach so“, Zoey zuckte mit der Schulter und widmete sich wieder ihrer Suppe, während sie ein selbst erfundenes Lied sang. Tom wandte den Blick von seiner Tochter ab und blickte zu Erin, die einen großen Schluck aus ihrem Wasserglas nahm und so tat, als hätte sie ihn nicht gerade gemustert.

Tom wackelte belustigt mit beiden Augenbrauen und fragte höflich: „Wann geht es denn heute Abend los?“

Als sie den Mund öffnete, um ihm eine Antwort zu geben, ertönte ein Rülps, der quer durch den Raum hallte.

Zoey sah sofort auf und schaute Erin mit kindlicher Fassungslosigkeit an, während diese einen hochroten Kopf bekam und entsetzt in die Runde starrte.

Bevor Tom wusste, was er tat, griff er nach Zoeys Glas und trank einen großen Schluck. Der anschließende Rülpser war nicht von schlechten Eltern.

„Meiner war besser.“ Er reichte Zoey das Glas. „Jetzt bist du dran, Knöpfchen. Zeig, was du kannst.“

Das ließ sich Zoey nicht zweimal sagen und trank einen riesigen Schluck, bevor sie einen kaum hörbaren Rülpser von sich gab. Erin hatte es die Sprache verschlagen und sie starrte Tom fassungslos an.

„Das war nichts. Noch einmal“, wies er Zoey an.

„Tom!“ Erins Schelte ging in ihrem Gelächter unter. „Nicht!“

Er schnitt eine Grimasse und wisperte seiner Tochter mit einem Seitenblick auf Erin laut zu: „Hau rein, Knöpfchen."

Für eine Vierjährige stieß Zoey einen erstaunlich lauten Rülpser aus und grinste stolz.

„Wie war ich, Daddy?"

„Fabelhaft", er hielt ihr die Hand hin, in die sie einschlug. „Jetzt ist wieder Erin dran."

Die schüttelte den Kopf.

„Feigling, Feigling", intonisierte Tom. Zoey fiel sofort ein und klatschte dabei übermütig auf den Tisch.

Mit einem Funkeln in den Augen griff Erin nach ihrem Glas und nahm einen weiteren tiefen Schluck, bevor sie laut rülpste.

„Respekt", Tom nickte beeindruckt und goss neues Wasser aus der Karaffe in Zoeys Glas, bevor er wieder dran war.

Nach einigen Wiederholungen wurde Zoey zur Siegerin gekürt, auch wenn sie bei weitem nicht so laute Geräusche von sich gegeben hatte wie die beiden Erwachsenen. Stolz thronte sie auf ihrem Stuhl und verkündete, dass sie jetzt etwas malen wolle.

Tom gesellte sich zu Zoey auf die Couch, auf der sie saß und ein Bild malte, während sein Blick immer wieder zur offenen Küche glitt, in der Erin mit dem Abwasch beschäftigt war. Sie würde gleich gehen und erst am Montagmorgen wiederkommen, weil sie am morgigen Tag frei hatte, nachdem heute der Junggesellinnenabschied ihrer Schwester stattfinden sollte. Mit einem unbehaglichen Gefühl gestand sich Tom ein, dass ihm die Aussicht, sie morgen nicht sehen zu können, überhaupt nicht gefiel. Vermutlich lag es an der Woche auf Hawaii, in der sie tagtäglich zusammen gewesen waren, dass er sich schon so sehr an ihre Anwesenheit gewöhnt hatte.

Vorsichtig erhob er sich von der Couch und schlenderte in die Küche, um zu sehen, dass Erin gerade die Spülmaschine einräumte.

Tom reichte ihr einen Topf und erntete einen verlegenen Blick.

„Danke."

„Bitte." Er nahm ihr das Geschirrtuch aus der Hand und begann die Gläser abzutrocknen, während er beiläufig erklärte: „Bei meinem letzten Rülpswettbewerb war ich elf. Dann entdeckte ich die Mädchen, die dieses Talent anscheinend nicht schätzten, also ließ ich es sein."

„Kaum zu glauben", murmelte sie und beschäftigte sich intensiv mit einer Pfanne.

„Du hast mir immer noch nicht gesagt, wann es heute losgeht."

Seufzend ließ sie Wasser in die Spüle ein, als störe sie allein der Gedanke an den bevorstehenden Abend. „Um sieben soll ich bei Holly sein."

„Hast du einen Stripper bestellt?"

Über ihren gequälten Gesichtsausdruck musste er lachen und hob abwehrend die Hand, als sie ihm mit dem Putzlappen drohte. „Okay, also einen Stripper gibt es."

„Holly hat ihn sich gewünscht", verteidigte sie sich abwehrend.

„Wie schön, dass du so uneigennützig bist."

Mit zwei roten Flecken auf den Wangen sah sie ihn von der Seite an und streckte sich, um eine Schale in den obersten Schrank zu stellen. Tom legte das Handtuch über seine Schulter und stellte sich hinter sie, um ihr die Schale abzunehmen und selbst in das oberste Fach zu stellen. Obwohl es nicht seine Absicht gewesen war, kam er ihr dabei sehr nahe und presste sich mehr oder weniger an ihren Rücken, während seine Hand die ihre berührte, als er die Schale ergriff. Stumm sah er auf ihren Hinterkopf und hätte die roten Haare, die sie zu einem Dutt zusammengerafft hatte, am liebsten gelöst und seine Nase darin vergraben. Sie roch so unwahrscheinlich gut und stand wie festgefroren vor ihm. Ein heißes Kribbeln durchfuhr ihn und ließ ihn sofort an gierige Küsse auf der Terrasse ihres Bungalows denken.

Unmerklich beugte er den Kopf und konnte sowohl den hektischen Puls an ihrem Hals als auch das schnelle Heben und Senken ihrer Brust sehen. Langsam senkte er sein Gesicht zu ihrem Ohr.

„Nicht“, murmelte sie und schüttelte den Kopf.

„Erin.“

„Nicht“, wiederholte sie und drehte den Kopf in seine Richtung, während sie flüsterte: „Das geht nicht.“

Er schluckte, bevor er nickte und einen Schritt zurücktrat. Erin quetschte sich an ihm vorbei und schloss den Geschirrspüler. Tom konnte sehen, dass sie tief durchatmete.

„Ich verabschiede mich eben von Zoey.“

„Mach das.“

Ihr gelang ein wackliges Lächeln. „Wir sehen uns Montag.“

„Bis Montag.“

Erin starrte auf ihr Handy in der Hoffnung, dass Tom ihr geschrieben hätte.

Was er natürlich nicht hatte.

Seufzend steckte sie das Telefon zurück in ihre kleine Abendtasche und zog das knappe Kleid unter ihrem Mantel wieder zurecht, während sie Holly verfluchte, die sie gezwungen hatte, in einem Kleid, das jeder Prostituierten gefallen hätte, durch die Gegend zu rennen. Erin hatte keine Ahnung, woher ihre kleine Schwester die grandiose Idee hatte, dass ihre Brautjungfern selbst bei ihrem Junggesellinnenabschied identische Kleider tragen mussten. Mittlerweile war Erin der festen Überzeugung, dass ihr bald der Kragen platzen würde, wenn Holly so weiter machte.

Extra für Hollys besonderen Abend hatte sie sich ein nettes, *dezentes* Kleid gekauft, das sie in ihrem Elternhaus hatte ausziehen müssen, um in das ultrakurze, schwarze Bustierkleid zu steigen, dass Holly für ihre Brautjungfern besorgt hatte, während sie das gleiche Kleid in einem goldenen Kupferton trug. Da das Kleid keine Träger hatte, befürchtete Erin schlimme Konsequenzen und zog den Stoff immer wieder hoch, um den Saum gleich darauf nach unten zu ziehen. Wie man es drehte und wendete, es war einfach zu kurz und zeigte entweder zu viel Busen oder zu viel Bein.

Der ganze Tag war bisher eine absolute Katastrophe gewesen, angefangen mit der vergangenen Nacht, in der Jess einen Austauschstudenten aufgerissen und mit nach Hause geschleppt hatte. Erin hatte in ihrem Bett gelegen und um eine Lärmschutzwand gebetet. Zwar hatte sie keine Ahnung, was der aus Schweden stammende Typ stundenlang gestöhnt hatte, aber dafür hatte sie Jess gut verstehen können, die die ganze Nacht Gott angefleht hatte, sie zu erlösen, obwohl sie von sich behauptete, Atheistin zu sein. Unnötig zu erwähnen, dass Erin nicht hatte schlafen können. Sie hatte das Gestöhne durch die Wand hören und an Tom denken müssen. Die Sexgeräusche waren nebensächlich gewesen, schließlich waren ihr diese Töne aus Jess' Schlafzimmer vertraut, nur die ständigen Erinnerungsfetzen an Toms nackten Oberkörper und den Geschmack seiner Lippen hatten sie wahnsinnig gemacht und sie keinen Schlaf finden lassen.

Als Tom ihr dann auch noch seine lustige Seite gezeigt hatte, indem er einen Rülpswettbewerb initiiert hatte, um ihr die Verlegenheit zu nehmen, und sich in der Küche an sie herangemacht hatte, wäre dies der krönende Abschluss ihres ganz persönlichen Horrortages gewesen, wenn nicht der nervige Junggesellinnenabschied ihrer Schwester bevorgestanden hätte.

Nachdem Holly darauf bestanden hatte, Erin zu frisieren und zu schminken, waren alle ihre Freundinnen bei ihr aufgetaucht und hatten sie in einer pinken Limousine abgeholt. Billiger Sekt, der als echter *Champagner* angepriesen wurde, war in Strömen geflossen, bis die Meute der kreischenden Frauen bei einem Lokal angekommen war, in dem das Hinterzimmer reserviert worden war. Erin war die einzige, die noch nüchtern war, weil sie dem süßen Sekt nichts abgewinnen konnte. Also saß sie zwischen den gackernden Freundinnen ihrer Schwester und aß an ihrem Hühnchen, als ein unechter Polizist zur Tür hereinkam und Holly wegen angeblicher Ruhestörung verhaften wollte.

Wäre Erin in der vergangenen Woche nicht von halbnackten und extrem gutgebauten Footballspielern umgeben gewesen, hätte sie den Stripper vielleicht sogar ganz süß gefunden, aber jetzt fand sie, dass er eine Hühnerbrust und einen platten Hintern hatte. Holly und ihren erschreckend schrillen Freundinnen schien dies egal zu sein oder sie bemerkten seine Mängel nicht einmal, weil sie sich um ihn scharrten und Holly zujubelten, als sie ihn einölte und den String hinunterschob.

Erin sah diskret beiseite. Der String war zu viel für sie gewesen und sie hoffte, dass sie irgendwann einmal wieder in der Lage sein würde, an nackte Männer denken zu können, ohne diesen glitzernden String vor Augen zu haben.

Holly dagegen hatte einen riesigen Spaß. Genauso wie ihre Freundinnen, die Erin prüde, verklemmt und eine Spaßbremse nannten. Jetzt saßen sie alle zusammen wieder in der Limousine und fuhren zu jenem angesagten Club, von dem Holly tagelang geschwärmt hatte. Sie wurden immer lauter, während Erin dabei saß und sich eigentlich wünschte, in ihrem Pyjama zuhause zu sitzen und einen guten Film zu schauen. Sie hatte nichts gegen Partys, aber sie war erstens nicht in der Stimmung dafür, zweitens fühlte sie sich in diesem Kleid und mit ihrer Löwenmähne nicht wirklich wohl und drittens verstand sie sich schon nicht mit Hollys Freundinnen, wenn diese nüchtern waren. Betrunken waren sie wie ein Höllenfahrtkommando – sie führten ins Verderben und waren nicht aufzuhalten.

Inmitten dieser schrillen Meute betrat Erin den extravaganten Club, der dafür bekannt war, dass die Barkeeper mit nackten Oberkörpern und die weiblichen

Angestellten in ausgefallener Unterwäsche arbeiteten. Das unterdrückte Wummern der Musik begrüßte sie, als sie ihre Jacken und Mäntel abgaben, bevor sie durch eine Lounge gingen, in der edle Möbel verteilt waren, auf denen sich die Gäste tummelten und sich in verdunkelter Atmosphäre unterhielten. Natürlich fiel ihre Frauentruppe immer wieder auf, da sie alle die gleichen Kleider trugen und ziemlich aufgekratzt wirkten. Erin wäre am liebsten im Boden versunken, während sie den anderen folgte und ständig an ihrem Kleid zerrte, um es dazu zu bewegen, sich wie ein Wunder zu verlängern oder wenigstens etwas weiter zu werden.

Bald gelangten sie in den Hauptraum, der riesig war und über mehrere Bars sowie Tanzflächen und Sitzmöglichkeiten verfügte. Wildes Licht, lauter Bass und der Geruch nach Alkohol schlugen ihnen entgegen. Auf ihren hohen Schuhen folgte Erin den anderen und sah sich unbehaglich um, als sich mehrere männliche Augenpaare auf sie richteten und von oben bis unten abtasteten. Mit beiden Händen umklammerte sie ihr Täschchen vor dem Körper und stieß beinahe mit Holly zusammen, die vor ihr stehen geblieben war, um die zugegebenermaßen edle Ausstattung des Clubs zu bewundern.

„Ist das geil hier!“, brüllte Holly ihr über den Lärm hinweg zu, da sie genau neben einer Musikanlage standen, und nahm ihre Hand, um sie weiter nach hinten zu führen, wo gerade einige Sitzplätze freigeworden waren. Zusammen mit den anderen erklommen sie drei Stufen, die zu einer kleinen Empore hinaufführten, und verteilten sich schnell auf einem Sessel und zwei Sofas, wobei Erin auf einer Lehne zu sitzen kam. Unbehaglich rutschte sie etwas umher und presste die Knie zusammen, während sie sich umsah und an ihrem Kleid herumfummelte.

„Hör auf, ständig an deinem Kleid herumzuzerren“, zischte ihr Holly zu und kniff zur Untermalung ihrer Schelte in Erins Oberarm, wie sie es schon als Sechsjährige gemacht hatte, wenn ihr etwas nicht gepasst hatte.

„Schon gut“, brummte Erin zurück.

„Wer holt Cocktails?“

„Ich hätte lieber einen Wodka.“

„Hier muss doch irgendwo eine Kellnerin herumlaufen!“

„Da vorne bringt eine Kellnerin Drinks an den Tisch.“

Susan, Hollys zukünftige Schwägerin, die vermutlich noch am normalsten war, stieß Erin sanft an und runzelte leicht besorgt die Stirn. „Alles okay mit dir?“

„Mit ihr ist alles okay“, fauchte Holly und lallte dabei ein bisschen. „Erin kann sich einfach nicht mehr amüsieren, seit Gabe sie abgeschossen hat.“

„Holly!“ Susan schüttelte missbilligend den Kopf.

„Ist doch wahr“, beschwerte sich die angehende Braut mit einem missmutigen Gesicht, während ihre furchtbaren Freundinnen kicherten.

Erin bat um himmlischen Beistand und fürchtete, dass sie nach dieser Nacht wegen Schwesternmord im Gefängnis sitzen würde. Zwar wusste sie, dass Holly es nicht ernst meinte, sondern nur betrunken war, dennoch taten ihre Worte weh.

„Du solltest einfach mal wieder loslassen und auf den Putz hauen. Früher warst du nicht so langweilig“, riet Amber mit einem zuckersüßen Lächeln.

Auch Nicole mischte sich nun ein. „An deiner Stelle hätte ich mit Gabes bestem Freund gevögelt und Fotos davon gemacht, um sie ihm zu zeigen. So etwas kommt immer gut.“

„Lasst das Thema doch bitte sein“, Susan sah alarmiert in die Runde.

„Verdammt, Erin! Es ist mein Junggesellinnenabschied“, Holly blickte ihr erbost ins Gesicht. „Ist es zu viel verlangt, wenn du dich einmal nicht wie ein Eiszapfen benimmst?!“

„Ich hole uns was zu trinken“, erwiderte sie und erhob sich so hastig von der Lehne, dass sie beinahe gefallen wäre. Sie musste so schnell wie möglich von Holly und ihrer Entourage weg, bevor sie sich deren Worte noch zu Herzen nahm und womöglich in Tränen ausbrach. Auf dem Weg zur Bar beruhigte sie sich wieder und sagte sich, dass sie alle Unrecht hatten. Sie war weder langweilig noch ein Eiszapfen. Nur weil sie nicht zu den Frauen gehörte, die sich wie kreischende Tussis benahmen, hieß das nicht, dass sie keinen Spaß haben konnte. Sie hatte während ihrer Studienzeit so wilde Partys gefeiert, dass Holly vor Neid erblasst wäre.

Erin drängte sich an die überfüllte Bar und hielt verzweifelt nach einem der Barkeeper Ausschau, die sich damit beschäftigten, Drinks in extravagante Gläser zu gießen und ihren weiblichen Gästen schöne Augen zu machen.

Gerade als einer der Barkeeper in ihre Richtung sah, fasste ihr jemand an den Hintern und griff beherzt zu.

Empört drehte sie sich um und entdeckte einen rothaarigen Stiernacken, der ihr ein laszives Lächeln schenkte und seine Augen über ihren Körper wandern ließ.

„Wer ist dein Daddy?“

„Bitte?“ Sie schüttelte angewidert den Kopf und verschränkte die Arme vor der Brust, um den aufdringlichen Typen herrisch anzuschauen. Leider verfehlte diese Pose, die sie normalerweise bei aufsässigen Kindern anwendete, ihre Wirkung, da sie vergessen hatte, was sie momentan trug. Durch die Bewegung quoll ein großer Teil ihres Busens über den Rand des schwarzen Kleides und verursachte bei dem rothaarigen Störenfried Schnappatmung und ein widerliches Sabbern.

„Yeah, zeig mir deine Maracas, Baby.“

„Maracas?“ Aufgebracht kniff sie beide Augen zusammen und entdeckte hinter dem käsegesichtigen Aufdringling einen bulligen Typen, der sie ebenfalls wie ein Stück Fleisch musterte. Seine Augen fixierten ihre Brüste, bevor er zufrieden nickte.

„Delaney, die Braut hat echt tolle Hupen.“

Erin ließ die Arme sinken und ballte beide Hände zu Fäusten. „Kollege, die *Braut* tritt dir gleich in deine *Maracas*, wenn du weiterhin ihre *Hupen* angaffst!“

„Hey, Schätzchen“, der Rothaarige trat einen Schritt näher und verzog die Lippen zu einem – wie er vermutlich fand – unwiderstehlichen Lächeln. „Wir bewundern nur eine schöne Frau. Haste nicht Lust, mit mir in den Promi-Bereich zu kommen? Da sind wir ungestörter."

„In den Promi-Bereich?" Erin zog eine Augenbraue hoch.

Er lächelte arrogant und schob sich eine rote Haarsträhne beiseite. „Yeah."

„Daher kamst du mir so bekannt vor. Jetzt erkenne ich dich endlich," hauchte sie mit gespielter Bewunderung, während sie innerlich tobte.

„Kein Problem, Süße", erwiderte er jovial.

„Ohne die Narbe hätte ich dich gar nicht erkannt. Du bist doch der Schauspieler, der die Mörderpuppe Chucky gespielt hat, oder?"

„Jo, Mama", mischte sich sein bulliger Freund ein und erklärte nachdenklich. „Ich glaube, Chucky war nur eine Puppe und kein richtiger Schauspieler."

„Jo, danke – *Papa*." Sie verdrehte die Augen, da der Koloss anscheinend nicht begriffen hatte, dass Erin seinen Freund beleidigt hatte. Sie drehte sich auf dem Absatz ihrer Highheels um, als jemand ihren Arm packte.

„Hey! Lass sofort los!"

Der Rothaarige sah sie wütend an. „Mädchen, du hast keine Ahnung, wer vor dir steht."

„Und du hast keine Ahnung, wer vor dir steht, *Junge*. Also hau ab und belästige jemanden, der auf deine *Wer ist dein Daddy?*- Masche hereinfällt."

Da er immer noch ihren Arm festhielt, wurde sie langsam wirklich ungehalten.

„Ich habe gesagt, dass du mich loslassen sollst", zischte sie und versuchte sich zu befreien. Langsam wurde sie unruhig und spürte, wie sie vor Anspannung bebte.

„Delaney ist unser Quarterback“, der dämliche Riese nickte schroff. „Wir sind Spieler der *Jets*.“

Innerlich stöhnte Erin auf. Noch mehr Footballspieler! Wie konnte das Schicksal so grausam sein?

„Dann solltet ihr lieber trainieren gehen, anstatt Frauen mit Sprüchen aus irgendwelchen Fernsehsendungen zu belästigen! Wie ich höre, seid ihr miserable Spieler und steckt nicht einmal ein Highschool-Team in die Tasche!“

Beide schnappten vor Empörung nach Luft.

Der überhebliche Quarterback knurrte sie an und schob sein leicht pickliges Gesicht nach vorne. Bedrohlich öffnete er den Mund, um ein erschrockenes Quietschen auszustoßen, da Erin die Geduld verloren hatte und mit ihrer freien Hand in seinen Schritt fasste.

„Und jetzt lass mich endlich los, bevor ich aus deinen Maracas einen Dudelsack mache!“

„Delaney, die Braut zerquetscht ja deinen Sack!“ Der bullengleiche Riese machte große Augen und fasste sich automatisch in den Schritt, als müsse er sich vor potentiellen Attacken gegen seine eigene Männlichkeit schützen.

Sein Mitspieler gab ihm keine Antwort, sondern quiekte und schwitzte furchtbar, während er erbärmlich zuckte und Erin sofort losließ.

Daraufhin lockerte sie ihren Griff und zog die Hand zurück. Nur am Rande nahm sie wahr, dass die anderen Barbesucher in ihrer Umgebung interessiert das Geschehen verfolgten.

Der rotangelaufene Footballspieler drückte sich mit schmerzverzerrter Miene eine Hand in den Schritt und blickte sie zornig an. „Du spinnst doch!“

„Das passiert kleinen Jungen, die sich für erwachsene Männer halten“, keifte sie zurück und machte einen bedrohlichen Schritt auf ihn zu. Komischerweise wich er sofort erschrocken zurück, bevor er wieder seinen finsteren Gesichtsausdruck aufsetzte.

„Komm’, Bubba“, verächtlich warf er den Kopf zurück und deutete auf Erin. „Mit frigiden Zicken können wir eh nix anfangen!“

Eigentlich hätte Erin zufrieden sein sollen, dass dieses Ekelpaket die Flucht antrat und im Gedränge verschwand, doch mit einem Mal hatte sie wieder diesen Eisklumpen im Magen. Wirkte sie tatsächlich wie eine frigide Zicke?

„Hey, Schätzchen“, ein Barkeeper reichte ihr über die Theke hinweg ein Schnapsglas. „Der geht aufs Haus.“

„Danke“, sie schenkte ihm ein verkrampftes Lächeln und goss den Alkohol hinunter, der ihr sofort in der Kehle brannte.

Sie hatte es satt, als frigide Zicke bezeichnet zu werden. Sie hatte es so unglaublich satt, immer vernünftig und verantwortungsbewusst zu sein. Sie wollte auch auf den Putz hauen, sich einen Dreck um Konsequenzen scheren und endlich wieder Spaß haben. Und sie wollte Holly sowie ihren aufgetakelten Freundinnen beweisen, dass sie ihr in Sachen Party nichts vormachen konnten.

„Könnte ich noch einen haben?“, fragte sie den halbnackten Barkeeper und atmete tief durch.

Tom wusste nicht genau, was ihn ins *New Age* geführt hatte. Er schob es auf die Neugier, wie der Junggesellinnenabschied von Erins Schwester wohl aussehen mochte, aber eigentlich wusste er es besser. Er wollte Erin sehen.

Also hatte er Zoey zu John und Hanna gebracht und sie gebeten, für ein paar Stunden auf sie aufzupassen, während er sich das Treiben mal genauer anschauen wollte. Jilian und Zoey waren begeistert gewesen, miteinander spielen zu können, da sie auf Hawaii zu einem Herz und einer Seele geworden waren. Bevor er es sich versah, hatten die beiden Mädchen beschlossen, eine Pyjama-Party zu machen und *Die Schöne und das Biest* zu schauen. Weshalb Hanna bei dieser Idee einen Lachanfall bekommen hatte, hatte weder John noch Tom verstanden.

Da er schon einige Mal in diesem Club gewesen war, kannte er sich aus und begegnete einigen Partygängern, die ihn begrüßten und zum Superbowl gratulierten. Es herrschte ein ziemliches Gedränge, aber da er groß war, konnte er den Raum ganz gut überblicken. Es dauerte eine Weile, bis er eine Frauengruppe ausgemacht hatte, die sich um einen Couchtisch scharrte und dort die Möbel besetzte. Sie trugen alle die gleichen Kleider, schienen sich jedoch nicht zu amüsieren, sondern klammerten sich an ihre Cocktailgläser. Erin war unter ihnen nicht auszumachen, aber Tom war sich ziemlich sicher, dass es sich bei diesem Haufen um den Junggesellinnenabschied von Erins Schwester handeln musste, da eine Rothaarige mit einem kupferfarbigen Kleid in der Mitte saß und Erin frappierend ähnelte.

Genau wie Erin, wenn ihr etwas nicht passte, hatte sich das Gesicht der jungen Frau säuerlich verzogen.

Er fackelte nicht lang und bahnte sich einen Weg zu ihnen.

„Holly?“

„Ja?“

Als sie ihm ins Gesicht sah, hatte er keine Zweifel mehr, dass sie Erins Schwester sein musste.

„Hi, ich bin Tom. Ist Erin schon gegangen?“

Verwirrt blinzelte sie ihm entgegen und war für einen Moment sprachlos. Ihre Begleiterinnen starrten ihn ebenfalls fassungslos an.

„Äh ...“

Tom hielt einen Kellner auf, der zurück zur Bar gehen wollte, und bestellte eine Runde Getränke für Holly und die anderen.

„Ich kann Erin nicht finden“, probierte er es noch einmal und versuchte es mit einem charmanten Lächeln. „Ist sie etwa schon nach Hause gegangen?“

Die blonde Frau neben Holly schnaubte nur sarkastisch und verdrehte die Augen. Tom hatte keine Ahnung, was hier los war, und runzelte die Stirn.

Holly schüttelte den Kopf und murmelte fast unhörbar. „Schön wär’s.“

„Ich verstehe nicht“, rief er etwas lauter, um sich Gehör zu verschaffen.

„Erin ist noch da“, erwiderte eine andere Frau und deutete schüchtern nach rechts. „Gerade habe ich sie dort gesehen.“

„Danke“, er tippte sich an die Schläfe und trat verwirrt den Rückzug an. Für einen Junggesellinnenabschied schien die Veranstaltung etwas lahm zu sein. So wie Erin ihre Schwester beschrieben hatte, war Tom davon ausgegangen, dass Holly auf den Putz hauen würde. Während er sich durch die tanzenden Massen schob, hielt er Ausschau nach Erin und vermutete, dass sie auf die Toiletten geflüchtet war oder sich an der Bar einen Drink gönnte, um den Abend zu überstehen. Auf einigen Stufen, die zu einer anderen Empore führten, blieb er kurz stehen und blickte in Richtung Toiletten. Er hoffte, dass sie nicht jetzt abgehauen und ihre Schwester ihrem Schicksal überlassen hatte, als er den Club betreten hatte. Bei der trüben Stimmung am Tisch könnte er ihr nicht einmal vorwerfen, so früh die Biege zu machen.

Sein Blick glitt zur Bar und wieder zurück zum Korridor, der zu den Toiletten führte, während einige Meter neben ihm die Massen grölten. Tom ignorierte die aufmunternden Rufe und kniff enttäuscht die Lippen aufeinander. Eigentlich sollte es kein Problem sein, Erin hier zu finden.

Als die Geräusche neben ihm lauter wurden, sah er kurz hin, weil er wissen wollte, was da los war, und verengte ungläubig die Augen. Er blinzelte, weil er sich eingebildet hatte, Erin inmitten der tanzenden Masse entdeckt zu haben. Das war natürlich nur eine Einbildung gewesen. Erin war nicht der Typ, der mitten auf der Tanzfläche mit irgendwelchen Leuten Tequila kippte und in einem kurzen Minikleid herumhüpfte. Vermutlich hatte er sich nur eingebildet, dass die ausgelassen tanzende Frau Erin sei, weil ihr Haar den gleichen Rotton hatte. Trotzdem ... Erin trug keine lockige Löwenmähne und keinen roten Lippenstift.

„Erin! Erin!“

Tom schüttelte sich und öffnete fassungslos den Mund. Das war Erin! Warum sollten die vor

Begeisterung brüllenden Kerle um sie herum sonst ihren Namen rufen? Was zum Teufel hatte sie bloß angestellt! Er kochte vor Wut, als er sah, dass einer der Typen ihre Hüften umfasste und sich tanzend an sie schmiegte, während sie lachte und das Haar zur Seite warf.

Aufgebracht setzte sich Tom in Bewegung und stieß in seiner Eile, zu ihr zu gelangen, andere etwas grob zur Seite. Die beschwerten sich lauthals. Ihm war das scheißegal. Gerade als er zu der Stelle kam, an der Erin tanzte, reichte ihr ein anderer Typ einen Longdrink, den sie mit einem perlenden Lachen annahm. Tom konnte es nicht glauben.

„Hey, Freundchen“, ein betrunkener Typ, der viel zu jung war, um legal Alkohol kaufen zu dürfen, schaute Tom finster an. „Stell’ dich hinten an!“

„Tom!“ Sie hatte ihn entdeckt, gab dem Typen das Glas zurück und sprang freudig erregt auf ihn zu. Beinahe wäre Tom ins Straucheln gekommen, als sie sich auf ihn warf und ihm die Arme um den Hals schlang.

Überrumpelt torkelte er einen Schritt zurück und erschrak, als sie ihn auf den Mund küsste und sich eng an ihn schmiegte. Sie schmeckte nach Alkohol, Hitze und absoluter Süße. Im ersten Moment stand er wie ein Idiot da und wusste nicht, wie er reagieren sollte. Sie war unleugbar betrunken.

„Du bist da“, sie löste ihren Mund von seinem, um ihm gleich darauf einen heißen Kuss auf den Hals zu drücken. Tom schluckte schwer und schloss für einen kurzen Moment die Augen.

„Hey, Erin“, beschwerte sich einer ihrer Begleiter enttäuscht und lenkte sie wieder ab.

Dicht an ihn gedrängt drehte sie sich um und rieb dabei ihren Hintern gegen seine Leiste. Tom stieß einen unterdrückten Fluch aus und umfasste ihre Taille, um sie in eine günstigere Position zu verrücken.

„Tut mir leid, Harry", kicherte sie mit rauer Stimme und schmiegte ihre Rückseite an Tom.

Bevor er wusste, wie ihm geschah, hatte sie seine rechte Hand genommen und an ihren Bauch gezogen. Stocksteif vor Überraschung verharrte Tom, während sie ihren Hinterkopf gegen ihn lehnte und zu ihm hoch wisperte: „Momentan bin ich außer Dienst."

Unzählige Möglichkeiten schossen durch seinen Kopf, die alle damit endeten, dass er sie aus diesem winzigen Kleid schälte und ihre wilde Frisur noch ein wenig mehr verwüstete. Stattdessen bugsierte er sie langsam in Richtung Bar, auch wenn seine Hand weiterhin auf ihrem Bauch liegen blieb und die andere ihre Taille umfasste.

„Wir holen dir erst einmal ein Wasser."

„Aber heute will ich ein böses Mädchen sein", gurrte sie verführerisch und sah zu ihm auf. Mit zusammengebissenen Zähnen erwiderte er den Blick und sog ihren Anblick in sich auf. Ihre hellgrünen Augen waren dunkel umrandet und verliehen ihr dadurch einen leicht mysteriösen Schein, während die vollen Lippen rot glänzten und zum Küssen einluden. Als seine Augen ein wenig tiefer wanderten, musste er alle Beherrschung aufbringen, über die er verfügte. Ihre Brüste drängten provozierend gegen den Rand ihres Kleides. Tom spürte die plötzliche Hitze, die in ihm aufstieg, während er die weichen Kugeln anstarrte, die sich mit jedem Atemzug hoben und senkten. Das zusammen mit dem unglaublichen Körper, der sich gegen seine Vorderseite presste, brachte ihn fast dazu, sie einfach über seine Schulter zu werfen und hier rauszutragen.

„Ein sehr böses Mädchen", flüsterte sie mit heiserer Kehle.

„Auch sehr böse Mädchen brauchen ein Wasser", krächzte er und schob sie weiter.

„Ich bin keine Spaßbremse", tadelte sie empört.

Tom lachte trocken auf. „Das weiß nach heute Nacht halb Manhattan."

Genau zwischen Tanzfläche und Bar blieb sie plötzlich stehen und stieß dabei ihren Hintern gegen seinen Schritt.

„Himmel, Erin!"

„Der Dudelsack!" Sie funkelte jemanden an und lallte ein wenig. „Hey, Dudelsack! Nur zu deiner Info: Ich werde heute heißen Sex haben!"

Tom zuckte zusammen. Was hatte sie bloß getrunken? Er konnte kaum glauben, dass dies Erin Hamilton sein sollte.

Amüsiert über ihre Empörung schaute er von ihrem Scheitel zum Objekt ihrer Verärgerung und entdeckte seinen ehemaligen Teamkollegen Mark Delaney, der in seinem mit Sommersprossen übersäten Gesicht rot angelaufen war. Neben ihm standen zwei Tackles der *Jets* und schienen sich genau wie der junge Quarterback unwohl zu fühlen. Tom hatte mit Mark nie ein Problem gehabt, weil ihn der junge Aufschneider nicht interessiert hatte, dennoch war das ganze Team froh gewesen, als er vor einem Jahr an die *Jets* verkauft worden war. Mark Delaney hatte ständig Ärger verursacht. Anscheinend hatte sich das nicht geändert.

„Hey, Mark. Gibt es ein Problem?"

„Nö ..."

Schnaubend trat Erin auf ihr anderes Bein. „Der Dudelsack hat mich begrapscht und mich frigide Zicke genannt!"

Angesichts ihrer betrunkenen Kratzbürstigkeit konnte er nicht einmal wütend auf Mark werden, sondern bemühte sich, ein Grinsen zu unterdrücken. Wie es schien, kam sie sehr gut ohne ihn klar.

Dennoch spielte er den Empörten. „Was?!"

Zur Bestätigung nickte Erin und ließ den rotgesichtigen Footballspieler nicht aus den Augen.

„Gehört sie zu dir, Tomcat?"

Fröhlich zog er sie an sich, um sie von Attacken gegen Mark abzuhalten. „Kann man so sagen."

„Nichts für ungut", brummte Buster *Bubba* Axton, ein Tackle mit dem Gesicht einer englischen Bulldogge.

„Schon okay", grinste Tom.

„Nichts ist okay", Erin schüttelte wild ihren Kopf, woraufhin ihre hochtoupierten Haare Tom an der Nase juckten. Sie fixierte Bubba und fragte verwirrt: „Warum trägst du eine Strumpfhose auf dem Kopf?"

Sofort fuhr der Footballspieler zu seinem Kopf. „Das ist keine Strumpfhose", wehrte er ab und wurde rot. „Das ist ein Doo-Rag!"

„Ein was?!"

„Ein Doo-Rag", erwiderte er. „Snoop Dog trägt das auch!"

„Es sieht wie eine Strumpfhose aus."

„Sieht es nicht!"

„Kinder!" Tom hatte Mühe, sein Lachen zurückzuhalten.

„Er wird niemals eine Frau abbekommen, wenn er eine Strumpfhose auf dem Kopf trägt“, brummte Erin und schüttelte seufzend den Kopf.

„Vielen Dank für deine Modetipps, Erin.“ Tom senkte den Kopf und versteckte sein Lachen kurz in ihrem Haar, bevor er den anderen zunickte. „Tschüss, Jungs.“

„Tschüss, Dudelsack“, rief Erin ihm hinterher, als Tom sie weiterschob. „Tom und ich machen uns jetzt auf den Weg nach Hause, um stundenlang Sex zu haben!“

„Himmel, Erin!“ An der Bar angekommen, half er ihr auf einen Barhocker und bestellte ein Glas Wasser. „Was ist in dich gefahren?“

Sie packte seinen Hemdkragen und zog ihn zu sich. „Ich will Sex haben.“

„Das sehe ich.“

„Wirklich“, nuschelte sie an seinen Lippen. „Ich will wirklich Sex mit dir haben.“

Tom ignorierte die belustigten Blicke von allen Seiten und legte der betrunkenen, sexhungrigen Frau eine Hand auf die Hüfte, damit sie nicht vom Barhocker fiel.

„Wir hätten es in dieser Nacht auf Hawaii tun sollen“, seufzte sie frustriert und umfasste seinen Nacken.

„Okay“, antwortete er und bedankte sich beim Barkeeper mit einer knappen Geste für das Wasser, das dieser auf die Theke gestellt hatte.

Gerade als er ihr wieder das Gesicht zuwandte, küsste sie ihn hungrig. Selbst wenn er sich von ihr hätte lösen wollen, wäre ihm das nicht gelungen, da sie mit einer Hand seinen Nacken festhielt und mit der anderen seinen Hemdkragen umklammerte.

Also blieb ihm nichts anderes übrig, als ihren Kuss zu erwidern und noch einen Schritt näher zu treten, bis sie ihre Brüste gegen sein Hemd presste. Ihr Stöhnen klang besser als jeder Laut, den er bisher gehört hatte. Tom konnte gar nicht anders, als ihren Mund zu verschlingen und ihren süßen Geschmack zu kosten.

Die Hand, die er gerade dazu benutzt hatte, sie vor einem Sturz vom Barhocker zu bewahren, fuhr nun über den enganliegenden Stoff und tastete ihren unteren Rücken ab. An ihrem Po angekommen keuchte er in ihren Mund und biss ihr sanft in die Unterlippe, bevor er über die kleine Wunde leckte und mit einem heiseren Stöhnen belohnt wurde. Heiße Lust schoss ihm in die Adern und ließ ihn pulsieren.

Als ihre Hand seinen Kragen losließ und sich hinab arbeitete, zogen sich seine Brustmuskeln zusammen. Die Geräusche des Clubs traten in den Hintergrund, während er nur noch an die liebestolle Frau in seinen Armen dachte, die gerade dabei war, ihr nacktes Knie an seinem inneren Oberschenkel zu reiben.

„Erin", keuchte er und löste mühsam seinen Mund von ihrem.

Mit lusttrunkenen Augen sah sie ihm ins Gesicht, als verstünde sie nicht, warum er den Kuss abgebrochen hatte. Tom ließ seine rechte Hand auf ihrem Po liegen und benutzte die linke, um sie auf ihr Knie zu legen, das sich zwischen seine Beine geschoben hatte. Er musste unbedingt etwas Abstand zwischen ihr Knie und seinem Sack bringen, sonst könnte er für nichts mehr garantieren. Das Problem war nur, dass ihm der Schweiß ausbrach, als er ihr nacktes Knie berührte und die feste Haut ihres Oberschenkels spürte. Wie von selbst bewegte sich seine Hand ein kleines Stückchen höher und streichelte die zarte Haut über ihrem Knie.

Er schluckte hart, da sie beide Oberschenkel nun zusammenpresste und seine Hand zwischen ihnen gefangen hielt. Ihre Blicke fixierten einander.

„Das Wasser“, ächzte er.

Ohne den Blick von ihm zu nehmen, griff sie danach und trank einen großen Schluck. Einen einzelnen Wassertropfen auf ihrer Unterlippe leckte sie beiseite. Der Anblick brachte ihn fast um.

„Zufrieden?“

Er nickte.

„Und jetzt?“, hauchte sie amüsiert in sein Ohr.

Tom wusste keine Antwort. Er wusste nur, dass er scharf und sie betrunken war. Er konnte unmöglich, eine betrunkene Erin abschleppen, die im nüchternen Zustand auf einen professionellen Umgang achtete und ihm nicht zu nahe kommen wollte.

Sie nahm seine gefangene Hand und schob sie ein Stück höher, bis er mit der Handoberfläche den Rocksaum berührte. Es wäre ein Leichtes gewesen, die Hand einfach beiseite zu ziehen, auch wenn sie diese mit beiden Oberschenkeln umklammerte.

„Scheiße, Erin, du bist betrunken“, seufzte er ihr schwer ins Ohr und kämpfte gegen die aufkommende Frustration in seinem Inneren an.

„Dann solltest du dich ganz schnell ebenfalls betrinken“, schlug sie vor und presste einen feuchten Kuss unter sein Ohr. „So musst du kein schlechtes Gewissen haben.“

Zwar klang das verlockend, aber Tom war nicht der Typ, der so eine Situation ausnutzen wollte.

„Geht nicht.“

„Warum?“ Ihre Stimme klang beinahe belustigt, was man angesichts ihrer intimen Berührungen verstehen konnte.

„Weil ich vernünftig bin“, seufzte er.

„Schade“, hauchte sie in sein Ohr. „Ausgerechnet dann, wenn ich keine Unterwäsche trage.“

Scharf atmete er ein und lehnte den Kopf zurück, um in ihrem Gesicht zu forschen. Plötzlich kribbelten seine Finger, weil er wissen wollte, ob sie die Wahrheit sagte. Ohne Probleme hätte er seine Hand, die zwischen ihren warmen Oberschenkeln eingeklemmt war, nach oben schieben können, um zu testen, ob sie tatsächlich kein Höschen trug. Das Bild, wie sie neben seiner Badewanne gekniet und ihm ihren Hintern entgegengestreckt hatte, tanzte ihm plötzlich vor Augen. Etwas Schweres fuhr ihm in den Bauch und Tom musste gegen eine akute Erektion ankämpfen.

„Du bringst mich um“, stöhnte er gegen ihren Mund und küsste sie so heftig, dass beide nach einer Minute nach Atem rangen.

„Scheiß auf die Vernunft“, raunte sie ihm zu.

Bildete er sich das ein oder klang sie tatsächlich gar nicht so betrunken, wie er geglaubt hatte? Vielleicht wollte er sich das auch einfach nur einreden, um kein schlechtes Gewissen zu haben, falls er wirklich mit ihr schlafen sollte.

Ein weiterer heißer Kuss von ihr brachte ihn dazu, mit ihr den Club zu verlassen. Erst einmal wollte er sie in ihre Wohnung bringen, wo sie entweder ihren Rausch ausschlafen oder ihm beweisen konnte, dass sie wirklich keine Unterwäsche trug. Das würde von ihrer

Verfassung abhängen, schwor er sich und zog sie durch den Club hinter sich her.

Draußen war es einigermaßen schwer, ein Taxi zu ergattern, weil sie wild knutschend aneinandergeschmiegt an der Straße standen und ewig brauchten, einen Fahrer zu überreden, nach Queens zu fahren. Im Taxi war Tom so abgelenkt von Erin, die es sich auf seinem Schoß gemütlich machte und über seinen Mund herfiel, dass er überhaupt nicht mitbekam, wohin der Fahrer fuhr. Das einzige, was er bemerkte, war Erin, die sein Hemd aus der Hose zog und über seine Bauchmuskeln strich, während ihr weicher Mund seine Lippen folterte.

Nach einigem Hin und Her stiegen sie unter Schwierigkeiten aus dem Taxi und brachten den Weg zu ihrer Wohnung in Rekordzeit hinter sich. Tom wusste überhaupt nicht, wo ihm der Kopf stand, denn sie schob ihn prompt in ihr Schlafzimmer, machte Licht und stieß ihn auf ihr Bett. Tom fiel auf eine flauschige Decke mit Blümchenmuster und wollte sich gerade aufrichten, als sie sich über ihn kniete und sein Gesicht in beide Hände nahm, um ihn zu küssen. Schwindelig vor Erregung umfasste er ihren Hintern und kam ihren Küssen entgegen, die alles andere als sanft waren. Sie war nicht aufzuhalten, keuchte in seinen Mund und drückte sich so fest gegen ihn, dass er sie unwillkürlich stärker umklammerte.

Ebenso heftig riss sie an seiner Lederjacke, um sie über seine Schultern zu ziehen, und knöpfte eilig sein Hemd auf.

Tom kam sich ihr völlig ausgeliefert vor und merkte, dass ihm das gefiel. Niemals hätte er gedacht, dass sich Erin Hamilton im Bett wie eine scharfe Kanone benehmen würde.

Sobald sie ihm Jacke und Hemd heruntergezogen hatte, fuhren ihre Hände über seine Brust und seinen Bauch. Sie senkte den Mund, biss ihm vorsichtig in die Schulter, küsste die verletzten Stellen und leckte über den heftig schlagenden Puls in seiner Kehle. Stöhnend schloss er die Augen und zog sie an den Hüften auf seine Erektion, die sich steinhart gegen seine Jeans presste.

Ihr heiseres Lachen machte ihn wahnsinnig, also suchte er ihren Mund und küsste sie wieder.

„Warte", stöhnte sie, erhob sich abrupt und schoss aus dem Zimmer. Tom sah nur noch ihren hübschen Hintern in dem enganliegenden schwarzen Mini, als sie durch die Tür verschwand.

Frustriert hob er den Kopf und stützte sich auf den Ellbogen ab, um ihr nachzusehen.

„Was ist los?"

Kaum hatte er ihr seine Frage nachgerufen, klackerten auch schon ihre Absätze, als sie zurückkam und eine Packung Kondome neben ihn aufs Bett warf. Ihre Augen funkelten übermütig, während sie sich aus ihrem Mantel schälte und aus den schwarzen Schuhen schlüpfte.

Tom blieb einfach liegen und genoss den Anblick, den sie ihm in diesem sexy Kleid bot. Sie kam nah an das Bett heran und stieß mit beiden Knien an die Matratze, bevor sie mit einem lasziven Lächelnd nach hinten griff und den Reißverschluss öffnete.

Bei diesem Geräusch musste Tom unweigerlich schlucken und sah mit brennenden Augen zu, wie sie den winzigen Stoff hinunterzog und einfach fallen ließ.

„Lügnerin“, flüsterte er angesichts des winzigen Höschens und bemerkte dabei, wie trocken seine Kehle geworden war. Außer dem schwarzen Höschen, das sie kaum bedeckte, war sie nackt.

„Ich musste dich doch mit irgendetwas zu mir locken“, wisperte sie und legte den Kopf etwas schief, während sie ihr Haar zurück strich.

Mit einem heiseren Lachen setzte er sich auf und rutschte an das Matratzenende. „Das war gar nicht nötig.“

„Mhh.“

Vorsichtig berührte er sie, zog sie an sich und erforschte ihre samtig weiche Haut. Seine Hände strichen federleicht über ihre Brüste, wölbten sich um sie und drückten sie sanft. Sie war perfekt. Ihr Körper war schlank, mit weiblichen Kurven an den richtigen Stellen, einer weichen Haut, zierlichen Gliedern und einem Paar Brüsten, die etwas zu groß für ihren Körper waren und doch perfekt in seine Hände passten. Er war von ihnen fasziniert, hielt sie in seinen Händen und strich mit beiden Daumen über die harten Brustwarzen. Währenddessen hörte er, wie sie den Atem anhielt, und spürte ihre Hände, die sich in seine nackten Schultern gruben. Sie stand zwischen seinen gespreizten Beinen und trug nur noch ein Höschen.

Langsam senkte er den Kopf und fuhr mit seinem Mund über ihren weichen Bauch, was sie zum Stöhnen brachte. Ihre Finger fuhren in seine Haare, als Tom eine Brustwarze in seinen Mund saugte und gleichzeitig eine Hand unter ihr Höschen gleiten ließ, um ihren nackten Po zu streicheln.

Erin stieß ein heiseres Stöhnen aus und hielt sich an Tom fest, als er dazu überging, die andere

Brustwarze in seinen heißen Mund zu ziehen. Ein Schauer fuhr über ihren Rücken und sie wölbte sich ihm entgegen. Ein heißes Ziehen pulsierte zwischen ihren Beinen und schien sie zu verglühen. Als sie ein Zittern nicht mehr unterdrücken konnte, lehnte sie sich vor und spürte an ihrem Oberschenkel den rauen Stoff seiner Jeans.

Sie wollte ihn berühren. Sie *musste* ihn berühren.

Mit unnachgiebigem Griff drückte Erin ihn zurück und war erst zufrieden, als er auf die Ellbogen gelehnt vor ihr lag und ihr neugierig ins Gesicht sah. Ihr Blick fiel zur Knopfleiste seiner Jeans, hinter der sich eine beeindruckende Wölbung erkennen ließ.

Sie lehnte sich über ihn und gab ihm einen raschen Zungenkuss, bevor sie seine breiten Schultern mit sanften Bissen übersäte und anschließend tiefer fuhr, um eine Spur von Küssen über seine harten Brustmuskeln zu ziehen. Gleichzeitig fand ihre rechte Hand seine Knopfleiste und öffnete jeden der fünf Knöpfe. Sie benutzte beide Hände, um an seinen Jeans zu ziehen. Erst als Tom sich ein wenig in die Höhe stemmte, konnte Erin ihm Jeans samt den dunklen Boxerbriefs ausziehen. Als er nackt vor ihr lag, beugte sie sich wieder zu ihm und setzte ihre Küsse auf seinen Bauchmuskeln fort, während sie sich zwischen seine gespreizten Beine kniete. Mit ihrer linken Hand tastete sie seinen muskulösen Schenkel ab und umfasste mit der anderen Hand seine harte Erektion.

Bei der ersten Berührung ihrer Hand fluchte er unterdrückt und spannte die Bauchmuskeln an.

Erin stieß ein Kichern aus und umfasste ihn stärker, fuhr über seine gesamte, erhitzte Länge und strich mit dem Daumen über die runde Spitze, was ihn tief stöhnen ließ.

Lachend senkte sie den Kopf, drückte einen Kuss auf die Spitze und nahm ihn anschließend in den Mund, um heftig an ihm zu saugen und mit der Zunge über die hervorstehenden Adern seiner Erektion zu streicheln. Er keuchte ihren Namen und vergrub eine Hand in ihrem Haar. Ihr gefiel, wie er ihren Namen stöhnte und lusttrunken vor ihr lag. Sein riesiger Körper bebte und seine harten Muskeln zitterten, als er sie abrupt nach oben zog und auf den Rücken drehte.

„Hey", beschwerte sie sich und sah in seine verschleierten Augen. Er atmete schwer und griff nach ihrem Höschen, das er beinahe grob herunterzog, bevor er sich auf sie legte, ihre Hände mit einem stahlharten Griff packte und sie hemmungslos küsste. Sie spürte seinen heißen Körper auf sich, die riesige Erektion an ihrem Bauch und die stahlharten Muskeln, die sich gegen ihre Brüste pressten.

Seine leichte Grobheit erregte sie bis zu einem kaum auszuhaltenden Gefühl der Frustration, da sie ihre Hände nicht bewegen konnte. Also schlang sie ein Bein um seine Hüfte und biss ihm in die Unterlippe. Das schien ihm zu gefallen, da er lachte und seinen Mund dazu benutzte, ihren Hals zu martern.

Erin ging los wie eine Rakete und verfluchte ihn heiser, weil sie ihn anfassen wollte, ihn endlich in sich fühlen wollte.

Wie eine Puppe drehte er sie plötzlich herum, hielt ihre Hände weiterhin auf der Matratze gefangen und schmiegte seine Erektion an ihren Hintern, während seine Lippen kleine Bisse auf ihren Nacken verteilten.

Mit einem frustrierten Schrei zog sie die Schultern hoch und vergrub das Gesicht seitlich auf der Bettdecke. Automatisch schob sie ihm den Hintern entgegen.

„Ich schwöre dir ...“, stöhnte sie aufgebracht.

„Was schwörst du mir?“, fragte er heiser und beugte seinen Kopf zu ihr, um an ihrem Hals zu saugen.

Zur Bewegungslosigkeit verdammt schnaufte sie und sah Sterne vor ihren Augen explodieren, weil sein heißer Mund an ihrem Hals sie in den Wahnsinn trieb.

„Tom“, bettelte sie. „Ich kann nicht mehr!“

Daraufhin ließ er eine Hand los. Sofort spürte Erin, wie er eine Hand zwischen sie und die Bettdecke schob, um über ihren Bauch zu fahren und sich tiefer vorzuarbeiten. Als er ihre heiße Mitte fand und sie mit seinen geschickten Fingern erforschte, verlor sie beinahe die Besinnung und presste ihre Rückseite gegen ihn. Sein heißer Penis rieb gegen ihren Hintern, während sich seine stahlharten Brustmuskeln und die krausen Brusthaare an ihren Rücken drückten. Zusammen mit seinen Fingern, die ihr heißes Fleisch neckten, brachte dies Erin an den Rand eines gewaltigen Höhepunktes. Niemals zuvor war sie so leicht erregt worden, doch nach wenigen Momenten spürte sie die heiße Orgasmuswelle kommen und schrie zitternd auf.

Sie merkte kaum, wie er sie wieder auf den Rücken drehte und sich zwischen ihre Beine kniete. Nur mühsam öffnete sie die Augen und konnte mit flatternden Augenlidern erkennen, dass er einen finsteren Gesichtsausdruck aufgesetzt hatte, während er ein Kondom über seine beeindruckende Länge zog. Ihr

Mund wurde angesichts seines muskelbepackten Körpers und der pulsierenden Erektion trocken.

„Was ist?“, fragte sie tiefenentspannt und erschrak selbst über ihre heisere Stimme.

„Scheiße, Erin“, fluchte er und zog sie hart an sich. „Konntest du nicht warten?“

Das war dermaßen albern, dass sie beinahe gelächelt hätte, wenn er in diesem Moment nicht in sie eingedrungen wäre. Die Heftigkeit seines Stoßes ließ sie erbeben und aufstöhnen. Sie hatte lange keinen Sex mehr gehabt und Gabe war bei weitem nicht so gut ausgestattet gewesen wie Tom.

Alle Gedanken an ihren früheren Verlobten verflogen sofort, als sie in Toms markantes Gesicht sah und seine Erektion tief in sich spürte. Die Hitze kam sofort wieder und breitete sich in Sekundenschnelle in ihr aus, während er all die kribbelnden Stellen in ihrem Inneren fand, die auf den kleinsten Reiz reagierten. Immer und immer wieder fand er sie, streichelte sie mit seiner gesamten Länge und hörte nicht auf.

„Das ist so gut“, murmelte sie und schlang beide Beine um seine Hüften, um ihn noch näher zu sich zu ziehen. Tom schien die gleiche Idee zu haben, da er ihren Hintern mit beiden Händen packte und sie näher an sich presste.

Erin stieß einen heiseren Schrei aus, während er in sie hämmerte und sich seine Muskeln im Takt seiner Stöße zusammenzogen.

„Oh Gott“, stöhnte er mit tiefer Stimme. „Willst du es härter?“

Sie wollte ihm antworten und öffnete den Mund, doch alle Worte blieben in ihrer Kehle stecken, weil ihr schwindelig wurde und sie nicht mehr klar denken konnte. Er schien ihr Schweigen für Zustimmung zu halten, da seine Stöße noch härter, schneller und heftiger wurden.

„Ja ... ja, härter ...“

„Erin ... Gott!“

Ein glühend heißes Prickeln breitete sich in jeder Faser ihres Körpers aus, als sie dem Höhepunkt entgegentrieb und für alles andere außer ihrer Lust blind und taub wurde. Den lauten Schrei, den sie ausstieß, als etwas in ihrem Inneren explodierte, hörte sie nicht, sondern nahm nur ihr wildes Herzklopfen wahr, das in ihren Ohren rauschte, sowie Toms langes Stöhnen, als er mit einem heftigen Stoß und einem finster anmutenden Gesicht ebenfalls zum Orgasmus kam.

Atemlos lag Erin auf der Bettdecke, zitterte vor Erschöpfung und Anstrengung und blickte mit einem verschwommenen Blick zu Tom, der heftig keuchend zwischen ihren Beinen kniete und noch immer in ihr war. Langsam ließ er sich auf sie fallen und rollte sich dabei vorsichtig auf die Seite, um sie nicht zu erdrücken, während er sie mit sich zog.

Beide waren verschwitzt und bemühten sich darum, zu Atem zu kommen, und doch rieb er sein Gesicht an ihrem und gab ihr einen tiefen Kuss, während er ihren Arm über seine Brust zog.

Lächelnd erwiderte Erin seinen Kuss und spielte mit dem verschwitzten Haar in seinem Nacken. Sie spürte seine großen Hände, die über ihren feuchten Rücken glitten, und sog den Geruch nach Mann, Sex und Lust in sich auf.

„Fünf Minuten“, bat er und legte den Kopf zurück auf die Matratze, während seine Brust sich hektisch hob und senkte. Erin folgte ihm und legte sich halb auf ihn. Ihre Hand legte sich unschuldig auf seinen harten Bauch und ihr Gesicht vergrub sie an seiner kräftigen Brust.

„Vier Minuten“, schränkte sie ein.

„Okay“, krächzte er. „Aber dann bist du oben und übernimmst die ganze Arbeit.“

15. Kapitel

Schlaftrunken zuckte Tom zusammen, als er einen Schlag gegen sein Ohr bekam. Er kniff beide Augen zusammen, weil grelles Licht ihn blendete, und drehte sein Gesicht von der Lichtquelle weg, um sich augenblicklich in einem süß duftenden Etwas wiederzufinden.

Blinzelnd öffnete er die Augen und sah eine Masse von rotem Haar vor sich, in welchem er sein Gesicht vergraben hatte. Vorsichtig strich er die Haare beiseite und schmiegte sich wieder ins Kissen, das er sich mit Erin teilte, die neben ihm auf dem Rücken lag und zufrieden schlief. Ihre eine Hand lag über dem Kissen, während die andere unter der Decke vergraben war. Seufzend kuschelte er sich an sie und legte einen Arm über ihren Bauch.

Zwar hatte er keine Ahnung, wie spät es war, aber da sie erst gegen sechs Uhr eingeschlafen waren, konnten sie nicht allzu lange geschlafen haben.

Leider konnte er nicht wieder einschlafen, da er permanent von dem hellen Sonnenschein geblendet wurde, das durch die großen Fenster in Erins Zimmer fiel. Zudem bekam er wieder einen Schlag ab – dieses Mal gegen seine Schläfe – als Erins Hand kurz zuckte und ihn traf.

Schnaufend stellte er sich dem Unvermeidbaren und schlug die Bettdecke zurück, um die Vorhänge zu schließen. Gähnend trottete er zum Fenster und griff nach den Jalousien, als er mit müden Augen einen alten Mann entdeckte, der auf der gegenüberliegenden Veranda saß und sich ein Fernglas vor die Augen hielt. Verwirrt rieb sich Tom die Augen und blinzelte heftig, um sein Blickfeld schärfer zu stellen. Er wurde die Vermutung nicht los, dass der greise Opi ihn durch das Fernglas beobachtete. Als der Weißhaarige seine Hand hob und ihm zuwinkte, hatte Tom seine Bestätigung. Er hob ebenfalls seine Hand und gab die Begrüßung zurück.

Hinter ihm raschelte das Bettzeug. Mit einem Blick zurück stellte er fest, dass Erin wach war und sich erschöpft über das Gesicht fuhr.

„Hast du eine Ahnung, was er da macht?“

„Was?“ Ihre Stimme klang völlig verwirrt und übernächtigt.

„Dein Nachbar“, Tom schaute wieder aus dem Fenster. „Da sitzt ein Opa auf der Veranda und hat ein Fernglas in der Hand. Beobachtet er Vögel?“

„Scheiße“, Erin drehte sich auf den Bauch und presste ihr Gesicht stöhnend ins Kissen. Toms interessierter Blick glitt sofort zu ihrem entblößten Po, bevor sie die Decke über sich zog. Vorsichtig linste sie ihn durch einen Schwall roter Haare an und stockte. „Sag mir nicht, dass du nackt am Fenster stehst.“

Glucksend nickte er und verschränkte die Arme vor der Brust. „Ich wollte die Vorhänge schließen und habe ihn dabei entdeckt.“

„Waren die Jalousien heute Nacht etwa nicht unten?“

„Nö.“

„Oh nein“, wimmerte sie beschämt und zog die Bettdecke bis zu ihrem Kinn hoch. „Oh nein!“

Tom war heute Morgen besonders guter Laune und lachte angesichts ihres Errötens. „Was ist los?“

„Mein Nachbar beobachtet keine Vögel. Er beobachtet gerne Menschen beim Vögeln.“

Jetzt lachte er erst recht auf und drehte sich sofort wieder zu ihrem Zaungast um, um ihm eindeutig zuzunicken und anzugrinsen. Der Opa schien Spaß zu verstehen, da er ihm einen nach oben gereckten Daumen zeigte. Erin dagegen verstand weniger Spaß und versteckte sich stöhnend unter der Decke.

„Komm schon“, beruhigte er sie lachend. „Das ist doch witzig.“

Ihr Wimmern erklang nur gedämpft, da sie sich unter der Decke versteckte. Tom schloss mit einem letzten Gruß auf den Opa die Jalousien und schlüpfte wieder unter die Decke, wo er Erin fest an sich zog und ihre glatten Oberarme küsste.

Nach den letzten Stunden war er absolut befriedigt und empfand entgegen seiner Art ein Bedürfnis nach Kuscheleinheiten, also nahm er sie in eine wärmende Umarmung und legte sich zurück auf das Bett. Als sie es sich auf ihm gemütlich machte, stieß sie ihm versehentlich den Ellbogen in den Magen.

„Ups“, entschuldigend strich ihre Hand über die malträtierte Stelle, bevor sie dicht an ihn gepresst ihre Nase gegen seinen Hals drückte und tief ausatmete.

„Glücklicherweise hat er keinen Herzinfarkt bekommen“, murmelte sie und legte ihr Knie auf seinen Bauch.

„Wer?“

„Mr. Carlisle, mein Nachbar“, sie strich sich eine störende Strähne beiseite und blieb ansonsten bewegungslos auf ihm liegen. „Er ist neunzig und kann kaum noch laufen. Ich möchte ihn nicht auf dem Gewissen haben, weil er uns beim Sex beobachtet hat.“

Glucksend streichelte er ihre nackte Hüfte. „Habe ich denn irgendetwas Verbotenes angestellt?“

Mit einem trockenen Ausruf stieß sie gegen seinen Bauch. „In manchen Bundesstaaten wärst du in den Knast gekommen."

„Egal", lautete sein unerschrockener Kommentar. „Dafür hat es sich gelohnt."

Da er nun wach war, sich ihr warmer Körper an ihn presste und ihre Brüste gegen seine Brust rieben, während sie über die vergangene Nacht sprachen, reagierte sein Körper prompt. Angesichts der massiven Ausschweifungen der letzten Stunden war dies ein Wunder.

Erin schien seinen Stimmungswechsel sofort zu bemerken, da sie den Kopf hob und ihn ungläubig ansah. „Tom ..."

„Hast du einen Kater?", fragte er nebenbei und umfasste ihren Hintern.

„Nein, aber ..."

„Die Jalousien sind unten. Mr. Carlisle kann keinen Herzinfarkt bekommen."

Ohne ihren halbherzigen Protest zu beachten, setzte er sich mit ihr auf und beugte den Kopf, um an ihren Brustwarzen zu saugen. Augenblicklich stöhnte sie laut seinen Namen und presste sich an ihn. Ihre Arme schlangen sich um seinen Nacken, sie legte den Kopf zurück und rutschte auf seinem Schoß hin und her.

Erregt widmete er sich ihren Brüsten und hielt ihren Hintern mit seinen Händen fest.

„Tom ... nur noch einmal", stöhnte sie und zitterte in seinen Armen.

Seine Finger gruben sich in ihr weiches Fleisch, als er von ihren Brüsten abließ und stattdessen über den hektischen Puls ihrer Halsschlagader leckte. „Ich kann nichts versprechen."

Er konnte sich kaum darauf konzentrieren, das Kondom überzuziehen, weil sie keuchend auf seinem Schoß saß, in seinem Haar wühlte und ihn mit beiden Beinen umschlang. Er hob sie ein Stück hoch und stöhnte zusammen mit ihr auf, als sie sich hinabsenkte und ihn in sich aufnahm.

„Ich dachte, ich hätte es mir nur eingebildet“, flüsterte sie rau und bewegte sich langsam auf ihm auf und ab.

Tom stieß einen fragenden Laut aus und lehnte den Kopf ein Stück zurück, um ihr in die verschleierten Augen zu sehen.

Ihr vor Lust verzogenes Gesicht war gerötet. „Du bist so groß.“

Er biss die Zähne zusammen und kämpfte gegen seine Erregung an.

Gegen das laute Stöhnen, das aus seiner Kehle kam, konnte er jedoch nichts tun, sondern starrte ihr unverwandt in die Augen, während sie sich auf ihm bewegte. Fest grub er seine Finger in die weiche Haut ihrer Hüfte und zog sie hart an sich. Ihre hellgrünen Augen fixierten ihn und sie atmete scharf ein.

„Himmel ...“ Er leckte sich über den Mund. „Du bist so scharf ... so heiß ...“

„Hör nicht auf. Hör nicht auf!“ Erin entzog ihm den Augenkontakt und ließ den Kopf nach hinten fallen, während sie laut aufschrie. Ihre Schreie brachten ihn an den Rand des Abgrunds, über den er hinausgestoßen wurde, als er ihre Zuckungen spürte. Laut stöhnend umklammerte er sie und kam mit ihr zum Höhepunkt.

Keuchend und nach Luft ringend vergrub er das Gesicht an ihrem Hals, als es plötzlich gegen die Zimmertür hämmerte.

„Langsam reicht es!“ Die Stimme ihrer Mitbewohnerin polterte wütend durch die Tür. „Geht das nicht leiser?! Die ganze Nacht habt ihr es getrieben! Ich habe kein Auge zugetan und jetzt fangt ihr schon wieder an!“

Tom wurde geradezu vor Lachen geschüttelt, als Erin gutmütig zurückbrüllte. „Pech! Wer im Glashaus sitzt, sollte nicht mit Steinen werfen!“

Prustend ließ sich Tom nach hinten fallen und streckte beide Arme zu den Seiten aus, während sich Erin und Jess durch die Tür anbrüllten, auch wenn Erin dabei eher belustigt klang.

Sobald Jess verschwunden war, löste sich Erin von ihm und stand auf. Er betrachtete sie zufrieden, während sie in einen Bademantel schlüpfte und ihr wildes Haar zusammenband.

„Warum lässt du es nicht offen?“ Langsam rollte er auf die Seite und stützte seinen Kopf mit einer Hand ab.

Errötend blickte sie ihn über die Schulter an. „Es sieht schlampig aus.“

„Es sieht geil aus“, widersprach er grinsend und fasste nach ihrer Hand. „Wo willst du hin?“

„Kaffee holen.“ Sie schlug die Augen nieder, doch er hatte den funkelnden Schimmer darin entdecken können und bemerkte auch das winzige Lächeln auf ihren Mundwinkeln.

„Kaffee wäre toll“, erwiderte er sanft und drückte einen Kuss auf ihr Handgelenk.

Kurz darauf kam sie mit zwei Kaffeetassen sowie Keksen zurück und setzte sich zu ihm aufs Bett.

„Meine Mailbox ist voll mit Anrufen von Holly“, seufzte sie und reichte ihm den Teller mit den Keksen. „Mist, ich werde zu Kreuze kriechen müssen.“

„Warum?“ Er grinste. „Hat deine kleine Schwester dir den Sex mit mir verboten?“

„Tom!“ Lachend warf sie ein Kissen nach ihm, das er fing und hinter sich steckte, damit er sich gegen ihr Bettgestell lehnen konnte.

„Das wäre gar kein Problem. Nein“, sie biss in einen Keks und schüttelte kurz den Kopf. „Wir haben uns gestritten. Auf ihrem Junggesellinnenabschied.“

„Echt?“

„Mhh“, mit einem schwachen Lächeln fuhr sie fort: „Ich bin ausgeflippt und habe ihr einige Dinge an den Kopf geknallt.“

„Die da wären?“

Verlegen zuckte sie mit der Schulter und warf ihm einen unsicheren Blick zu. Tom fand das ziemlich komisch, wenn man bedachte, wie nah sie sich heute Nacht gekommen waren.

Nach einer Weile griff sie nach einer Fotobox, die neben dem Bett stand, und wühlte darin herum, bevor sie ihm fast schon zögerlich ein Foto reichte, das er neugierig betrachtete und sich währenddessen an seinem Keks verschluckte.

„Ich war nicht immer ein prüdes Kindermädchen ...“

„Für prüde habe ich dich nicht gehalten.“

„Komm schon, Tom“, schnaubte sie halb belustigt, halb gekränkt. „Du hieltest mich für eine nörgelnde, besserwisserische, alte Jungfer. Und damit hattest du sogar Recht.“

Fassungslos wedelte er mit dem Foto in seiner Hand herum. „Das bist du?“

Errötend nickte sie und setzte sich in einen Schneidersitz. „Ja.“

„Wo war das?“

„Springbreak. Acapulco.“ Seufzend faltete sie die Hände in ihrem Schoß. „Ich habe damals regelmäßig auf den Putz gehauen und meinen Spaß gehabt“, mit roten Wangen führte sie aus: „Drogen habe ich nie genommen und habe auch nicht jede Nacht irgendjemanden abgeschleppt. Eigentlich waren diese Urlaub wenig spektakulär ...“

„Außer dass du anscheinend den einen oder anderen *Wet-T-Shirt-Contest* gewonnen hast“, berichtigte er sie grinsend und deutete auf das Foto, das sie mit einer Plastikkrone, einer Schärpe und einem nassen, durchsichtigen T-Shirt zeigte, unter dem man ihre nackten Brüste sehen konnte.

„Ich nahm das nicht so ernst. Es machte Spaß, also habe ich mitgemacht.“

„Ich hätte für dich gestimmt.“

„Danke.“ Lächelnd legte sie den Kopf etwas schief. „Gut zu wissen.“

„Wenn ich das früher gewusst hätte, hätten wir so einen Wettbewerb auf Hawaii veranstalten können.“

„Oh ja“, lachte Erin. „Eddie hätte sicher gewonnen.“

„Na, Teddy bestimmt nicht“, schnaubte er und erntete eine Grimasse von ihr. „Warum zeigst du mir dieses Foto, Erin? Willst du mich schon wieder scharf machen?“

„Da wüsste ich einfachere Wege, aber nein. Das Foto zeigt nur, wie ich früher war. Es zeigt, dass ich nicht immer eine Spaßbremse war ...“

„Ganz ehrlich“, unterbrach er sie. „Seit wir auf Hawaii waren, weiß ich, dass du keine Spaßbremse bist. Du bist lustig. Und nach gestern ...“

„Oh Mann“, sie biss sich kurz auf die Unterlippe. „Das ist ja das Problem, Tom. Ich bin ausgeflippt, weil ich es satt hatte, mir ständig von allen anhören zu müssen, dass ich so nüchtern, ernst, prüde und unterkühlt geworden bin.“

„Wer sagt das?“

Unsicher hob sie ihre Hände und ließ sie gleich darauf wieder sinken. „Eigentlich jeder, den ich kenne. Nachdem das mit Gabe passiert war, konnte ich nicht aufhören, ständig über mögliche Konsequenzen nachzudenken, wenn ich irgendeine Entscheidung traf. Meine Sorglosigkeit hatte mich in eine furchtbare Position gebracht. Gabe hatte Schulden gemacht, für die auch ich verantwortlich war, mein Studiengeld war weg und ich musste die Uni abbrechen. Das hat mich nachdenklich gemacht. Nie wieder wollte ich mich in etwas hineinmanövrieren, das ich nicht kontrollieren konnte.“

„Okay.“

Er konnte sehen, dass sie schluckte und sich mit drei Fingern über die Stirn fuhr. „Ein Kindermädchen wurde ich, um die Zeit zu überbrücken und Geld zu verdienen, bis ich wieder nach Stanford zurückzugehen konnte. Während des Studiums spezialisierte ich mich auf Kinderpsychologie und fand es vernünftig, mit Kindern zu arbeiten, während ich Geld für mein Studium sparte.“

„Warum muss es ausgerechnet Stanford sein?“ Neugierig sah er sie an und kaute dabei auf seinem Keks herum.

Sie fuhr sich über die Lippen. „Ich habe so hart für Stanford gearbeitet und will das alles nicht wegwerfen, um an einer anderen Uni, die einen schlechteren Ruf hat, den Abschluss zu machen.“

„Vielleicht solltest du überlegen, ob es nicht besser wäre, mit einem weniger angesehenen Abschluss als Psychologin zu arbeiten, als gar nicht als Psychologin zu arbeiten“, schlug er pragmatisch vor und fügte sofort hinzu, als er ihren finsteren Blick sah: „Den Kindern, denen du helfen kannst, wird es egal sein, wo du deinen Abschluss gemacht hast, Erin.“

Schweigend fuhr sie das Blumenmuster der Bettdecke nach und seufzte dann. „Es ist kompliziert.“

„Zurück zu Holly“, schlug er vor. „Weshalb ist sie sauer auf dich?“

„Weil ich ihr gesagt habe, was ich von ihrem Egoismus in Sachen Hochzeit halte, und dass sie einen Fehler macht, wenn sie Corey heiratet, ohne ihn besser kennenzulernen.“ Sie murrte. „Ich war betrunken.“

„Echt? Habe ich kaum bemerkt!“

„Hör auf, dich über mich lustig zu machen.“

Beschwichtigend hob er seine Hände hoch. „Schon gut. Wenn man betrunken ist, sagt man manchmal etwas, was man nicht meint.“

„Das Problem ist, dass ich es so gemeint habe, Tom. Die Hochzeit ist eine Schnapsidee.“

„Holly sieht das anscheinend anders.“

„Holly hat sich in die Idee verrannt, verheiratet zu sein“, verbesserte sie ihn. „Normalerweise hätte ich nichts gesagt, aber ich hatte mir einmal zu oft anhören müssen, dass man mit mir keinen Spaß haben könnte.“

Lächelnd fuhr er sich durch sein zerzaustes Haar. „Schon verstanden. Du wolltest ihnen beweisen, dass sie im Unrecht waren.“

„So ungefähr“, nuschelte sie und bedeckte ihr Gesicht mit einer Hand. „Scheiße. Ich habe mich gestern total lächerlich gemacht! Habe ich wirklich vor Fremden gesagt, dass ich mit dir Sex haben würde?!“

„Nicht nur einmal“, erwiderte er zufrieden.

Stöhnend legte sie den Kopf zurück. „Wie peinlich.“

„Ich fand es ziemlich genial“, lachte Tom und dachte an Mark Delaneys Gesicht. „Von einer entschlossenen Rothaarigen mit beeindruckenden Brüsten abgeschleppt zu werden, die mich in aller Öffentlichkeit anbettelt, mit ihr zu schlafen, ist mir auch noch nicht passiert.“

Ihr peinliches Kopfschütteln war ziemlich süß. Mit einem Glucksen griff er nach ihr und verfrachtete sie auf seinen Schoß.

„Daraus wird nichts“, sie seufzte gespielt dramatisch. „Jess wird Amok laufen, wenn wir noch einmal Sex haben.“

„Dann fahren wir eben zu mir.“

Plötzlich legte sie den Kopf zurück und schaute ihn ernst an. „Tom ... die letzte Nacht war großartig, aber es muss eine einmalige Sache bleiben.“

„Ach?“ Er legte eine Hand auf ihren Oberschenkel und malte kleine Kreise auf ihre weiche Haut.

„Ernsthaft.“ Sie atmete tief aus. „Wir müssen an Zoey denken. Außerdem bin ich deine Nanny ...“

„Du bist Zoeys Nanny.“

Sie machte eine unwirsche Handbewegung. „Ich arbeite für dich! Wie billig ist es, wenn wir miteinander Sex haben, während Zoey nebenan schläft?“

„Komm schon, Erin. Ist das nicht etwas melodramatisch?“

Ihre Hand legte sich auf seine, um ihn davon abzuhalten, weiterhin ihren Schenkel zu streicheln. „Mir wurde einmal eine Affäre mit dem Vater eines Kindes, das ich betreute, unterstellt, Tom. Damals bildete sich die eifersüchtige Ehefrau irgendetwas ein, aber ich habe nicht vergessen, wie furchtbar es war, plötzlich als wandelndes Klischee dazustehen.“

„Wandelndes Klischee?“

Erin verdrehte die Augen. „Das Klischee des Kindermädchens, das mit dem Vater schläft.“

„Du vergisst, dass ich keine eifersüchtige Ehefrau habe“, witzelte er und rieb über ihren Rücken.

„Du hast aber Zoey“, widersprach sie. „Es würde sie nur durcheinanderbringen, wenn sie uns zusammen sieht.“

„Wenn du darauf bestehst, muss ich abends einen Babysitter besorgen und herkommen. Jess wird zwar nicht begeistert sein, aber ...“

„*So* meinte ich es auch nicht“, betonte sie. „Gestern Nacht war eine Ausnahme!“

„Eine hammermäßige Ausnahme“, erwiderte er heiser.

„Verdammt, Tom! Ich bemühe mich gerade, vernünftig zu sein ...“

Lachend fuhr seine Hand zu ihrem Zopf und löste die Haarflut. „Vernünftig? Ich dachte, über dieses Stadium wärst du hinweg.“

„Ich will nicht für dich arbeiten und gleichzeitig mit dir schlafen! Das ist billig."

„Soll ich dich etwa feuern?"

„Nein."

Tadelnd schüttelte er den Kopf und massierte ihren Nacken. „Dir kann man es einfach nicht recht machen." Mit einem Seufzer erklärte er: „Erin, es geht um Sex. Das muss nicht kompliziert sein."

„Ist es aber, weil wir an Zoey zu denken haben."

„Zoey ist vier Jahre alt", widersprach er. „Sie schläft wie eine Tote und wacht nicht einmal auf, wenn sie ins Bett pinkelt."

Mit aufgerissenen Augen sah sie ihn an und zischte wütend: „Du brauchst gar nicht davon ausgehen, dass ich in dein Bett hüpfe, sobald Zoey schläft, Tom Peacock! So eine bin ich nicht!"

16. Kapitel

Du bist ein böses Mädchen, Erin Hamilton. Ein sehr böses Mädchen.

Erin konnte die Stimme in ihrem Kopf schlecht ausschalten, als sie Tom musterte, der in Trainingshosen und einem weißen T-Shirt, auf dem eine rosa Schleife abgedruckt war, mit anderen seiner Teamkollegen hinter der Absperrung stand und plauderte. In den vergangenen anderthalb Wochen war sie sehr oft ein böses Mädchen gewesen und hätte sich eigentlich schämen sollen. Doch das tat sie nicht, sondern betrachtete weiterhin Toms kräftige Beine und die breiten Schultern, die sich unter dem T-Shirt abzeichneten. Unter den grauen Trainingshosen zeichneten sich zudem seine Pobacken ab und zauberten ihr ein Lächeln aufs Gesicht.

Der Geist ist willig, aber das Fleisch ist schwach. Oh ja, sogar sehr schwach. Erin schluckte und erinnerte sich an die seltenen Besuche während ihrer Kindheit in der *Heiligen Herz Jesu Kirche* bei ihren Großeltern in Queens, wo über die Sünden des Fleisches gepredigt worden waren. Als Kind hatte sie kein Wort verstanden, aber mittlerweile kannte sie die Bedeutung des schwachen Fleisches.

„Hey, Erin!“ John Brennan winkte und trat mit einem breiten Lächeln zu ihr.

„Hi, John.“ Sie lächelte und bemühte sich, den Blick von Tom loszureißen, der sich für den kommenden Charity-Lauf aufwärmte.

„Hallo, Zoey“, John lächelte dem kleinen Mädchen zu, das auf einer Parkbank saß und das bunte Treiben verfolgte.

„Hallo“, erwiderte sie und schenkte ihm ein fröhliches Grinsen. Für Anfang Juni war es ziemlich warm, weshalb Zoey ein kurzärmliges T-Shirt und eine kurze Latzhose aus Stoff trug. Stolz hatte sie zudem eine Baseballkappe mit dem Logo der *Titans* aufgesetzt, das Tom ihr in der letzten Woche geschenkt hatte, als sie ihn zum Training begleitet hatte.

„Hat Zoey dir erzählt, dass ich sie zu meinem Co-Trainer gemacht habe?“

Sie nickte und legte dem Mädchen eine Hand auf den Rücken. „Ja, das hat sie. Anscheinend hat sie einen tollen Job gemacht.“ Vergnügt zwinkerte sie John zu.

„Ohne ihre Hilfe hätte ich ganz schön alt ausgesehen“, bekräftigte er. „Wäre Zoey nicht gewesen, hätten einige Spieler ihre Hintern nicht hochbekommen.“

Zoey kicherte los und hielt sich eine Hand vor den Mund. Sie war völlig aufgekratzt gewesen, als sie mit ihrem Vater vom Training zurückgekommen war, und hatte Erin stolz die Trillerpfeife präsentiert, die sie geschenkt bekommen hatte. Abends hatten Tom und Erin bohrende Kopfschmerzen gehabt, weil Zoey den restlichen Tag mit der Trillerpfeife im Mund durch die Wohnung gelaufen war.

Beide hatten nichts gesagt, da es schön mitanzusehen war, wie sehr Zoey aufgeblüht war. Dass Zoey glücklich war und sich wohl bei ihrem Vater fühlte, war nicht zu übersehen. Sie hing sehr an Tom und begann zu strahlen, sobald er den Raum betrat. Beinahe jeder Satz begann mit dem Wort *Daddy* und endete mit einer Beschreibung, die einem Superhelden gleichkam.

„Sind Hanna und Jilian nicht mitgekommen?“ Erin hob den Kopf und suchte die nähere Umgebung nach Johns Familie ab. Außer unzähligen Frauen jeden Alters und einer Horde Footballspieler standen viele Zuschauer hinter den Absperrbändern und beobachteten das Geschehen. Wie Erin erfahren hatte, nahm das gesamte Team der *Titans* bereits zum dritten Mal am jährlich stattfindenden Spendenlauf für die Brustkrebshilfe teil. Tom hatte ihr erst gestern Abend bei einem Glas Wein erzählt, wie Brian vor zwei Jahren gegen Teddy eine Wette verloren und seine Schulden in Form eines Stripteasetanzes bezahlt hatte.

„Die beiden sind zuhause geblieben, weil Jilian etwas ausbrütet.“ John zuckte mit der Schulter. „Deshalb bin ich alleine gekommen, um meine Spieler anzufeuern.“

„Läufst du denn nicht mit?“ Überrascht musterte sie ihn und bemerkte erst jetzt, dass er Jeans und ein Hemd trug.

Kopfschüttelnd deutete er auf sein Knie. „Meine alte Kriegsverletzung macht mir zu schaffen, deshalb schaue ich heute nur zu.“

„Kriegsverletzung?“ Zoey sah gespannt auf sein Knie.

Lachend streichelte John dem Mädchen über die Schulter. „Nein, Schatz. Das habe ich nur so gesagt. Mein Knie tut etwas weh, deshalb laufe ich lieber nicht mit.“

„Ich wollte auch laufen“, seufzte sie dramatisch. „Aber Daddy meinte, das wäre nichts für kleine Mädchen.“

„Da hat er Recht“, nickte John. „Wenn du älter bist, darfst du bestimmt auch mitlaufen, aber momentan ist das noch viel zu anstrengend für dich.“

„Das hat Daddy auch gesagt.“ Zoey legte ihren Kopf in den Nacken. „Aber ich möchte, dass die kranken Frauen wieder gesund werden!“

Erin setzte sich neben Zoey und zog sie auf ihren Schoß. Mit beiden Armen umschlang sie das Mädchen und senkte den Kopf neben Zoeys Wange.

Seit Tom ihr erklärt hatte, dass dieser Spendenlauf für kranke Frauen sei, beschäftigte sich Zoey mit der Frage, warum die Frauen krank geworden waren, und hörte nicht auf, sich Sorgen um sie zu machen. Zoey war einfach sehr mitfühlend und hatte ein großes Herz. Sie war kaum von der Idee abzubringen gewesen, mit Tom teilzunehmen, auch wenn er ihr ruhig erklärt hatte, dass kleine Kinder keine 10 Kilometer laufen könnten.

„Was hat Daddy dir gesagt, Liebling?“

Flüsternd antwortete Zoey: „Ich soll ihn anfeuern.“

„Genau“, sie schaute zu John hoch und schnitt eine kleine Grimasse. „Tom hätte ihr nicht sagen sollen, worum es heute geht.“

Der Chef-Trainer grinste mitfühlend. „Oh je.“

Erin nickte und kuschelte sich an Zoey, die ihren Scheitel unter Erins Kinn schmiegte. „Du musst dir keine Sorgen machen, Liebling.“

„Okay“, wisperte Zoey zurück.

„Geht’s euch gut?“ Tom stand hinter der Absperrung und warf Zoey einen alarmierten Blick zu.

Mit einem Lächeln schaute Erin hoch. „Hier ist jemand etwas traurig, weil er nicht mitlaufen darf.“

„Ach so“, elegant schwang er seine nackten Beine über das pinke Gummiband und ging vor ihnen in die Hocke.

Mit einem mulmigen Gefühl betrachtete Erin seine dunkelblonden Haare, die kunstvoll zerzaust waren und sich erst gestern wundervoll zwischen ihren Fingern angefühlt hatten.

„Knöpfchen, ich finde es total lieb, dass du dir solche Gedanken machst, aber du bist noch zu klein, um hier mitzumachen.“

„Willst du Daddy dein Bild zeigen, Zoey?“, fragte Erin sie mit einem aufmunternden Kuss auf die babyweiche Wange.

„Ein Bild?“ Tom lächelte weich und stupste Zoeys nacktes Knie an.

„Oh ja“, Erin beugte sich nach rechts und griff mit einer Hand nach ihrer Tasche, in die Zoey ihr ordentlich gefaltetes Blatt Papier gesteckt hatte.

„Zeig’ mal, Knöpfchen.“ Er nahm Erin das Blatt ab und öffnete es vorsichtig. „Wow! Hast du das gemacht?“

Zoey nickte zaghaft und deutete mit ihrem kleinen Finger auf die Buntstiftzeichnung, auf der in krakeligen Lettern *Go, Daddy, go* stand. „Erin hat mir geholfen.“

„Nur ein bisschen“, erwiderte sie einschränkend.

Zoey lehnte sich zurück und meinte mit ihrer piepsigen Stimme: „Erin und ich wollten dich damit anfeuern.“

„Das ist aber lieb von euch“, er blickte auf und begegnete über Zoeys Kopf ihrem Blick. Da sie sich bewusst war, dass John neben ihnen stand und interessiert das Geschehen verfolgte, bemühte sie sich, angesichts seines brennenden Blickes nicht zu erröten.

Sie hatte ihn gestern darum gebeten, diese Blicke zu lassen, nachdem sie mit Zoey zu Abend gegessen hatten und er sie so intensiv über den Tisch hinweg angestarrt hatte, dass sie über und über errötet war. Außerdem hatte sie ihn gebeten, sie in der Küche nicht ständig mit Küssen zu überfallen, während Zoey in ihrem Kinderzimmer war und spielte. Auch das Tätscheln ihres Pos im Supermarkt, wenn sie mit Zoey in der Obstabteilung standen, fiel in die Verbotskategorie, doch bisher hielt er sich nicht daran.

Angesichts der Tatsache, dass sie wenig Widerstand geleistet hatte, als sie gestern Abend, nachdem Zoey eingeschlafen war, auf seiner Couch geknutscht und dies wenig später in seinem Bett fortgesetzt hatten, konnte Erin ihm nicht einmal die alleinige Schuld daran geben. Sie hasste es einfach, das Klischee des Kindermädchens, das eine Affäre mit dem Vater seines Schützlings einging, zu bestätigen. Der einzige Trost war, dass er sie nicht wie eine billige Affäre behandelte, wenn sie nachts aus seinem Bett schlüpfte und auf Zehenspitzen an Zoeys Tür vorbeischlich. Er schickte ihr süße Nachrichten auf das Handy, sobald sie auf dem Nachhauseweg war, rief an, um sich zu erkundigen, dass sie gut angekommen war, und verbrachte auffallend viel Zeit mit ihr und Zoey, auch wenn sie eigentlich dafür da war, ihn bei Zoeys Betreuung zu entlasten.

Vorgestern hatte sie am Abend an Hollys Probeessen für die Hochzeit teilnehmen müssen, auch wenn ihre Schwester immer noch nicht gut auf sie zu sprechen war. Glücklicherweise war Holly egozentrisch genug, dass sie Toms Auftauchen und Erins plötzliches Verschwinden nicht miteinander in Verbindung gebracht hatte. Neugierige Fragen vonseiten ihrer Familie hätten Erin noch gefehlt. Also hatte Erin gelangweilt neben ihren Eltern gesessen, das Essen über sich ergehen lassen und war in Gedanken bei Tom und Zoey gewesen, die einen Videoabend mit Popcorn und Chips geplant hatten. Als ihr Handy geklingelt hatte, war Erin dankbar für die Ablenkung gewesen und hatte gegen ein breites Lächeln ankämpfen müssen, weil Tom ihr ein Foto geschickt hatte, auf dem er und Zoey auf der Couch lagen und einen Kussmund in Richtung Kamera formten.

„Haben Teddy und Brian eigentlich wieder eine Wette laufen, Tom?"

„Falls ja, hat er nichts gesagt", lachte Tom und wandte den Blick von Erin ab, um John ins Gesicht zu sehen.

Erin schluckte den Kloß in ihrem Hals herunter und beschäftigte sich angelegentlich mit Zoeys Zopf, der aus der hinteren Lasche ihrer Baseballkappe herausragte.

„Knöpfchen?" Tom gab seiner Tochter das Blatt zurück und beugte sich vor, um Zoey einen Kuss auf die Nasenspitze zu geben. Dabei streifte sein Atem auch Erins Gesicht und erinnerte sie an die vergangenen Nächte, die sie eigentlich bereuen sollte, es aber nicht tat. „Vielleicht magst du Erin fragen, ob sie Lust hat, heute Nachmittag mit uns Muffins zu backen und diese zu essen? Damit du nicht mehr so traurig sein musst."

Dieser Heuchler!

Sie funkelte ihn versteckt an und erwiderte vergnügt: „Hey, Zoey, sollen wir das machen? Das klingt doch toll, Liebling!"

„Ja“, Zoeys Kopf fuhr begeistert hoch und sie beugte sich vor, um Toms Gesicht in ihre pummeligen Hände zu nehmen und ihm ein Küsschen auf den Mund zu drücken.

„Tom!“, brüllte einer seiner Kumpels über den Startplatz.

„Ich schätze, das ist dein Stichwort, Tomcat“, John lachte amüsiert auf, während sich Tom wieder erhob und mit einem letzten Blick auf seine beiden weiblichen Fans die Beine über das Gummiband schwang, um zu seinen Teammitgliedern zu verschwinden.

Bemüht gelassen begann Erin ein Gespräch mit John, der sich zu ihnen auf die Bank setzte und gut gelaunt über die kommende Saison plauderte. Währenddessen ordnete sie ihre Gedanken. Sie musste höllisch aufpassen, dass sie sich nicht in diese Sache verrannte. Tom war trotz des ersten und auch zweiten Eindrucks ein liebenswerter Kerl, der ihr immer sympathischer wurde und auch endlich etwas für seine Tochter zu empfinden schien. Der Sex war phantastisch und sie verbrachte gerne Zeit mit ihm. Trotzdem lief nichts Ernstes zwischen ihnen. Daran musste Erin einfach denken, bevor sie etwas so Törichtes machte, wie sich in ihn zu verlieben. Einmal hatte sie sich schon die Finger verbrannt, weil sie einem Mann vertraut hatte, der nicht für längerfristige Beziehungen gemacht war. Das durfte nicht noch einmal passieren.

„Ich hoffe, du weißt, was du tust, Tomcat.“

Tom blickte zu Brian, der neben ihm stand und seine Armmuskeln dehnte.

„Keine Ahnung, was du meinst."

Sein Teamkollege und Quarterback lachte amüsiert auf, bevor er ihm kopfschüttelnd auf die Schulter schlug.

„Aber klar!"

Genau wie Tom und alle anderen Spieler der *Titans* trug Brian ein weißes T-Shirt, auf dem eine rosa Schleife, das Symbol der Brustkrebshilfe, abgedruckt war. Anfangs war das Team wenig begeistert von Teddys Idee gewesen, an dem Lauf teilzunehmen und zudem noch bedruckte T-Shirts tragen zu sollen. Sie hatten sich gänzlich geweigert, diese Shirts zu tragen, auch wenn es eher an der Tatsache gelegen hatte, dass die Idee von Teddy stammte, der das Team damals mit großem Argwohn begegnet war. Als Frau war sie einfach nicht kompetent genug erschienen, die *Titans* zu leiten. Mittlerweile würde kein Spieler mehr wagen, etwas gegen seine Chefin vorzubringen, weil sie sich als echtes Genie erwiesen hatte und sich in der NFL wie ein alter Hase auskannte. Abgesehen davon würde Brian jeden in den Boden stampfen, der etwas gegen seine Frau zu sagen wagte.

Allein Dupree hatte damals aus lauter Unwissenheit sein Shirt mit der rosa Schleife angezogen und war anschließend zu einem der beliebtesten Footballspieler der *Titans*, wenn nicht sogar der ganzen NFL, avanciert, der zum Aushängeschild der Brustkrebshilfe mutierte. Werbeverträge waren gefolgt, so dass man Dupree in Werbespots für Duschgel oder sein Gesicht auf Reklametafeln für Energy-Drinks sehen konnte.

Mittlerweile zierten sich die Jungs nicht mehr, ihre T-Shirts anzuziehen, sondern freuten sich regelrecht auf den Lauf, da es immer ein Ereignis war, wenn das ganze Team daran teilnahm und beobachten konnte, wie sich Teddy und Brian ein Wettrennen lieferten. Im letzten Jahr hatte Teddy zum zweiten Mal gewonnen, obwohl sich Brian extrem viel Mühe gegeben hatte. Um seine Wettschulden einzulösen, hatte er beim ersten Heimspiel der *Titans* die Nationalhymne singen müssen, was keine gute Idee gewesen war, da sich das Team vor Lachen kaum eingekriegt hatte und sich kaum auf das Spiel konzentrieren konnte.

„Den Blick, mit dem du dein Kindermädchen bedenkst, kenne ich sehr gut."

Tom verzog keine Miene. „Soll heißen?"

„Das soll heißen, dass ich weiß, wie man die Frau anstarrt, mit der man heimlich schläft."

Schnaubend verdrehte Tom die Augen und beschäftigte sich intensiv damit, seine Beinmuskeln zu lockern.

Er hatte gar nicht gemerkt, dass er Erin angestarrt hatte. Ihm machte es nichts aus, dass Brian aufgefallen war, dass er mit Erin schlief, aber sie war ziemlich empfindlich, was das Thema anging, also schwieg er. In den letzten anderthalb Wochen hatte sie ständig von ihm verlangt, seine Hände bei sich zu behalten, was ziemlich scheiße war, wenn man ständig ihren Mund, ihren Hintern oder ihre Brüste vor sich sah. Natürlich wollte er Rücksicht auf Zoey nehmen, aber sobald sie im Bett war und schlief, war Tom der Meinung, dass er sich nicht mehr zurückhalten musste. Tatsächlich begann Erin jedes Mal zu lamentieren und zu protestieren, doch glücklicherweise war sie schnell umzustimmen.

Beispielsweise hatte sie gestern Abend starköpfig darauf beharrt, direkt nach dem Abendessen nach Hause zu fahren, doch dann war sie zu einem Glas Wein geblieben. Es war sehr gemütlich gewesen, einfach nur mit ihr auf der Couch zu sitzen und zu reden. Die Küsserei war auch gar nicht von ihm ausgegangen, sondern sie hatte die Initiative ergriffen. So gesehen ging es auf ihr Konto, dass sie schließlich in seinem Bett gelandet waren und im Flüsterton Sex hatten.

„Wie lange läuft das schon zwischen euch?“, bohrte Brian nach. „Hast du mir nicht gesagt, dass sie ständig an dir herumnörgeln würde?“

Tom warf ihm einen finsteren Blick zu und stieß ihm in die Seite. „Kannst du vielleicht noch lauter sein, verdammt nochmal?!“

Mit einem fetten Grinsen warf Brian den Kopf in den Nacken und lachte. „Ich wusste, dass ich Recht habe!“

„Halt die Klappe, Rabbit!“ Tom funkelte ihn an.

„Was gibt’s bei euch?“ Julian trat mit Dupree und Blake im Schlepptau zu ihnen.

„Nichts“, kicherte Brian.

Tom hätte ihm am liebsten in die Eier getreten.

„Anstatt dich hier totzulachen, solltest du dich lieber auf deinen Lauf konzentrieren“, Julian fuhr sich durch sein Haar und schob seine Sonnenbrille ein Stück hoch, um seinen besten Freund neugierig zu mustern. „Du willst doch hoffentlich nicht, dass dich Teddy zum dritten Mal schlägt.“

„Beim ersten Mal war ich verkatert“, rechtfertigte er sich gut gelaunt. „Heute bin ich topfit und voll motiviert.“

Blake schnaubte. „Du warst nicht verkatert, Rabbit! Du warst ein kotzendes Wrack!“

„Danke für die nette Erinnerung“, blaffte Brian zurück und erntete ein paar Lacher.

Julian boxte Brian gegen den Arm und fragte neugierig. „Worum hast du mit Teddy gewettet?“

„Um nichts.“

Ungläubig schnaubte Blake. „Ihr wettet um jeden Scheiß, Rabbit ...“

„Willst du uns für blöd verkaufen?“, fragte nun auch Tom, der bemerkte, wie stumm sein Kapitän plötzlich wurde, was gar nicht seine Art war.

„Nichts Besonderes.“

„Von wegen“, auch Julian sah ihn misstrauisch an. „Sonst kannst du nichts für dich behalten ...“

„Ist bestimmt was Sexuelles“, mutmaßte Eddie, der mittlerweile herangetreten war und lauschte.

„Dann hätte er es erst recht herausposaunt“, erwiderte Julian trocken.

„Hey, Jungs!“ Teddy trat gut gelaunt heran und hatte eine winzige Frau im Schlepptau. Die Teamchefin war bereits für den Lauf gekleidet und trug lange Lauftights sowie ein graues Kapuzenshirt darüber, das offen über ihrem enganliegenden Sportbustier mit rosa Schleife hing. Da Teddy schon seit ihrer Jugend Langstreckenläuferin war, konnte man gespannt sein, wie das Rennen zwischen ihr und ihrem Mann ausgehen würde, da Brian ziemlich entschlossen wirkte.

„Teddy, hilf uns kurz auf die Sprünge“, Julian legte ihr einen Arm um die Schulter und küsste sie kurz auf den Mund, was dem Quarterback links neben ihm gar nicht gefiel. „Brian will uns nicht verraten, worum ihr dieses Mal gewettet habt. Du wirst es uns doch sicher sagen!“

Sie lachte perlend und schüttelte den Kopf. „Keine Chance, Julian.“ Vorsichtig befreite sie sich von seinem Arm und zog die winzige Frau näher, die neben ihrer hochgewachsenen Gestalt fast schon wie ein Zwerg wirkte und einen Aktenordner gegen ihre Brust presste. „Darf ich euch Sarah Matthews vorstellen? Sie arbeitet seit kurzem für die PR-Abteilung der Brustkrebshilfe und koordiniert die Zusammenarbeit mit uns.“

Teddy legte der jungen Frau mit den blonden Ponyfransen und dem klassischen Hosenanzug eine Hand auf den Rücken und deutete auf die versammelten Spieler. „Sarah, das sind einige unserer Spieler. Hier hätten wir Julian Scott, einen unserer besten Wide Receiver.“

Julian gluckste und reichte Sarah sofort die Hand. „Hallo, Sarah. Und danke für das Kompliment, Teddy.“

„Hi“, die Blondine lächelte zurück. „Nett, Sie kennenzulernen. Ich komme aus Pensacola und habe Sie in Miami gegen die Broncos spielen sehen.“

„Himmel, das Spiel haben wir damals haushoch verloren.“

„Ich fürchte, ja.“

Teddy deutete glucksend auf ihn und anschließend auf Brian. „Und dann hätten wir Tom Peacock, Cornerback, meinen Mann Brian Palmer ...“

„Den Quarterback“, fügte Sarah hinzu und gab erst Tom und dann Brian die Hand.

„Genau“, Teddy nickte lächelnd. „Außerdem darf ich dir Blake O’Neill, Runningback, sowie Eddie

Goldberg, Strong Safety, und Dupree Williams vorstellen. Dupree ist Tackle und wird wohl am meisten von allen mit dir zusammenarbeiten."

„Hi", Sarah Matthews reichte Dupree die Hand und lächelte spöttisch. „So sieht man sich wieder."

Interessiert blickten alle auf Dupree, der unter seiner dunklen Haut knallrot angelaufen war. Tom zog beide Augenbrauen hoch und musterte seinen Kumpel, der plötzlich ungewöhnlich verlegen wirkte. Tatsächlich merkte man, dass er am liebsten geflohen wäre.

„Ach, ihr kennt euch?" Verwirrt sah Teddy zwischen beiden hin und her.

„Mehr oder weniger", brummte Dupree und trat nervös von einem Bein auf das andere.

Die winzige Blondine legte den Kopf schräg und sah Dupree mutig ins Gesicht, was Tom ziemlich beachtlich fand, wenn man bedachte, dass sie geradezu winzig war, während Duprees Spitzname *Dozer* viel über seine Statur verriet. „Wir haben uns in einer Bar kennengelernt."

Plötzlich verschluckte sich Blake und bekam einen Lachanfall. Dupree dagegen zog immer mehr den Kopf ein, als wolle er sich verstecken, was angesichts seiner Körpermaße ein Ding der Unmöglichkeit war.

Liebenswürdig fügte Sarah hinzu. „Es war ziemlich komisch. Er wollte mich mit Hilfe seines Superbowlrings abschleppen ..."

„Bitte was?!" Brian unterbrach sie fassungslos und starrte Dupree ungläubig an.

Tom erging es nicht anders. Die fassungslosen Blicke seiner Teamkollegen sagten ihm, dass sie genauso wenig glauben konnten, was ihnen dort aufgetischt wurde. Dupree war der schüchternste Typ, den er kannte. Alle gingen davon aus, dass er noch Jungfrau war! Wenn sie zusammen in einen Stripclub gingen, zierte sich Dupree wie ein Mädchen und starrte die ganze Zeit über auf den Boden. Scheiße, er trank nicht einmal Alkohol!

Einer nach dem anderen begann zu lachen. Dupree dagegen blickte mit einer Mischung aus peinlicher Verlegenheit und finsterer Übellaunigkeit auf den Boden.

„Äh ... da musst du etwas missverstanden haben, Sarah“, auch Teddy konnte kaum glauben, was sie hörte. „Dupree ist ein perfekter Gentleman ...“

Brian unterbrach seine Frau amüsiert, als Duprees Gesicht immer grimmiger zu werden schien: „Lass den Jungen in Ruhe, Teddy.“

„Ich wollte doch nur ...“

„Schon gut“, Sarah schüttelte den Kopf und erklärte Dupree: „Ich rufe in den nächsten Tagen am besten wegen eines Termins an.“ An alle anderen gewandt fügte sie hinzu: „Viel Spaß beim Spendenlauf, Gentlemen.“

Kaum hatte sie sich umgedreht und war verschwunden, bombardierten sie Dupree mit Fragen. Anstatt zu antworten, schwieg er verdrossen und weigerte sich, auch nur einen Ton von sich zu geben.

„Scheiße! Was hast du bloß getan, Dupree? Die Kleine hat dich richtig gefressen!“ Eddie kam auf das Offensichtliche zu sprechen.

„Ausgerechnet du, Dupree?“ Teddy konnte es immer noch nicht glauben.

Julian schüttelte den Kopf. „Das ist doch gar nicht deine Art! Von Blake würde ich so etwas erwarten ...“

„Hey“, beschwerte sich dieser sofort.

„Julian hat Recht“, Brian verschränkte die Arme vor der Brust. „Dir würde ich es zutrauen, dass du sie so verärgerst, dass sie dir eine knallt und abhaut. Aber doch nicht Dupree!“

Tom musterte Duprees finster zusammengezogene Augenbrauen und hatte die Befürchtung, dass er gleich ausrasten würde, obwohl das gar nicht zu ihm passte.

„Warum tut ihr eigentlich so, als hätte ich keine Ahnung von Weibern?“ Blake schnaubte. „Ich habe kein Problem mit ihnen.“

„Dein erstes Problem ist, dass du sie Weiber nennst“, fauchte Teddy aufgebracht.

„So blöd bin ich nicht“, erwiderte Blake wütend.

„Halt deine Klappe, Blake“, blökte plötzlich Dupree dazwischen. „Wegen *dir* hat sie mir in die Eier getreten! Weil du mir deine idiotischen Ratschläge gegeben hast!“

Teddy krächzte: „Sie hat dir in die Eier getreten?!“

„Mann, ich war betrunken.“ Blake kratzte sich verlegen am Kopf.

„Du hast auf Blake gehört?“, wollte Eddie ungläubig wissen.

Brian unterbrach seinen Mitspieler. „*Was* hast du überhaupt gesagt, Dupree?“

„Ich habe nur wiederholt, was Blake mir aufgetragen hat zu sagen!“ Dupree wurde feuerrot.

„Das war vermutlich Fehler Nummer eins.“ Tom schüttelte den Kopf und schlug Dupree freundschaftlich auf die Schulter.

Blake war empört. „Ich habe dir gesagt, dass du ihr Komplimente machen sollst! Was ist daran falsch?“

„Du hast mir gesagt, dass ich über ihre Brüste sprechen soll und ihr meinen Superbowlring zeigen soll!“ Bei dem Wort *Brüste* wurde Dupree noch einen Touch röter im Gesicht.

„Oh Gott!“ Teddy vergrub ihr Gesicht an der Brust ihres Mannes. „Im Ernst?“

„Blake meinte, ich solle ihr Komplimente zu ihren Brüsten machen, weil Frauen mit kleineren Brüsten das gut fänden.“

„Hast du einen Knall, Blake?“ Tom rieb mit beiden Händen über sein Gesicht, weil er kurz vor einem Lachanfall war.

„Und du hast mir gesagt, dass ich erzählen soll, dass ich reich und berühmt bin!“ Dupree zeigte anklagend auf seinen Kumpel.

„Aber doch mit Finesse, Mann! Niemand kriegt die Weiber rum ...“

„Blake, das heißt *Frauen*!“

„Moment mal“, Julian unterbrach sie alle und blickte Dupree neugierig an. „Was hast du ihr genau für ein Kompliment gemacht?“

„Na ja“, antwortete Dupree nach einer Weile und schien sich nicht wohl in seiner Haut zu fühlen. „Ich ... ich habe ihr gesagt, dass ich eigentlich auf größere Brüste stehe, aber bei ihr ... eine Ausnahme machen könnte ...“

Entsetztes Lachen wurde laut. Die einzigen, die nicht in das Gelächter einstimmten, waren Blake und Dupree, die mit ernster Miene daneben standen.

„Scheiße, Dupree“, Brian grölte vor Lachen. „Mit deinem Mut hätten wir Vietnam gewinnen können!“

Eddie hatte vor lauter Lachen einen Schluckauf bekommen und fragte wie der letzte Trottel: „Ich dachte, wir hätten Vietnam gewonnen!“

„Oh Gott“, Teddy winkte ab. „Ihr macht mich fertig.“

Da Dupree ziemlich mitgenommen wirkte, beruhigten sie sich wieder schnell, schließlich wollte keiner den jungen Tackle zu sehr aufs Korn nehmen. Bemüht ernst machten sie sich wieder daran, sich für den Lauf aufzuwärmen.

Tom hatte seine Unterhaltung mit Brian fast vergessen, als dieser ihn wieder anstieß und verschwörerisch murmelte: „Also? Du und Erin?“

„Rabbit, ich will wirklich nicht darüber reden.“

„Schon kapiert“, Brian deutete zur Seite, wo Erin mit Zoey auf dem Schoß saß und sich mit John unterhielt. „Ich gebe dir nur einen Tipp, Tom. Deine Tochter hängt total an Erin ...“

Schnaubend verdrehte Tom die Augen und warf Brian einen genervten Blick zu. „Erin und ich sind erwachsen, Brian. Wir haben Spaß, mehr ist nicht dahinter.“

„Wenn du das sagst.“

Glücklicherweise hielt Brian nun den Mund. Tom konnte es nicht gebrauchen, von seinem Kumpel dumme Sprüche zu hören, schließlich wusste er selbst, was er wollte. Ganz sicher gehörte keine feste Beziehung dazu! Er war neunundzwanzig Jahre alt, hatte eine großartige Karriere und mochte sein Leben, in dem er tun und lassen konnte, was er wollte. Momentan kümmerte er sich zwar um Zoey und spielte vorübergehend den Familienvater, was für eine Dauer von insgesamt zehn Wochen ganz okay war, aber das war nicht sein normales Leben. Sein Leben war das Leben eines Junggesellen.

Natürlich mochte er Erin. Sie war süß, lustig und sexy, aber das waren viele Frauen, die er kannte. Er musste sich nicht festlegen, schließlich war er nicht in Erin verliebt, sagte sich Tom.

Als der Lauf startete und sie ihre Runden durch den Central Park drehten, überlegte er noch, dass doch alles bestens lief. Die neue Saison würde in einigen Wochen inoffiziell beginnen, Zoey würde wieder zurück nach Kalifornien fliegen und dann könnte er abends endlich wieder ausgehen, ohne sich um einen Babysitter zu kümmern. Vielleicht würde er sogar Erin treffen, wenn sie nicht länger als Zoeys Kindermädchen arbeitete. Das klang nach einem guten Plan.

Sobald er an der Stelle vorbeilief, an der Erin mit Zoey stand, und er ihre Stimmen hörte, die ihn lachend anfeuerten, bekam er plötzlich einen Kloß im Hals. Zoey hielt ihr gekritzeltes Bild in die Höhe und hüpfte aufgeregt herum, während Erin hinter ihr stand und ihm zujubelte. Tom wollte nicht darüber nachdenken, weshalb ihm ganz warm ums Herz wurde, als Zoey laut *Daddy* schrie. Er winkte kurz zurück und lief entschlossen weiter.

Nach dem Lauf nahm Tom Erin und Zoey mit zum Pizzaessen der *Titans*, das traditionell im *Forcella* in Manhattan stattfand. Das Team nahm einen Großteil des Restaurants ein und rückte unzählige Tische zusammen, damit sie alle zusammen sitzen konnten. Lachend wurde eine Krone aus Servietten gebastelt, die sich Brian auf den Kopf setzte, weil er gegen seine Frau gewonnen hatte. Während die monströsen Pizzen gereicht wurden, verdrehte Teddy angesichts seines zufriedenen Gesichts amüsiert die Augen. Tom war sich ziemlich sicher, dass sie ihn hatte gewinnen lassen, denn normalerweise hatte Brian keine Schnitte gegen seine Frau.

Lachend hörte Tom Erin zu, die den halben Tisch mit Geschichten über ihre wilde Studienzeit unterhielt, während er kleine Stücke von seiner Pizza abschnitt und sie Zoey auf den Teller legte. Er hatte darauf geachtet, eine Pizza ohne Pilze zu bestellen, und goss Zoey etwas Apfelsaft nach. Als sie sich dankbar an ihn schmiegte und mit babyblauen Augen zu ihm aufsah, musste er wieder gegen einen Kloß in seinem Hals ankämpfen.

Wie versprochen machten sie sich nachmittags daran, Muffins zu backen, nachdem sie alle Zutaten gekauft hatten. Tom kam gerade aus seinem Schlafzimmer und hatte sich frische Kleidung angezogen, als er Musik hörte und zur Küche lief. Im Türrahmen blieb er stehen und beobachtete Erin und Zoey, die mit dem Rücken zu ihm standen und sich im Takt der Musik bewegten. Zoey stand auf einem Hocker, um an die Arbeitsplatte gelangen zu können, und trug eine überdimensionale Schürze. Ihre piepsige Stimme sang fröhlich und völlig falsch das Lied der *Rolling Stones* nach, das aus dem Radio ertönte. Erin wackelte neben ihr umher, so dass ihr Pferdeschwanz hin und her wippte. Sie hielt einen Schneebesen in der Hand und sang ebenfalls mit, wobei sie das Küchenutensil als Mikrofon benutzte und Zoey unter die Nase hielt, damit das Mädchen hineinsingen konnte. Die häusliche Szene gefiel Tom. Sie gefiel ihm mehr, als er gedacht hätte.

Abends lag er mit Erin im Bett und war vollauf zufrieden. Am liebsten wäre er so eingeschlafen und streichelte gedankenverloren ihre Schulter, während sie sich warm an seine Seite schmiegte und mit einem Daumen seine andere Hand liebkoste.

„Warum gebt ihr euch im Team eigentlich diese merkwürdigen Spitznamen?“

„Wie kommst du jetzt darauf?“ Seine Stimme klang ein wenig schlaftrunken und belustigt, wie er selbst bemerkte.

„Zoey hat mich danach gefragt“, erwiderte sie leichthin. „Blake nannte Dupree beim Essen *Dozer*. Sie fand das lustig.“

Tom schnaubte leicht. „*Dozer* ist die Abkürzung für Bulldozer. Warum er so genannt wird, muss ich nicht erklären, oder?“

„Nein“, gluckste sie und liebkoste weiterhin seine Hand, was ein Kribbeln in seinem ganzen Arm auslöste. „Aber warum nennt ihr Brian *Rabbit*?“

Mit einem trockenen Lachen erklärte Tom: „Weil Brian während der Collegezeit von seinem Coach beim Vögeln mit dessen Tochter erwischt und nackt nach draußen gejagt wurde. Die Geschichte, dass der Coach ihn einen Rammler nannte, machte sofort die Runde.“

„Oh je“, kichernd versteckte sie ihr Gesicht an seiner Schulter. „Der arme Brian.“

„Es gibt schlimmere Spitznamen.“

„Und *Tomcat*?“ Ihre Stimme wurde ein wenig verschmitzt. „Steckt da auch irgendeine perverse Geschichte hinter?“

„Meinst du?“

„Ganz bestimmt“, neckte sie ihn und drückte einen kurzen Kuss auf sein Schlüsselbein.

„Tomcats sind Kampfflugzeuge“, führte er gelassen aus.

„Kampfflugzeuge?“

„Du brauchst gar nicht so belustigt zu klingen“, wies er sie gespielt streng zurecht.

„Hast du dir den Namen selbst gegeben?“ Glucksend winkelte sie ein Bein an und legte es über seine.

Tom schüttelte den Kopf. „Den Namen bekam ich gleich während meiner ersten Woche in der NFL.“

„Warum?“

Er verdrehte die Augen. „Kannst du dir das nicht denken?“

„Hey! Sei nicht so überheblich“, gut gelaunt presste sie sich an ihn. „Nicht alle Menschen auf diesem Planeten schauen Football.“

„Das sollten sie aber.“

Ihr Schnauben belustigte ihn, also erklärte er grinsend: „Tomcats fliegen mit Überschallgeschwindigkeit, verteidigen Flotten und dienen der Feindesaufklärung. Als Cornerback musst du ebenfalls extrem schnell sein, die Außenseiten gegen gegnerische Wide Receiver verteidigen und Spielzüge erkennen können.“

„Ach so“, zufrieden seufzte sie.

„Du könntest ruhig etwas mehr Begeisterung aufbringen.“

„Mhh“, murmelte sie. „Ich bin vor Ehrfurcht erstarrt.“

„Erin ...“

„Okay“, sie holte tief Luft und hauchte gespielt begeistert. „Gott, Tom! Das ist ja der Wahnsinn.“

„Schon besser“, urteilte er und zog sie etwas enger an sich.

„Ein Kampfflugzeug ist bei weitem besser als das, was ich mir ausgemalt hatte“, inbrünstig atmete sie aus.

„Wieso?“, wollte er neugierig wissen.

„Jess hat mal von einem ziemlich versauten Porno gesprochen, der *Heiße Tomcats soundso* hieß. Daran musste ich immer denken.“

Tom senkte das Gesicht nach unten, um ihr in die Augen schauen zu können. Ihr offener, weicher Blick traf ihn genau in den Magen und verursachte eine Welle von merkwürdigen Gefühlen in ihm.

Mit belegter Stimme entgegnete er: „Hältst du mich für einen Perversling?“

Ihre Wangen röteten sich ganz entzückend, dennoch sah sie ihm unverwandt in die Augen. „Tatsächlich machst du manchmal ...“

„Wirklich?“ Er gluckste auf und presste seinen Mund kurz auf ihre Schläfe. „Ich hatte nicht den Eindruck, dass du irgendwelche Einwände hattest, als ich ...“

„Tom“, protestierte sie und legte ihm die Hand auf den Mund.

Mühelos befreite er sich und flüsterte schelmisch. „Was? Ich darf es zwar tun, aber es nicht aussprechen?“

Stöhnend zog sie die Bettdecke über ihren Kopf.

Er musste lachen und tauchte ebenfalls unter die Decke, wo er sie an sich zog und ihren Nacken küsste.

„Das ist zwar wirklich gut, aber ich muss gleich gehen“, flüsterte sie unter seinen Küssen und drückte ihre Hände gegen seine Brust.

Tom protestierte, als sie sich aus seiner Umarmung wand und aus dem Bett stieg. Frustriert erhob er sich halb und zog die Bettdecke zu sich.

„Ist das dein Ernst?“

Lächelnd schlüpfte sie in ihre Unterwäsche und verschloss den BH. „Ich muss zweimal die U-Bahn wechseln. Es ist schon spät. Wenn ich noch länger bleibe, verpasse ich den letzten Bus in Queens.“

Stöhnend sah er zu, wie sie sich ihre Hosen anzog. „Du könntest bleiben.“

„Tom“, ihre Hände schlossen den obersten Knopf der Jeans, bevor sie nach ihrem schwarz-weiß gestreiften Shirt griff. „Wir dürfen Zoey nicht vergessen.“

„Tue ich nicht“, unwirsch durchkämmte er sein Haar mit den Fingern. „Mir gefällt es nun einmal nicht, dass du dich nachts aus meinem Bett schleichst.“

„Das gefällt mir auch nicht“, seufzte Erin und flocht sich einen schnellen Zopf.

Tom stieg ebenfalls aus dem Bett und stellte sich vor sie, um mit beiden Händen ihre Arme zu umfassen und sie an sich zu ziehen. Er küsste sie zärtlich und murmelte: „Bleibst du, wenn ich dir sage, dass ich dich gerne bei mir hätte, wenn ich aufwache?“

Sie erwiderte den federleichten Kuss und murmelte erwidernd: „Nein. Zoey soll mich nicht bei dir sehen.“

Gegen die Frustration konnte er nichts tun, als sie in ihre Sportschuhe schlüpfte, also maulte er enttäuscht: „Jetzt muss ich schon mit meiner Tochter um deine Zuneigung konkurrieren.“

„Tut mir leid“, lachte sie und zwinkerte ihm zu. „Zoey mochte ich jedoch viel eher als dich. Ihr gehört mein Herz.“

17. Kapitel

Zoey

Zoey kuschelte sich wohlig an ihren Daddy und umschloss seinen Hals mit beiden Armen, als er sie aus ihrem Autokindersitz hob. Sie lächelte und vergrub ihr Gesicht in seiner Halsbeuge, die so gut nach ihm roch. Manchmal beobachtete Zoey ihren Daddy morgens im Badezimmer und sah immer, wie er sich irgendein Wasser ins Gesicht sprenkelte. Er nannte es Rasierwasser. Zoey wusste nicht, was das war, aber sie wusste, dass es genau wie Daddy roch.

Einmal war Zoey in sein Badezimmer gegangen und hatte daran riechen wollen. Um an die Flasche zu kommen, war sie auf einen Stuhl gestiegen und hatte die schöne Flasche in die Hand genommen. Sie war so schwer gewesen, dass sie ihr durch die Hände gefallen und ins Waschbecken gefallen war. Es hatte einen lauten Knall gegeben. Daddy war sofort ins Badezimmer gestürmt und hatte gesehen, wie das ganze Waschbecken voller Scherben gewesen war. Zoey hatte angefangen zu weinen, weil sie dachte, dass Daddy sauer auf sie war. Sie wollte nicht, dass er sauer auf sie war!

Er hatte aber gar nicht geschimpft, sondern sie getröstet und von dem Stuhl gehoben, damit sie sich an den Scherben nicht wehtat. Den ganzen Tag hatte Zoey Angst gehabt, dass Daddy böse mit ihr sein würde, doch das war er nicht gewesen. Abends hatte er sie ins Bett gebracht und ihr eine Geschichte vorgelesen. Sie hatte sich entschuldigt, weil sie seine schöne Flasche kaputt gemacht hatte. Daddy hatte ihren Kopf geküsst und gesagt: „Knöpfchen, das ist doch nicht schlimm. Mach dir keine Sorgen darum."

Nachdenklich hatte Zoey in ihrem Bett gelegen und die Tiere beobachtet, die sie mit Daddy und Erin an die Wand gemalt hatte. Daddy wurde nie böse mit ihr. Er schimpfte auch nicht, wie Mami es manchmal tat, und er brüllte auch nicht wie Henry. Mami verlor schnell die Geduld und schimpfte dann. Henry wollte gar nicht mit Zoey spielen oder mit ihr reden. Er schickte sie immer weg und brüllte wütend los, wenn Zoey gegen den Tisch stieß und seinen Kaffee umwarf oder auf seine Zeitung malte. Daddy dagegen war albern und lieb. Anfangs hatte sie Angst gehabt, bei ihm zu bleiben, weil Daddy immer etwas komisch gewesen war, wenn er sie gesehen hatte. Doch jetzt hatte sie keine Angst mehr. Sie hatte Daddy lieb und war gerne bei ihm. Bei ihm war es immer lustig.

Heute waren sie auf Duprees Geburtstagparty gewesen. Zoey mochte Dupree sehr. Mit ihm spielte sie am liebsten. Und weil sie ihn so gerne hatte, hatte sie ihm ein Geburtstagslied vorgesungen und ein Bild gemalt, auf dem sie zusammen mit ihren Ponys gespielt hatten. Daddy hatte einen Rahmen für das Bild gekauft, damit Dupree es aufhängen konnte. Das hatte ihm gefallen.

Zwar war sie jetzt sehr müde, aber sie hörte, wie Daddy ihr eine Liebkosung ins Ohr murmelte und sie behutsam in den Arm nahm, um sie in die Wohnung zu tragen. Morgen musste Daddy arbeiten, aber übermorgen wollte er mit ihr in den Zirkus gehen. Das würde bestimmt toll werden, dachte Zoey begeistert.

„Sie muss tierisch müde sein", *Erins Stimme war ein Flüstern neben ihrem Ohr. Zoey lächelte schlaftrunken. Sie hatte Erin furchtbar lieb, weil Erin auch nie schimpfte, sondern immer ganz besonders nett zu ihr war. Wenn Zoey vor etwas Angst hatte, fand Erin das gar nicht schlimm, sondern tröstete sie und nahm sie in den Arm. Mit Erin zu schmusen war einfach toll.*

„Ich lege sie sofort ins Bett. Durch die ganze Toberei mit Dupree scheint sie völlig erschöpft zu sein.“

„Armes Baby.“

Zoey spürte einen Kuss auf ihrer Stirn und lehnte ihre Wange glücklich gegen den warmen Pullover ihres Daddys. Kurz flatterten ihre Lider und sie sah, wie Daddy Erin einen Kuss auf den Mund gab. Zufrieden schloss sie wieder die Augen.

Vor ein paar Tagen hatte sie gesehen, wie Daddy und Erin sich geküsst hatten, als sie in der Küche gekocht hatten. Genauso küssten sich auch Jilians Mami und Daddy. Das hatte Zoey gesehen, als sie bei Jilian spielte. Jilian hatte eine richtige Familie. Sie wohnten alle zusammen und saßen morgens zusammen beim Frühstück. Jilian hatte ihr erzählt, dass sie manchmal in einem Bett mit ihrer Mami und ihrem Daddy schlief. Außerdem bekam Jilian bald eine kleine Schwester oder einen kleinen Bruder. Zoey, Daddy und Erin wohnten nicht zusammen, aber manchmal aßen sie zusammen zu Mittag und zu Abend. Das fand Zoey immer sehr schön. Sie fände es noch schöner, wenn sie auch eine richtige Familie wären – so wie Jilians Familie.

Zoey hatte intensiv darüber nachgedacht. Sie hatte ein eigenes Bett bei ihrem Daddy und bei ihrer Mami. Seit Henry so oft bei ihnen zu Besuch war, hatte Mami ihr verboten, in ihr Schlafzimmer zu kommen. Auch davor hatte sie Zoey immer in ihr Bett zurückgebracht, wenn sie nachts zu ihr gegangen war, weil sie Alpträume gehabt hatte. Daddy schlief auch allein, aber Zoey durfte in sein Bett kommen, wenn sie etwas Böses geträumt hatte. Wenn er nun Erin genauso küsste, wie das Jilians Mami und Daddy taten, könnte Erin auch bei Daddy schlafen und Zoey könnte zu ihnen ins Bett krabbeln, wenn sie Alpträume hatte. Dann würden sie alle zusammenwohnen und wären eine richtige Familie.

18. Kapitel

„Du hattest ihr versprochen, morgen mit ihr in den Zirkus zu gehen“, Erin lugte ins Wohnzimmer, wo Zoey auf dem Teppich saß und in einem Bilderbuch blätterte.

„Das habe ich auch vor“, erklang Toms amüsierte Stimme durch den Telefonhörer. „Pünktlich um zehn Uhr werde ich sie bei Jilian abholen. Das heißt ... ich habe John versprochen, Jilian mit in den Zirkus zu nehmen. Ich denke, die beiden Mädchen werden noch mehr Spaß haben, wenn sie sich das Spektakel zusammen anschauen können.“

Lächelnd lehnte sich Erin gegen den Kühlschrank, während sie darauf wartete, dass das Popcorn im Topf fertig wurde, das sie und Zoey als kleinen Nachmittagssnack verspeisen konnten, während sie einen Kinderfilm schauen wollten. Das heutige Wetter war leider etwas regnerisch, daher hatten sie eine Runde durch den Park auf Rollschuhen ausfallen lassen und sich für einen Kinderfilm entschieden.

„Bist du dir sicher, dass du mit zwei kleinen Mädchen in den Zirkus gehen willst?“ Erstaunt über so viel Mut grinste sie in den Hörer.

„Aber klar“, erwiderte er fröhlich. „Eigentlich halte ich das für ein geniales Tauschgeschäft. Zoey übernachtet heute bei John und Hanna, dafür nehme ich morgen Jilian mit in den Zirkus.“

„Wann wirst du denn zurück sein?“ Seufzend schüttelte sie den Topf ein wenig vor und zurück. „Wenn Zoey erst so spät bei Jilian sein wird ...“

„Keine Sorge“, beruhigte er sie sofort. „Ich mache in einer Stunde hier Schluss und komme nach Hause. Um fünf werde ich Zoey zu John bringen ...“

„Es ist mitten in der Woche“, protestierte sie. „Da sollte Zoey nicht bei ihrer Freundin übernachten.“

Wieder schnaubte er in den Hörer. „Weder Zoey noch Jilian müssen morgen in die Schule oder zur Arbeit gehen.“

„Okay“, sie strich sich kurz über den Oberschenkel und sagte leise. „Es ist nur, dass ich Zoey nicht abschieben will, damit wir beide allein sein können, Tom. Ich hätte deswegen ein furchtbar schlechtes Gewissen.“

„Erin, Zoey ist verrückt danach, mit Jilian ihre Zeit zu verbringen.“

„Ich weiß.“

Seine Stimme wurde einen Ton dunkler. „Außerdem möchte ich mit dir in ein schönes Restaurant gehen. Ich will mit dir allein sein, damit wir Erwachsenengespräche führen können, Alkohol trinken dürfen und uns nicht vor den Augen einer Vierjährigen verstecken müssen.“

Erin biss sich auf die Unterlippe und merkte, wie sie errötete und sich prickelnde Hitze in ihrem Bauch ausbreitete. Von Tag zu Tag wurde Tom aufmerksamer und sogar ein wenig romantisch, was für ihr Schutzschild eine enorme Belastung darstellte. Sie wollte Tom nicht noch sympathischer, netter und liebenswerter finden, weil sie sich nicht verlieben durfte. Nicht in Tom Peacock, der sie als Kindermädchen seiner Tochter angestellt hatte und überzeugter Junggeselle war. Tagtäglich wurde es schwerer, ihrem Herzen zu sagen, dass Tom verbotene

Zone war. Seine romantische Idee von einem intimen Abendessen machte das nicht leichter.

Glücklicherweise überwand er die romantische Stimmung sofort, indem er in den Hörer raunte: „Außerdem will ich mit dir verdorbenen Sex in meiner Badewanne haben, aber das können wir vergessen, wenn Zoey in der Wohnung ist."

Erin lachte auf und fragte ironisch. „Sonst noch Wünsche?"

„Oh ja, ich bin nun einmal ein Perversling und habe gewisse Vorlieben."

„Ach!"

„Ich verspreche dir, dass du so laut sein wirst, dass Zoey ganz sicher wach würde. Deshalb müssen wir beide vollkommen allein in der Wohnung sein."

„Willst du mich abfüllen?", wollte sie belustigt wissen.

„Auf jeden Fall! Ich weiß doch, was dann passiert."

Erin ignorierte sein Lachen. „Ich leg' jetzt auf, Tom."

„Mach das", gluckste er fröhlich. „Gib Zoey einen Kuss von mir!"

Da war es wieder. Sie schluckte und legte den Telefonhörer beiseite, während ein verboten warmes Gefühl, ein geradezu schmerzhaftes Sehnen, ihr Herz aufgehen ließ. Gegen Tom Peacock, den verantwortungslosen Vater, war sie gefeit gewesen, aber gegen die Gefühle für Tom Peacock, der seine Tochter *Knöpfchen* nannte, der beim Abendessen losrannte, um ihren Stoffaffen zu holen, und der ihr über das Telefon einen Kuss gab, war sie machtlos.

Als Tom zwei Stunden später nach Hause kam, war Erin verwirrter als jemals zuvor. Sie versuchte, Vater und Tochter zu ignorieren, als er einen Apfel für sie schälte und kleinschnitt, während Zoey auf der Arbeitsplatte der Küche saß und ihn geradezu anbetungsvoll anschaute. Leider funktionierte das nicht, weil sie immer wieder hinsehen musste. Beide plauderten ausgelassen über den Tag. Tom hörte seiner Tochter geduldig zu, als sie in allen Einzelheiten beschrieb, wie sie und Erin mit der U-Bahn zum Einkaufen gefahren waren, und hielt ihr ein Apfelstück hin.

Mit brennenden Augen und trockener Kehle wandte sich Erin dem Kühlschrank zu, um etwas Orangensaft herauszunehmen und sich abzulenken. Glücklicherweise klingelte es in diesem Moment an der Tür.

„Ich gehe schon“, rief sie und stürzte förmlich zur Haustür. Hinter sich konnte sie Zoeys fröhliches Lachen und Toms tiefes Timbre hören. Sie schienen sich köstlich zu amüsieren.

Als Erin die Tür öffnete, stand ihr eine Frau gegenüber, bei deren Anblick sich sofort der Begriff *Trophäenweibchen* in Erins Kopf schlich. Die Frau war zweifellos sehr gepflegt, trug ihr dunkelbraunes Haar zu einer perfekt arrangierten Frisur und musste ein Vermögen für ihr Kleid ausgegeben haben, aber der protzige Schmuck und die überdimensionale Tasche mit den goldenen Schnallen sowie dem goldenen *Chanel*-Emblem verrieten mehr Geld als Geschmack. Abgesehen davon sah das Kleid aus gekreppter Seide mit der großen Schleife am Hals in der Farbe Rosa etwas lächerlich an einer erwachsenen Frau aus, fand Erin prompt.

„Hallo?“

„Ich würde gerne meine Tochter abholen“, die Frau lächelte unverbindlich und machte einen Schritt nach vorne.

Verwirrt starrte Erin sie an. „Bitte?“

„Ich möchte Zoey abholen.“

„Aber ..“

Die Frau rümpfte ein wenig die Nase. „Dürfte ich bitte reinkommen?“

Erin war viel zu perplex, um zu reagieren, sondern starrte Zoeys Mutter fassungslos an. Zoey sollte eigentlich erst in gut zwei Wochen abgeholt werden. Das wusste Erin ganz genau! Wie kam es, dass die Mutter jetzt schon vor der Tür stand? Wieso hatte Tom denn nichts gesagt? Hatte er es überhaupt gewusst?

Zoeys Mutter schien keine große Geduld zu haben, da sie sich an ihr vorbeischob und die Wohnung betrat, in der sie sich neugierig umsah.

Wie betäubt schloss Erin schnell die Tür und folgte der Frau durch den Flur.

„Hallo“, flötete sie, als sie in der Tür zur Küche stehenblieb.

„Jennifer!“

Erin hörte Toms schockierte Stimme und war sich in diesem Moment sicher, dass er keine Ahnung gehabt hatte, dass Zoeys Mutter zwei Wochen zu früh auf der Matte stehen würde.

„Was tust du denn hier?“

„Ich möchte Zoey abholen. Hallo, Süße! Mami ist wieder da! Ich habe dich ja so vermisst!“

Erin streckte gerade rechtzeitig den Kopf in die Küche, um eine fast schon abstruse Situation mitzuerleben. Tom stand in einem dunkelgrünen Langarmshirt und Bluejeans in der Küche und starrte ebenso fassungslos wie Zoey auf Jennifer, die mit gespitzten Lippen Zoey ein Küsschen auf die Wange drückte. Dabei hielt sie jedoch einen erkennbaren Abstand zu Zoey, die stocksteif auf der Arbeitsplatte saß und ihre Mutter mit großen Augen ansah.

„Mami", flüsterte Zoey unbeholfen. Die Apfelspalte befand sich noch in ihrer rechten Hand. Erin wusste nicht, woran Zoeys distanziertes Verhalten lag. Eigentlich hatte sie mit mehr Wiedersehensfreude gerechnet. Zoey war normalerweise nicht so schüchtern und zurückhaltend. Sie räusperte sich, weil Tom keine Anstalten machte, etwas zu sagen, sondern mit finsterer Miene auf den Boden sah.

Um das peinliche Schweigen zu unterbrechen, schlug sie fröhlich vor: „Zoey, willst du deine Mami nicht umarmen?"

Unbeholfen hob Zoey beide Arme, doch Jennifer schüttelte den Kopf und tätschelte Zoeys Wange. „Schon gut, Schatzi. Mamis Kleid soll keine Falten bekommen. Ist das Kleid nicht schön? Für dich habe ich genau das gleiche Kleid gekauft. Wie findest du das?"

„Schön", flüsterte Zoey ohne Begeisterung.

Erin schnitt eine Grimasse, da Zoey keine rosafarbenen Kleider mochte, es ihrer Mutter anscheinend jedoch nicht sagen mochte.

„Henry und ich haben in Paris geheiratet, meine Süße. Es gab eine tolle Torte und viele weiße Tauben. Die Fotos werde ich dir später zeigen."

Zoey starrte ihre Mutter mit einem düsteren Gesicht an, während sich Erin fragte, ob das hier Jennifers Ernst war. Sie hatte ihre vierjährige Tochter zwei Monate lang nicht gesehen oder gesprochen, nahm sie zur Begrüßung nicht einmal in den Arm und erzählte von ihrer Hochzeit, anstatt die Kleine zu fragen, wie es ihr ging und was sie in den letzten Wochen gemacht hatte.

„Schatzi, ich habe dich wirklich vermisst", flötete Jennifer nun.

„Hast du deshalb so oft angerufen?" Tom verschränkte die Arme vor der Brust. Sein Ton troff vor Sarkasmus.

Sofort giftete Jennifer zurück und fauchte: „Du musst dich nicht so aufspielen! Du rufst so gut wie nie an!"

Erin zuckte zusammen und schaute sofort zu Zoey, die das Gesicht senkte und angestrengt auf den Boden starrte.

„Was dir doch ganz recht ist", spottete Tom verächtlich. „Hättest du Zoey nicht wenigstens einmal anrufen können? Oder war dir dein Honeymoon wichtiger?"

„Wer bist du, dass du den Moralapostel herauskehrst?"

„Du lässt Zoey bei mir und hältst es nicht für nötig, dich zu erkundigen, ob es deiner Tochter gut geht."

Das hübsche Gesicht der brünetten Frau verzog sich zu einer wütenden Fratze. „Du hättest mich im Hotel erreichen können ..."

„Es ist nicht meine Aufgabe, dir hinterher zu telefonieren, Jennifer!"

Langsam reichte es Erin und sie ging zu Zoey hinüber, um sie in ihr Kinderzimmer zu bringen, während sich ihre Eltern stritten. Eine Vierjährige sollte das nicht anhören müssen.

„Komm, Liebling", sie hob Zoey entschlossen herunter. „Wir gehen in dein Zimmer, okay?"

„Warten Sie", Jennifer nickte ihr zu. „Können Sie bitte Zoeys Sachen packen? Ich nehme sie gleich mit in mein Hotel ..."

Zoey schaute betroffen auf. „Aber ich sollte doch bei Daddy bleiben!"

„Schatzi", Jennifer schüttelte den Kopf. Ihre Stimme nahm einen ungeduldigen Ton an. „Henry und Mami wollen morgen wieder nach Hause fliegen. Du kommst natürlich mit."

„Wir wollen morgen in den Zirkus", Zoey kämpfte mit den Tränen und blickte hilfesuchend zu Tom, der keinen Ton sagte. Erin sah ihn auffordernd an.

„Zoey, das werde ich jetzt nicht mit dir besprechen. Ich habe genug Stress." Jennifer schaute Erin ungeduldig an. „Unser Flieger geht morgen sehr früh. Wenn Sie jetzt bitte Zoeys Sachen packen könnten?!"

In der Annahme, dass Tom Jennifer angespitzt in den Boden rammen würde, weil sie unangemeldet in seiner Wohnung auftauchte und die getroffenen Vereinbarungen über den Haufen warf, indem sie einfach seine Tochter mitnehmen wollte, sah Erin ihm ins Gesicht. Außer seiner finsteren Miene erkannte sie keine Gefühlsregung.

Zoey schien die Situation nicht zu begreifen und begann zu weinen. „Ich will bei Daddy bleiben!"

„Pst, Liebling", hilflos hockte sich Erin hin und nahm Zoey in den Arm. „Schon gut."

„Zoey! Ich habe keine Zeit für deine Spielchen", schimpfte Jennifer aufgebracht und keifte Tom an. „Was hast du mit ihr angestellt?"

„Nichts! Vielleicht ist sie aufgebracht, weil ihre Mutter sie wie ein Schoßhündchen herumschubst!"

„Tom, ich habe dafür keine Zeit! Entweder packst du jetzt ihre Sachen oder du kannst sie uns nachschicken! Ich werde Zoey auf jeden Fall mitnehmen!“

Tom stieß ein Knurren aus und verließ mit wütenden Schritten die Küche.

Schluchzend klammerte sich Zoey an Erin, die Tom ungläubig hinterherstarrte. Wie konnte er das bloß zulassen?

„Mami“, Zoeys Kinn bibberte mitleiderregend. „Daddy und ich wollten in den Zirkus gehen. Warum kann ich nicht bei Daddy bleiben?“

„Zoey, du tust Mami sehr weh“, Jennifer schlug sich dramatisch die Hände vor das Gesicht. „Hast du Mami nicht mehr lieb?“

Erin konnte genau sehen, wie erschrocken Zoey zusammenzuckte und noch mehr Tränen vergoss. „Nein, Mami! Ich habe dich lieb!“

„Dann musst du jetzt lieb sein und mit Mami kommen!“

Himmel, das Kind war erst vier Jahre alt! Wie konnte Zoeys Mutter sich so herzlos benehmen und der Kleinen ein schlechtes Gewissen einreden? Zoeys Miene war deutlich abzulesen, dass sie hin und hergerissen war.

„Zoey, bleib bei deiner Mami“, sie erhob sich und eilte in das Kinderzimmer, in dem Tom verschwunden war. Als sie sah, dass er damit beschäftigt war, Zoeys Sachen in pinke Koffer zu stopfen, schloss sie abrupt die Tür. Er machte sich nicht einmal die Mühe, mit seiner Arbeit aufzuhören und sich umzudrehen. Ungläubig betrachtete sie seinen Rücken.

„Was tust du da?“ Ihre Stimme überschlug sich panisch.

„Ich packe.“

„Das kann nicht dein Ernst sein, Tom!“ Mit rasendem Atem kam sie auf ihn zu und stellte sich direkt hinter ihn.

„Wieso?“ Er zuckte mit der Schulter und hörte nicht auf, Sachen zusammenzulegen und in den Koffer zu tun. Erin war dermaßen außer sich, dass sie sich beherrschen musste, ihm den Koffer nicht an den Kopf zu werfen.

„Jennifer taucht hier einfach zwei Wochen zu früh auf und will deine Tochter wieder mitnehmen! Hast du nichts dazu zu sagen?!“

„Was soll ich denn sagen, verdammt nochmal?!“

„Du könntest ihr sagen, dass sie gehen kann – ohne deine Tochter!“

Seufzend ließ er die Schulter nach vorne fallen und drehte sich endlich zu ihr um. „Wozu?“

„Was meinst du damit?“

Seine Stimme klang absolut kalt und gefühllos, als er ausführte: „Zoey wird sowieso wieder zu Jennifer gehen, warum also warten?“

Sie konnte es nicht fassen und verschränkte die Arme vor der Brust. „Sie ist deine Tochter! Du solltest die Zeit, die dir zusteht, auch nutzen und mit ihr zusammen sein!“

„Zoey wohnt aber bei ihrer Mutter.“

„Und du bist ihr Vater, verdammter Mist!“

Stirnrunzelnd entgegnete er: „Ich weiß.“

„Mein Gott, sie taucht hier einfach auf und erwartet, dass sie Zoey ohne Absprachen wieder mitnehmen kann.“ Fassungslos fasste sich Erin an die

Stirn. „Zoey wollte mit dir morgen in den Zirkus gehen ..."

„Das wird dann wohl nichts."

„Scheiße, Tom! Bist du so kalt oder tust du nur so?!"

Nun funkelte er sie wütend an. „Ich weiß gar nicht, was du hast! Von Anfang an war abgemacht, dass Zoey für eine gewisse Zeit hier bleibt. Ich habe meinen Soll erfüllt, jetzt kann Jennifer sie wieder mitnehmen ..."

„Deinen Soll?" Erin musste sich beherrschen, nicht in Tränen auszubrechen. „Das kleine Mädchen da draußen liebt dich abgöttisch und du sprichst von deinem Soll, Tom. Du solltest dich schämen."

„Hör auf, mir Schuldgefühle machen zu wollen", wütete er zurück. „Mehr kann ich ihr nicht geben, Erin! Langsam solltest auch du das akzeptieren. Zoey ist mein Kind, aber ich habe nicht diese übermenschlichen Elterngefühle wie andere Menschen. Tut mir leid, wenn ich damit nicht dein Idealbild eines Vaters erfüllen kann."

Erin starrte ihn unglücklich an. „Hast du überhaupt bemerkt, wie traurig sie dich angesehen hat, als Jennifer ihr sagte, dass sie sie abholen will? Zoey will bei dir bleiben."

Aufgebracht hob er beide Hände hoch. „Man bekommt nicht immer, was man sich wünscht."

„Hör mit diesen beschissenen Phrasen auf!"

„Verdammt! Ich bin Profi-Footballspieler und kann mich nicht permanent um ein kleines Kind kümmern. Bei ihrer Mutter hat sie es besser."

„Bei ihrer Mutter hat sie es besser?", wiederholte sie seinen Satz ungläubig. „Jennifer ist ungeduldig, unterkühlt und gefühllos! Willst du, dass deine Tochter etwa so aufgezogen wird?"

„Sie ist ihre Mutter. Was soll ich denn machen?"

Erin atmete zitternd ein. „Du könntest sie zu dir nehmen."

„Das kann ich nicht", entgegnete er entschlossen und stopfte wieder irgendwelche Kleidungsstücke in den Koffer. „Mir fehlt die Zeit, mich um Zoey zu kümmern. Momentan habe ich vielleicht etwas Zeit, aber wenn die Saison wieder beginnt ..."

„Hör auf zu lügen! Du willst sie gar nicht zu dir nehmen, weil du nämlich dein altes Leben fortführen willst, nicht wahr?"

„Hast du mir überhaupt nicht zugehört?! Ich kann mich nicht um ein kleines Kind kümmern, Erin. Außerdem kann ich ihr nicht das geben, was sie braucht."

„Das ist Schwachsinn", flüsterte sie zurück. „Du hast Zoey glücklich gemacht, Tom."

„Scheiße."

Sie schluckte die Tränen hinunter. „Gut, rede dir weiter ein, dass du keine Vatergefühle für dein Kind hast, Tom. Für so feige hätte ich dich nie gehalten."

„Verdammt, Erin", er drehte sich zu ihr um und blickte sie mit seinen blauen Augen wütend an. „Du willst es wohl nicht anders! Ja, ich will Zoey nicht nehmen, weil ich gerne alleine wohne. Ich bin gerne Junggeselle und ich haue gerne auf den Putz. In mein Leben passt kein Kind rein."

Erin konnte nicht glauben, was sie da hörte. „Aber sie ist deine Tochter, Tom."

„Ich wollte kein Vater werden. Jedenfalls nicht so früh und nicht nach einem One-Night-Stand."

„Dafür kann Zoey aber nichts." Entsetzt starrte sie den Mann an, von dem sie vor einer halben Stunde noch gedacht hätte, dass er ein wundervoller Vater sei. Sie hatte geglaubt, dass er begonnen hatte, seine Tochter liebzuhaben.

Dass er begonnen hatte, auch etwas für sie zu empfinden. Enttäuscht musste sich Erin eingestehen, dass das alles nur gespielt gewesen war.

„Zoey hat alles, was sie braucht." Entschlossen warf er den Koffer zu. „Ich zahle Jennifer fürstliche Alimente, schicke Zoey Geschenke und rufe ab und zu bei ihr an. Manchmal sehen wir uns. Das ist ein perfektes Arrangement."

„Für dich vielleicht." Erin spürte eine eiskalte Faust in ihrem Magen. „Das kleine Mädchen da draußen sieht es bestimmt anders."

Er brummte genervt: „Hör auf, mich therapieren zu wollen, Erin. Ich weiß gar nicht, warum du dich so aufregst."

„Ich rege mich auf, weil du einen riesigen Fehler machst, den du irgendwann bereuen wirst. Und ich rege mich auf, weil ich Zoey lieb habe. Sie ist unglücklich und das sollte sie nicht sein."

Seine Augen verengten sich, während er nah an sie herantrat und ihr intensiv ins Gesicht sah. „Ich glaube, ich weiß, weshalb du darauf pochst, Zoey hierzubehalten."

Gegen den Kloß im Hals konnte sie kaum etwas ausrichten, also fragte sie krächzend: „Was?"

„Du denkst, wir könnten alle drei eine glückliche, kleine Familie werden. Deshalb willst du unbedingt, dass Zoey bei mir bleibt."

Erin presste die Lippen aufeinander und schwieg.

„Tut mir leid, aber ich bin dafür einfach nicht der Typ.“

Kopfschüttelnd flüsterte sie: „Darum geht es nicht.“

„Komm schon, Erin“, beschwichtigte er nun etwas sanfter. „Niemand sagt, dass wir uns nicht treffen können, wenn Zoey wieder in Kalifornien ist. Dann wird es sogar einfacher für uns sein.“

Ihr brannten Tränen der Enttäuschung in den Augen, als sie den Kopf schüttelte. Es ging ihr nicht darum, was sie von ihm für sich selbst wünschte. Ihr ging es gerade allein um Zoey, die endlich einen Vater bekommen hatte, der sich um sie gekümmert hatte, um nun enttäuscht feststellen zu müssen, dass sie ihm im Grunde egal war.

Erin war schon ein großes Mädchen, das selbst Schuld war, wenn sie in Tom Peacock mehr gesehen hatte, als er wirklich war. Mit der Enttäuschung käme sie klar, redete sie sich ein. Irgendwie würde sie auch das überstehen. Aber der Gedanke an Zoey brach ihr das Herz.

„Komm schon“, flüsterte er ihr zu. „Die Einladung zum Abendessen steht, Erin.“

Mit erschreckend ruhiger Stimme entgegnete sie: „Du bist ein Arschloch, Tom. Ich bleibe noch so lange, bis Zoey mit ihrer Mutter verschwunden ist, dann bin auch ich weg.“

19. Kapitel

Mit Zoey zu telefonieren brach ihr das Herz. Die Kleine hörte sich erschreckend gleichgültig an und sagte kaum ein Wort. Erin konnte nicht glauben, dass dies das fröhliche Mädchen war, das den ganzen Tag mit ihrer piepsigen Stimme Geschichten erzählt hatte. Verschwunden war das übersprudelnde Lachen und hatte einem Trauerkloß Platz gemacht, der sich kaum etwas entlocken ließ. Zoey gab lediglich einsilbige Antworten und weigerte sich, mehr zu erzählen. Leider wusste Erin nicht, wie sie Zoey hätte aufmuntern können, war sie doch selbst tieftraurig über die Situation. Sie hätte nichts sagen können, was Zoey ihre Enttäuschung und Traurigkeit hätte vergessen lassen können.

Ihr blieb nichts anderes übrig, als das Telefonat mit nichtssagenden Phrasen zu beenden und sich von Zoey zu verabschieden. Innerlich verfluchte sie Tom und erinnerte sich an seinen gleichgültigen Gesichtsausdruck, als Jennifer mit einer weinenden Zoey verschwunden war. Er hatte nicht gezeigt, ob ihn die Situation in irgendeiner Form berührt hatte, sondern hatte schweigend zugesehen, wie Jennifer Zoey einfach mitgenommen hatte.

Erin hatte sein Verhalten nicht verstehen können und war eine Minute später ebenfalls gegangen. Tief im Inneren wusste sie, dass Tom nicht so gefühlslos war, wie er sich selbst dargestellt hatte. Sie wusste, dass er Zoey liebte und sich um sie sorgte. Dass er jedoch nicht zu seinen Gefühlen stand, sondern sich einredete, keinen Platz für seine Tochter in seinem tollen Junggesellenleben zu haben, und Zoey einfach abschob, nahm sie ihm übel. Sie konnte diesen Tom nicht leiden und hatte seinen Anruf am nächsten Tag weggedrückt, auch wenn ihr dies sehr schwergefallen war.

Tatsache war, dass sie ihn vermisste.

Trotz der unglaublichen Wut auf ihn, vermisste sie ihn schrecklich. Sie vermisste seine Stimme, sein tiefes Lachen und sein breites Lächeln. Jedes Mal, wenn ihr Handy klingelte, schlug ihr das Herz bis zum Hals, weil sie hoffte, dass er es war, was total paradox klang, schließlich hätte sie seinen Anruf weggedrückt. Und dennoch sehnte sie sich nach ihm und wollte seine Stimme hören.

Erin verstand sich selbst nicht mehr. Gabe hatte sie betrogen, ihr Geld gestohlen, sie vor allen Verwandten sowie Bekannten gedemütigt und sie durch sein Handeln gezwungen, ihr Studium an den Nagel zu hängen. Trotzdem war sie nach der abgesagten Hochzeit bei weitem nicht so unglücklich gewesen wie jetzt. Sie war wütend auf Gabe gewesen, hatte ihn verflucht und auch geheult, weil die ganze Angelegenheit furchtbar entwürdigend gewesen war. Sie hätte ihn umbringen können, weil ihre Zukunftspläne den Bach heruntergegangen waren und sie Stanford hatte verlassen müssen. Erin hatte sich verraten gefühlt und war enttäuscht gewesen, dass sie Gabe vertraut hatte und dann von ihm betrogen worden war. Aber ihr Herz war nicht gebrochen gewesen. Nicht wie jetzt.

Wenn sie jetzt an Tom dachte, machten sich eine unsagbare Traurigkeit und ein schrecklich trostloses Gefühl in ihr breit, die sie nicht benennen konnte. Sie wusste nur, dass sie niemals zuvor dermaßen unglücklich gewesen war.

Nur zwei Tage nach besagtem Abend rief die Agentur an und hatte gleich zwei neue Jobvorschläge für sie, doch Erin hatte davon nichts wissen wollen. Zwar brauchte sie wieder einen Job und durfte sich eine Pause eigentlich nicht leisten, doch sie konnte sich einfach nicht für einen neuen Job aufraffen und wollte nicht länger als Kindermädchen arbeiten. Ihre Gedanken kreisten immer noch um ein vierjähriges Mädchen, das weinend hatte feststellen müssen, dass sein Daddy es im Stich ließ. Erin glaubte nicht, dass sie in der Lage wäre, sich von heute auf morgen um ein anderes Kind kümmern zu können. Sie vermisste Zoey nämlich ebenfalls schrecklich.

Der Gedanke, dass ihr letztes Gehalt, das sie für die Studiengebühren in Stanford beiseite gelegt hatte, nun für die monatlichen Kosten draufging, hätte sie ausflippen lassen müssen. Doch auch das war ihr egal. Der brennende Ehrgeiz, nach Stanford zu gehen, war verschwunden. Lustlos fand sie sich damit ab, nicht nach Stanford zurückzugehen, wenn es einfach nicht ging. In der Gegend gab es genügend Universitäten, an denen sie ihr Studium beenden konnte. Dafür müsste sie nicht nach Stanford ziehen. Insgeheim wollte sie gar nicht mehr dorthin, wenn sie daran dachte, ihre Familie und Jess zu verlassen. Momentan wollte sie einfach nicht allein sein.

Zuhause fiel ihr die Decke auf den Kopf, also ging sie zu ihren Eltern und hoffte, sich dort durch die letzten Hochzeitsvorbereitungen ablenken zu können. Holly hatte ihr immer noch nicht ganz verziehen, dass sie ihren Junggesellinnenabschied gesprengt hatte, doch die zukünftige Braut war dermaßen gestresst, dass sie keine Zeit hatte, Erin ein schlechtes Gewissen zu machen oder zu schmollen. Gerade als Erin das Haus betrat, wurde sie Zeugin, wie sich Holly und Corey anbrüllten, weil sich Corey weigerte, ein Hochzeitsgelöbnis zu verfassen.

Beide standen sich im Wohnzimmer gegenüber und warfen sich gegenseitig Anschuldigen an die Köpfe. Corey klagte Holly an, dass sie der Hochzeit einen *schwulen Touch* geben würde, und Holly schrie zurück, dass er die Hochzeit ruinierte, weil er seine Saufkumpane eingeladen hatte. Erin verdrehte die Augen und verschwand rückwärts wieder aus dem Wohnzimmer, um in die Küche zu kommen, in der ihre Mom auf einem Stuhl saß und darüber jammerte, dass ihre Spargeldiät nicht funktioniert hätte. Da sie dabei Erdnussbutterkekse in sich hineinstopfte, ging Erin davon aus, dass sie ziemlich frustriert war.

Alles in allem war es ein völlig normaler Tag in ihrem Elternhaus.

„Tagelang habe ich Spargel gegessen“, ihre Mutter klang, als könnte sie jeden Moment in Tränen ausbrechen, während sie gleichzeitig mit vollem Mund sprach. „Im ganzen Badezimmer hat es ständig nach diesem penetranten Spargelurin gerochen.“

„Mom!“ Erin stellte die Kanne Eistee wieder beiseite. Plötzlich war ihr der Durst vergangen.

„Hab’ dich nicht so! Mist, dabei wollte ich auf Hollys Hochzeit dieses schöne Kleid tragen, dass ich immer im Schaufenster bewundere, wenn ich zu meiner Fußpflege gehe.“ Sie seufzte bedauernd auf. „Es hat einen breiten Ausschnitt und ist mit Spitze abgesetzt.“

„Dein anthrazitfarbenes Kleid mit der Schärpe und den durchsichtigen Ärmeln ist wunderschön“, Erin tätschelte ihrer Mutter im Vorbeigehen die Schulter und machte sich daran, die Geschirrspülmaschine einzuräumen. Sie musste sich etwas beschäftigen, um sich abzulenken. Daher kam ihr die katastrophale Unordnung in der Küche ihrer Mutter nur recht. „Das Kleid ist perfekt, Mom. Du siehst darin unglaublich gut aus."

„Danke, Schatz. Ist bei dir alles in Ordnung?"

„Mhh", sie sortierte das Besteck ein und schluckte. „Natürlich."

„Ich weiß auch nicht", erwiderte ihre Mom zweifelnd. „Du wirkst etwas niedergeschlagen."

Etwas?

Am liebsten hätte sie trocken gelacht, schüttelte aber einfach nur den Kopf. So kurz vor der Hochzeit wollte sie ihre Mutter nicht mit ihren Sorgen belasten und schwieg daher. Außerdem hielt Erin es für klüger, die ganze Sache totzuschweigen und niemanden zu verraten, dass sie ein zweites Mal enttäuscht worden war. Beim ersten Mal war sie wie eine bedauernswerte Idiotin behandelt worden – das wollte sie sich dieses Mal ersparen.

„Liegt es immer noch an Hollys Junggesellinnenabschied?"

„Nein, Mom. Mir geht es gut. Ich bin einfach etwas müde."

„Okay", ihre Mom schob ihren Stuhl zurück und stellte die Keksdose beiseite. „Nur dass du es weißt: ich habe Holly gesagt, dass ich sehr wütend auf sie war."

„Tatsächlich?" Verwundert blickte sie über ihre Schulter und sah in das verkniffene Gesicht ihrer Mom.

„Ja", entschlossen nickte sie. „Sie hätte ihren Freundinnen verbieten sollen, solch gemeine Sachen zu dir zu sagen."

Innerlich schnitt Erin eine Grimasse. Holly hatte natürlich ausgelassen, dass sie selbst nicht weniger gehässig gewesen war, als sie zu tief ins Glas geschaut hatte. Leider benahm sich ihre kleine Schwester noch wie ein verzogenes Kind, das Mommys und Daddys Liebling sein wollte und gerne die Schuld auf andere abwälzte.

„Ärgere dich nicht mehr darüber, Liebling." Ihre Mom gab ihr einen Kuss auf die Wange. „Ich habe noch einmal mit Harriet gesprochen, Schatz. Sie sagt, dass ihr Neffe ein ganz feiner Kerl wäre, der dich gerne auf Hollys Hochzeit begleiten würde."

„Mom", seufzte sie hilflos.

„Hast du etwa schon einen Begleiter?" Neugierig blickte ihre Mom ihr ins Gesicht.

Im Anflug geistiger Umnachtung hatte Erin mit dem Gedanken gespielt, Tom zu bitten, sie auf die Hochzeit zu begleiten. Damals hatte sie ihn noch für einen anständigen Kerl gehalten, der sie gern genug hatte, die nervige Hochzeit ihrer Schwester in Kauf zu nehmen, um ihr einen Gefallen zu tun. Sein Interesse an ihr hatte sich augenscheinlich auf das Bett konzentriert, während Erin begonnen hatte, tiefere Gefühle für ihn zu entwickeln.

Anstatt sich ganz auf ihren Liebeskummer zu konzentrieren, musste sie jetzt auch noch mit ihrer Mom über ein fehlendes Date für Hollys Hochzeit debattieren.

„Nein, aber ich will nicht neben irgendeinem Fremden auf Hollys Hochzeit sitzen müssen und Smalltalk betreiben."

Das Gesicht ihrer Mom wurde eine Spur ernster. „Willst du wirklich alleine sein, Erin? Das ist Hollys Hochzeit.“

Entschlossen hob Erin das Kinn. „Mom, ich sitze lieber allein am Tisch und ertrage die Blicke unserer Verwandtschaft, als mit einem Alibi-Date zur Hochzeit zu kommen.“

„Es muss doch niemand wissen ...“

„Ich weiß es“, unterbrach sie ihre Mutter etwas grob. „Soll Tante Sue mir peinliche Fragen zu meinem Liebesleben stellen, Mom. Das ist mir lieber, als mir entsetzlich erbärmlich vorzukommen, weil ich einen unbekannten Mann an meiner Seite habe.“

„Ach, Schätzchen“, seufzte ihre Mutter auf jene mitleidige Art und Weise, bei der sich Erins Nackenhaare aufstellten.

„Dad ist in seiner Garage, richtig? Ich schaue mal, was er macht.“

„Aber, Erin ...“

Erin stürmte aus der Küche und begab sich in die Garage zu ihrem Vater. Sie verstand allzu gut, dass er sich manchmal hier verkriechen musste, um dem Chaos im Haus zu entgehen.

Anders als sie vermutet hatte, lag ihr Vater nicht unter seinem Ford aus dem Jahre 1960 und schraubte an ihm herum, sondern saß in einem Gartenstuhl und hörte Musik. Er hatte ein Faible für das *Ratpack* und hörte gerade Sammy Davis Junior.

„Hi, Dad.“ Sie runzelte die Stirn. „Wo ist der Thunderbird?“

„Hallo, Pumpkin. Komm’ und setz’ dich zu mir. Aber sei leise“, er stöhnte. „Drinnen ist es unerträglich. Deine Mutter heult, weil sie sich zu fett findet, und deine Schwester treibt mich in den Wahnsinn, weil mein Anzug angeblich nicht schwarz genug ist."

„Oh je."

„Allein Corey benimmt sich normal. Der Junge ist verrückt, wenn er in diese Familie einheiratet."

Ihrer Meinung nach war Corey nicht unbedingt normal, wenn man bedachte, dass er Treuegelöbnisse für schwul hielt und sich vierundzwanzig Stunden am Tag in Unterwäsche bekleidet Computerspiele reinziehen konnte. Dennoch konnte Erin ihrem Dad nur beipflichten, dass Corey verrückt war, wenn er sich diesem Wahnsinn freiwillig aussetzte. Lächelnd nahm sie sich einen Gartenstuhl, klappte ihn auf und setzte sich neben ihren Dad.

Schweigend saßen sie beisammen, bevor sich ihr Dad nach rechts beugte und ihr eine Bierflasche anbot. Zwar war Bier normalerweise nicht ihr Ding, aber sie nahm ihm dankbar die Flasche ab und hob sie an ihre Lippen. Durstig trank sie einen Schluck und genoss die wohltuende Ruhe in der Garage, die nur durch Sammy Davis Junior unterbrochen wurde, der den Rauch einer Zigarre besang,

„Dad?"

„Mhh."

„Wo hast du deinen Thunderbird?"

„Verkauft", antwortete er ruhig und nahm einen weiteren Schluck Bier.

Ungläubig starrte sie erst das Profil ihres Vaters an und blickte dann hinüber zu dem leeren Platz, auf dem in den letzten vier Jahren der Ford Thunderbird gestanden hatte. An dem Tag, als ihr Dad die völlig marode Karosserie auf einem Schrottplatz entdeckt und nach Hause gebracht hatte, war Champagner geflossen.

Er hatte diesen Wagen geradezu verehrt und Eifersuchtsszenen von seiner Frau riskiert, weil er sogar ihren Geburtstag geschwänzt hatte, um nach Pennsylvania zu fahren und einen originalen Kühlergrill zu kaufen. Er hatte weder ihr noch Holly gestattet, das Auto zu fahren, und jetzt sollte er es verkauft haben?

Schockiert hielt sie den Atem an. „Dad, hast du den Thunderbird etwa verkauft, um Hollys Hochzeit zu bezahlen?“

„Unsinn!“ Er schnaubte. „Ich bin doch nicht verrückt, Pumpkin.“

„Aber warum hast du das Auto überhaupt verkauft?“

Er zuckte mit der Schulter. „Ein Sammler hat mir ein wahnsinnig gutes Angebot gemacht.“

„Dad ...“

„Es ist nur ein Auto, Pumpkin.“ Er griff in seine Hosentasche und zog ein Stück Papier heraus, das er ihr schweigend reichte.

„Was ist das?“

„Ein Scheck.“

Fassungslos starrte sie das Stück Papier an, auf dem fünfzigtausend Dollar notiert waren.

„Wenn deine Schwester ihre Traumhochzeit bekommt, Pumpkin, finde ich, dass du dir deinen Traum von Stanford erfüllen solltest.“

„Dad“, schwindelig erblickte sie das Profil ihres Vaters, der gelassen der Musik zuhörte und von seinem Bier trank. „Das kann ich nicht annehmen. Du hättest den Thunderbird nicht verkaufen sollen.“

„Mach kein großes Drama draus“, brummte er, weil emotionale Szenen nicht sein Ding waren.

Tränen traten ihr in die Augen. „Himmel, Dad! Ich will gar nicht mehr nach Stanford."

Sein Kopf schwang herum und die Bierflasche verharrte in der Luft. „Was?"

„Es tut mir so leid", weinte sie plötzlich aufgeregt. „Du hast den Thunderbird verkauft ..."

„Erin, scheiß auf den Thunderbird! Was ist los?"

Seine besorgte Stimme ließ sie nur noch entsetzlicher weinen. „Ich bin eine Idiotin."

„Soll ich deine Mom holen?" Die Panik in seiner Stimme war nicht zu überhören.

Sie schnappte nach Luft und schüttelte hastig den Kopf. „Bloß nicht!"

„Geht es etwa um Hollys Hochzeit?"

Unter Tränen schnaubte sie und wischte sich erbost die Tränen weg. Zittrig schimpfte sie: „Nicht alles dreht sich um Hollys Hochzeit, Dad."

„Ich weiß", besänftigend hob er beide Hände in die Höhe. „Aber wegen der ganzen Geschichte mit Gabe ..."

Sie schluckte hart und schüttelte den Kopf. „Das hat nichts mit Gabe zu tun. Es ist nur ..." Mit einem unbehaglichen Kloß im Magen gestand sie: „Ich habe mich verliebt, aber ... aber er erwidert meine Gefühle nicht."

Ihrem Vater war anzusehen, dass er keine Ahnung hatte, wie er ein solches Gespräch mit seiner Tochter führen sollte. Nervös lehnte er sich vor.

„Pumpkin ..."

„Schon gut", seufzte sie. „Ich hätte nicht davon anfangen sollen."

„Hat er dir etwa wehgetan?"

„Ach, Dad“, beinahe hätte sie gelacht, schüttelte so nur den Kopf. „So einer ist er nicht. Nein, es ist nur so, dass ... dass ich ihm nichts bedeute.“

„Hat er das gesagt?“

Sie schlang die Arme um sich und senkte den Kopf. „Durch die Blume.“ Seufzend gestand sie: „Von Anfang an wusste ich, dass er nichts Festes will. Trotzdem habe ich mich verliebt. Ich bin eine totale Idiotin.“

„Du bist keine Idiotin“, widersprach er sofort und entlockte ihr damit ein Lächeln.

„Danke, Dad.“

Als sie wieder aufsah, erkannte Erin, dass sich sein Gesicht verfinstert hatte. „Und wegen ihm willst du nicht mehr nach Stanford?“

„Das hat nichts mit ihm zu tun.“ Sie musste erst einmal durchatmen. „Die Wahrheit ist, dass ich in den letzten zwei Jahren problemlos hier hätte studieren können, Dad. Ich muss nicht auf eine teure Eliteuniversität, um zu studieren, sondern kann auch hier meinen Abschluss machen.“

Mit einem schwachen Lächeln reichte sie ihm den Scheck. „Bitte, mach deinen Verkauf wieder rückgängig.“

Entschlossen schüttelte er den Kopf. „Auch wenn du nicht nach Stanford zurückgehst, wirst du das Geld gut gebrauchen können.“

„Aber ...“

„Kein aber, Pumpkin“, gutmütig wies er den Scheck zurück. „Der Thunderbird ist verkauft und das ist gut so. Außerdem habe ich mein Auge auf einen Impala von 1962 geworfen.“

„Wirklich?“, fragte sie belustigt.

„Wirklich. Er ist in einem miserablen Zustand, hat aber 245 PS. Acht Zylinder. Ein echtes Schmuckstück, wenn er erst einmal fertig ist.“ Er sah sie weich an. „Ich könnte Hilfe gebrauchen, um ihn wieder straßentauglich zu machen.“

Dieses Mal traten ihr Tränen der Rührung in die Augen. „Ich bin dabei, Dad.“

Brians durchdringender Blick nervte Tom bereits seit Tagen. Schon wieder spürte er den besorgten Blick seines Kapitäns im Nacken und drehte sich wütend um.

„Hast du irgendein Problem, Rabbit?“, fragte er angriffslustig.

Brian schüttelte den Kopf und lehnte sich in seinen verschwitzten Trainingsklamotten gegen seinen Spind. „Ich dachte nur ...“

„Denken scheint bei dir Zeitverschwendung zu sein! Also hör auf damit!“ Er schlug ein wenig stärker als beabsichtigt die Tür seines eigenen Spinds zu und war sich der interessierten Blicke um sich herum bewusst.

Das anstrengende Training hätte ihn eigentlich erschöpfen sollen, aber Brians ständige Nachfragen brachten ihn zum Platzen. Seit Jennifer Zoey vor einer Woche abgeholt hatte und Erin gleich darauf gegangen war, gluckte Brian um ihn herum. Sein Freund tat gerade so, als wäre Tom etwas Furchtbares passiert, weil er jetzt wieder seine Wohnung für sich hatte und abends ausgehen konnte, ohne vorher einer Vierjährigen etwas vorlesen zu müssen oder nachher die Bettwäsche zu wechseln, weil sie hineingepinkelt hatte.

Tom hatte sein altes Leben wieder. Genau das hatte er sich gewünscht und war erleichtert darüber. Er musste jetzt nicht mehr um sechs Uhr abends essen, sondern konnte sich auch um zehn mit einer Pizza vor die Glotze hauen, um Actionfilme zu sehen, bei denen Zoey mit Sicherheit Alpträume bekommen hätte. Es war toll, keine Rücksicht mehr nehmen zu müssen, weil er wieder allein war. Ohne Kind und ohne Kindermädchen. Und ohne Kinderküsse oder ein piepsiges Stimmchen, das ihn Daddy gerufen hatte.

„Tomcat", Eddie glotzte ihn irritiert an und nestelte am Gummizug seiner Trainingshose herum. „Rabbit macht sich doch nur Sorgen um dich."

„Das braucht er nicht", brüllte Tom zurück und schob seine Boxershorts herunter. „Mir geht es fabelhaft!"

„So wirkst du aber nicht", erklärte nun auch Julian, der auf einer Bank saß und seine Schuhe aufschnürte. „Du bist ungewöhnlich aggressiv, Tom."

Seine ruhige Art brachte Tom beinahe um den Verstand.

„Ich bin wie immer", wütete er.

Brian stieß ein tiefes Seufzen aus und zog sich sein Shirt über den Kopf. „Warum hast du dann Rodriguez beim Training so hart in den Boden gerammt, dass er fast ohnmächtig geworden ist?"

„Heilige Scheiße! Wir spielen Football und keinen Fußball", schnaubte er und schnappte sich sein Handtuch. „Wenn Rodriguez das nicht vertragen kann, soll er Cheerleader werden!"

Er begegnete Duprees Blick, der neben ihm stand und ihn nachdenklich musterte. Tom wollte jetzt nicht auch noch ihn anbrüllen, da der junge Tackle bisher der einzige seiner Kumpels war, der nicht den Therapeuten spielte und mit ihm über Zoey sprechen wollte. Mal abgesehen von Blake, der ihm gratuliert hatte, weil er endlich wieder Frauen in seine Wohnung mitnehmen konnte, ohne von einer *rothaarigen Furie* attackiert zu werden. Blake hatte keine Ahnung, dass Tom mit der *rothaarigen Furie* den besten Sex seines Lebens gehabt hatte und sie manchmal ziemlich vermisste.

„Jetzt lasst den Mann endlich in Ruhe", Blake klopfte ihm auf die nackte Schulter und blieb nur mit einem Handtuch um den Stiernacken mitten im Weg stehen. „Anstatt ihn zu bemitleiden, solltet ihr ihn feiern! Endlich hat er seine Bude wieder für sich allein und kann vögeln."

„Blake, halt's Maul", entfuhr es Tom.

„Hey, ich bin auf deiner Seite!"

Brian verdrehte die Augen. „O'Neill, du hast ja keine Ahnung. Zoey ist weg ..."

„Ich weiß nur, dass Tom sich zwei Monate wie ein Heiliger benommen hat."

„Mann, Blake!" Eddie runzelte die Stirn. „Er hat sich um seine Kleine gekümmert!"

„Könntet ihr endlich aufhören, über mich zu reden?!" Tom spannte sich automatisch an und wäre jetzt gerne unter die Dusche gegangen, aber Blake versperrte ihm den Weg. „Zoey ist wieder bei ihrer Mutter – wie vereinbart. Alles klar?"

Brian sah ihn dumpf an. „Natürlich vermisst du sie ..."

„Ihr findet es womöglich toll, einen kleinen Hosenscheißer um euch zu haben, aber Tomcat hält da genauso wenig von wie ich“, unterbrach Blake ihn. „An Toms Stelle wäre ich auch verdammt froh, endlich wieder machen zu können, was ich will.“

Mit grimmiger Miene betrachtete Tom Blakes grinsendes Gesicht und war kurz davor, ihm eine zu verpassen.

Julian verzog den Mund. „Blake, du kannst das gar nicht verstehen.“

Der Runningback stemmte eine Hand in die nackte Hüfte. „Nichts für ungut, Julian. Du findest das Familiengedöns mit Liv ganz super. Aber nicht jeder Typ träumt davon, nur noch mit einer einzigen Frau zu schlafen und kleinen Kindern hinterherzurennen.“

„Kannst du nicht die Klappe halten, Blake“, brummte nun auch Dupree und verschränkte seine muskelbepackten Arme vor der enormen Brust.

Da sich Blake nun von allen Seiten angegriffen fühlte, blaffte er den Tackle an. „Halt du dich raus, wenn wir über Frauen sprechen, Dozer! Hast du außer deiner Mama schon mal eine nackte Tussi gesehen?“

Dupree sah rot und wäre auf Blake losgegangen, wenn sich Eddie und Brian nicht dazwischen geworfen hätten, um die beiden Brocken auseinanderzuhalten.

„Verstehst du keinen Spaß mehr?!“

„Wenn das Spaß ist, hast du einen verdammt beschissenen Humor“, warf Julian ein.

Tom wurde es zu viel, also ließ er seine Teamkameraden stehen und ging unter die Dusche. Glücklicherweise belästigten sie ihn nicht auch noch hier mit ihren gut gemeinten Ratschlägen. Um sich abzureagieren, duschte er länger und stemmte seine

Hände gegen die Wand, um das heiße Wasser über seinen Nacken und Rücken laufen zu lassen. Er wollte sich nicht einreden lassen, unglücklich sein zu müssen, weil Zoey weg war. Immerhin hatte er mit ihr telefoniert, auch wenn das Gespräch ziemlich kurz gewesen war. Er vermutete, dass sie einfach sehr müde gewesen war und daher keine langen Antworten gegeben hatte. Sie hatte ihre Mom wieder und war zurück in ihrem eigentlichen Zuhause. Natürlich war sie glücklich! Erin hatte übertrieben, als sie ihm ein schlechtes Gewissen hatte einreden wollen. Zwar wusste er bis heute nicht, warum sie dermaßen darauf gepocht hatte, dass Zoey bei Jennifer nicht gut aufgehoben sei und lieber bei ihm bleiben sollte, aber er vermutete, dass sie maßlos übertrieben hatte. Vielleicht hatte sie sich einfach gewünscht, bei ihm und Zoey zu bleiben.

Das klang sehr viel plausibler.

Aber warum hatte sie seine Anrufe nicht angenommen?

Tom war gerne mit ihr zusammen und hatte sie angerufen, um sich mit ihr zu verabreden. Er war davon ausgegangen, dass sie sich beruhigt hatte, wenn sie erst einmal eine Nacht über den Streit geschlafen hätte, aber bis heute herrschte Funkstille zwischen ihnen.

Mit einem Schulterzucken drehte er das Wasser ab und schlang sich das Handtuch um die Hüften. Er hatte es nicht nötig, auf Erin zu warten, schließlich waren sie kein Paar. Vielleicht sollte er heute Abend ausgehen, überlegte er und ging zu seinem Spind zurück. Er könnte eine alte Freundin anrufen oder ausgehen. Zwar hatte er wenig Lust, seine Zeit in einem Club zu verbringen, aber ein Stündchen in einem

Stripteaseschuppen zu sitzen und die Show zu genießen, klang gar nicht schlecht.

Ein bisschen besser gelaunt trocknete er sich ab und schlüpfte in ein frisches Paar Boxerbriefs. Gerade als er seine Eier zurechtrückte, kamen Blake und Brian aus der Dusche und unterhielten sich über die Abendgestaltung.

„Hey, Tomcat! Im Gegensatz zu Rabbit hast du doch sicher noch nichts vor, oder?"

„Nö", er zuckte mit der Schulter und streifte sich ein dunkelblaues Langarmshirt über. „Warum?"

„Mein Sponsor stellt heute ein neues Videospiel vor und schmeißt ne fette Party mit Gratisalk, Buffet und heißen Weibern."

„Woher willst du wissen, dass heiße Weiber kommen?" Stirnrunzelnd öffnete Brian seine Tasche. „Es ist ein Computerspiel für waffensüchtige Nerds. Ich wüsste nicht, warum da heiße Weiber auftauchen sollten."

Blake verdrehte die Augen und trocknete sich sein Haar mit einem Handtuch ab. „Die Firma engagiert geile Tussis, um die Party aufzulockern."

„Und die willst du aufreißen?"

„Jep", Blake grinste breit. „Du könntest mitkommen, aber das erlaubt Teddy ja nicht."

„Ich habe dir schon gesagt, dass Teddys Mom uns zum Abendessen eingeladen hat", erwiderte Brian genervt. „Erstens habe ich keinen Bock auf diese Party und zweitens würde Teddy mich einen Kopf kürzer machen, wenn sie allein zu ihrer Mom gehen müsste. Die beiden zusammen sind nur mit Vorsicht zu genießen", er verdrehte die Augen.

„Dann bleiben mehr Tussis für Tomcat und mich übrig“, Blake rieb sich zufrieden die Hände. „Ich reserviere alle Rothaarigen für mich.“

Tom war in Gedanken vertieft gewesen, sah nun aber verwirrt auf. „Was?“

„Ich beanspruche alle Rothaarigen für mich. Du kannst die Brünetten und Blonden haben.“

Stirnrunzelnd schwieg Tom und zog seine Jeans hoch. Er sollte Blakes Kommentar einfach ignorieren, sagte er sich, fragte dann aber doch. „Wieso bist du plötzlich so versessen auf Rothaarige?“

„Lass gut sein, Tom“, Brian schüttelte den Kopf.

„Hab' dich nicht so“, grinste Blake breit und schlüpfte in seine Boxershorts. „Ich musste nur an dein Kindermädchen denken. Sie war zwar eine echte Zicke, hatte aber einen geilen Arsch und hammermäßige Titten! Ich verstehe immer noch nicht, warum du sie nicht gevögelt hast!“

Tom sah rot und schlug seine Faust zielgenau auf Blakes Nase.

„Scheiße!“ Blakes Aufschrei konnte das schreckliche Geräusch einer brechenden Nase nicht überdecken. Er taumelte nach hinten und griff sich reflexartig an die Nase. Das Blut floss zwischen seinen Finger hindurch.

„Was ist in dich gefahren?!“, brüllte er Tom an, der mit geballten Fäusten vor ihm stand.

Es dauerte keine zehn Sekunden, bis sich das halbe Team um sie versammelt hatte.

„So redest du nicht über sie!“ Unbeherrscht machte er einen weiteren Schritt auf Blake zu und wurde von Brian gestoppt, der sich dazwischenschob. „Ich schlag' dir alle Zähne aus, wenn du noch einmal so über sie sprichst!“

„Verdammt, Tom!“ Blake klang erbärmlich. „Du hättest es mir sagen sollen, dann hätte ich doch die Klappe gehalten!“

„Was hätte ich dir sagen sollen?“, fragte er aufgebracht.

Blake rappelte sich auf und renkte sich schmerzverzerrt die Nase ein. „Scheiße! Mann ... ich hatte keine Ahnung, dass du verknallt bist! Über Freundinnen und Frauen von Teamkollegen würde ich doch keine Sprüche reißen!“

Es war unausgesprochener Ehrenkodex, dass niemand über die Frau eines Teamkollegen Sprüche riss. Das beinhaltete auch Beschreibungen ihrer körperlichen Vorzüge oder Wörter wie *geil, Arsch* und *vögeln.* Obwohl die Spieler besonders in der Umkleide keine Hemmungen kannten, über Sexabenteuer zu sprechen und dabei ziemlich deftige Ausdrücke zu gebrauchen, kämen sie nie auf die Idee, gleichermaßen über die Ehefrauen der anderen zu reden. Die besseren Hälften ihrer Kameraden waren absolut tabu.

Tom merkte, dass er sich lächerlich gemacht hatte. Jetzt gingen alle davon aus, dass er in Erin verknallt war.

„Hör zu“, setzte er stockend an.

„Schon okay“, Blake hielt sich sein Handtuch vor die Nase und reichte ihm seine rechte Hand, die Tom unbehaglich nahm. „Tut mir leid, dass ich das gesagt habe. Kommt nicht mehr vor.“

Er murmelte eine Zustimmung und entschuldigte sich für die gebrochene Nase. Blake war nicht nachtragend und versicherte ihm schon wieder halb amüsiert, dass gebrochene Nasen gut bei Frauen ankämen, weil dies angeblich ihr Helfersyndrom weckte.

Zwar konnte Tom das nicht wirklich glauben, aber er machte sich auf den Heimweg, sobald er seine Sachen in die Tasche gestopft hatte. Die durchdringenden Blicke seiner Teamkollegen und die Verlegenheit, auf Blake losgegangen zu sein, hatten seine Partylust schlagartig erkalten lassen.

In seiner Wohnung angekommen machte er Licht und stiefelte durch den Flur ins Wohnzimmer, wo er seine Tasche fallen ließ. Es war so furchtbar still, also schaltete er den Fernseher ein und bemerkte nebenbei, dass irgendeine Liebesschnulze lief. Genervt schaltete er im Stehen weiter und fand eine Komödie, über die er normalerweise gelacht hätte, aber jetzt einfach nicht in Stimmung war. Tom warf die Fernbedienung zurück auf die Couch und ging in die Küche, um sich eine Flasche Wasser aus dem Kühlschrank zu nehmen.

Als er die Tür wieder schloss, fiel sein Blick auf die Kinderzeichnung, die noch immer mit einem Magneten an seinem Kühlschrank klebte. Er stellte die Flasche auf die Arbeitsplatte und löste vorsichtig die Zeichnung. Mit trockener Kehle starrte er auf das Bild in seinen Händen und musste unweigerlich lächeln. Zoey hatte Erin gemalt und ihr eine knallrote Mähne verpasst, die beinahe wie eine Clownsperücke aussah. Neben Erin hatte Zoey dutzende Herzen und Blumen auf das Papier gekritzelt. Er erinnerte sich daran, dass er sie für das Bild überschwänglich gelobt hatte, bevor sie es auf den Kühlschrank hatte kleben dürfen. Als Zoey Erin stolz das Bild gezeigt hatte, hatte Erin die Kleine umarmt und geküsst. Die Erinnerung daran brachte ihn einmal mehr zum Lächeln. Langsam senkte er das Blatt und brachte es mit Hilfe des Magneten wieder an dem Kühlschrank an.

Tom brachte seine Tasche in sein Schlafzimmer, wo er ebenfalls das Licht anschaltete und sich seufzend daran machte, die dreckige Wäsche in den Korb zu werfen. Aus dem Wohnzimmer waren undeutliche Geräusche zu hören, die darauf schließen ließen, dass nun die Werbung lief. Er überlegte, ob er vielleicht eine DVD schauen sollte, merkte dann jedoch, dass er darauf auch nicht besonders viel Lust hatte. Niedergeschlagen verließ er wieder sein Schlafzimmer und blieb kurz vor Zoeys Kinderzimmer stehen, als er zurück ins Wohnzimmer gehen wollte.

Unschlüssig starrte er auf die geschlossene Tür und öffnete sie schließlich. Der verlassene Raum war selbst bei eingeschaltetem Licht trostlos und einsam. Tom schluckte und ging hinein, um das Bett zu machen. Seit dem Abend, an dem Jennifer mit Zoey gegangen war, hatte er das Zimmer nicht mehr betreten, sondern die Tür geschlossen, damit er das leere Kinderzimmer nicht mehr sehen musste. Das ungemachte Bett störte ihn furchtbar, also schlug er die Bettdecke auf und faltete sie ordentlich. Als er ihr Kopfkissen hochnahm, runzelte er die Stirn, weil irgendetwas halb verborgen zwischen Kissen und Matratze lag. Er griff danach und hatte plötzlich Tutu in der Hand. Erschrocken sah Tom in das Gesicht des braunen Stoffaffen und bemerkte, wie sein Herz panisch zu schlagen begann.

Zoey musste Tutu bereits vermisst haben! Wieso hatte sie nichts gesagt, als er mit ihr telefoniert hatte? Warum hatte Jennifer nicht angerufen? Zoey ertrug es nicht, auch nur eine halbe Stunde von Tutu getrennt zu sein, und begann zu weinen, wenn sie ihn nicht finden konnte. Sie brauchte doch ihr Kuscheltier, um Himmels willen! Wenn er sich vorstellte, wie sie ohne ihren Stoffaffen nachts im Bett lag und weinte, weil sie ihn nicht finden konnte, verengte sich seine Kehle und seine Brust zog sich schmerzhaft zusammen.

Tom setzte sich wie betäubt auf Zoeys Bett und hielt Tutu vorsichtig in den Händen.

Gott, sie *hatte* geweint. Sie hatte fürchterlich geweint, weil sie nicht gehen wollte. Sie hatte bei ihm bleiben wollen, aber er hatte nichts gesagt und nichts getan, um sie bei sich zu behalten. Nein, er hatte sogar ihre Sachen gepackt und die Koffer zum Taxi getragen! Wie hatte er das bloß tun können, fragte sich Tom wütend und verzweifelt. Sie war doch seine Tochter! Aber er hatte sie wie einen Gegenstand behandelt, den man hin und her schieben konnte. Er war ihr Dad und sollte sich darum kümmern, dass es ihr gut ging und dass sie glücklich war.

Entsetzt bemerkte er, dass er auf voller Linie versagt hatte. Er hatte Zoey enttäuscht und zum Weinen gebracht, weil er ihr gezeigt hatte, dass er sie nicht bei sich haben wollte. Wie sollte ein vierjähriges Kind das verstehen? Voller Panik dachte er daran, dass Zoey denken könnte, dass er sie nicht lieb hatte, und schnappte stöhnend nach Luft.

Alle Anschuldigungen, die Erin ihm an den Kopf geworfen hatte, fielen ihm wieder ein. Sie hatte Recht gehabt ... er war ein Arschloch. Obwohl er selbst gemerkt hatte, dass Jennifer sich nicht wie eine Mutter aufführte, die ihrem Kind genügend Wärme und Liebe gab, hatte er die Zweifel von sich geschoben, weil das leichter gewesen war. Es war bequemer gewesen, weil die Alternative gewesen wäre, dass er Zoey zu sich nahm. Keine Sekunde hatte er an die Gefühle seiner Tochter gedacht und schämte sich nun dafür.

Tom drückte Tutu an sich und holte zitternd Luft. Er musste das wieder geradebiegen und Zoey zeigen, dass er sie lieb hatte. Hoffentlich bekam er eine Chance, Zoey zu beweisen, dass er ihr Dad sein wollte.

20. Kapitel

Wenn Tom in Kalifornien war, spielte er meistens gegen die Raiders, die Chargers oder die 49ers. Dieses Mal flog er alleine und nahm ein Mietauto, um nach Monterey zu fahren und Zoey zu besuchen. Während die hübsche Küstenlandschaft an ihm vorbeizog, überlegte er mit einem beschämenden Gefühl, dass er seine Tochter in ihren ersten vier Lebensjahren nicht annähernd sooft besucht hatte, wie er es hätte tun sollen und können. Nur wenn ihn seine Mutter furchtbar genervt hatte, hatte sich Tom widerstrebend dazu durchgerungen, auf einen Sprung vorbeizukommen. Meistens hatte er seine Arbeit vorgeschoben, um nicht nach Kalifornien fliegen zu müssen, weil er erstens keine große Lust gehabt hatte, mit seiner Tochter Zeit zu verbringen, und weil er zweitens überhaupt keine Lust verspürt hatte, Jennifer zu sehen.

Im Flugzeug hatte er pausenlos an Erin denken müssen. Sie hatte versucht, ihm zu erklären, dass alleine Zoey darunter zu leiden hätte, wenn er mit Jennifer auf dem Kriegsfuß stand. Natürlich hatte sie Recht gehabt, dachte er unglücklich. Es war völlig egal, wie er Vater geworden war. Es war auch egal, dass Jennifer ihn abgezockt und gedroht hatte, ihn fertig zu machen. Tom musste Jennifer nicht mögen, aber weil er Zoey liebte, musste er wenigstens versuchen, seinen Groll hinter sich zu lassen und sich wie ein erwachsener Mensch mit der Mutter seiner Tochter zu arrangieren.

Das Navi führte ihn in einen beschaulichen Vorort mit gepflegten Straßen, ruhiger Atmosphäre und hübschen Häusern. Tom wusste, dass die Häuser, die von bunten Vorgärten und breiten Auffahrten mit

Doppelgaragen gesäumt waren, eine hübsche Stange Geld kosteten, schließlich hatte er vor vier Jahren den Scheck für das Haus, in dem Jennifer und Zoey lebten, ausgestellt. Wie vom Navi angezeigt, hielt er vor einem hellgelb gestrichenen Haus und betrachtete neugierig den Vorgarten sowie die ordentlich gepflasterte Auffahrt, in der ein metalliclackierter Lexus in der Sonne glänzte.

Mit einem mulmigen Gefühl stieg er aus seinem Auto und schnappte sich Tutu vom Beifahrersitz, bevor er durch den Vorgarten zur Eingangstür lief und klingelte. Merkwürdigerweise brach ihm vor Aufregung der Schweiß aus, als er darauf wartete, dass die Tür geöffnet wurde.

Nach einigen Sekunden öffnete Jennifer die Tür und starrte ihn ungläubig an.

„Hi, Jennifer."

„Tom? Was tust du denn hier?"

Er schluckte und hielt Tutu hoch. „Zoey hat Tutu vergessen."

„Willst du mich auf den Arm nehmen?" Ihr Gesicht verzog sich zu einer finsteren Grimasse. Sie machte keine Anstalten, ihn ins Haus zu lassen, sondern hielt die Eingangstür mit einer Hand fest.

Seufzend schüttelte Tom den Kopf. „Kann ich reinkommen? Ich muss mit dir reden."

„Ich denke nicht ..."

„Bitte, Jennifer." Er stieß den Atem aus.

Zögernd nickte sie und ließ die Tür los, bevor sie sich umdrehte und ins Haus zurückging. Tom trat ein und sah sich kurz um. Er erkannte viel helles Holz, unzählige Blümchenmuster und rosagestrichene Wände im Flur, bei deren Anblick er eine Grimasse schnitt.

Neben der Garderobe hing ein Foto von Zoey, das sie als dickes Baby mit einem pinken Strampelanzug und spitzzulaufender Haartolle zeigte. Lächelnd blieb er einen Augenblick davor stehen und folgte dann Jennifer widerstrebend in den hinteren Teil des Hauses, in dem sich die überdimensionale Küche befand.

Jennifer hatte sich in der Mitte der Küche, die hauptsächlich aus Chrom und hochglänzend weißen Fassaden bestand, platziert und starrte ihn misstrauisch an, was er ihr nicht einmal verdenken konnte. Sie trug einen türkisfarbenen Hausanzug und hatte ihre Haare nach oben gesteckt. Trotz der legeren Kleidung und des frühen Morgens war sie bereits stark geschminkt und hatte sich mit funkelndem Schmuck behangen.

„Ist Zoey da?“

Zoeys Mom presste ihren Mund für einen kurzen Augenblick zusammen und antwortete wenig begeistert: „Sie ist gerade bei unserer Nachbarin und backt dort Kekse.“

„Das klingt doch nett“, erwiderte Tom nicht unbedingt geistreich und blieb mit Tutu in der Hand mitten im Raum stehen. „Hör zu, Jennifer ...“

„Wenn du irgendwelche Absprachen ändern willst, rufe ich vorher meinen Anwalt an, Tom.“

Er schluckte. „Ich fände es schön, wenn wir ohne unsere Anwälte über Zoey sprechen könnten.“

Entschlossen schüttelte Jennifer den Kopf. „Die Alimente sind angemessen, hörst du? Ich sehe nicht ein, dass du sie kürzen willst.“

Erschrocken fuhren seine Augenbrauen bis zum Anschlag nach oben. „Ich bin doch nicht wegen des Geldes hier! Du bekommst die vollen Alimente, Jennifer, und dabei bleibt es.“

„Warum bist du dann hier?“, wollte sie misstrauisch wissen.

„Wegen Zoey. Ich vermisse sie.“

Damit hatte sie nicht gerechnet, denn sie starrte ihn grübelnd an. „Da steckt bestimmt irgendetwas dahinter.“

„Nein.“

Skeptisch runzelte sie die Stirn. „Du hast dir nie Mühe gegeben, deine Tochter zu sehen! Und jetzt kommst du her und erzählst, dass sie dir fehlt? Das glaube ich nicht, Tom.“

„Aber es stimmt“, sagte er mit ruhiger Stimme.

„Als ich schwanger war, hast du mir deutlich zu verstehen gegeben, dass das Baby und ich keinen Platz in deinem Leben haben, Tom“, ihre Stimme bekam einen gehässigen Klang. „Zoey ist dir doch völlig egal.“

„Ich war ein vierundzwanzigjähriger Volltrottel, Jennifer.“ Aufgebracht fasste er sich kurz an die Stirn. „In den letzten vier Jahren war ich nicht für sie da und das tut mir leid.“

„Was willst du mir damit sagen?“

Seufzend ließ er die Hand sinken und sah sie angespannt an. „Ich möchte das ändern und mehr Zeit mit ihr verbringen.“

Jennifer verschränkte die Arme vor der Brust. Gleichgültig zuckte sie mit der Schulter. „Das wird ziemlich schwierig werden. Henry wurde nach Sao Paulo versetzt ...“

„Was?!“

„Henry wurde befördert und leitet bald das Büro seiner Firma in Sao Paulo. Zoey und ich werden natürlich mit ihm dorthin ziehen.“

„Das kannst du nicht tun!“ Panisch ballte er beide Hände zu Fäusten.

„Natürlich kann ich das“, schrie sie zurück. „Ich bin ihre Mutter.“

„Und ich bin ihr Vater!“

„Ein schöner Vater, der sich jedes halbe Jahr kurz meldet und ein Geschenk schickt!“

„Darum geht es überhaupt nicht“, entfuhr es ihm laut. „Du kannst sie nicht einfach mitnehmen, Jennifer. Ich habe auch Rechte ...“

„Du siehst sie vielleicht zweimal im Jahr“, schnaubte sie. „Anstatt nach Kalifornien zu fliegen, kannst du ebenso gut nach Brasilien kommen.“

„Aber das reicht mir nicht mehr“, wehrte er verzweifelt ab. „Ich möchte sie öfter sehen und sie bei mir haben.“

Sie funkelte ihn an. „Das ist mir egal.“

„Wann wolltest du mir sagen, dass ihr nach Brasilien zieht?“ Er rang hektisch um Atem.

„Mein Anwalt hätte sich bei deinem gemeldet ...“

„Jennifer“, er erstickte beinahe vor Frustration und musste mit sich kämpfen, sie nicht zu erdrosseln. „Du kannst nicht einfach mein Kind in ein fremdes Land bringen!“

„Dein Kind?!“

„Ja“, entfuhr es ihm wütend.

„Mach’ die Tür hinter dir zu, wenn du gehst“, wies sie ihn kalt an. „Ich hätte wissen müssen, dass du eine Szene machen würdest.“

Tom zählte im Kopf bis zehn und dachte an Erin. Er musste mit Jennifer eine Einigung finden und das konnte er nicht, wenn sie sich gegenseitig verabscheuten.

„Jennifer", begann er daher ruhiger. „Es tut mir leid, dass ich mich nicht genügend um Zoey gekümmert habe. Es tut mir auch leid, wie ich dich behandelt habe, als du mir erzählt hast, dass du schwanger bist ..."

„Deine Entschuldigungen kannst du dir sparen."

„Aber ich muss das sagen", seufzte er. „Die letzten Jahre sind völlig falsch gelaufen, das weiß ich heute. Zoey ist vier Jahre alt und hat bis vor kurzem keinen Dad gehabt. Jedenfalls keinen, der ein Mindestmaß an Interesse an ihr gezeigt hätte. Ich möchte das wieder gutmachen. Ich will nicht, dass Zoey ohne ihren Vater aufwächst. Und ich will nicht ohne meine Tochter sein."

Gerade als sie den Mund öffnete, um etwas zu sagen, ging die Terrassentür auf und Zoey stand mit einem kleinen Plastikteller in der Tür. Sie erstarrte und blickte zu Tom auf.

„Knöpfchen ..."

„Daddy?", wisperte sie fragend.

Am liebsten hätte Tom sie an sich gerissen und fest an sich gedrückt. Doch ihr zurückhaltender Blick ließ ihn zögern und traf ihn direkt ins Herz. Sie hatte jeden Grund, skeptisch zu sein, sagte er sich. Er war selbst schuld daran, dass seine Tochter ihm mit Misstrauen begegnete, wenn er bedachte, wie sehr er sie enttäuscht haben musste.

Jennifer ging auf ihre Tochter zu und nahm ihr den Teller weg. „Du hast Besuch, Schatzi."

Unbeholfen hielt Tom Tutu hoch. „Ich ... äh ... du hast Tutu vergessen, Liebling."

„Danke", flüsterte sie und kam einen winzigen Schritt näher, um den Affen zu nehmen.

Tom starrte auf den gesenkten Kopf seiner Tochter und fühlte sich absolut hilflos.

„Ich habe dich vermisst“, erklärte er, nachdem er sich entschieden hatte, mit der Wahrheit zu fahren.

„Ehrlich?“ Endlich blickte sie auf und schaute ihn an.

In ihren Augen sah Tom so viel kindliche Hoffnung, dass er weiche Knie bekam und sich vor sie hockte „Ich habe dich schrecklich vermisst, Knöpfchen. Du fehlst mir entsetzlich. Wem soll ich denn jetzt morgens Waffeln backen und abends etwas vorlesen?“

„Daddy“, sie lächelte weich und machte zwei Schritte auf ihn zu.

Tom schloss sie in die Arme und vergrub sein Gesicht in ihrem Haar, während seine Augen plötzlich brannten. Als sie ihre Ärmchen um seinen Hals schlang und zufrieden wisperte: „Ich habe dich auch vermisst, Daddy“, schluckte er die Tränen weg und kämpfte zittrig gegen den Drang an, wie ein Schlosshund loszuheulen. Er atmete tief durch und erhob sich wieder, während er sie an sich drückte und auf den Armen trug.

„Ich habe Kekse gebacken, Daddy“, piepste sie. „Willst du probieren?“

„Unbedingt!“

Über Zoeys Scheitel begegnete er Jennifers Blick, der an Skepsis verloren hatte und ihn nun neugierig musterte.

Höflich fragte er sie: „Darf ich den Tag mit ihr verbringen?“

Als Antwort lächelte sie schwach und nickte kurz. „Okay.“

„Daddy?“ Zoey sah zu ihm auf und fragte aufgeregt: „Hast du Erin mitgebracht?“

„Nein, Knöpfchen“, bedauernd schüttelte er den Kopf und sagte gespielt fröhlich: „Aber ich soll dir einen Kuss von ihr geben.“

Kichernd entwand sie sich seinem Mund und küsste ihn anschließend auf die Wange. „Dann musst du ihr auch einen Kuss von mir geben.“

Tom strich mit einer Hand über den blonden Zopf seiner Tochter und lächelte. „Das mache ich, Knöpfchen.“

Holly war eine wunderschöne Braut. Eine wunderschöne Braut, die vor lauter Nervosität ziemlich blass war und zitterte. Erin steckte ihr den Schleier an und hörte das Schluchzen ihrer Mutter, die neben Holly stand und ihr die Hand hielt. Anstatt die zukünftige Ehefrau zu beruhigen, verschlimmerte ihre Mom Hollys Zittern nur noch mehr.

„Mom, hör’ bitte mit dem Weinen auf“, flehte Holly mit wackliger Stimme.

„Ich kann nicht“, schluchzte ihre Mom hemmungslos. „Mein Baby wird heiraten ...“

Erin warf ihrer Cousine einen verzweifelten Blick zu. Milly wirkte ebenfalls ziemlich unbehaglich, als sie ihre Tante musterte, die am ganzen Leib zitterte, während sie schluchzte und in ihr Taschentuch heulte. Nicht mehr lange und Holly würde vor lauter Anspannung ohnmächtig werden, wenn man sich ihre Gesichtsfarbe ansah.

Sie vier waren allein in Hollys Zimmer, was Erin erstaunlich fand, da sie gedacht hatte, dass Hollys Freundinnen sicherlich dabei sein würden, wenn Holly für die Trauung fertiggemacht wurde. Doch Holly hatte darauf bestanden, sich von ihrer Schwester, Cousine und Mom zurechtmachen zu lassen.

„Milly? Kannst du Mom bitte nach unten bringen und ihr einen Scotch geben?“, bat sie ruhig und zupfte eine rote Locke unter dem Schleier hervor.

„Aber ich trinke keinen Scotch“, wimmerte ihre Mutter und krallte sich an die Hand ihrer Tochter.

„Dann solltest du jetzt damit anfangen, Mom.“ Erin warf ihr einen auffordernden Blick zu.

Nur widerstrebend ließ sich Beth Hamilton von ihrer Nichte aus dem Raum führen. Die Schwestern atmeten erleichtert auf, als das Schluchzen verebbte und angenehmer Stille wich.

„Danke, Erin.“

„Kein Problem.“ Lächelnd stellte sich Erin vor Holly und drapierte den Spitzenschleier ordentlich. „Du siehst wunderschön aus.“

Anstatt sich über das Kompliment zu freuen, verzog Holly das Gesicht und schien in Tränen auszubrechen.

„Nicht weinen“, rief Erin alarmiert. „Denk an dein Make-Up!“

Holly blinzelte heftig und sah nach oben, während sie hektisch atmete. „Gib mir eine Papiertüte!“

„Was?!“

„Eine Papiertüte“, kreischte Holly. „Ich bekomme keine Luft mehr!“

Panisch stolperte Erin über den Saum ihres perlgrauen Chiffonkleides und wühlte auf Hollys

Schreibtisch herum, auf dem das Chaos herrschte. Wo zum Teufel sollte sie bloß eine Papiertüte herbekommen, fragte sie sich verzweifelt, als ihr Blick auf das Logo der hiesigen Apotheke fiel. Hastig griff sie nach der Tüte und schüttete den Inhalt, Hämorrhoidensalbe und Blasenpflaster, auf dem Tisch aus.

„Hier!“ Sie stolperte zurück zu Holly, die sich auf einem Hocker niedergelassen hatte und ihr die Tüte entriss, um sie sich über die Nase zu stülpen und hektisch ein- und auszuatmen.

Merkwürdigerweise hatte Erin nur einen Gedanken. „Wozu brauchst du Hämorrhoidensalbe?“

Unter der Tüte war ein erstickter Laut zu hören, doch Holly antwortete nicht, da sie damit beschäftigt war, wieder zu Atem zu kommen. Ein wenig mitleidig legte Erin ihrer kleinen Schwester eine Hand auf den nackten Rücken und streichelte ihn beruhigend.

Holly sagte irgendetwas, aber Erin verstand kein Wort. „Was?“

Die unglückliche Braut zog die Tüte weg und wisperte mit bibberndem Kinn. „Sag mir, dass ich keinen Fehler mache, Erin!“

„Holly ...“

„Ich weiß, du magst Corey nicht, aber ...“

Erstaunt verharrte ihre Hand auf Hollys Rücken. „Natürlich mag ich Corey.“

„Wirklich?“

„Er ist ein lieber Kerl“, antwortete Erin wahrheitsgemäß. „Warum sollte ich ihn nicht mögen?“

Holly wischte sich eine Träne weg. Schnell reichte Erin ihr ein weißes Papiertaschentuch, das auf dem Tischchen neben ihr gelegen hatte.

„Du bist gegen die Hochzeit. Deshalb dachte ich, dass du Corey nicht magst."

Unsicher biss sich Erin auf die Unterlippe. Anscheinend hatte Holly Zweifel, ob sie tatsächlich heiraten sollte, dabei würde sie ihrem Verlobten in einer Stunde das Jawort geben. Tatsächlich hegte Erin große Zweifel, ob Holly die richtige Entscheidung getroffen hatte, weil sie so verdammt jung und naiv war, aber es würde Erin das Herz brechen, wenn ihre kleine Schwester nun die Hochzeit absagen würde, weil sie davon ausging, dass Erin ihren Verlobten nicht mochte.

„Hör zu", sie zog sich einen weiteren Hocker heran und setzte sich neben Holly, um ihre Hände zu umfassen. „Ich mag Corey. Aber das ist auch nicht wichtig, Holly. Es ist nur wichtig, dass du ihn liebst."

„Warum hast du dann immer so negativ von meiner Hochzeit gesprochen?", klagte Holly leise. „Du hast dich nicht für mich gefreut."

„Das tut mir leid", antwortete Erin ruhig. „Vielleicht hätte ich dich wirklich mehr unterstützen müssen."

„Mir tut es auch leid", flüsterte Holly verzagt. „Ich hätte mehr Rücksicht auf deine Gefühle nehmen müssen. Die ganzen Hochzeitsvorbereitungen müssen dir wehgetan haben. Gabe und du ..."

„Heute geht es nicht um mich", unterbrach Erin sie. „Gabe ist Geschichte. Heute heiratest du, Holly, und du solltest glücklich darüber sein."

Holly schluckte kurz. „Corey und ich haben gestern gestritten ..."

Da sie sich öfters stritten, war das eigentlich keine Überraschung, dennoch fragte Erin besorgt. „Was ist passiert?“

„Er ist frustriert, weil er noch keinen Job gefunden hat und wir bei Mom und Dad wohnen müssen.“

„Oh je“, Erin strich ihr mitfühlend über die Hand.

Holly nickte traurig. „Corey sagte, er käme sich wie ein Bittsteller vor. Wir haben uns angeschrien und irgendwann meinte er, dass ich ihn gar nicht lieben würde.“

„Ach, Holly. Das hat er bestimmt nicht so gemeint.“

„Ich weiß nicht“, sie schluchzte kurz auf. „Wir hatten tollen Versöhnungssex, aber trotzdem muss ich ständig daran denken.“

Erin überhörte das mit dem Versöhnungssex, weil Holly immerhin ihre kleine Schwester war. Stattdessen fragte sie sanft: „Woran musst du denken?“

„Woher weiß ich, dass ich ihn liebe, Erin?“

Verdutzt blinzelte sie. „Wie bitte?“

Unter dem Schleier runzelte Holly die Stirn und zuckte anschließend mit der Schulter. „Wie weiß man, dass man jemanden liebt?“

„Ich ...“ Sie blickte in Hollys verzweifelte Augen und gab einen Seufzer von sich. „Man weiß es einfach.“

„Erin ... ich habe Angst, einen Fehler zu machen und Corey nicht genug zu lieben“, klagte sie aufgebracht. „Ich will nicht, dass ich in einem Jahr die Scheidung einreichen muss.“

„Holly.“

„Bitte, Erin.“

Erin schluckte und murmelte heiser: „Wenn du jemanden liebst, willst du bei ihm sein.“

„Und?“

Mit einem engen Gefühl in der Brust fuhr Erin stockend fort. „Du fühlst dich nicht vollständig, wenn er nicht bei dir ist. Wenn du seine Stimme hörst, hüpft dein Herz vor Freude. Wenn er dich berührt, schmilzt du dahin und willst ihn nie wieder loslassen. Allein der Gedanke, ihn niemals wiederzusehen, zerreißt dich innerlich, und obwohl er sich wie ein Arschloch verhalten hat“, sie schlug die Augen nieder, „könntest du ihm alles verzeihen, wenn er dich einfach nur anlächeln würde.“

„Oh“, Holly klang verwundert. „Hast du das bei Gabe gefühlt?“

Nein, das hatte sie nicht. Gabe hatte lediglich ärgerliche Gefühle in ihr ausgelöst.

Wenn sie an Tom dachte, hatte sie das Gefühl, innerlich zerrissen zu sein und verrückt zu werden, weil er nicht bei ihr war. Sie sehnte sich nicht nach Gabe, sondern nach Tom und könnte in Tränen ausbrechen, wenn sie nur an ihn dachte, aber das konnte sie Holly unmöglich erzählen, also schüttelte sie kurz den Kopf und lächelte aufmunternd.

„Wie sieht es aus? Bist du bereit für deine Hochzeit?“

Holly nickte und stand vorsichtig auf, um ihr Kleid zu glätten. Erin ordnete die voluminösen Röcke des Brautkleides und tupfte vorsichtig etwas Concealer auf die Rötungen in Hollys Gesicht.

„Du siehst auch wunderschön aus“, raunte Holly ihr dabei zu.

„Danke, dass du diese Kleider gewählt hast.“ Erin sah an sich hinab. Eigentlich hatte sie mit rosafarbenen Brautjungfernkleidern gerechnet, aber Holly hatte bodenlange Chiffonkleider im griechischen Stil mit einer freien Schulter und drapierten Falten gewählt, die durch ein dezentes Perlgrau bestachen.

„Ich wusste, dass dir dieses Kleid wunderbar stehen würde“, gestand Holly und grinste verschmitzt, als sie auf Erins Haare deutete, die zu einem romantischen Zopf geflochten waren, der elegant über ihr Schlüsselbein fiel. „Aber Amber sieht damit wie eine graue Maus aus und Nicole wirkt zehn Kilo schwerer.“

„Holly“, rief Erin entrüstet, bevor sie in ihr Lachen einfiel.

Während der Trauung merkte Erin, dass sie wirklich kein Eiszapfen war. Mehrmals musste sie sich die Tränen wegwischen, weil sie gerührt zusah, wie sich Holly und Corey das Jawort gaben. Beide sahen wirklich glücklich aus, auch wenn die Ringzeremonie kleine Schwächen aufwies, als Corey den Ring fallen ließ und ihn auf dem Boden erst einmal suchen musste. Natürlich war das Schluchzen ihrer Mutter in der ganzen Kirche zu hören, aber auch das konnte die Zeremonie nicht trüben.

Kaum war die Hochzeitsgesellschaft in dem wundervoll dekorierten Festsaal eines Countryclubs angekommen, hatte Erin alle Hände voll zu tun, ihren Aufgaben als erste Brautjungfer nachzukommen. Ständig musste sie den Brautstrauß halten, Hollys Kleid richten und ihr Gesicht nachpudern. Besonders heikel wurde es, als Holly auf die Toilette musste und Erin den voluminösen Rock hochhalten durfte. Sie kam sich wie eine Hochzeitsplanerin vor, als es Probleme bei der Vorspeise gab und sie mit dem Manager des Clubs absprechen musste, wann der nächste Gang serviert werden sollte, während sie sich gleichzeitig um die Sitzordnung kümmern durfte, die in der letzten Sekunde umgeworfen wurde. Anscheinend hatte sich ihre Grandma mit ihrer Schwester verstritten und weigerte sich nun, mit ihr an einem Tisch zu sitzen. Erin blieb nicht anderes übrig, als sich selbst an den Tisch mit ihren Tanten zu setzen, auch wenn sie genau das hatte vermeiden wollen.

Sie goss sich ein weiteres Glas Champagner hinter die Binde und nahm ziemlich zum Schluss ihren Platz neben ihrer herrischen Großtante Sue und ihrer schwerhörigen Tante Lucinda ein, während sie um ein Wunder betete. Großtante Sue hatte drei Ehemänner beerdigt und beerbt, weshalb die ganze Familie munkelte, dass sie ihre armen Männer so lange mit ihrer penetranten Art gepiesackt hatte, bis diese frohen Mutes gestorben waren, um dem Ehehorror mit Tante Sue zu entgehen. Erin konnte die glücklichen Verstorbenen verstehen. Nach nicht einmal fünf Minuten hatte sie das extreme Bedürfnis nach Alkohol oder einer Klebepistole, um Tante Sues Mund zu versiegeln.

„Holly ist eine wunderschöne Braut."

„Das ist sie wirklich", stimmte sie zu und starrte auf ihren Vorspeisenteller. Die Gabel war ziemlich spitz. Im Notfall könnte sie Tante Sue damit sicherlich abwehren.

„Wirst du nicht neidisch, wenn du deine kleine Schwester in einem Brautkleid siehst?"

„Nein." Sie seufzte auf. „Ich freue mich für Holly, Tante Sue."

„Natürlich tust du das." Sie dehnte die Worte mit einem biestigen Ton in die Länge. „Aber jede Frau will heiraten ..."

Erin schnaubte sarkastisch und blickte auf. „Ehrlich?“

„Natürlich“, bekräftigte Tante Sue. „Sogar Lesben heiraten heutzutage.“

Tante Lucinda ließ ein lautes Schmatzen hören und beugte sich mit ihrem guten Ohr vor. „Wer?“

„Lesben“, erwiderte Tante Sue lauter und zog damit die Aufmerksamkeit aller anderen Tischnachbarn auf sich.

Erin verdrehte die Augen und fühlte sich eingepfercht zwischen ihren beiden wunderlichen Tanten. Tante Sue war wie immer grell geschminkt und trug ein unmögliches Kleid – jedenfalls für eine Frau ihres Alters – während Tante Lucinda Federn in ihr Haar gesteckt hatte und Lippenstift auf den Zähnen erkennen ließ.

„Wer ist eine Lesbe?“ Da Tante Lucinda schwerhörig war, erklang ihre Stimme immer eine Spur lauter und zog nun auch die Blicke der Gäste an den umstehenden Tischen auf sich.

„Niemand hier ist eine Lesbe“, wies Tante Sue sie laut zurecht. „Schwule gibt es in unserer Familie, immerhin trägt dein Neffe Charlie diese engen Hosen, aber eine Lesbe haben wir nicht.“

„Wo gibt es eine Schule?“

„Nicht Schule“, Tante Sue schüttelte den Kopf. „Schwule!“

„Oh Gott“, murmelte Erin beschämt und sank tiefer auf ihrem Stuhl zusammen.

Tante Sue stocherte in ihrem Salat herum und murrte aufgebracht: „Lesben sind meiner Meinung nach sowieso nur eine Modeerscheinung.“

„Eine was?“ Ungläubig starrte Erin auf ihre Großtante. „Du meinst, dass Homosexualität eine Modeerscheinung ist?“

„Natürlich! Das haben wir davon, dass wir einen schwarzen Präsidenten haben! Jetzt glauben alle Frauen, die in der Highschool wegen ihrer Fettleibigkeit von den Jungs gemobbt wurden, dass es okay ist, wenn sie lesbisch werden und den Männern den Stinkefinger zeigen.“

Erin wäre beinahe an einer Tomate erstickt und hustete drauf los.

„Ich gebe nicht nur Obama die Schuld“, Tante Sue schüttelte angeekelt den Kopf. „Wo ist die Moral in diesem Land geblieben? Meine Nachbarin hat mich erst letztens zu einer Verkaufsparty eingeladen. Es gab Schnittchen und Shrimps, vorzüglich. Anstatt uns Plastikdosen zu zeigen, packte diese Verkäuferin auf einmal Plastikpenisse auf den Tisch!“

Tante Lucinda runzelte die Stirn und brüllte: „Was?!“

„Plastikpenisse!“

„Tante Sue!“ Erin schoss die Röte ins Gesicht

Im Gegensatz zu ihr war es Tante Sue nicht peinlich. „Kein Wunder, dass Lesben keinen Mann mehr brauchen, wenn sie Penisse überall kaufen können, die auch noch einen Akku haben.“

Hastig griff Erin nach ihrem Glas und trank es in einem Zug leer. Der Alkohol stieg ihr sofort in den Kopf. Hilfesuchend schaute sie sich nach einem Kellner um, konnte jedoch keinen entdecken.

Tante Sue schnalzte laut mit der Zunge. „Wann willst du denn endlich den Richtigen finden? Du wirst auch nicht jünger, Erin.“

„Wieso? Man kann ja auch im hohen Alter noch heiraten, wie du uns ständig beweist."

Gackerndes Lachen ertönte. „Gut pariert, mein Kind."

Erin biss die Zähne zusammen und schaute sich ein weiteres Mal um. Noch immer war kein Kellner in Sicht. Ohne Alkohol würde sie diesen Tag nicht überstehen.

„An deiner Stelle würde ich mich etwas beeilen, bevor du zu alt bist, um Kinder zu bekommen. Du willst doch nicht wie diese drogensüchtigen Prominenten Kinder aus Afrika adoptieren!"

Erin erwiderte trocken: „Keine Sorge, Tante Sue. Ich kenne da eine nette Samenbank, zu der alle meine lesbischen Freundinnen gehen, wenn sie ein Kind kriegen wollen. Für Nachwuchs ist also gesorgt."

Gelassen erhob sie sich und nahm ihr Glas, um damit zur Bar zu gehen, während Tante Sue nach Luft schnappte und Tante Lucinda laut nachfragte, was ihre Nichte gesagt hatte.

An der Bar blieb sie stehen und ließ sich das Glas bis oben hin einschenken, bevor sie sich umdrehte und die Hochzeitsgesellschaft beobachtete, die vergnügt die erste Vorspeise verputzte. Zufrieden sah sie Holly dabei zu, wie sie sich kichernd mit Corey unterhielt und ihm einen Kuss auf den Mund drückte.

Das hektische Treiben der Kellner um sie herum beachtete sie kaum, sondern trank einen Schluck Champagner, der beinahe überschwappte, als sie zufällig in Richtung Eingang sah und einen Mann erblickte, der mit dem Portier diskutierte. Im ersten Moment hatte sie ihn für Tom gehalten, aber das war unmöglich. Neugierig sah sie wieder hin und stockte. Das war Tom!

Ihre Blicke trafen sich über mehrere Meter hinweg. Tom sagte etwas zu dem Mitarbeiter des Countryclubs und deutete auf sie. Es war kein Wunder, dass Tom nicht hineingelassen wurde. Seine Haare waren völlig zerzaust, auf seinen Wangen waren dunkle Bartschatten zu sehen und er trug Jeans, Turnschuhe und eine dunkelgraue Softshelljacke. Tatsächlich sah er aus, als hätte er in seiner Kleidung geschlafen. Erin hatte keine Ahnung, was er hier wollte, und war überrumpelt, als der Portier sie fragend ansah. Unfähig sich zu rühren nickte sie bloß und stellte das Glas beiseite, um ihm entgegenzugehen. Was auch immer er hier wollte, sie hatte keine Lust, dies vor ihrer versammelten Familie auf Hollys Hochzeit zu besprechen.

„Was tust du hier?" Sie nahm seinen Arm und zog ihn in den Empfangsbereich des Clubs, wo sie vor neugierigen Augen verborgen waren, als sie neben einer Sitzecke stehen blieben.

„Ich war bei dir zuhause. Jess hat mir die Adresse des Clubs gegeben." Er musterte sie kurz und fragte mit einem schwachen Lächeln: „Kein Rosa?"

Erin gab das schwache Lächeln zurück. „Du weißt doch: Rosa trage ich nur beim Strippen."

Sein Anblick war für sie kaum zu ertragen. Mit einem schmerzhaften Brennen in der Brust sah sie zu ihm auf und musste ihre Hände krampfhaft davon abhalten, ihn zu berühren. Sie wollte beiseite schauen, starrte jedoch wie hypnotisiert in seine blauen Augen und nahm nur am Rande wahr, dass er ein leises Stöhnen von sich gab.

„Tom, was willst du hier?"

„Ich soll dir das geben."

Bevor sie etwas sagen konnte, hatte er ihre Arme umfasst, zog sie an sich und senkte seinen Mund auf ihren.

Erin wurde schwindelig, ihre Knie wurden weich und alle Gedanken verblassten, während er sie erst leidenschaftlich und dann mit einem Mal unbeschreiblich zärtlich küsste. Sie hatte keine Kontrolle mehr über sich, schmiegte sich an ihn und legte den Kopf schief, um ihn noch besser küssen zu können. Seine Lippen waren sanft und weckten ein heißes Sehnen in ihrer Brust. Ihr Herz hämmerte gegen ihre Rippen, während sie beinahe zu atmen vergaß.

„Erin, ich ... ich war ein Idiot", flüsterte er an ihre Lippen, glitt mit seinem Mund über ihre Wange und drückte einen Kuss auf ihre Schläfe, bevor er sein Gesicht an ihres schmiegte und tief seufzte. „Es tut mir leid."

Mit klopfendem Herzen blieb Erin mucksmäuschenstill stehen, weil sie Angst hatte, dass er sich womöglich in Luft auflösen könnte, schließlich hatte sie bereits drei Gläser Champagner getrunken.

Mehrmals setzte er zu sprechen an und stockte jedes Mal, bis er leise seufzte und gestand: „Du hattest Recht, Erin. Ich habe mich wie ein Arschloch aufgeführt. Himmel ... ich liebe Zoey. Sie ist meine Tochter und ... und als sie fort war, konnte ich den Gedanken nicht ertragen, dass sie meinetwegen geweint hatte."

„Tom", flüsterte sie schmerzhaft und schloss die Augen.

„In ihrem Bett habe ich Tutu gefunden“, stieß er mühsam hervor, „und ich wurde panisch, weil ... weil ich mir vorstellte, wie sie allein in ihrem Bett lag.“

Erin entzog ihm sanft ihren rechten Arm und legte ihm die Hand auf die Wange, die unter ihrer Handfläche leicht kratzte.

„Also habe ich den nächsten Flug nach Kalifornien genommen und habe ihr den Stoffaffen gebracht ...“

„Was?“, flüsterte sie ungläubig.

„Ich habe sie schrecklich vermisst“, beteuerte er. „Meine Wohnung war nicht mehr zu ertragen ... ich war nicht mehr zu ertragen.“ Er schluckte und murmelte verlegen. „Blake habe ich die Nase gebrochen.“

„Tom!“ Erschrocken lehnte sie den Kopf ein wenig zurück und sah ihn an. „Was hast du getan?“

Seine Arme umschlangen sie. „Zoey war weg. Du warst weg ...“

„Und deshalb brichst du dem armen Blake die Nase?“

Er schnaubte sarkastisch. „Der *arme* Blake hat in der Umkleide Reden über deinen Hintern und deine Brüste geschwungen.“

Ein Lächeln schlich sich auf ihr Gesicht. „Hast du mich etwa verteidigt?“

Seine Augen brannten sich in ihre und verursachten ihr massive Hitzewallungen. „Er hatte den Ehrenkodex verletzt.“

Hoffnungsvoll sah sie auf. „Ehrenkodex?“

„Ein Footballspieler reißt keine Sprüche über die Frau, die sein Teamkollege liebt.“

Beinahe wären ihre Knie weggeknickt, wenn er sie nicht gehalten hätte. „Sag’ das noch einmal“, flüsterte sie und forschte in seinen Augen.

„Ich liebe dich", er atmete schwer aus. „Du fehlst mir, Erin."

„Du fehlst mir auch, Tom." Schüchtern leckte sie sich über die Unterlippe. „Außerdem liebe ich dich auch."

Sein Gesicht erhellte sich, bevor er sie sanft auf den Mund küsste. Langsam löste er sich wieder und sah ihr weich ins Gesicht.

„Kannst du mir verzeihen? Was ich alles gesagt habe, meinte ich nicht so. Mir war das damals nur noch nicht klar. Zoey und du ... ihr seid das Beste, was mir passieren konnte."

Tränen der Rührung traten ihr in die Augen und sie krächzte: „Gott, bist du kitschig!"

„Vielen Dank", lachte er und küsste sie auf die Nase. „Zoey vermisst dich auch. Sie hat gesagt, dass ich dir ein Küsschen geben soll."

Glücklich lächelte sie, während sich eine Träne löste und ihr über die Wange rollte. „Deine Tochter ist großartig, Tom. Ihre piepsige Stimme fehlt mir ganz schrecklich."

„Nicht mehr lange", behutsam glitten seine Finger zu ihrem Haar, das in ihrem Nacken geflochten war. „Ich habe mich lange mit Jennifer unterhalten. Das war das erste Mal, dass wir uns wie zwei Erwachsene benommen haben und ganz vernünftig miteinander reden konnten. Sie zieht mit ihrem Mann nach Brasilien, weil er dorthin versetzt wurde ..."

Erschrocken zuckte Erin zusammen. „Nein ..."

„Pst", beruhigte er sie schmunzelnd. „Jennifer hat sich einverstanden erklärt, Zoey bei mir zu lassen."

„Was hat sie getan?" Schockiert fuhr ihr Kopf zurück.

Tom zuckte kurz mit der Schulter und gab zu. „Jennifer liebt Zoey, aber das tut sie auf eine ziemlich ... egoistische Weise. Anscheinend kann ihr Mann nicht viel mit Kindern anfangen und ist ein Karrieretyp, daher war Jennifer von meinem Vorschlag, Zoey zu mir zu nehmen, nicht gänzlich abgeneigt."

„Himmel, Tom." Sie fragte unsicher: „Was passiert, wenn sie ihre Meinung ändert?"

Das würde ihm das Herz brechen, sagte sie sich ängstlich. Und ihr auch.

„Keine Sorge, unsere Anwälte haben alles bereits geregelt. Außerdem glaube ich, dass Jennifer ganz zufrieden damit ist, sich nicht mehr um ein Kind kümmern zu müssen. Wie du bemerkt hast, ist sie nicht der mütterliche Typ."

Als Antwort schnaubte Erin und verdrehte die Augen.

„Zoey wird an Weihnachten zu ihrer Mutter fliegen und im nächsten Sommer einige Wochen bei ihr verbringen. Außerdem will Jennifer ab und zu nach New York kommen. Nächsten Monat fliege ich wieder nach Kalifornien und hole Zoey ab und ..." Er unterbrach sich und schaute sie unsicher an.

„Und?"

„Und ich dachte, dass du mitkommen könntest."

„Das könnte ich", sie lächelte breit.

„Vielleicht könntest du auch zu mir ziehen?" Rasch fügte er hinzu. „Natürlich nur, um sicherzugehen, dass ich mich vernünftig um Zoey kümmere."

„Natürlich", erwiderte sie gespielt ernst und küsste ihn zart auf den Mund. „Für Zoeys Wohl tue ich alles."

Leise flüsterte er: „Muss ich etwa mit meiner Tochter um dich konkurrieren?"

Erin schlang ihm beide Hände um den Hals und raunte ernst. „Das musst du nicht. Ich liebe euch beide. Aus ganzem Herzen.“

Epilog

Zoey

Daddys Waffeln schmeckten einfach wunderbar! Zoey fand, dass nichts so lecker war wie seine Waffeln. Genüsslich schob sie sich das letzte Stück ihrer süßen Waffel in den Mund und beobachtete fröhlich, wie Daddy Erin einen Kuss gab.

„Nicht, Tom“, *Erin lachte auf und schob Daddy ein Stück beiseite.* „Ich komme zu spät zur Uni.“

„Hast du Angst, dass du ins Klassenbuch geschrieben wirst?“

Erin schnitt eine Grimasse und schenkte Zoey ein Lächeln, bevor sie zu Daddy sagte: „Der Professor wird heute Informationen zur Abschlussprüfung bekannt geben. Da möchte ich nicht fehlen.“

„Okay, Liebling. Dann bringe ich Zoey in den Kindergarten. Wir wollen schließlich nicht, dass du durch die Prüfung rasselst.“

„Sehr witzig!“

Daddy drehte sich zu ihr um und fragte weich: „Soll ich dich heute in den Kindergarten bringen, Knöpfchen?“

Begeistert nickte Zoey. Manchmal hatte Daddy keine Zeit, um sie in den Kindergarten zu bringen, weil er zur Arbeit musste. Dann brachte Erin sie dorthin und holte sie auch wieder ab, bevor sie in die Uni fuhr. Zwar wusste Zoey nicht, was eine Uni war, aber Erin hatte ihr erklärt, dass es so etwas wie eine Schule für Erwachsene wäre, wo sie viel lernen musste.

An einigen Tagen ging Zoey gar nicht in den Kindergarten, sondern blieb zuhause bei Erin und

Daddy. Zusammen gingen sie in den Park, kochten etwas und spielten miteinander. In den letzten Tagen hatte Daddy ihr Kartenspielen beigebracht. Als Dupree zu Besuch gekommen war, hatte sie mit ihm gespielt und gewonnen.

„Dann hol' deine Tasche und vergiss Erins Geschenk nicht", *Daddy zwinkerte ihr zu.*

Zoey hörte noch Erins fragende Stimme, als sie von ihrem Stuhl hüpfte und in ihr Zimmer stürmte, um ihre Kindergartentasche zu holen. Auf ihrem Schreibtisch lag das Geschenk, das sie gestern heimlich mit Daddy eingepackt und bei sich versteckt hatte, damit Erin es nicht fand. Als sie ihre Tasche vom Bett nahm, sah sie Tutu auf dem Kopfkissen liegen. Sie gab ihm einen Kuss und lief aus ihrem Zimmer heraus.

Da sie jetzt in den Kindergarten ging, brauchte sie Tutu nicht immer mitzunehmen. Alle ihre Freunde im Kindergarten ließen ihre Kuscheltiere auch zuhause. Außerdem hatte sie immer so viel Spaß dort beim Spielen, dass sie Tutu nicht vermissen musste.

Sie vermisste Mami manchmal und rief sie dann an. Daddy sagte immer, dass sie Mami jederzeit anrufen oder besuchen durfte. Wenn der Weihnachtsmann dieses Jahr kam, sollte Zoey ihre Mami besuchen fahren und etwas bei ihr bleiben. Sie freute sich schon darauf, auch wenn sie sich nicht darauf freute, Henry wiederzusehen. Immer wenn sie Mami vermisste, wurde sie nie wirklich traurig, weil sie Daddy und Erin hatte. Es war so schön, mit beiden zusammen in einer Wohnung zu wohnen. Daddy und Erin schliefen sogar in einem Bett und küssten sich oft. Es war genau so, wie es Jilian erzählt hatte. Sie waren eine richtige Familie und manchmal schlüpfte Zoey morgens zu Daddy und Erin ins Bett, um mit ihnen zu kuscheln. Das hatte sie bei Mami und Henry nie machen dürfen.

„Knöpfchen?“

Schnell lief Zoey mit ihrer Tasche und dem Geschenk zurück ins Wohnzimmer. Erin zog sich gerade ihre Jacke an und steckte einen Apfel in ihre Tasche, die Daddy ihr geschenkt hatte, als sie zum ersten Mal in die Uni gegangen war.

„Ich kann Zoey heute vom Kindergarten abholen. Die Arbeitsgruppe fällt aus, weil ein paar Studenten krank geworden sind. Wann bist du wieder hier, Tom? Soll ich etwas kochen?“

Zoey und Daddy gaben sich ein Zeichen, während Erin Papierblätter zusammenlegte.

„Tom?“ *Erin lachte auf.* „Sag mal, träumst du?“

„Mhh? Nein, nein ...“ *Er zwinkerte Zoey zu, die zu Erin ging und sich an sie schmiegte.*

„Schatz, willst du kuscheln?“ *Ihre Hand begann Zoeys Kopf zu streicheln.* „Ich muss jetzt leider gehen, Zoey.“

Zoey hielt das kleine Päckchen hoch und schaute Erin glücklich an. „Ich habe etwas für dich gebastelt.“

„Oh“, *Erin lächelte und nahm ihr das Päckchen ab.* „Das hast du für mich gemacht?“

„Mhh“, *Zoey warf einen verschwörerischen Blick zu ihrem Daddy.* „Gestern im Kindergarten.“

Erin legte ihre Tasche beiseite und begann das Geschenkpapier zu entfernen. „Das muss ich mir sofort ansehen, Mäuschen.“

„Wir haben mit Socken gebastelt.“

Mit einem Lachen beugte sich Erin zu ihr und küsste sie auf den Kopf. „Das ist ja toll“, *lobte Erin, als sie die bunt angemalte Socke betrachtete.* „Was kann man denn damit machen?“

„Miss Tina hat mit den Socken Kasperletheater gespielt. Sie hatte zwei Sockenpuppen, die miteinander gestritten haben.“

„Dann sollten wir vielleicht heute Abend noch eine andere Puppe basteln und auch ein kleines Theaterstück machen.“ *Sie lächelte Daddy an.* „Du kannst doch bestimmt eine Socke entbehren.“

„Klar.“

Zoey schaute Daddy schnell an und hüpfte dann vor Erin auf und ab. „Zieh die Socke an! Zieh die Socke an!“

„Okay“, *Erin schlüpfte mit ihrer rechten Hand in die Socke und grinste breit.* „Aber nur mit einer Puppe wird es nicht ...“

Sie stockte und warf Daddy einen komischen Blick zu. „Tom ...“

„Hast du etwa irgendwas in der Socke entdeckt?“

Zoey sah entzückt zu, wie Erin den glitzernden Ring aus der Socke zog, den Daddy gestern dort hineingetan hatte. Er war wunderschön und hatte einen funkelnden Stein, den Daddy Diamant genannt hatte.

Erin war sprachlos und schaute erst den Ring und dann Daddy an. „Das ist ...“

„Ein Verlobungsring“, *Daddy blieb vor Erin stehen und nahm ihre Hand in seine. Zoey konnte nicht genau verstehen, was Daddy Erin zuflüsterte, aber sie sah, dass Erin nickte und weinte, was Zoey überhaupt nicht verstehen konnte, schließlich lächelte sie dabei. Dann schob Daddy ihr den Ring über einen Finger und küsste sie auf den Mund.*

„Juchu!“ *Zoey sprang begeistert auf und ab.*

Erin zog Zoey zu sich und legte ihr eine Hand auf den Kopf. Ihre Stimme klang ganz zittrig. „Du, kleine Schauspielerin."

Daddy hob Zoey hoch und drückte sie an sich, während er mit seinem anderen Arm Erin umschlang. Mit einem strahlenden Lächeln sah Zoey zu, wie sie sich noch einmal auf den Mund küssten.

Von Poppy J. Anderson sind weitere Romane aus der *Titans*-Reihe erschienen:

"Verliebt in der Nachspielzeit" – (Band 1) erschienen im Juli 2013:

Hanna Dubois kann es nicht glauben! Ihre erste Woche in New York City hält einige Überraschungen für sie bereit: Sie bekommt das heiß ersehnte Stipendium, wird in einen Autounfall, den Paparazzi verursacht haben, verwickelt und lernt dabei John kennen - das Bild von einem Mann. Sie verliebt sich Hals über Kopf in den berühmten ehemaligen Quarterback, dessen Schritte ständig von Pressevertretern überwacht werden. Eine wahre Hetzjagd auf Hanna beginnt, an der die Beziehung der beiden zu zerbrechen droht ...

Seitenzahl: 393

“Touchdown fürs Glück“ – (Band 2) erschienen im November 2012:

Julian Scott ist der talentierte und neue Footballspieler der New York Titans, dessen Leben nicht schöner sein könnte. Er ist auf dem Höhepunkt seiner Footballkarriere, die Frauen laufen ihm scharenweise hinterher und finanziell kann er auch nicht klagen.

Liv Gallagher ist die erfolgreiche und angesehene Architektin einer New Yorker Agentur, deren Leben strikt geordnet ist. Sie lebt für ihren Beruf, macht sich wenig aus den Männern, die ihr nachschauen, und konzentriert sich lieber auf ihre Karriere.

Julian und Liv sind grundverschieden und doch waren sie früher ein glückliches Ehepaar. In New York treffen sie zufällig aufeinander und müssen feststellen, dass immer noch die Funken fliegen, wenn sie sich sehen ... wäre da nicht ein dunkles Geheimnis aus ihrer Vergangenheit.

Seitenzahl: 454

“Make Love und spiel Football“ –(Band 3) erschienen im Januar 2013:

Der Footballgott muss sich mit den New York Titans wohl einen Witz erlaubt haben, als er die Tochter des verstorbenen Teambesitzers zur neuen Chefin ernannt hat! Das glaubt jedenfalls Brian Palmer, Quarterback und Kapitän der Titans, als sich die skandalbehaftete Teddy MacLachlan mit Hippiekleidung, Bauchnabelpiercing und Flipflops dem Team vorstellt. Frauen können in der Welt des Footballs nicht bestehen, vor allem nicht wenn sie auf Räucherstäbchen und Meditationen abfahren. Football bedeutet Krieg, da haben Frauen nichts zu suchen – Brian hat keine Skrupel, das seiner neuen Chefin ins Gesicht zu sagen, doch die bricht wider Erwarten nicht in Tränen aus, sondern grinst ihn frech an. Anders als der Rest der Frauenwelt, die sich dem heißen Quarterback an den Hals wirft, legt sich Teddy mit ihm an und schlägt ihn mit den eigenen Waffen.

Seitenzahl: 393

„Knallharte Schale – zuckersüßer Kerl“ – (Band 5)
erschienen im Dezember 2013

Dupree Williams ist ein knallharter Footballspieler, der bei seinen Gegnern Angst und Schrecken auslöst. Nicht umsonst gilt er als "menschlicher Bulldozer". Doch niemand kann sich vorstellen, dass Dupree unter extremer Schüchternheit leidet und nicht weiß, wie er mit Frauen sprechen soll. Zu sehr nagt ein Erlebnis aus Collegezeiten an ihm. Meistens kaschiert er seine Unsicherheit mit einer großmäuligen Art und gerät prompt an Sarah, die ihm mit einem gezielten Tritt zu verstehen gibt, dass sie arrogante, großmäulige und aufdringliche Typen nicht leiden kann.
Der Spaß fängt erst an, als Sarah einen Bericht über Dupree schreiben soll, da er das Aushängeschild der New Yorker Brustkrebshilfe ist, für die sie arbeitet. Zwar mag Sarah keine arroganten, großmäuligen und aufdringlichen Typen, aber so ist Dupree ja eigentlich auch gar nicht ...

Seitenzahl: 343

„Beim zweiten Mal küsst es sich besser“ (Kurzroman)

erschienen im November 2013

Eigentlich hatte Kate vorgehabt, sich in der osttexanischen Kleinstadt, in der sie aufgewachsen ist, von dem Schock zu erholen, ihren Verlobten nackt auf ihrer Couch mit der gemeinsamen Nachbarin erwischt zu haben, und etwas Abstand zwischen sich und das Großstadtchaos von Los Angeles zu bringen. Dass ihre Großmutter die besten Kuchen der Welt backt, ist da nur von Vorteil, schließlich wünscht sich Kate, etwas bemuttert und umsorgt zu werden. Unglücklicherweise findet sie sich prompt im Kleinstadttratsch wieder, da ihr ein Flirt mit dem Highschoolfootballtrainer Hugh unterstellt wird! Ausgerechnet mit Hugh, ihrem ehemals besten Freund, der das Privileg besessen hatte, ihr nicht nur den ersten Kuss zu geben, sondern auch andere erste Male mit ihr zu erleben. Doch mit der ersten Liebe ist es wie mit einem Kuchenrezept. Manchmal klappt es beim ersten Anlauf nicht, doch dafür schmeckt der zweite Versuch köstlich.

Seitenzahl: 216

„Nachträglich ins Glück“ (Kurzroman)

erschienen im Dezember 2013

Sam Richards liebt ihren Beruf und geht darin auf, sich als Kinderärztin um ihre kleinen Patienten zu kümmern. Dass ihr Privatleben darunter leidet, macht ihr nichts aus, da sie es vorzieht, allein zu bleiben. Jeder trifft einmal im Leben seine große Liebe – auch Sam durfte dies erleben und wurde so tief verletzt, dass sie sich nicht vorstellen kann, dies noch einmal durchmachen zu müssen. Sie ist vollauf zufrieden, eine neue Stelle im osttexanischen Hailsboro angenommen zu haben und das Kleinstadtleben zu genießen. Doch plötzlich trifft sie auf Drew und macht eine Entdeckung, die ihr ganzes Leben auf den Kopf stellt.

"Nachträglich ins Glück" ist der Nachfolgeroman von "Beim zweiten Mal küsst es sich besser".

Seitenzahl: 210

Impressum

Poppy J. Anderson
c/o copywrite Literaturagentur
Georg Simader
Woogstr. 43
60431 Frankfurt

Es werden grundsätzlich keine Pakete angenommen!

3310004R00240

Printed in Germany
by Amazon Distribution
GmbH, Leipzig